D1159842

José María Carrascal
Groovy

José María Carrascal

Groovy

Premio Eugenio Nadal 1972

Ediciones Destino
Colección
Áncora y Delfín
Volumen 410

© José María Carrascal
© Ediciones Destino
Consejo de Ciento, 425. Barcelona-9
Primera edición: febrero 1973
ISBN: 84-233-0739-5
Segunda edición: marzo 1973
ISBN: 84-233-0741-7
Tercera edición: abril 1973
ISBN: 84-233-0742-5
Cuarta edición: abril 1973
ISBN: 84-233-0756-5
Quinta edición: mayo 1973
ISBN: 84-233-0755-7
Sexta edición: mayo 1973
ISBN: 84-233-0755-7
Séptima edición: mayo 1973
ISBN: 84-233-0755-7
Depósito legal: B. 15.402 - 1973
Impreso por Talleres Gráficos A. Núñez
París, 208. Barcelona-8
Impreso en España - Printed in Spain

24847

ya no es segura, para mí ya no es segura, la calle es más segura, ya no es mi casa, ¡qué va a ser mi casa!, nunca fue mi casa, la suya, ¡que se queden con su casa!, ¡plaf!, que sientan el portazo, ¡uuufff!, aire, necesitaba aire, dentro no había aire, como si no hubiera aire, debí haber gritado, eso es, gritado, para estar segura hay que gritar, que se enterasen todos, seguro que hubiese salido zumbando, a lo mejor se caía por la escalera, cómico, de cómico nada, difícil estar balanceada allí, no era real, los trapos, la pitanza, la cabaña, no, gracias, y siempre refregándolo, ¿qué les debo?, ¡nada!, no les debo nada, yo no les mandé que me trajeran, ¿quién les mandó traerme?, ¡él me debe!, ¡ella me debe!, lo de padres es sólo un título, ma, pa, ¡que me río!, si se pudiera volver atrás, sería bonito volver atrás, debería poder volverse atrás, ¿qué haría?, a lo mejor hacía lo mismo, es lo malo, una es siempre, no, no, una es siempre distinta, eso es lo malo, que siempre cambias, dependes del otro, eres según el otro, ¿eso es bueno o malo?, ¿cómo soy yo, sí, yo?, consiguen que no sepas, lo hacen todo para que no sepas, para que sepas sólo lo que les conviene, necesito un pito, luego en el bus no voy a poder, pero igual se me larga, ¿y por qué mienten siempre?, hasta cuando dicen la verdad, mienten, mienten y sonríen, como si les hiciera gracia, para mentir no se necesita hablar tan largo, ¿o se necesita?, es lo malo de estar con ellos, terminas sin saber, te lían, te embrollan, te, tengo que encontrar a quién pertenezco, a ellos, desde luego, no, no les pertenezco, no me pertenecen, punto, ¿y si no pertenezco a nadie?, ¡mira que si no pertenezco a nadie!, pero tengo que pertenecer, todos tenemos que pertenecer a alguien, pero no así, atados, obligados, ¿por qué no se sueltan?, si no se tragan,

7

¿por qué no se sueltan?, ¿o tienen miedo?, ¡eso es!, ¡tienen miedo!, miedo a soltarse, no se tragan pero tienen miedo a soltarse, en el fondo, hay que tenerles lástima, no pueden soltarse, yo, sí, yo puedo, no volveré, no volveré nunca, bonita palabra: nunca, nunca volveré a verle, a oírle, a, pero había dicho que no volvería a pensar, finish, no tengo nada contra ellos, sí, contra él, ¿por qué venía?, ¿qué le había hecho yo?, qué más da, ahora ya da todo lo mismo, ahora será distinto, en el Village tiene que ser distinto, con mi gente, seguro que encuentro a mi gente en el Village, allí está el bus, poca animación, claro, con este calorazo, aunque dicen que en Nueva York hace más, ¡mira que si encuentro a Rosa!, dijo que iba a Nueva York, ¡sería bueno que la encontrase!, aunque a lo mejor se fue a Puerto Rico, tengo que ir un día a Puerto Rico, ¿meto el saco en el maletero?, abulta demasiado, metí demasiados chismes, seguro que no uso la mitad, ¡ahá!, pesaba el bicho, qué ligera me siento, como si me hubiera quitado un peso de encima, ¡claro!, dos pesos, eso es, dos, me siento más viva, más... ¿Que el billete lo tengo que sacar dentro, en la taquilla? Okay, okay, okay; para mí, como si estuvieran muertos, están muertos, ¿no lo están?

Llegó a la carrera, sofocada, excitada, era una niña rubia, una muñeca con alarma en sus ojos azules.

—¡Ma! ¡Ma! Rosa se va, se tiene que ir, está llorando.

La madre debía haber llegado hace un momento, estaba sacando las cosas —botes, pan, helado, tarros de mermelada— de dos inmensas bolsas puestas sobre la mesa de la cocina, la cría había entrado por la puerta de la cocina, la que daba al jardín. Interrumpió su tarea para mirarla entre compasiva y cariñosa.

—Pat, Rosa tiene que irse, ¿sabes?, va a tener un niño.

A la cría no la hizo el menor efecto, seguía allá abajo, con las manos en jarras.

—Pero ella no quiere irse, me lo ha dicho. Y yo tampoco quiero. Somos amigas.

Lo decía con el convencimiento de una persona mayor, y no debía tener más de seis años. La mujer sonrió, embarazosamente, pero sonrió.

—Pero tiene que irse, Pat, ¿no te he' dicho que va a tener un niño?

Ahora ya casi agresiva, bueno, agresiva, no: con esa dureza de los niños cuando tienen razón.

—¡Y qué si va a tener un niño! Tú también tuviste a Ralph y a Anne, y no te marchaste a Nueva York. ¿O te marchaste? Di, ¿te marchaste? No me mientas.

La sonrió.

—No, Pat, me marché a la clínica, pero es distinto —se había puesto en cuclillas para hablarla frente a frente—; yo era la mujer de pa, estaba casada con él. Rosa no está casada. Por eso tiene que irse a su casa de Nueva York.

—Pero ella dice que no tiene casa en Nueva York, que su ma volvió a Puerto Rico. Por eso llora.

Había conseguido ponerla nerviosa.

—Mira, Pat, voy a hablar contigo como si fueras una persona mayor, no una niña, ¿eh? —incluso la había cogido una mano—: Rosa no puede quedarse en casa de los Bundy mientras sea soltera y espere un niño. Algún día lo entenderás, hay cosas que una niña no puede entender todavía, que sólo entenderá cuando sea grande, como ma. Anda, vete a jugar.

Pero se quedó allá abajo, a la espera. La mujer había vuelto al desempaquetar.

—¿Quieres algo? —le mostraba un paquete de bizcochos que acababa de sacar.

—Ma, ¿no podríamos decir a Rosa que se viniese con nosotros? Ya sabes que somos muy amigas.

El calor, pegajoso, sucio, la envolvió como una lengua al apearse. Alguien la empujó desde detrás —¡Muévete!—,

9

y lo hizo hacia la calle, contra la marea de viajeros que se apelotonaban frente a la panza del autobús, de la que surgían maletas y maletas. Negro, ondulado, palpitante, el asfalto parecía encogerse al paso de cada coche, mientras las tapas de las alcantarillas gemían. Desde la altura de las farolas, a la luz le costaba un enorme esfuerzo alcanzar el suelo, envuelto en los olores y sudores de su propia respiración.

—¡Eh! ¿Es tuyo este saco? ¡Tú!

El conductor se había quedado solo junto a un bulto verdoso. Alguien con quien tropezó en el camino se volvió maldiciendo. El otro cerraba con furia las compuertas del maletero. —¿Has visto alguna vez tanto calor? —su pañuelo, como una toalla, en el cuello, bajo la gorra, que vacila, va a caerse, deja ver parte de la calva. —Es la humedad, la maldita humedad. ¡Con lo bien que se estaba en New Hampshire! —la examina de arriba abajo, con ojos de catador, de cazador, los blue-jeans poco pueden decirle, piernas largas, caderas estrechas, pero bajo la blusa, blanca, ceñida, con bordado indio, se adivina el pecho ya maduro.

—¿Tienes dónde dormir? —se había ajustado chulamente la gorra.

—Sí —nerviosa—, me espera mi hermano. Cogió con prisa el saco. No hacía falta, el tipo había perdido todo interés por ella.

—Espérale dentro del terminal. Al menos estarás fresca.

El autobús arrancó con un rugido hacia los garajes subterráneos. Llegó inmediatamente otro a ocupar el sitio, y una oleada de nuevos viajeros, ansiosos de calle, de verticalidad, de desperezamiento, la envolvió.

La puerta de batientes, pesadísima, la escalera, la brisa helada, la luz metálica, cegadora, artificial, como la de una escena de película, una escena de película, cientos de personas que cruzan rápidas, que se detienen a cambiar de mano la maleta, a encender un cigarrillo, a ojear una revista en el quiosco, que entran en el drugstore, que hacen cola ante las taquillas, que no hacen nada, como sonámbulos, eso es, como sonámbulos, al acecho, de aquí para allá, de arriba para abajo, por las escaleras automáticas, inmóviles, atenazados, «¡Viajeros a Newark, segunda plataforma, salida B!», la voz suena enérgica, pero nadie la hace caso, se pierde entre los ecos de las pisadas, los jadeos, el arrastrar de bultos sobre el suelo liso. Este saco empieza a pesar, ¡lo que pesa el maldito!, voy a hacer un alto, total no hay prisa, qué bien no tener prisa, sin tener que ir a ningún sitio, bueno, porque se quiere, sin que te lo manden, sin tener que ir, ¡vaya tobogán!, pero esta gente no vibra, no hay más que verles, parece que llevan máscaras, eso es, llevan máscaras, como en el carnaval, esto es el carnaval, no, esto es el zoo.

—¿Necesitas ayuda?

Ella no lo había notado, pero la rondaba desde que dejó el saco en el suelo, claro que también podía tomársele por cualquiera de los que por allí rondaban como esperando algo, a alguien; ahora, no, ahora alargaba la mano hacia la agarradera, sonriente, obsequioso, protector, la sonrisita de siempre, la sonrisita de disculpa, la sonrisita de antesdedarelsalto, de clavarmelasuñas, pero tiene miedo, en el fondo, tiene miedo, trata de clavarme las uñas, pero tiene miedo, tarado, es otro tarado, como el de New Hampshire, tendrá su misma edad, cuarenta y cuatro, la misma loción de afeitar —«¡Fresca, irresistible!»—, sólo que éste se ha dejado bigote y patillas, aquél, no, aquél no puede, ¿cómo iba a presentarse en los mítines de la Legión de Veteranos con patillas? Ya es bastante tener una hija hippie que no se peina, que anda descalza, que usa sólo blue-jeans, que sale con dudosos elementos, que no viene a cenar, las diez y media, ¿irá bien ese reloj?, seguro, los relojes de las estaciones siempre van bien, estará viendo la tele, las reseñas de los partidos, medio hipnotizado, con la cerveza delante.

El tipo insistía, no le hacía caso, pero insistía.

—¿No quieres que te ayude, preciosa? Pesa mucho para ti y...

—¡Quítese de delante! —le arreó un golpe con el saco en las espinillas para que la dejase pasar.

—¡Pero, chica! —parecía ofendido, le dolía, ¿no le iba a doler?, pero se largó rápido.

«Autobús a Washington, plataforma seis», Washington, ¿y si me largara a Washington? En Georgetown dicen que hay mucho tercer mundo, pero no, me quedo en Nueva York, en el Village, venía al Village.

—¿Sabe dónde está la plataforma seis?

—No, lo siento, no soy de aquí, ¿sabe? —¿Es que ha visto que llevo también un bulto? Me confunden con una neoyorkina, imposible, aunque, ¿por qué imposible? Eve decía que a ella siempre la preguntaban direcciones cuando vino, claro que a ella, ¿cómo podrá aguantarlo?, yo no podría aguantarlo, aguantarle, pero tengo que preguntar dónde cae el Village, mejor me voy directamente al East, allí no podrán encontrarme por mucho que busquen, si buscan, ¡cómo pesa este bicho!, debí venirme sin nada, pero tampoco iba a dejarles los chismes, el East.

—Favor, ¿dónde cae el East Village?

Se la quedó mirando como si no entendiera inglés, un tipo delgado, altísimo, con traje de domingo y una maleta a reventar en la mano.

—El Village, hombre, el East Village.

Lanzó un gruñido antes de reanudar el trote hacia las escalerillas, dejándola plantada. Fue cuando empezaron a caer, el tipo quiso volverse, pero ya era tarde, estaba aprisionado por la escalerilla automática, que le llevaba arriba irremediablemente, mientras ellos bajaban en vuelo caprichoso, en zig-zag elegante, errático, desde la balconada del segundo piso, una lluvia verde, apacible, que chupó luces y ruidos, acaparando todas las miradas, los pájaros exóticos tenían hipnotizada a la multitud, tan sorprendida que era incapaz de reaccionar, hasta que llegó el grito de las alturas, una voz fresca, juvenil, un poco irónica.

—¡Venga! ¡Venga! ¿Qué esperáis? ¡Que son de verdad!

¡Son de verdad!, lo gritó un negro que había atrapado uno al vuelo. Debe ser algo así cuando se rompe una presa, cuando el agua irrumpe en todas direcciones, chocando consigo misma, libre de repente, qué gusto que llueven dólares, eran todos de un dólar, nuevos, tensos, por eso planeaban tan bien, por eso parecían reírse de las manos que se alzaban frenéticas para cazarles aún en el aire, e incluso subían o iniciaban un descenso súbito, en picado, para meterse en el sitio menos pensado, bajo un banco, en una ranura de las escalerillas metálicas, en medio de un grupo, era como en un partido de rugby, que no se sabe nunca dónde está el balón aunque todos empujan, menos mal que seguían cayendo, la atmósfera se había vuelto verde, todo se había vuelto verde, todos se habían vuelto locos, no, locos, no, insanos, la gente dejaba las maletas, los bultos, los acompañantes, todo, para ponerse a correr, a bracear, desesperada, como loca, una madre dejó a su baby en la canastilla, sobre la báscula —«Eche Cinco Centavos y Tendrá Su Peso Exacto»— y el bebé se puso a chillar como un descosido, pero pronto dejó de oírsele, todos chillaban, hasta los taquilleros acudían presurosos, después de cerrar con llave la puerta lateral de la oficina, y el hombre del quiosco, y los boys del stand de hamburguesas, todavía con los gorros blancos, se oían ya las primeras voces agrias —¡Yo lo cogí primero! ¡Pero yo venía detrás!—, los primeros empujones, puñetazos, patadas, quiso atrapar uno que había caído a sus pies, pero llegó tarde, la vieja se abalanzó sobre él como una furia, una viejecita de pelo blanco y gafas de aro, para quedar mirándosela amenazadora, mientras lo metía en el bolso, ya nadie reía, mejor dicho, sólo ellos seguían riendo, allá arriba, inclinados sobre la barandilla para no perderse nada del espectáculo, un grupo de jóvenes, unos críos con melenas por los hombros, parecían felices, incluso cuando los policías, unos policías enormes, les rodearon por todas partes cortándoles la retirada, parecían felices, sólo podían tirarse por la balconada. Nadie podía oír lo que decían, pero hubo un movimiento de concentración hacia las escalerillas cuando iniciaron la bajada escoltados. Los críos no habían perdido la sonrisa al dirigirse al gentío.

—No pánico, no falsos. Compren hamburguesas, compren tarta de manzana, compren productos americanos —y ya al cerdo más gordo—: Oiga, míster, ¿por qué nos detienen? Sólo queríamos hacer feliz a esta gente. ¿No ve que son felices? Pregúnteselo. ¿Verdad que sois felices?

—Sí, ¿por qué nos detienen? —el último, el que parecía mayor, unos veinte años—. ¿Es delito regalar dinero? ¿Desde cuándo es delito regalar pan?

El sargento, debía ser sargento o algo así, llevaba una especie de galones, no se entretuvo en explicar, se le notaban las ganas de alejarse de la multitud cuanto antes.

—Disturbación de orden público.

Se hicieron paso entre la masa silenciosa, jadeante —Venga, circulen, no se queden ahí parados—, para perderse por una puerta lateral. La normalidad volvió en segundos, en cuanto cada uno agarró su petate, se puso la máscara, reanudó apresurado su camino, como si los críos y los billetes planeadores no hubiesen existido jamás. Me hubiese gustado ir con ellos, ser ellos, ¿qué les harán? No pueden hacerles nada. Estuvo bueno, gran, se mataban, si los dejan un poco más, se mataban, groovy este terminal, tengo que venir más veces, pero ahora donde tengo que ir es al Village.

—¡Eh, tú! ¿Sabes dónde cae el Village? Al East me refiero.

Hasta entonces no se dio cuenta de que estaba tocando el sax, lo hacía tan bajo, tan suave, tan delicadamente que parecía sólo fingirlo.

—¿No puedes tocar más alto?

—¿Cómo?

—Que si no puedes levantar un poco. ¿Cómo quieres hacer una gorda si no te oyen?

Tenía una lata reluciente, vacía, delante, en el suelo.

—¿Piensas que toco demasiado bajo?

—Seguro.

—Es que si subo pueden oírme los cerdos.

—Bueno, tú tienes que decidir. El viejo ese —apuntaba a un viejo que vendía loción contra la calvicie— chilla todo lo que quiere.

—Él les sacude dos pavos y se acabó. Yo no hago dos pavos en toda la noche.

—¿No?

—No.

—Lo siento.

—No te preocupes.

Reanudó el suavísimo concierto para ella sola.

—Te puedo avisar si vienen.

—Gracias.

Comenzó a tocar con más entusiasmo. Una bocanada de música espesa, casi humo, la envolvió como una caricia sin manos, metiéndosele debajo de la piel, hurgándole las entrañas, golpeándola el estómago, haciéndola sentirse viva, desde dentro, no desde fuera, no, Pat haz esto, haz lo otro, muévete, ¿a quién habrá salido esta hija tuya?, tú también vives, debe tener diecisiete, no, dieciocho, pero la barba no ha empezado a salirle, mejor, Eve dice que con la barba llegan a hacer daño, por eso se afeitaba siempre antes de salir por la tarde, pero a ella le gustaba, no lo decía, pero le gustaba, me gustan las caras sin barba, pálidas, y la nariz afilada, y los ojos negros, debe ser judío, Mr. Bell decía que todos los músicos modernos son judíos, que es la forma que ahora tienen los judíos de corromper el mundo, pero los Beatles no son judíos, sólo Ringo, ¿qué tendrá Mr. Bell contra los judíos?, ¿o es contra la música moderna?, es un poco más bajo que yo, no mucho, sólo un poco, parece un niño.

—¡Eh!, niños, ¿qué estáis haciendo aquí?

Les asustó, más que el grito, el tono. Fue su compañero quien le contestó.

—Ya lo ves, Gave, tocando. Y estoy seguro que sin licencia —les miraban divertidos mientras estrechaban el cerco, pero de repente, la mirada del pelirrojo se volvió metálica—. Licencia.

—¿Licencia? ¿Se necesita licencia?

—No te hagas el tonto, que tengo una medicina muy buena para los tontos.

El otro echaba una mirada despectiva al bote.

—Déjalo, Gave, está seco.

Gave hizo girar, no sin gracia, la porra.

—Lárgate. Y no vuelvas a aparecer por aquí.

—Lo necesito para pagar la matrícula del próximo curso. En el Con...

—Fuera —la porra apuntaba como una flecha hacia la salida—. Y tú también —su mirada se había detenido desconfiada en el saco—. ¿Estás con ése?

—Sí, sí.

—Que no os vuelva a ver.

Corría más que andaba, con pasos nerviosos, pero debió acordarse de ella y volvió a ayudarla con el saco. Hasta que no se perdieron de vista entre el gentío, no cruzaron palabra. Luego, todo fue más tranquilo.

—Pesa bastante.

—Sí —como disculpándose.

—¿Todo tuyo?

—Ahá.

—¡Wau!

Otros diez pasos.

—¿Hacemos un alto?

—Déjame llevarlo sola. Se lleva mejor sola que entre dos.

—No, no. Es que tengo que llevar el sax, sabes. Déjame cambiar de mano.

Se pararon al abrigo de las escalerillas, que les protegían de la riada de viajeros, ¿llegaría Rosa también aquí? Seguro, vino en el bus.

—En vaya apuro me metió hoy Pat —estaba poniendo los platos en la mesa, se veía que comían en la cocina. Él se había ido directo a la nevera en busca de una lata de cerveza, que se desbordó por su mano al abrirla—, llegó excitadísima preguntando por qué se va Rosa. Y no había forma de explicarla que siendo soltera y esperando un hijo, no podía seguir de criada en casa de los Bundy. ¿Sabes lo que se le ocurrió? —esperó unos segundos en busca de respuesta, pero el tipo sólo pasó la lengua por los labios para quitarse la espuma—. ¡Nada menos que pedirme que se quedase con nosotros! ¿Te lo figuras?

Consiguió sorprenderle de verdad. Un tipo allá por los treinta y pocos, rubio, cuya figura atlética empezaba a romperse por el estómago.

—¿De dónde sacará esa cría esas ideas?

—¡Yo qué sé! —ella era una mujer de pelo castaño y ojos cansados, como prematuramente envejecida—. Tiene cosas que te dejan helada.

Fuera debía hacer calor, pero como la cocina daba a la parte trasera, allí se estaba fresco. Él bebió otro trago largo, pausado, de la misma lata, para quedarse luego pensativo, apoyado el hombro en la nevera.

—¿Quién puede ser el padre?

No interrumpió el poner los platos para contestarle.

—¿Del crío te refieres? No sé, lo hemos discutido mil veces en el club sin dar con ello.

Rió atravesado.

—Si las Hijas de la Revolución no saben esto, es que no lo sabe nadie; excepto la parejita, vamos.

—Ella se niega a decirlo. Es una vergüenza, aquí, donde nos conocemos todos, comprendo cómo está Louise, ¡pasarle a ella en su casa! Y al pobre Jerome.

Él se había sentado ya, después de proveerse de una nueva lata.

—¿Tú crees —en la voz había malicia— que Jerome no tiene nada que ver con el asunto?

Se irguió como si la hubieran pinchado, para quedarse tiesa durante unos segundos. Pero luego estalló en carcajadas.

—¿Jerome? ¿A su edad?

Él se encogió de hombros.

—No es tan viejo, la que está gastada es ella. Y la puertorriqueña esa, no es guapa, pero a su edad, ¿cuántos años tiene?

Ya no le seguía, estaba fascinada por la idea.

—¿Quieres decir que se la quieren quitar de encima para que cuando nazca el crío no se le note el parecido?

—Perdón que no les vi llegar. La música me había dado la vuelta.

—Olvídalo. No estaba haciendo nada. Aquí no se hace nada con música. Demasiada prisa. Tendré que irme otra vez a Broadway. Aunque allí hay más cerdos y aquéllos son peores, aquéllos te ponen los hierros —cruzó otra pausa risueña—. ¿De verdad mi música te hizo dar la vuelta?

—Seguro.

—¿Por qué?

—No sé.

—Pero tiene que haber una razón.

—Posiblemente.

—Okay. Ya la encontraremos.

—Seguro.

—¡Oh!, lo había olvidado, soy Peter, pero todos me llaman Pulga.

—Yo, Pat. ¿No te molesta?

—¿Qué?

—Lo de Pulga.

—¿Por qué me va a molestar?

—Tienes razón. ¿Qué eres? Yo soy acuario.

Aquello le impresionó.

—¿Acuario? ¡Groovy! Yo soy leo —con un poco de envidia—. ¿Otro empujón, Pat? —golpeaba el saco con la punta del pie. Llevaba zapatillas de tenis, de cuyo extremo salía la insolente uña del dedo gordo.

—Como quieras.

—Realmente, ¿necesitas todos estos materiales?

—No sé.

—Si no sabes, ¿por qué no lo dejas en una cajonera?

—¿Cajonera?

—Especie de armarios donde puedes dejar tus cosas. Es sólo un real al día.

—¿Dónde están?

—Ahí, junto a los teléfonos.

—Hecho.

Antes de ponerse en marcha, Pulga vaciló.

—¿Tienes un real?

—Ahá.

—Okay, porque yo...

Eran unos cincuenta pasos. Quedaba sólo libre la cajonera superior y entre los dos izaron el saco, ¡clas!, el pestillo se cerró con estrépito.

—¿Qué hora es? Las once. Hasta mañana a las once está cerrado. Luego se abre automáticamente, sabes, si no echas otro real, ¿te acordarás?

—Espero.

—¿Dónde vamos ahora?

—Eso depende de ti.

—Okay, ¿tienes…, tienes pan?

—Algo.

—¿Cuánto es algo?

—Algunos pavos, no sé bien.

—Groovy, ¿me puedes invitar? Estoy absolutamente seco.

—Seguro. ¿Dónde podemos tomar algo?

—En el drugstore, está ahí mismo.

Pulga tenía la costumbre de acabar todas las frases con una sonrisa.

Pero ya en el taburete era falsamente fiero.

—Son realmente unos engendros, sabes, unos hambrones, si no les sueltas algo, un pavo, un real, cualquier cosa, bueno, un real, no, por un real no compras tú ningún cerdo en Nueva York, o sí, vete a saber, a lo mejor sí, ¡fétidos!, un día les voy a atizar duro, voy a venir con mi hermano Karenga, con él no se atreven, sabes, es afro, les armaría un escándalo, bueno, no es realmente mi hermano, pero como si lo fuese, ¿tú tienes hermanos?, ¿sí?, ¿cuántos?, ¿tres?, ¡un montón!, yo no, mis padres no quieren más críos, bueno, aunque quisieran, viven separados, sabes, ¿están separados tus viejos? ¿No?, raro, tú eres realmente una chica rara, Pat, ¿de dónde vienes? ¿De New Hampshire? ¡Wau! ¡Esas son un montón de millas! ¿Autostop?, no, claro, bus, qué tonto soy, menos mal, últimamente el autostop está mal, ¿no crees?, un día tengo que ir hacia el norte, dicen que allí la gente es más humana, ¿crees que a aquel pueblo le gustaría mi música? ¿Sí?, ¿de verdad?, porque aquí…, aunque tampoco es tan malo, sólo que somos un montón, demasiados, mi viejo es también músico, sabes, violín, bueno, si es necesario, todo, hasta la batería, un real músico, lástima que no encontrase su oportunidad, ¿habla tu viejo también de la oportunidad?, gracioso, ¿verdad?, ¿o no es gracioso?, ma no lo encontraba nada gracioso, ¿cazas lo que digo?, bronca diaria, así es mejor, él vive en Flushing, en Queens, ¿sabes dónde cae?, bueno, bastante lejos, pero hay metro directo, voy todos los lunes, el día que no toca, lo pasamos bien, nunca hablamos de ella, ni siquiera «¿cómo va tu madre?», nada, ella vive en la Setenta y Tres Oeste, creo que trabaja en la confección, exactamente no sé, con ella es difícil, ya sabes, no hay día fijo, unas veces llama el domingo, otras el martes o el jueves, depende, el viernes, nunca, nunca el viernes, ¿es normal?, debe tener que ver con su día libre, imposible saberlo, no fácil con ella, cambia mucho, un día humana y el otro emperrada, bueno, como toda la vieja generación, ya sabes, tan sin balance, ¡eh!, ¿pero qué estás comiendo?

No comía, tenía el plato intacto ante ella y le escuchaba como arrobada.

—¿Qué? Bueno, ya ves, hamburguesa.

—¿Comes carne?

—Sí, ¿tú?

—No, yo no. Sólo vegetales.

—¿Algo con la salud?

—No, no. Cuestión de filosofía, ya sabes, no matar ningún ser vivo.

—Pero las plantas también viven.

Hizo su impacto.

—Es un punto. Pero creo que no sufren.

—¿Cómo lo sabes?

—Lo supongo. ¿No lo supones tú también?

—Es lo más probable. Okay, desde ahora, no carne.

—¡No, no! Por favor, come lo que quieras, no soy fanático, come tu hamburguesa, ¿la has pagado?

—Todavía no. Puedo cambiarla, ¿qué comes tú?

—Ensalada de huevo.

La mirada de la camarera les fulminó al oír lo del cambio,

pero ellos parecieron no darse cuenta, en realidad no se daban cuenta.

—¿Crees que podemos considerar a los huevos seres vivientes?

—Eso depende. La Iglesia Católica, seguro. Ya sabes lo que dice del aborto, ¿eres católica?

—No, ¿tú?

—Tampoco.

—Fino.

Fue cuando le pusieron delante un engrudo verdeamarillento.

—¿Quieres un poco de mi ensalada mientras traen la tuya?

—¿Puedo?

—Naturalmente. En realidad, es tuya. Eres realmente un pedazo, Pat.

—Gracias, Pulga.

La nueva ensalada les pilló comiendo del mismo plato.

—Ahora tienes que comer de la mía.

—No, ya tengo bastante.

—Come. Demasiado para mí sola.

—¿Puedo decirte algo, Pat?

—Ahá.

—Mi primera comida en veinticuatro horas.

Soltó el tenedor sobre la barra.

—Cómetelo todo.

—No, no.

—Pero, ¿por qué? Yo comí largo en casa.

—No quiero coger malas costumbres, ¿sabes?

—¿Vais a tardar mucho? Hay gente esperando —la camarera apuntaba a los de detrás.

—Un momento, un momento.

—Éstos son los tickets. No, no, pagar en la caja, pero la propina podéis dejármela aquí.

Esperó a que se alejara.

—¿Cuánto la dejo?

—Nada. Bueno, puedes dejarla veinte.

—Okay.

Se había quedado en la puerta del dormitorio, inmóvil, como sugestionada por la escena de dentro. Ella debió darse cuenta por la intensidad de la mirada, y se volvió rápida, con susto.

—¡Pat! ¿Qué haces tú aquí? —no había podido ni soltar la chaqueta, tenía incluso aún la mano, la derecha, dentro del bolsillo.

La niña debía andar por los nueve años, no supo qué contestarle, se limitó a mover la cabeza con gesto vago. Pero tampoco entraba.

—Ven —la mujer se había repuesto un poco y sonreía. Al verla inmóvil, fue hacia ella—. Ven, Pat, tienes que ir aprendiendo, ya eres una mujercita, ¿sabes que hay que controlar a los hombres? Tú también tendrás que controlar a tu marido cuando te cases. ¿Ves? —le enseñaba un librito alargado, con pastas negras, que había sacado de la chaqueta—. Tu padre tiene una cuenta secreta, una cuenta de la que no nos dice nada, no es mucho, pero hay que controlarle, sin decírselo, sin que lo sepa, eso es lo mejor, a los hombres hay que controlarles de lejos, ya aprenderás —al notar que continuaba perturbada, como si no acabase de entender, la abrazó cariñosamente—. No te preocupes —y picarona—: ma tiene también su cuenta secreta.

—No está mal comer, ¿verdad? Cómico, me siento mejor, aunque tampoco hay que darle demasiada importancia, no hay que dar a nada demasiada importancia, las cosas como vienen, tranquilo, sin precipitarse, sin desbalancearse, es la única manera, si te desbalanceas, ¡plaf!, al suelo, como mi pa, no hace más que levantarse y ¡plaf!, al suelo otra vez, poco balance, sabes, ¿el tuyo también?

No le contestó, se limitó a cogerle de la mano hacia la

23

salida del drugstore. Los de detrás casi les tiran al abalanzarse sobre los taburetes que dejaban.

una chica rara, ¿rara?, bueno, típica, y alerta, todo lo que
dices lo caza, se puede hablar con ella, tengo que hacerlo
con ella, debe ser bonito hacerlo con ella, puede hablarse con ella, espero que tenga maleza, sin maleza ya no
puedo hacerlo, pero no la gusta hablar de su pa, ¿por qué
no la gusta hablar de su pa?

—¡Pat! —la abrazaba, la besaba medio histérica; el hombre, en cambio, de pie, al lado, parecía impasible o tal vez
era sólo el miedo—. ¡Pat! ¿Cómo has podido darnos este
disgusto? ¿No te acordabas de tu ma, de tu pa? Di, ¿no
te acordabas? ¡Qué susto, Dios mío, qué susto! Te hemos
buscado por todas partes. ¿Por qué te has ido? ¿Dónde
has ido? ¡Creímos que te había llevado alguien!

La niña, de pie, como sin verla, sin sentir los besos y caricias, sin parecer siquiera asustada, indiferente sólo. Contestó uno de los policías, la había traído un coche patrulla.

—La encontramos en la vía, Mrs. Hultom. El maquinista
de un tren de mercancías la vio según venía y nos avisó.

Era un anochecer de otoño desapacible, como si la nieve
estuviese ya en las nubes grises que tapizaban como una
losa el cielo. La mujer insistía cada vez más desesperada.

—Di, ¿dónde ibas?, ¿por qué nos dejaste?, ¿por qué
querías marcharte de casa?

Por primera vez habló, pero sin mirarla, como dirigiéndose
a una persona invisible ante ella.

—No sé —tenía una voz mucho más grave de lo que correspondía a una niña de su edad, unos nueve años.

Debía haberlo olvidado porque al recibir la bocanada se
echó atrás.

—¿Calor, verdad? —Pulga sostenía a duras penas la enorme puerta.

—¡Wau!

—Ven, es sólo al principio, en seguida se acostumbra uno. En invierno es peor, la nieve, ya sabes.

El aire llegaba como borracho, un puro jadeo maloliente, toda la ciudad parecía vibrar, la acera, la calle, los coches, la gente, y la mano apoyada en el poste metálico —No Stop. No Parking Any Time— recogía todas las vibraciones que llegaban de las entrañas del suelo, como la batuta de un músico.

—¿Dónde vamos? —la pregunta de siempre.

—Donde quieras —la respuesta de siempre.

—No, di tú.

Se cogió el mentón blanco, afilado, sin sombra de barba.

—¿Tienes dónde dormir?

—No —sonriéndole.

—Ahá.

Se había encendido la luz roja y el cruce frenético de coches hacía inútil todo intento de hacerse oír, así que aguardaron.

—¿Tú?

—Yo, sí, pero ahora no voy a casa, ¿para qué voy a ir a casa? Si...

—¿Si qué?

—¿Tienes hierba?

—Algo —empezó a abrir la especie de zurrón que la colgaba del hombro. Menos mal que la detuvo a tiempo, aquello estaba sembrado de cerdos.

—No, aquí no. Vamos donde Karenga. ¿No está prohibida la hierba en New Hampshire?

—Sí, pero no hacen mucho caso, la mayoría no la conoce, una vez me la encontraron en la mesilla y se creyeron que era tabaco, como ahora fumamos negro, ¿tú fumas negro?

—No, demasiado fuerte.

—De acuerdo. ¿Quién es Karenga?

Se animó.

—¿No te hablé de él? ¿Sí? Te gustará, seguro que te gustará. Un tipo muy balanceado, muy compacto, muy tranquilo, seguro, te gustará, en su casa se siente uno más vivo.

—¿Dónde es?

—Calle Seis, Este.

—¿Village?

—Más o menos.

—¿Tú?

—No, no, yo vivo en la Treinta y Dos. Bueno, ¿vamos?

—Okay, ¿podemos andar?

Vaciló.

—Es un montón.

—No es problema, cogemos un taxi.

—No, no, basta el bus. Eres realmente una porción, Pat.

—Harías lo mismo, ¿no?

—Seguro.

—¿Dónde está la parada?

—Hay que ir hasta Broadway.

—¿Lejos?

—Dos bloques. ¿Primera vez en NY?

—Yeha.

—No pánico, muy fácil. Las calles tienen números y cada uno sigue al otro, como en la escuela. Venga.

Las luces detenían a los coches como la red a los caballos nerviosos antes de iniciar el galope. Había que cruzar a la carrera.

—Menos mal que dejamos el saco.

—Te lo dije.

Iban ante fachadas recubiertas de luces, había más luz que en pleno día, o lo parecía.

—La parada es allí.

—Haces un guía terrorífico, Pulga.

—Gracias, Pat.

No se dijeron nada en todo el trayecto del bus, pero llevaban cogidas las manos. También después, a pie, por las calles cochambrosas.

—¿Karenga en casa?

Estaban sentados en los cinco escalones que conducían a la casa como pájaros a distintos niveles. Le contestó el único con camisa, sin dejar de mirar a ella. Tenía acento hispano.

—No. Creo que en el sótano —señalaba el extremo de la calle.

—¿Party?

—No sé. Posible. Llevaron los eléctricos.

—Gracias. Bai, bai.

—Bai.

Allí no hacía tanto calor. Tal vez fuese el mar cercano, podrido, que se olía. O que apenas había luz.

—¿Karenga es el nombre?

—Yeha, africano, ¿sabes?, militante.

—¿Hace bombas?

—Supongo.

—¿Mata gochos?

—Seguro.

—¡Wau!

No, el olor a podrido no venía del mar, venía de los cubos de basura rebosantes, destapados, puestos en las aceras. Los chicos jugaban entre ellos, los tomaban como escondite, giraban en torno, alguno caía con estrépito fofo, ¡pof!, y los alrededores se llenaban de aquel vaho espeso, empantanado, que desplazaba el aire, que dejaba la calle sin aire; las casas, cuatro, cinco pisos, rojas, desconchadas, sólo el esqueleto negro de las escalerillas de incendio intacto, pero no aire.

—Parece mentira que se pueda vivir sin aire.

—¿Qué dices?

—Nada.

—Es aquí.

Tres escalones, hacia abajo, no había luz, la puerta sin cerradura, al abrirla, gimió, el pasillo como un túnel de cemento, las pisadas resonaban en él, apretó su mano; de repente, la luz y voces del fondo se esfumaron.

—¿Alguien aquí?

Podía sentírseles contener la respiración en la oscuridad.

—¿Karenga? —también ellos se habían detenido—. Soy yo, Pulga.

Una corta pausa. La luz retornó.

—Entra —y más bajo, como si se dirigiera a alguien cerca—. No pánico, un viejo amigo. ¿Pulga?

Venía hacia ellos. Debía andar por el metro ochenta y era elástico como una caña de bambú. Sin camiseta. Cualquier movimiento se le transmitía en un mecanismo de músculos por hombros, pecho, espalda.

—Jai, Karenga. Ésta es Pat.

La examinó con curiosidad no falta de desconfianza.

—Jai.

Pulga parecía dichoso por lo del susto.

—¿Creíais que éramos cerdos?

—Nadie sabe.

—¿Molestias últimamente?

—Siempre.

—¡Ei, Rocky! ¿Tú aquí? ¿Eres realmente tú?, ¿qué estás haciendo tú aquí?

Un tipo robusto; bueno robusto, brutal, de nariz rota, pelo rizado y rojizo, también sin camiseta. En total, siete u ocho, incluidas las chicas, aunque podían ser más, la luz, tan intensa allí debajo, no alcanzaba a los rincones, se lo impedía la pantalla verdosa, un plato liso que cortaba en dos, como una cuchilla, el cuarto. Pulga parecía encantado.

—¿Dónde te has metido, Rocky? Creí que estabas en California.

—Estaba.

—¿Algo mal?, alarma.
—No, no, un tipo que me dice: «¿Quieres venir a Nueva York? No me gusta viajar solo». ¿Qué le iba a decir? Pero vuelvo, yo vuelvo, ¿por qué no te vienes? La acción es en California.
—No malo. ¿Mucha hierba?
—La que quieras, México a un paso. Pero nadie se preocupa ya de la hierba. Estamos en el ácido.
—¿Ácido? —lo decía temblando.
—LSD. La verdadera cosa es el ácido. Te fríe los sesos, ¿sabes lo que es echar algo al aceite bien caliente? Igual, chisporrotea, salta, explota, ¿quieres explotar tus sesos y volverlos a juntar? Yo puedo hacerlo, tú puedes hacerlo, todo el mundo puede hacerlo, groovy, el ácido es groovy, no tengas miedo, no te preocupes, ¿para qué preocuparse?
Les había estado escuchando desde atrás en silencio, como quien escucha a unos niños. Pero ahora intervino.
—No quiero drogas fuertes aquí.
—No pánico, hermano —Rocky torcía irónico la cabeza al contestarle y levantaba la mano en señal de paz, la izquierda.
—No me llames hermano, tú no eres mi hermano.
—Lo sé, Karenga, lo sé, pero aquí todos somos hermanos, ¿no lo somos? —al ver que se daba la vuelta sin contestarle, se dirigió a Pulga—. Pulga, ¿somos hermanos?
estallar los sesos, ¿ha dicho estallar los sesos?, no, explotar, es igual, abrir las puertas, cruzar las puertas, entrar, o salir, ¿entrar o salir?, qué más da, lo que importa es, ¿cómo ha dicho?, estallar, estallar la cabeza, ya no tienes cabeza, ya no tienes memoria, ya no tienes nada, estalló, tengo que probar el ácido, aunque la hierba siempre me ha ido bien, con la hierba no estallas, sólo resbalas, sin caerte, con la hierba no te caes nunca, y si te caes, no te enteras.

—Seguro, Rocky. Todos hermanos.

—Eres grande.

—No, pequeño.

—Eso era precisamente lo que quería decir.

Le echó el brazo por los hombros para llevárselo. Karenga
fue el único en dirigirse a la otra parte, donde estaba el
colchón en el suelo. Le siguió en silencio, pero no se re-
costó como él todo a lo largo, sólo el tronco medio erguido,
apoyado en el codo. Se sentó en el borde, la cabeza sobre
las rodillas, juntas, como sobre la alfombra —¿Pero qué
hace esta niña siempre en la alfombra? ¿Es que no hay
sillas en la casa?—. Odio las sillas, las mesas, las camas,
todo lo que tenga patas, unas patas delgadas, absurdas,
que no corresponden, nada corresponde, sí, esto corresponde, aquí no hay sillas, ni mesas, ni camas, pueblo, sólo
pueblo, ¿qué tiene Karenga contra Rocky? Con Pulga parece acoplarse, extraño, algunas veces no puedes aguantar
a un tipo sin saber por qué, porque sí, punto, como Mr. Rogers —Pat, ¿quieres hacerme el favor de ser la próxima
vez más amable con Mr. Rogers? No necesito recordar-
te que es el jefe de papá—. Ella, sí, ella era almíbar
puro —Mr. Rogers, por favor, no en ese sillón, en éste
estará más cómodo. ¿Una copa? Bourbon. Lo ha comprado Dan especial para usted. Ya sabemos que sólo bebe
Bourbon—. ¿Por qué tendrán que ser tan rastreros, tan
esclavos?, parece que les gusta, tiene que gustarles, ¡y el
hijoputa no le subió el sueldo en Navidad! Les estuvo
bien.

—¿Durmiendo?

Levantó la cabeza. Como tenía la lámpara detrás, no podía
verle la cara. Parecía pequeño, delgado, rubio, inseguro,
sobre todo, inseguro.

—¿Cómo? —quiso sonreírle.

—Que si duermes.

—No, sólo pensando.

—Eso es bueno.

Ahora era la voz gutural de Karenga que llegaba desde detrás.

—Lo mejor es volverse loco.

—¿Quieres decir loco loco?

—Quiero decir loco.

—Okay. ¡Volvámonos locos!

Saltó. ¡Qué forma de subir! Un tipo poco conjuntado. Okay, pero poco conjuntado.

—Pasivo, hombre, pasivo —palmoteaba el colchón, invitándole a sentarse al lado—. Había dicho loco, no insano.

El otro, de vuelta, dudaba ante ellos, ¿de vuelta?, se había olvidado de bajar los brazos, se había olvidado de bajar, no podía bajar, un tipo con avería, no loco, con avería.

—Sólo quería bailar, ¿sabes?, bailar. ¿A vosotros no os gusta bailar?

—Pues baila.

Miró alrededor desorientado. La mirada no alcanzaba los rincones del sótano, ¿era un sótano?

—No hay música. Con dolor; no, con dolor, no, con miedo, ¿por qué todo el mundo tiene miedo?, yo no tengo miedo, ¿por qué voy a tener miedo?

Ahora, quien se levantó fue el otro, Karenga, ¿había dicho que se llamaba Karenga?, qué nombre tan raro, nunca lo había oído; se apoyó sólo en una pierna, la que tenía flexionada, y el movimiento fue elástico, perfecto, Karenga sí que sabía subir, y quedarse, sobre todo quedarse, pero arriba no había nadie.

—¿Dónde está Pulga? —se volvió hacia ella—. Tú has venido con Pulga, ¿no has venido tú con Pulga?

Seguía sentada en el borde del colchón, se está bien aquí sentada, en el sótano, porque es un sótano, desaparecida, como si hubieses desaparecido, como si no estuvieras, y puso la mano sobre sus pies para calmarle.

—Sí.

—Entonces, ¿dónde está Pulga?

—Aquí.

Frente a él. Había surgido entre cuatro o cinco, a quienes no se veía bien las caras.

—¿Qué quieres? —sonriendo, lo que más me gusta de él es la sonrisa, tengo que decírselo.

Karenga tenía las manos en las caderas. En la semioscuridad, su pecho arrancaba destellos plateados, nunca creí que los negros pudiesen brillar de esta manera.

—¿Puedes tocarnos algo? Cualquier cosa.

—Seguro, seguro.

De su izquierda pendía, como soldado, el estuche del sax. Lo sacó con amor. Al buscar sitio para la funda, la vio, sola, entre el bosque de piernas.

—Jai, Pat.

Le devolvió la sonrisa.

—Jai, Pulga.

Me levanto, sigo aquí abajo, en la esquina del colchón, pero me levanto, me levanta, no estoy alta, es imposible que esté alta, ni una chupada desde ayer, no iba a fumar en el bus, pero me levanta, es él quien me levanta, me abraza, aunque son mis brazos quienes me abrazan, ¿son mis brazos quienes abrazan mis rodillas?, ¿son mis rodillas?, igual, es igual, pero Pulga tampoco está alto, se tambalea, pero tampoco está alto, es el impulso, ahora comprendo, la vibración, la boca redonda, negra, aquí encima, pero no caliente, fría, qué forma de latir, Pulga, por favor, no puedo resistirlo, lo mejor es volverse loco, no insano, loco, lo mejor es volverse, lo mejor es volver, ¡no!, volver, no, volver, nunca, nunca volveré, nunca, Pulga, Karenga, qué nombre tan raro, y el otro, el del ácido, ¿cómo se llama?, es igual, y el otro, todos, vibrando, tocándonos, todos un cuerpo, ¿quién está cantando?, debe ser uno de atrás, no le veo, es igual, lo mejor es volverse loco, ¿pero quién canta?, qué alegría volverse loco, ¿o soy yo?, sí, también yo —desátame, desátame, desátame, ¡desátame!, ¡desátame! ¡DESÁTAME! ¡DESÁTAME! ¡ME! ¡ME! ¡ME! ¡ME!—, hasta derribarnos todos hacia atrás, no hacia adelante, hacia atrás, qué suave caer hacia atrás, qué suave caer, volver, hundirse, desaparecer, cerrar los ojos, no saber que eres tú, salir, no saber quién eres, sentirte, pero sin saber quién eres, sin saber, sin, sin, sin, sin...

—¿Tienes cizaña?

Tuvo que repetirle la pregunta.

—Que si tienes cizaña.

Pulga jadeaba allá arriba, a punto de desmoronarse. Parecía feliz. Su cara era más que nunca la de un niño, mientras se lo llevaban.

—¿Cizaña?

—Cizaña, hermana, cizaña, hierba. Tú tienes que tener cizaña.

—¿Y por qué tengo yo que tener cizaña?

—Porque no estás todavía en ácido, se ve.

Pareció convencerla y empezó a desenvolver con devoción el paquete cuadrado, entre los pliegues de plástico. Karenga se lo arrancó. Sus dedos desgranaron expertos una punta del mazo para quedarse sólo con restos de tallos.

—Mala calidad. ¿Quién te lo ha mercado?

No contestó, en realidad, no le hizo caso y, por primera vez, la miró con curiosidad, la voz denotaba incluso un intento de ser amable.

—Yo soy Karenga. En realidad, ¿de dónde vienes?

Sonrió.

—New Hampshire.

—¡La pobre cosa!

—¿No querrás decir que Pat está —le costaba encontrar la palabra, al fin la encontró—, está trastornada? —había reproche en su voz.

Ella se apresuró a aclarar.

—No, no; pero no me negarás que es una niña difícil. Hay muchas, el otro día vi en la tele un programa sobre estos niños difíciles, decían que lo mejor era llevarlo cuanto antes a un sicólogo, y había pensado que el doctor Grossmann...

Dejó la frase sin terminar. Estaban en la cama, con la luz apagada, él fumando un cigarrillo, siempre le gustaba fumar un cigarrillo después de hacerlo, una manía que no pudo quitarle por más que lo intentó. Cuando se casaron, a ella le gustaba más acariciarle lenta, fatigadamente el hombro, el brazo, el pecho, esperando que él hiciese lo mismo, pero ahora prefería el cigarrillo, así podía hablarse mejor, y eran los únicos momentos para hablar íntimo, sincero.

—¿Crees que realmente es necesario? No lo digo por el dinero que cuestan las consultas, aunque tampoco será barato, los médicos hoy...

Ella insistía.

—Sí, Dan, sí, yo ya no sé qué hacer con ella, con sus preguntas, con sus rarezas.

—Es sólo una niña sensible.

—¿Sensible? Tú todo el día en la oficina no te enteras. Sensible unas veces, pero otras dura como el pedernal. No la conmueve nada. No la entiendo, hay veces que me desespera.

Él permaneció en silencio y se limitó a echar una bocanada de humo, que en la oscuridad del dormitorio parecía blanco.

Aspiró suave, lenta, profundamente el humo del pito que había liado Karenga, y se quedó con los ojos cerrados, como esperando algo muy hermoso, muy terrible. Una ligera presión en las sienes, un tamborileo en la espalda, un enterrarse poco a poco en un montón de trigo, desnuda, sintiendo cada grano, oliendo cada grano, un hormigueo en la piel, que se tensa como un globo al recibir la bocanada de aire caliente, dulzón, aromado, así, aspirar profundo, el cuerpo concentrado en los labios mientras los pulmones se inundan de humo y la cabeza se vacía, no, que no pierda el control, no quiero perder el control, este miedo mío a perder el control, tengo que vencerlo, eliminarlo, a veces no me deja subir, al principio no me dejaba subir, un pequeño salto, un pequeño esfuerzo, como saltar una línea en la acera, sin pisarla, ¡ahá!, ya, ya estoy al otro lado, ¿estoy ya alta?, imposible, si acabamos de empezar, es este miedo mío a saltar, este vértigo, ¿cuándo perderé el vértigo?, ¿o es miedo?, retener el humo, cerrar la boca, los ojos, las narices, no respires, así, lentamente, aunque debería probar comerlo, Karenga dice que es mucho mejor. —Tienes que esperar un poco más, Poca Cosa, pero luego en cuanto haces la digestión, ¡ZAS!, de una vez, como tirarse de un trampolín, pero para arriba, ¿sabes esos tipos que practican en la red flexible?, pues igual, como si botases, sin ningún esfuerzo, todo tan suave, la subida, la bajada, lentamente, a cámara lenta, ¡venga, hermana, tienes que probar!, bueno, si prefieres el pito, ¿sabes liarlo?, trae, estás tirando la mitad de la maleza, ¿de dónde has dicho que eres?, ¿New Hampshire? ¡Dios! ¿New Hampshire, dices?, ¿habías visto un negro antes?, quiero decir un negro de verdad, un afro, no un Tío Tom, me huelo que me tienes miedo, ¿no?, no estoy seguro, ¿estás ya alta? ¿No? ¡Pero a qué esperas! Eh, Pulga, creo que vamos a tener problemas con esta poca cosa que has traído. —¿Problemas?, ¿de qué problemas habla? Pro-ble-mas, p-r-o, p-r-o, p-r-o, p-p-p-p, así, pegando y despegando los labios, ppp-e, ¡qué cosa!, pppp-e, como besarse una misma, ¡qué gracia!, besarse una misma, nunca lo había notado, ppp ¡uá!, la colilla casi me quema, casi, bonita palabra, casi, ligera, casi, útil, casi, casi todo es casi, ¡ahá!, tengo que apuntarlo, casi todo es casi, no, me acordaré, pero ¿cómo voy a acordarme si tengo la cabeza vacía, completamente vacía, llena de aire?, por eso puedo flotar, y girar, y ver lo que está pasando detrás, es tan gracioso, es tan gracio ver a Pulga hablar, ¿con quién está hablando?, tan relaja, pero este cuarto parece más lar que cuando entré, el humo, tiene que ser el hu, el hu cambia mu, aunque no es un cuar, es una cueva, debe ser bonito vivir en una cue, volver a la cue, la bombi parece un sol, ¡uuaa!, eso sí que tengo que apuntar, la bombi parece un…, ¿qué parece?, ¿estoy ya alta?, creo que no, todavía no, relaja, sí, ¿o estoy dormi y no me doy cuén?, es lo bue de la hier, dejas de pen, si no quie pen, no pien, y si quieres pensar, piensas, ¡wau!, ¿qué le pasa al colchón?, ¿por qué se derrite?, ¿o no se derrite?, debe ser un colchón especial, no me había fijado, ¡qué tranquila se está en él!, seguro que se duerme mejor que en cualquier cama, y esta mancha, no la había visto antes, marrón, no rojiza, marrón, aquí, en medio, debía apoyarse el hierro, el…, ¿cómo se llama lo que está debajo?, no, no es el hierro, es un hierro, pero no es el hierro, es igual, se nota la línea, tan recta, y aquí un agujerito, casi no se ve, antes no se veía, pero se palpa, con los dedos se siente perfectamente, como si se viera, y salen pequeños granos, como bolitas, duras, pequeñas, no las veo, no pueden verse, pero se sienten entre los dedos, ahora las veo, cómico, ahora puedo verlas, como pequeños balones manchados de barro, como balones solos, sin jugadores, qué gracia, uno, dos, tres balones, ¡buff!, volaron, los balones también vuelan, todo vuela, qué gracia, pero qué grande es esta mancha, enorme, debe tener, un momento, un dedo, medio… —¿Cuántas pulgadas tiene un dedo, Karenga? —¿Qué? ¿Habéis oído eso? Poca Cosa pregunta cuántas pulgadas tiene un dedo, ¿por qué no preguntas cuántos pies tiene un dedo? —¡Cuántos pies tiene un dedo! ¡Gracioso!, ¡realmente gracioso!, ¡gran!, no puedo resistirlo, gran, perdona, me muero de risa, ¿qué decías, Ka?, perdona, todo es tan, tan, ¿cómo se dice?, tan

denso, eso es, tan real, bueno, ya sabes. —¿Petrificada ya, Poca Cosa? —¿Qué? No, bueno, no sé, qué importa, ¿has notado las vibraciones de este sitio?, es una cueva, me gusta, ¿quién vive aquí?, ¿o no vive nadie?, pero nosotros vivimos aquí. —¿Qué decías, Poca Cosa? —No sé. —¿Qué te pasa? —Nada, ¿qué va a pasarme?, no hay esquinas, ¿te has fijado que no hay esquinas?, groovy, ¿verdad?, no puntas, no bordes, no filos, todo es tan, mira el colchón, puedes ir directo al suelo, resbalar hasta el suelo, pero el suelo es también blando, es también un colchón, tócalo, blando, blan-do, blan..., ¿dónde está Pulga?, ¿ha visto alguien a Pulga?, salió hace dos días y no ha vuelto, ¿crees que le habrá pasado algo?, puede haberle pasado algo, los cerdos, ¡Pulga!, ¿vio alguien a Pulga? Favor, ¿vio alguien a Pulga? ¡Pulga! —Pulga, ¿pero qué estás haciendo ahí? Alguien te buscaba, no, yo te buscaba, ¿te buscaba yo?, di, ¿te buscaba?, ¿qué haces? Sí, una grieta.
—¿Bonita, eh?
—Seguro.
—Cuando dices bonita, ¿quieres decir bonita realmente o bonita en un sentido abstracto, irreal?
—No, no, bonita realmente.
—¡Ah!
—Bonita, ¿eh?
—Yeha.
—¿Te has fijado en la curva aquí, en la mitad? Es un milímetro más ancha.
—Ahá.
—¿Pero la ves?
—¿Veo el qué?
—Vamos a ver, Pat: te voy a ir enseñando cosas y tú me dices lo que se te ocurre. ¿Entendido? Sin prisas, no tienes que ponerte nerviosa.
No estaba nerviosa en absoluto, sentada en el sillón de cuero negro, demasiado grande para ella. Pero cuando el doc-

tor sacó, como un prestidigitador, la lámina con un lobo con cabeza humana, se llevó un susto.

—¿Qué es eso?

Sonrió afectuoso, era un tipo allá por los treinta y pocos, que la barbita roja y las gafas de pesada montura intentaban hacer mayor.

—Eso me lo tienes que decir tú a mí, Pat. ¿Qué es?

Hizo un gesto raro.

—Un lobo con cabeza de hombre.

—¿Nada más?

—No, ¿qué es más?

No le contestó, pero sacó otra estampa.

—¿Y esto?

La lámina mostraba ahora un toro, un buen semental de cuernos afilados, que había dejado un momento de pacer para mirar altivo.

—Una vaca.

—No, Pat, no es una vaca, es un toro, ¿no te das cuenta?

—Nunca he visto un toro.

Parecía un poco fastidiado, como si las cosas no marcharan bien.

—Tampoco has visto un lobo y lo reconociste. Lo que quiero que me digas es lo que piensas cuando te enseño la lámina. ¿Sueñas alguna vez que te persigue un toro?

—No.

—¿En qué sueñas?

—No me acuerdo.

—¿Pero son cosas buenas o malas? ¿Te despiertas de noche con pesadillas?

Eso lo sabía.

—No, no, siempre cosas buenas, por eso me gusta tanto dormir. Ma dice que duermo demasiado.

Hizo una pausa para ir hasta la ventana. Al volver, era de nuevo el hombre afable, seguro de sí mismo, con la solución de todos los problemas en el bolsillo de su traje marrón, a la última moda, no llevaba bata blanca, como los otros médicos. Se quedó frente a ella.

—Vamos a ver, Pat: esto es como un juego, yo te digo unas palabras sueltas y tú me dices inmediatamente lo que se te ocurra, ¿de acuerdo?

—Okay —se arrallenó en la silla.

—¿Vestido?

—¡Blanco!

—¿Coche?

—¡Sí!

—¿Ojo?

—¡Cerrar!

—¿Mano?

—¡Aro!

—¿Mesa?

—¡Comida!

—¿Rojo?

—¡No!

—¿Hombre?

—¡Pa!

El corte fue tan brusco que ella seguía con la boca abierta, a la espera de la próxima pregunta, que no llegó. Él la observaba astuto, mientras se acariciaba la barba.

—Vamos a ver, Pat: ¿tu padre es el único hombre que conoces? ¿No tienes amigos?

—Muchos, todos los niños que conozco son mis amigos.

—Pero uno especial. ¿No tienes novio? No me irás a decir que una chica como tú, tan guapa y de, ¿cuántos años?, once, ¿verdad?, no tiene novio.

—No —se lo decía como excusándose por desencantarle. Él había dejado de acariciarse la barba, era más bien una perilla, y por primera vez daba muestras de verdadero nerviosismo. Se fue al otro lado de la mesa para coger de un cajón un martillito.

—Vamos a ver cómo andas de reflejos. No hagas ningún

esfuerzo, deja la pierna muerta; y no tengas miedo, que no voy a hacerte daño.

El golpecito en la rodilla hizo dar al pie una patada en el aire. A ella la hizo gracia, pero se apresuró a explicar:

—Fue sin querer.

La golpeaba otra vez, había apoyado una rodilla en el suelo para no tener que agacharse tanto.

—No te preocupes, así es como tiene que ser. Vamos a ver la otra. ¡Ahá!, perfecto, esto ya está.

Pero la mano, no la del martillito, la otra, seguía en la rodilla, en la suave iniciación del muslo, se deslizaba bajo la falda, como algo con vida propia, ajeno a los dos, aunque él jadeaba, tragaba saliva, mientras la miraba firme, fieramente, a los ojos, en los de ella había sólo curiosidad. Cuando habló lo hizo con voz ronca.

—Pat, dime la verdad, ya sabes que al doc no se le puede mentir, ¿te has hecho cosquillas aquí alguna vez?

Era ya una carne tibia, recubierta de pelusa, como la cabeza de los bebés.

Movió asombrada la cabeza.

—No. No me gustan las cosquillas, tengo muchas.

Siguió una pausa, larga y afilada como un silbido.

—¿No sientes nada? —Ahora estaba rojo, las gafas le habían caído hasta la mitad de la nariz, no parecía darse cuenta.

—No, ¿qué tengo que sentir, doc?

Sacó la mano de un tirón, como si le costase un gran esfuerzo.

—Nada —estaba ya de pie. Brusco—. Bueno, Pat, hemos acabado. Y acuérdate de que no se puede contar a nadie la consulta con el doc, ni siquiera a los pas.

suave, qué paisaje tan suave, tan ondulado, sin bordes, sin aristas, sin filo, como una playa, eso es, como una playa, como las dunas de Jones Beach. —Pat, ¿has estado en Jones Beach?, claro qué tonto soy, ¿cómo ibas a estar en Jones Beach si llegaste hoy?, ¿tenéis buenas playas en New Hampshire?, hace un montón de tiempo que no voy a la playa, de pequeño me llevaba muchas veces, él no, él prefería dormir, ¿me oyes, Pat?, te estaba diciendo que eres como las dunas de Jones Beach, blancas, suaves, donde te hundes, pero no, las dunas queman, tienes que andar a saltos, esto no quema, tu piel no quema, tibia, distinta, todo distinto, la materia, el relieve, aquí, en el hombro, liso, los dedos resbalan, no pueden agarrarse, tengo que agarrarme al pecho, perdona, si no, me caigo, el pecho, en cambio, está relleno de pequeños tallos, se sienten, crujen, a lo mejor no son tallos, a lo mejor son canales, miles, millones de canales, sería interesante contarlos, porque se sienten, con los dedos podrían contarse, ¿cuánto tiempo duraría contar un millón?, porque son canales, no carne, la carne es distinta, ¿y el plástico?, debe ser gracioso acariciar el pecho de una que se lo haya hecho rellenar de plástico, ¿o no es plástico?, sí, es plástico, se inyectan plástico y..., aquí es distinto, aquí se hunde, ¡qué hondonada al borde de las costillas!, da vértigo, ¡cataplum!, la caída, me hundo, los dedos se hunden, esto sí que es andar por la playa, iu-iu, iu-iu, se nota el estómago debajo, funcionando, aunque aquí no está el estómago, ¿qué hay aquí?, aquí desde luego, el vientre, pero aquí, al lado, ¡cómo tiembla!, debe ser una vena muy grande, ¡qué gracia!, se escapa, ¿dónde se ha metido?, desapareció, ha debido meterse debajo de esta roca, ¡iupa!, arriba, ¡qué panorama!, aquí se está más firme, sólo la piel recubriendo el hueso, enorme, qué hueso tan enorme, tengo que ver si los hombres lo tenemos tan grande, somos muy distintos, ¿dónde está mi mano?, ah, sí, en la cara, tiene una cara sensible, la verdad es que no me había fijado bien, cómico, ¿eh?, ¿cómo se llama?, ¿será posible que no me acuerde?, es difícil, y lo demás tan fácil. —¡Eh!, tú, Pat, sí, Pat, claro, Pat, oye, Pat, ¿te había dicho que tienes, que eres, ¿me oyes?

—No tienen por qué preocuparse. Pat es una niña completamente normal, tal vez un poco retrasada para lo que son las niñas de hoy, pero eso no es nada grave. En un par de años habrá alcanzado su desarrollo social y sicológico, sobre todo social, que es donde más flojea.

Había recuperado su pose doctoral. Les había hecho pasar al despacho y ahora era Pat la que esperaba fuera.

Ellos parecían aliviados, sobre todo él, que se volvió con reproche a la mujer.

—Te lo decía, te lo venía diciendo. Pat es completamente normal.

Desde el otro lado de la mesa, alguien le corrigió:

—Completamente normal no hay nadie, Mr. Hultom. Ni siquiera yo. —Les sonrió orgulloso del chistecito.

Pero la mujer no las tenía todas consigo.

—¿Usted cree que no necesita alguna sesión más para, ¿cómo ha dicho?, para recuperar su retraso?

Como si le hubiese nombrado el diablo. Hasta puso las manos por delante, en alto.

—¡No! ¡No! Déjenla. Y no se preocupen, ya madurará por sí sola. En estas cosas lo mejor es dejar a la naturaleza cumplir sus ciclos.

le siento más a él que a mí, le siento sólo a él, como si yo no existiera, groovy no existir, como un pez vivo, no, como un pájaro en la mano, un pájaro suave, caliente, cada latido me resuena en todo el cuerpo, ¿cómo es posible que el corazón golpee de esta manera?, porque es el corazón, todo viene del corazón, yo también, yo también vivo de su corazón, si se parase ahora, nos moriríamos los dos, pero no, imposible, tic-tac, tic-tac, como un reloj, como un reloj de péndulo, no me gustan los relojes, nunca me han gustado los relojes, bueno, los de arena, los de arena son otra cosa, no son relojes, ¡es tan bonito ver caer la arena!, grano a grano, suavemente, hora a hora, darle la vuelta, dejarla caer, correr, entre las manos, como en la playa, ¿qué decías, Pulga, antes de la playa, de la arena?, sentirla escapar, deslizarse, tan lisa, tan suave, como ahora.

—Pulga, ¿tú crees que un reloj de arena es exacto?

—¿Qué quieres decir con exacto?

—Bueno, exacto, ya sabes, unos segundos duran más que otros.

—¿Realmente unos segundos duran más que otros?

—Seguro, ¿tú qué piensas?

—Si tú lo dices, de acuerdo.

éste, este segundo, por ejemplo, ¿o son ya horas?

—Pulga, ¿cuánto tiempo lo estamos ya haciendo?

—No sé, largo, ya sabes, con la hierba.

—¿Una hora?

—Maaás. Por lo menos dos o tres.

—Más, más, pero ¿para arriba, para abajo, para los lados?, ahora sí que estoy alta, y todo tan normal, ahora sí que lo siento, ahora sí que me siento, todo el cuerpo, las uñas de los pies, las cejas, el pelo, cada pelo, cada hueso, lo que más siento son los huesos, como si fueran a romperse, a estallar, ya empiezan a estallar, imposible, imposible sostenerlo todo, imposible sentirlo todo, imposible quedarse unida, imposible quedarse, quedarse, quedar, imposible, pero no soy yo la que estalla, él, ahora sí que es imposible, ahora sí, a-ho-ra, lamuertedebeserasí, desintegrarse, poco a poco, lentamente, finalmente, deseándolo, de-sin-te-grar-te.

II

—Estás hablando en broma, ¿verdad, John?

El otro era justo la cara opuesta de la broma, un hombrecillo de cabeza grande, amelonada, muy erguido en el sillón
ante la mesa. Ensayó una sonrisa compasiva.

—No, Howard, no he hablado más en serio en mi vida.

Debía ser también el tono, un tono solemne, profundo, lo
que le tenía sorprendido. Se quitó las gafas para verle
mejor.

—Pero vamos a ver: si me dijeras que quieres dejar la firma porque otra te está ofreciendo más, de acuerdo, lo com-
prendería... —una sospecha imprevista debió cruzar por
su mente como una golondrina; sonrió pillín—. ¿O es
eso? Es eso, ¿verdad? Quieres pasarte a la competencia.
¿Qué hay de un aumento de sueldo?

El otro le miró compasivo, todavía sonriente, como a un
niño.

—Howard, escucha bien y por favor haz un esfuerzo para
comprenderlo: estoy cansado de la Madison Avenue, no
quiero saber más de ella. Ni de la Quinta, ni de la Séptima,
ni de este despacho donde he enterrado veinte años de mi
vida, ¿no lo entiendes? No, no lo entiendes, es igual, pero
hasta ahora he hecho sólo lo que creían los otros que debía
hacer, en adelante voy a hacer lo que yo creo que debo
hacer. ¿Lo entiendes ahora?

El del otro lado de la mesa le observaba atentamente y se
llevó las manos, pegadas por las palmas, como en oración,
hasta la boca, antes de hacer girar su sillón hasta dejarlo
cara al gran ventanal a su espalda, en realidad una pared
de vidrio, aquel edificio no tenía otras paredes, era una
gran pajarera de cristal, y ellos estaban por lo menos en
el piso cincuenta. Fuera, Nueva York era una postal navi-

deña bajo la nieve, desde allí no se apreciaba el barrizal de las calles, el infinito esfuerzo de los coches, autobuses, peatones para moverse con aquella nueva dificultad que les había venido a caer encima.

—¿Y qué es lo que tú crees que debes hacer? —Se había girado de nuevo frente a él, pero conservaba las manos en actitud suplicante, que en él no lo era, se trataba de un tipo macizo, sonrosado, con gafas de gran montura, pelo blanco y ojos tan fríos como los de un cadáver de ocho días.

El otro, en cambio, pese al aura en torno, era un tipo mucho más inestable, se veía. Estalló.

—¿Que qué es lo que debo hacer? ¡Montones de cosas, Howard! ¡Montones de cosas! Dios me ha nombrado su agente de relaciones públicas, sí, su agente de relaciones públicas, no te asombres, lo asombroso era que Dios no tuviese agente de relaciones públicas en un mundo como el de hoy, donde no puede hacerse nada sin cuidar las relaciones. No, no me digas que ya lo tiene en las iglesias —el otro no decía nada—, las iglesias se han quedado completamente anticuadas, no me negarás que se han quedado anticuadas, ¿eh, Howard?, todas; lo que Dios necesita es un hombre que entienda las relaciones públicas, con ese hombre el mundo irá mucho mejor y Dios estará mucho más satisfecho, porque no me irás a negar que el mundo anda mal, ¿eh?, ¿o me lo niegas?

—Bueno, bueno —Howard parecía un mal patinador en una pista de hielo, ansioso de encontrar algo a qué agarrarse antes de darse el morrazo. Pero el otro no se paraba así como así.

—¿No crees que hay muchas cosas que arreglar? ¡Claro que lo crees! Pero Dios no va a bajar a ponerse a arreglarlas como un fontanero. Fíjate en los críos, están completamente desorientados, ¿por qué te crees que toman drogas? ¡Pues por eso, hombre, precisamente por eso!

Porque nadie les hace caso, si alguien les hiciese caso, si alguien se interesara por ellos, ¡a buena hora iban a tomar drogas!

—Por cierto, John —el otro parecía algo más seguro, se había agarrado a los brazos del sillón giratorio—, ¿y qué vas a hacer con los tuyos?, a tus chicos me refiero.

Le pilló un poco por sorpresa, pero aquel hombre era ya invulnerable, como superman.

—¿Mis chicos? Se han ido de casa; desde que entraron en el college, se fueron de casa.

—¿Y tu mujer?

—¿Grace? No te preocupes por ella, posiblemente ni se enterará. Aunque vivimos en la misma casa, hace un montón de tiempo que no nos vemos.

Allí parecía que no había mucho más que hablar.

—Bueno, entonces... ¿estás completamente seguro?

—¿Seguro? —el hombrecillo se había echado hacia adelante y le apuntaba con el dedo extendido, como una pistola, pero su voz era dulce, persuasiva—. Howard, si comprendieras la alegría, el placer que hay en servir a Dios, tirarías todos estos muebles por la ventana y te vendrías conmigo, te ase...

Pero no le dejó seguir.

—No, John, por favor, que ya hemos perdido bastante tiempo. Si quieres dejar la firma, déjala, pero no trates de convencerme, sería una pérdida de tiempo para ti y para mí.

Se había puesto de pie, ahora se veía cuánto más alto era que aquel hombrecillo de cabeza demasiado grande, nariz protuberante y piernas zambas, posiblemente muy delgadas, que se perfilaban a través del pantalón. Pero aun así, ahora, el que dominaba era él.

—¿Tú crees que estoy loco, verdad?

Howard estiró el cuello como los gallos antes de lanzar el kikirikí. Pero no llegó a lanzarlo.

46

—Sí, lo crees, confiésalo, no te lo voy a tomar a mal; como comprenderás, el encargado de las relaciones públicas de Dios no puede tomar a mal nada de lo que hagan los hombres. ¿Sabes lo que me dijo el otro día? —esperó un plazo razonable para que el otro mostrase sus especiales conocimientos—. Pues me dijo: John, no te preocupes si te llaman loco, eso no debe preocuparte. Si te llaman listo, sí, preocúpate. Pero ahora, Howard, voy a decirte yo a ti una cosa: un día te pondrás a mirar lo que has hecho, lo que estás haciendo, lo que vas a hacer, y te darás cuenta de que eres un tonto, no un loco, un tonto, y lo dejarás todo, ¿entiendes?, todo. Pero no te preocupes, ese día me tendrás a mí para ayudarte. Y ahora, adiós.

Fue un salida espectacular. Tras aquella perorata se dirigió a la puerta sin volver ni una sola vez la cabeza, pero el otro no le vio, el otro se quedaba como preocupado.

como una onda, como esos círculos que pintan en los anuncios, unos dentro de otros, cada vez mayores, sólo que no son ondas, son ideas, «FORD TIENE LA MEJOR IDEA», pero yo no tengo ideas, ¿tengo yo ideas?, cómico, es tan cómico quedarse aquí, echada, esperando la resonancia, todo resuena, resuena todo el cuerpo, hasta los pelos resuenan, Pulga, ¿resuena también tu pelo?, ¿verdad que sí? ¿Pulga?, ¿Pul...?, ¿dónde estás?, ¿no estás aquí? ¡Pero si estabas aquí! —se irguió rápida, confusa, hasta quedar sentada—. ¿Pulga? —le contestaron las cosas dormidas, el colchón, áspero, el bolso, de almohada, el suelo, duro, las paredes, mudas, la bombilla, ciega, sus propias manos, refregándose los ojos, mis ojos.

—¿Pulga? ¿Karenga? —en voz alta, pero sólo a media voz.

Nada.

—¿Nadie aquí?

Los rincones eran montones amorfos de sombras, no disueltos por la luz vacilante que se colaba por la puerta entreabierta del pasillo.

—Bueno.

Estuvo todavía un rato inmóvil, un poco cosa ella misma, participando de la callada respiración del sótano. Cuando se levantó, lo hizo sin urgencia, sin abandonar del todo la vaga sonrisa que tenía dormida. Las sandalias estaban en la esquina opuesta, tuvo que palpar el suelo hasta dar con la segunda. El pasillo, con luz natural, parecía más bajo, más pequeño; los tres escalones y la algarabía de la calle, donde olores, ruidos y colores se peleaban como perros vagabundos, sin llegar a morderse. Por un momento se imponía la furia de una motocicleta, que era tapada por el vestido amarillovioleta de una puertorriqueña, y todo barrido de trecho en trecho por el olor sólido de las bolsas de desperdicios tiradas en las aceras. Flotaba un calor húmedo, espeso, sucio, palpitante, pero ella no parecía notar nada, como esos faquires que pasan a pie desnudo sobre las brasas, sonriendo desde su lejanía a todos, indiferente a todo, andando como se respira, sin darse cuenta de nada. ¿Es por la mañana o por la tarde? Cómico, aquí no se ve el sol, aunque esto pasa después del viaje, no se sabe, nunca se sabe, tengo suerte de no tener malos viajes, dicen que, y el de ayer fue tan, todo fue tan, suerte encontrarles, así, ya al principio, la primera noche, pero ¿por qué se marcharon sin avisar?, debieron verme tan dormida que no quisieron despertarme, seguro, buena gente, tienen que estar por aquí, seguro que les encuentro, Fillmore East, ¡con que éste es el Fillmore East! Me lo había imaginado más grande, en las fotos parece más grande, aunque dentro, dentro tiene que ser más grande, tengo que venir, ¿quién toca esta noche? The Stinks, ¡wau!, ¿tengo pan?, momento..., sí, está todo, la cizaña, no, la cizaña se la llevaron, ¿o nos la fumamos toda?, era un cuarterón, bueno, otra vez fumaré de los otros, genial pueblo aquí, cósmico, me encuentro un poco conservadora, en New Hampshire vamos siempre detrás, voy a comprarme un cinto de esos, y un sombrero, no, un sombrero, no, nunca me han gustado los sombreros, aunque aquí todas los llevan, y no están tan mal, cómico, pero antes de nada voy a comprarme un helado.

—Dios es la solución.

—¿Dios es la solución?

—¡Sí! ¡Dios es la solución!

—Oye, fíjate en lo que dice éste, que Dios es la solución.

Estaban sentados en las escalerillas que conducían a la puerta de la casa, cuatro o cinco, arracimados, un día desapacible, uno de esos días de abril neoyorkino que parecen tener fiebre, con sol ya fuerte, pero ráfagas heladas, y niebla, agua, nieve incluso, alternándose cada poco, estaban en las escalerillas, escuchándole, por allí no había mucho qué hacer y al menos se estaba un poco más caliente, con la pizzería al lado.

—¿Duda alguien de que Dios es la solución?

En cualquier sitio hubiese sido estrafalario, con su poco pelo en melena, su cuerpín de niño que apenas podía sostener la cabezota, sus ropas de colorines, su cartelón en el pecho y la espalda —DIOS ES LA RESPUESTA—, pero allí, no, allí, cada cual iba como le daba la gana, allí, los únicos que desentonaban eran los guardias, de uniforme, y los turistas, que fusilaban a diestro y siniestro con sus cámaras, al tipo, no, al tipo debían confundirle con un hombre-sandwich y no les interesaba.

Se probó por lo menos tres docenas de cintos hasta encontrar el que le gustaba, uno muy ancho, muy basto, de doble fila de agujeros y hebillón de cobre.

—¿Cuánto?

—Nueve pavos.

—Okay.

Salió con él ya puesto y echó Saint Marks arriba. Nueva York parecía serenarse en aquella calle breve, una manzana sólo, tan llena de colores como un loro, con corros excitados en las aceras y pasivos espectadores en las escalerillas de todas las casas. Un par de veces creyó reconocer a alguien, incluso llegó a saludarle, pero todo se resolvía en frases de ritual, sin sentido, que no llevaban a ningún sitio. El uniforme era barba, o lo que se tuviera, para ellos y pelo largo, suelto sobre los hombros, para ellas. Hacia la mitad de la calle estaba el Electric Circus, pintado de azul rutilante, con una gran bandera a plomo sobre la fachada. «Abierto a las 9 de la noche», había ya gente esperando en las escaleras, había gente en todas las escaleras, los vecinos tenían que hacer equilibrios para salvar aquellos cinco escalones hasta la calle, saltando sobre las cabezas de los sentados, pegándose a una de las barandillas. Eligió unas cercanas al extremo oeste, junto a la pizzería, cuyo olor a masa que se abre y a orégano se extendía por aquellas inmediaciones.

—Jai.

La señora no sabía qué hacer, estaba asustada y lo peor era que nadie intervenía; en la Cuarenta y Dos, a la entrada de la Central Station, había cientos de personas a aquella hora, pero nadie intervenía, nadie hacía un gesto de pararle, de hacerle callar, de llevárselo, algunos ni siquiera se detenían, como si fuera un asunto privado de ella y él, echaban una mirada de refilón y seguían rápidos su camino, claro que podían perder su tren, ella también, iba a perderlo, el de las cinco menos diez ya habría salido, y no había otro hasta las cinco y veinte, pero el individuo no la dejaba avanzar, ni los otros retroceder, ¿pero qué quiere?, ¿qué está diciendo?, ¿no hay aquí ningún guardia?

—¿Cuántos animales libres ha matado hoy? —se lo decía sin rabia, con pena, doliéndole, era un tipillo de cabeza descomunal, chaqueta naranja, pantalones amarillos y zapatillas de tenis sin cordones—. Asesinado, mejor dicho. La hermosa vida de la Tierra está siendo asesinada, los hermosos animales salvajes, que no son salvajes, Dios los ha hecho así, ¿no se da cuenta? Y usted es cómplice en esa matanza, sí, señora, cómplice. Lo que pasa es que no quiere darse cuenta, cómplice, usted, con sus zapatos, con su cinto, con su bolso, ¿no se ha preguntado nunca de dónde ha salido la piel de su bolso?, ¿y las plumas de su sombrero?, ¿y su abrigo de pieles? ¿A que tiene un abrigo de pieles?

Fue cuando apareció el guardia, una de esas moles enfundadas en azul arrugado, lleno de lamparones.

—¿Se puede saber qué pasa aquí?

—Jai.

En el cuarto escalón había un sitio libre, junto a aquel barbudo de ojos brillantes que hacía ganchillo. Es tan sencillo ver pasar pueblo, estarse quieta, no moverse mientras el pueblo se mueve, aunque no se mueva, el pueblo es tan, es tan real ver, a lo mejor les veo, a lo mejor pasan, tienen que andar por aquí, tengo tiempo, todo el tiempo que quiera hasta las once, no se abre hasta las once, que no me olvide, a las once, es tan fácil olvidarse, tan fácil todo.

—¿Te sobra una perra, hermana?

Se lo había dicho el del escalón de abajo, rubio, muy delgado, de facciones delicadas y unos ojos tan azules que parecía imposible.

—Sí, creo, momento.

Rebuscó en la bolsa hasta encontrarla.

—Gra.

—Okay, a las once, que no me olvide.

—¿Nombre?

—Goal, John Goal.

—¿Goal, como gol? —el policía vacilaba antes de aporrear de nuevo la máquina, una máquina antidiluviana, le habían llevado a la Comisaría de la Calle Cincuenta y Uno.

—Exactamente, oficial, como gol —él parecía ansioso de ayudar, aunque un poco ajeno al guirigay del precinto.

—¿Ése es el verdadero nombre o un alias? —el agente parecía tener cierta dificultad en encasillar a aquel tipo estrafalario que le habían traído de la Central Station, igual podía ser un estafador que un infeliz. Alteración de orden público, nada, una advertencia y a la calle, ¡pues estamos nosotros buenos para perder el tiempo con chalaos!

—Mi verdadero nombre es ése. El otro, con el que me conocían los hombres, era John Smith.

—Entonces, Smith —el agente escribía sólo con dos dedos y hablaba para sí—, Smith, éste sí que parece un alias.

andar por Nueva York sin hacer otra cosa que eso, que andar, era un continuo sobresalto, un turbado desconcierto, como caminar entre decorados de teatro, la decoración cambiaba constantemente, y los actores, y el público, y la luz, y la atmósfera, todo, como si fueran muchas ciudades distintas, que nada tuvieran que ver entre sí, metidas, prensadas, en la isla, la sensación de isla no desaparecía nunca, al revés, incluso se balanceaba.

—¿Edad?

—Cincuenta y dos.

—¿Profesión?

Lo dijo como la cosa más natural del mundo:

—Encargado de las relaciones públicas de Dios en la Tierra.

Levantó los ojos del teclado para ver si se estaba riendo de él. No, el pájaro estaba tranquilísimo, inefable, hasta un poco orgulloso. ¿Ha dicho encargado de...? El comisario, que les había estado escuchando en silencio desde la mesa grande, se limitó a indicarle:

—Pon agente comercial.

veinticinco, me dijo veinticinco, un real, tengo que tenerlo —la Cuarenta y Dos, a aquella hora, era una marea humana de todos los estilos y calibres, bajo luminarias de colores—, claro que tengo que tenerlo, me llevé todo el suelto del cerdito de Ralph, ¡wau, cuando se enteren!, ya se habrán enterado.

—No ha venido a dormir, tiene la cama sin deshacer, estaban en la cocina, ella todavía en bata, el pelo mal sujeto por largas horquillas, él ya afeitado y vestido, no la contestó hasta terminar el jugo de naranja, parecía de mal humor.

—¿Y qué te esperabas? ¿No me dijiste que la viste salir ayer con el saco? Venga, dame el café, que estoy tarde.

Se lo sirvió en silencio. Entró Ralph, en pijama, el cerdito roto en las manos, para quedarse parado, mirándoles, un chico rubio, guapo, de unos diez años, con el corpachón de más. Su madre le limpió los silenciosos lagrimones con el delantal.

—Ven. ¿Qué quieres desayunar? Hoy tienes rosquetes. No llores, tu pa te dará lo que se llevó —y ya a él—: Esta chica no tiene remedio —parecía no haberla oído, ensimismado en su café, eso debió animarla a seguir—. Lo mejor sería que no volviese.

pero tiene que quedarme, no me gasté todo en el helado, además, me devolvieron del cinto, en este bolso no hay quien encuentre nada, ¡aquí!, menos mal, en la esquina, se había ido a la esquina, veinticinco, las once y diez, y se abría a las once, ¿cómo se me habrá pasado el tiempo tan rápido?, se estaba bien allí, groovy, pero debí coger el bus, es más lejos de lo que pensaba, mucho más lejos, ¡mira que si me lo han limpiado!, bueno, no gran pérdida, lo sentiría sólo por el saco de dormir, por el saco, sí, fue cósmico, nunca había sido tan cósmico, tan tranquilo, tan, ¿por qué se marcharían sin avisar?, ¿llegarían los cerdos?, imposible, me hubieran despertado —Perdón—, la gente anda por aquí tan poco balanceada, tan poco relajada —era una masa heterogénea, sudorosa, vociferante en su torno, sin llegarla a tocar jamás—, me siento gran, ¿estoy aún alta?, imposible, ha pasado un día, ¿ha pasado un día?, ¡mira que si hubiese penduleado dos días sin enterarme!, las luces de la Octava la detuvieron, al Terminal sólo había un bloque, y cruzar la avenida, claro.

—Un centavo, la máxima donación que admito es un centavo, la perdición de las iglesias fue aceptar todo lo que las daban, yo no admito más que un centavo, y pensadlo bien: para vosotros es una acción en la gran Compañía del Señor.

Los individuos de la barra se habían vuelto de mala gana, alguno incluso hosco, pero era tan ridículo, tan inofensivo, que el ceño se disolvía inevitablemente en sonrisa.

—Toma una perra y déjanos en paz —lo decía el de la esquina, el que tenía más próximo, un tipo con brazos como piernas de muchacha, sólo que velludas y cubiertas de tatuajes, debía ser descargador o camionero, se oía por allí cerca el gemido de las sirenas.

—No, no —el elemento se escabullía, era imposible atraparle—, si no tienes un centavo, déjalo, sólo puedo aceptar un centavo, está en mi contrato.

—¿Y una cerveza? ¿Puedes aceptar una cerveza? —uno de los del medio, un negro impresionante, con gorra visera y dientes como fichas de dominó. Levantaba su bock, de lo menos un litro, allí no se vendían cañas ni tonterías de esas, lo más pequeño era un litro.

—Puedo aceptarla, pero prefiero dejarlo para después de que haya despachado con el Jefe —lo decía con una sonrisa de disculpa.

—¿Sigues hablando diariamente con Él, John? —el tabernero, muy serio, mientras secaba vasos.

—Sí, excepto los domingos. Los domingos, descansamos.

—¿Pero de qué habláis?

Se lo decía como un secreto:

—De lo que pasa por aquí. Lo que el mundo necesita es un hombre que hable directamente con Dios.

—Entonces ¿para qué quieres el maldito centavo? —el que había hablado primero, todavía buscándose en los bolsillos.

—El centavo es mi salvavidas, sólo para mantenerme a flote. Pero lo que me hace respirar es Dios, Dios es el aire.

A los que sonreían se les heló la sonrisa en los labios, y buscaron ávidos la savia espumosa.

¡wau!, fresco aquí, ahora nota una todo el calor de fuera, tan fresco, tan suave, hacía mucho tiempo que no dormía así, fue el mejor pito de mi vida, y el mejor hacerlo, grande, real, sobre todo, real, ¿por qué no puede ser siempre así?, pocas veces es así, en realidad, casi nunca, pero tan cómico despertarse sola, pena que se llevaran la cizaña, el pan estaba todo en el bolso, pero la cizaña me la pelaron, ¡está abierto!, se ve ya desde aquí, y el saco dentro, después dicen que en Nueva York pelan tantas cosas, ¿o se lo habrán llevado de dentro?, no, se hubieran llevado todo el saco, y no voy a ponerme ahora a mirar, ¡clark!, menuda cerradura, ni que fuera una caja de caudales, ¿estará Pulga por aquí?, voy a echar un vistazo, ¿por qué no me avisó?, es lo terrible, que nadie avisa nunca, nadie, nunca.

—No es que Mrs. Bell esté gorda, Pat, es que va a tener un niño. Ven que te lo explique —se la llevó hasta el sofá de la sala. Pat se quedó de pie, ante ella—. ¿Sabes cómo nacen los niños? —movió la cabeza lentamente, muy seria—. ¿De verdad no te lo han dicho tus amigas? Bueno, mejor. Mira, los niños, cuando son muy pequeñitos, tan pequeñitos que no pueden andar, ni comer, ni nada, están en la barriguita de su ma, sí, aquí —se palpaba bajo la cintura—, tú también estuviste aquí, y Ralph, y Anne, ¡lo que pesabas! Tú no puedes acordarte de eso, nadie se acuerda, se es demasiado pequeño; bueno, cuando son ya un poco grandecitos, a los nueve meses justos, nacen —se la quedó mirando con cariño, era una niña alta, rubia, de facciones abiertas y ojos un poco tristes—. Tú también tendrás niños, Pat, así, como te he dicho, ¿entiendes?

Estaba anormalmente seria.

—Sí, ma, pero ¿cómo entran ahí dentro?

La soltó casi con miedo. Fuera se adivinaba una mañana espléndida de verano.

—Anda, vete a jugar. Ya te lo explicaré otro día, cuando seas mayor.

no, no está, ya me lo parecía, dijo que iba a trasladarse a Broadway, aunque aquello está lleno de cerdos, y esto, ¿para qué se necesitan tantos cerdos?, ¡mira que si tengo un hijo de él!, no, no puedo tenerlo, ¿qué día es?, bueno, a lo mejor, pero no, eso tienes que sentirlo, estoy segura de que cuando pasa, lo notas, lo sientes, lo, aunque ayer fue tan, no sé, tan ligero, es lo que te pasa con la hierba, que te vuelves ligera, toda, todo, voy a mirar por si acaso en el drugstore, pero seguro que tampoco está.

—Pues es mentira que las mamás puedan traer a los niños solas. Necesitan un hombre, por eso se casan.

Se lo decía en un susurro, inclinada sobre el pupitre para que la maestra no las oyese hablar. Pat estaba tan indignada que le costó bajar la voz.

—Eso es mentira, Eve. Se puede tener un niño sin estar casada. Rosa...

La cortó. Eve era una niña de rasgos muy femeninos, muy bellos, ojos grandes y cabellera castaña.

—Entonces es que lo hizo con un hombre.

—¿Hizo el qué?

—Eres tonta, ¿qué va a ser?

Ahora estaba, sin saber cómo, roja. La otra, en cambio, serena. Con una serenidad maliciosa.

—¿De veras no sabes lo que es?

Movió la cabeza, roja todavía.

—¡Eve! ¡Pat! —la voz de Miss Lorenz sonó como un látigo que restallase sobre la clase. Todos los ojos se volvieron hacia ellas, que se agacharon aún más—. Levantad las cabezas, que os vea las caras. Así. Y que no os vuelva a ver hablar.

Se lo dijo rápida, mientras sonreía a la maestra, casi sin mover los labios.

—Te lo diré en el recreo.

¿y por qué no podemos nacer de otra manera?, de cualquiera, como las plantas, eso es, como las plantas, cae la pepita a la tierra y ya está, crece otra, o como los pájaros, se pone un huevo, se calienta y listo, todos tranquilos, sin tantas complicaciones, lo han complicado demasiado, aquí tampoco está, bueno, ya le encontraré, ¿como algo?, pero no aquí, demasiada gente, en cualquier otro sitio, fuera, ahí no se podía comer, además no tengo hambre, cómico, ¡uff!, qué calor.

El viejo aire, cansado, trasegado por miles de pulmones, el viejo calor lúbrico, sucio, la vieja gritería de hombres y máquinas, las viejas sirenas despavoridas a lo lejos; Manhattan era una colmena sin orden, sin reina, tirada en la noche, empezando a pudrirse.

Pulga, bonito nombre, Pul-ga.

La Cuarenta y Dos volvía a ser un escaparate barato de hombres y luces. Había colas ante los cines y grupos frente a las cafeterías. El tráfico era espeso, salpicado de acelerones, insultos, bocinazos.

—Y Diane también lo hizo. Con Jack. Ya sabes, el rubio de la clase cuarta.

—¿Entonces tendrá un niño?

Se la miró como un caso imposible. Estaban en su habitación y habían puesto tan alto un disco de los Beatles que nadie podía oírlas desde fuera.

—Eres tonta, Pat. Sólo se tienen hijos cuando se es mayor. Por eso se casan.

—¡Ah!

Los músicos pegaban voces que se las pelaban, obligándolas a seguir el ritmo con el cuerpo, pese a estar sentadas. Pat en la alfombra.

—Oye, Eve —Eve estaba sentada en la cama—. ¿Tú también lo has hecho?

Eve hizo un gesto que podía indicar cualquier cosa, que sí, pero que mentía, o que no, pero que mentía también. Se había pintado los labios y, raro, no chocaba en aquella cara infantil. Pat no insistió.

—¿Taxi, señorita? —se lo decía con gracia, obsequioso, sonriente, seguro de su victoria, debía venir siguiéndola desde que se metió otra vez por la Cuarenta y Dos, pegado a la acera, a paso de tortuga, y ahora se había detenido junto a ella, un tipo estudiado, untoso, la cara recordaba vagamente la de un actor de película antigua, de las que ponen en la tele, o tal vez fuese sólo aquel bigotín tan cómico, tan recto, le abría incluso la portezuela del descapotable, era un Mustang.

—¡Basura! —se lo escupió mientras subía al autobús, allí había una parada de autobús.

—Mustang, ¿te gusta, Pat?

—¡Yeha!, Jack. ¿A quién se lo birlaste?

—Es de mi hermano, llegó ayer, ya sabes, estudia en Boston —se notaba que Jack estaba orgulloso de su hermano. Él era un chico de unos catorce años, de pelo rubio y ademanes decididos—. Me lo deja, pero sólo esta noche. ¿Una vuelta?

—¿A dónde? —a ella le gustaba el coche, no había duda, incluso lo acariciaba, pero tenía sus recelos. Él había abierto ya la portezuela.

—Venga, Pat, ya verás, coge las noventa millas en catorce segundos. Vamos hasta el lago, ahora no hay nadie.

58

—Prométeme que...

No la dejó terminar, de un empujón la metió dentro.

Lo más que se parecía al viaje en aquel autobús era una travesía en barco. No se sabía bien si por los baches o por la mala suspensión, el caso es que el bicho crujía, cabeceaba, daba unos bandazos formidables, y los pasajeros se agarraban a lo que tuvieran más a mano, como náufragos en pleno temporal. Allí, el único que parecía gozarla era el conductor, que además cobraba, un tipo pelirrojo, lleno de pecas, que nada más cerrar la puerta de fuelle ya le estaba dando de firme al acelerador y sonreía al oír los gritos a sus espaldas. Como si les odiase.

—Oiga, ¿no puede ir con más cuidado?

—Si quiere lujos, tome un taxi.

Jugaba con fuego, en el autobús se había creado atmósfera de motín. Ella, no, la única, como distraída, en el último asiento, perdida la mirada en las calles laterales, que se sucedían como túneles negros.

—No, Jack, me lo prometiste.

—Pat, eres tonta, hoy que tenemos el Mustang, ¿qué te parece? Ven al asiento trasero, es mucho más cómodo.

—No, me lo prometiste —tozuda, aterrada, ponía los brazos tensos, como barrotes, agarrándose con las manos las rodillas.

—¿Te prometí, qué? —y la abrazaba.

El brusco frenazo la echó sobre el asiento de delante, si no llega a poner la mano se deja allí las narices. Fue lo que la hizo reaccionar.

—Por favor, ¿Saint Marks Place? —a un hombre que aprovechaba los segundos de parada para leer el News. No le hizo ninguna gracia que se los quitase.

—¿Saint Marks? Ya la pasamos, ésta es Canal Street.

Corrió hacia la portezuela, pero el otro fue más rápido y consiguió cerrarla antes. Por el espejo retrovisor la sonrió.

Un revuelo de piernas en la pequeña cabina, un dúo de gritos ahogados, un forcejeo en el que no se sabía bien si se buscaban o rechazaban, Jack era un chico fuerte y, en realidad, ella ofrecía una resistencia vencida de antemano. De todas formas, seguía resistiendo, resistiéndose, aunque sabía que ya todo era inútil, irreversible, irremediable, era lo único que sentía, duró todo tan poco que terminó cuando creía aún no había realmente empezado.

Era como sentirse de repente metida en una película de horror, la Bowery, de noche, era una película de horror, con monstruos que querían ser humanos, pero no lo eran, no podían ser hombres aquellos seres martirizados, aquellos cuerpos tendidos por las aceras, aquellos muñecos de carne violácea, con grietas de sangre reseca por todas partes, que se acercaban bamboleantes a los peatones, a los coches detenidos por la luz roja, para pedir una moneda, o irse derechos al primer bar si la obtenían, no podían ser, pero lo eran, en el fondo de sus ojos gastados conservaban un destello humanísimo, más humano incluso que el de los demás hombres, aquello les hacía conmovedores, fascinantes, incluso derribados en el suelo, incapaces ya de moverse, pero al mismo tiempo metían tanto miedo que nadie se les acercaba, todos les huían, hasta ellos mismos, debían meterse miedo entre sí.

—Pero, ¿de verdad eras virgen? —Jack parecía asombrado.

Tardó en contestar. La sombra de los árboles llenaba el interior del coche, y todo, gestos, expresiones, palabras incluso, era fatigado, borroso.

—Sí —como si le contestase desde un lugar muy lejano.

—¡Haberlo dicho, Pat, haberlo dicho! Hubiéramos buscado otro sitio más cómodo —sonrió pícaro—. Aunque si quieres que te diga la verdad, a mí, donde más me gusta hacerlo es en el coche. Y en el Mustang se hace muy bien, ¿verdad? Por cierto, ¿qué te ha parecido? —pero no hacía ningún ademán de consolarla, de abrazarla siquiera, como si estuviesen hablando de algo que hubiera ocurrido a otras personas.

Ella había abierto la ventanilla y miraba fuera, aunque no podía ver el lago, no podía ver más allá de los arbustos y, tras ellos, las luces rojas y blancas de los coches que cruzaban raudos por la carretera, ajenos al aparcamiento. Parecía no haberle oído y él insistió más bajo, más inseguro.

—Pero, ¿no te ha gustado?

Tardó en contestar, llegó incluso a temer que no le contestaría.

—No sé. Vámonos.

De noche, la Bowery era eso, una mano en la garganta, una pesadilla que no acaba nunca, por más que se apriete el paso, por más que no quiera mirarse a los lados, por más que se quiera acabar, despertar, al final, ya corría.

La vuelta era más larga, mucho más larga, que la venida, como si la cinta de la carretera, desierta, desnuda, se hubiese estirado, alargado, o tal vez fuese el silencio que prolongaba los segundos, las millas, un silencio negro, arrugado, que Jack trataba de vencer apretando brutal, desesperada, inútilmente el acelerador, sin atreverse a mirarla.

El edificio rojo en forma de isla en medio de la confluencia de calles la saludó como un viejo amigo, bonachón, afectuoso, la pizzería, el Hotel Valencia, el Electric Circus, otra vez en casa, gran estar en casa, nunca hubiese creído que estar en casa fuera tan gran, estaban en las escalerillas del Electric Circus, un grupo que a primera vista no se diferenciaba de los demás, ellos sentados en los escalones, sólo él de pie, enfrente, hablándoles, gesticulando, no parecían hacerle demasiado caso, pero tampoco le echaban, un hombrecillo de cabeza aumentada, vestido, bueno, allí todos iban así.

—Os pregunto una cosa: ¿por qué habéis ido a la droga? No, no me contestéis, no hace falta, os voy a contestar yo: habéis ido a la substancia porque estabais cansados de hacerlo, aburridos de hacerlo, ¿a que estabais aburridos de hacerlo? Sí. estabais hartos, hacerlo ya no os ilusionaba, las palomas hoy son demasiado fáciles, se quiere una, y hecho, se tiene, hacerlo para vosotros es la cosa más fácil del mundo, no como para vuestros padres, vuestros padres no pensaban en la substancia, estaban demasiado ocupados en cazar palomas, las palomas entonces se resistían, llevarse una paloma al coche era más difícil que aprobar un examen; ahora, no, ahora son ellas las que os lo piden, y habéis perdido el interés, claro, ¿o me negáis que habéis perdido el interés? Por eso os habéis ido a la substancia, la substancia sí que es difícil, cuesta localizarla, cuesta comprarla, cuesta todo, y hasta destruye, a vuestros padres también les decían que hacerlo destruía, por eso lo buscaban, ahora, no, ahora dicen que es sano, que quita los complejos, que limpia el cuerpo, ¿y quién tiene interés en una cosa que es sana? Nadie, lo que atrae es lo otro, la substancia, lo insano, lo prohibido, la manzana, por eso la tomáis, queréis ser Dios, queréis ser como Dios, pero os lo digo, nunca podréis ser como Dios, es inútil intentar ser como Dios, creedme, yo despacho con Él todos los días y sé que es imposible, Dios no es comer una manzana, ni hacerlo, ni dispararse substancia, por un momento podéis creer que sois Dios, pero al momento siguiente os dais cuenta de que no, de que Dios no es eso, de que sin Dios no hay nada, ni hacerlo, ni substancia, nada, esos son los substitutos de Dios, quieren ser substitutos de Dios, pero no pueden, no alcanzan; con Dios, en cambio, no necesitáis hacerlo, ni substancia, ni nada, ni siquiera a vosotros mismos, es lo mejor de Dios, que no te necesitas.

Debió ser la intensidad de la mirada, se había quedado de pie, junto a la escalerilla, en la acera por donde venía, io que le llamó la atención, una mirada a la vez mansa e iluminada, atenta y alegre, que chupaba sus palabras como la arena del desierto el agua, lo que le hizo volverse. Desde entonces, habló sólo para ella.

—Lo que Dios quiere es acción. Él me lo ha dicho, acción; porque lo que ha faltado hasta ahora es acción, la gente también quiere acción, la gente pregunta y Dios es la respuesta, Dios responde siempre, no tienes más que preguntar y Él responde, Él tiene soluciones para todo, Dios es la solución.

—¿Para el pelo también? —se lo preguntaba uno del escalón más alto, de cabellera hasta los hombros, pero ya diluida.

—¿Cómo? —le había cogido por sorpresa, a los otros no, los otros sonreían.

—Que si sirve también para la caída del pelo.

Tuvo un primer movimiento de ira, sus ojos se encendieron, sus manos se crisparon, pero fue sólo un momento, la mirada volvió a dulcificarse y su gesto, al cogerla de la mano, era suave.

—También. Todo es cuestión de fe. Vamos.

No había extrañeza en el grupo mientras les contemplaban ir Saint Marks Place abajo, pero una de las chicas se volvió al que había hablado.

—No debiste hacerlo, Crug.

—Jai, Jack.

—Jai, Pat —sonrió nervioso, se había venido derecha hacia él al salir de la clase, tranquila, risueña.

—¿Todavía tu hermano aquí?

—¿Charly? No, no, volvió a Boston —la miró por primera vez a los ojos, como buscando una explicación a todo aquello.

—¿Entonces no tienes el coche? —ahora, su mirada era pícara.

—¡El coche! —eufórico—. No, no, pero ese no es problema, puedo pedírselo al viejo, no es un Mustang, pero...

Ella no dijo nada y continuaron en silencio por el pasillo, camino del patio.

—Oye, Pat, creí... —la sonrisa de ella le animó—, creí que estabas enfadada conmigo. Como no me habías vuelto a hablar desde entonces.

Pat le contestó con una pregunta. La chica parecía preocupada.

—Jack, ¿crees que soy distinta a las otras chicas? Tú lo has hecho con otras, no me mientas, lo has hecho, di: ¿soy normal?

—Sí, lo que quiere Dios es acción, Dios no es una cosa ahí parada, Dios se mueve más que todos nosotros juntos, lo que pasa es que hemos querido pararlo entre todos, pero eso se acabó, desde que estoy yo aquí se acabó, el pueblo empieza a preocuparse, ya ves, él cree que no se preocupa, que lo toma a broma, pero en el fondo se preocupa, cada vez más, lo que falta es organización, management, no sé, a veces he pensado fundar un partido político, el Partido de Dios, miembros: todos los que creen en Dios, en todos los países del mundo, de todas las razas, ¿pero te imaginas lo que sería organizar ese partido? ¡Cientos, miles de millones de miembros! Habrá que dejarlo para más adelante, para cuando monte el equipo, ¿tú quieres formar parte del equipo? ¿Sí? Pues ahora mismo te nombro: Quedas nombrada miembro del equipo organizador de la campaña de Dios. ¿Qué te parece? Lo que hay que hacer es simplificar.

Llegaban ya a la Segunda Avenida, donde estaba la heladería, con un montón de críos y dos guardias siempre delante, envueltos en el olor denso de la hierba.

—Pues no sé, ¿a ti de verdad te gusta?

Se la quedó mirando entre cariñosa e irónica, eran de la misma edad, pero la más bonita, la de pelo castaño y facciones armoniosas, intensas, no se sabía bien por qué, parecía mayor, mucho mayor.

—Pat, eres una tontaina, cuántas veces tengo que decírtelo —bajó la voz—: no debes ir con chicos, los chicos son unos imbéciles, no saben hablar, no saben besar, no saben nada.

Estaban en el cine, la primera película, un rollo de guerra, había acabado y ahora esperaban la segunda, por la que habían venido, de Michael Caine. Un cine enorme, con escasas personas dentro, o tal vez fuesen las pocas personas lo que lo hacía tan grande y desolado. Pasó un muchacho por el pasillo, con una bolsa de cacahuetes.

—¿Queréis? —se los ofrecía, se le notaban las ganas de ligar.

Eve tuvo para él una sonrisa educada, distante.

—No, Fred, gracias.

Le dejaron alejarse para reanudar la conversación. Pat tenía prisa en saber algo.

—Entonces, si no voy con chicos, ¿con quién voy a ir?

Eve movió la cabeza a un lado y otro, como si fuera un caso imposible.

—¿Con quién vas a ir? ¡Con mayores, so tonta!

—¿Quieres venir a un bautizo?

Hablar allí, entre el público heterogéneo arracimado ante el Fillmore East, de un bautizo, era tan sorprendente como un nudista por Wall Street.

—¿Un bautizo?

—Sí, un bautizo. Ya he celebrado varios, y hasta un matrimonio, empiezan a conocerme por aquí —lo decía con su pizca de orgullo.

—Pero ¿son, son —no sabía cómo decirlo—, son válidos?

—¡Claro que son válidos! —debió pensarlo un poco mejor—. Bueno, supongo que tienen que legalizarlos después, puro formulismo, porque la verdadera ceremonia fue la mía, aunque el matrimonio no creo que puedan legalizarlo, eran homos, ¿sabes?, pero si los dos chicos se querían, ¿por qué no los iba a casar, verdad?

—Claro.

—¿Vienes entonces?

—Okay.

—Vamos, que se nos hace tarde, me dijeron a las doce, es una pareja que se ha venido a vivir al Village, millonarios, bueno, sus padres, es igual, ¿sabes?, cada vez hay más gente que comprende que el dinero no lo es todo. Ése es el primer paso hacia Dios.

Era un edificio blanco y majestuoso, ya cerca de la Quinta, de los que usan gente con unto, y ella conservaba ciertas dudas.

—¿Estás seguro de que es aquí?

Él, en cambio, parecía eufórico.

—¡Claro que es aquí!

Les orientaron las voces, las risas, la música, estaban tocando «¡Flores! ¡Libertad! ¡Felicidad!», de Hair.

—¿Con mayores? —no acababa de salir de la sorpresa—. Eve, te estás riendo de mí, ¿verdad que te está riendo de mí?

Pareció ofenderla, había ira en los grandes ojos bellos.

—¡Qué me voy a estar riendo de ti! Lo que pasa es que contigo no puede hablarse en serio, sigues siendo una cría.

Ella no lo era, qué iba a serlo, con su traje última moda, zapatos de tacón alto y hasta maquillaje, aunque maldita la falta que le hacía. Los hombres que regresaban a sus butacas después de haber tomado algo en el bar del vestíbulo, no dejaban de echarla una ojeada, se la echaban aunque fueran con sus mujeres, pero entonces, eso sí, después de que ellas se habían sentado. A Pat, en cambio, no la miraba nadie. Ahora estaba desolada.

—Perdón, ¡pero cómo iba a figurarme! ¿Con mayores dices? ¿Con hombres?

Misteriosa.

—Ahá.

—Pero, ¿con cuáles?

Volvía a estar radiante.

—Con todos, puedes tener a todos los que quieras —se irguió para echar una mirada altiva alrededor, como si todos los hombres de la sala la pertenecieran.

Pat estaba, más que otra cosa, asustada.

—Pero eso es peligroso, Eve, tú lo sabes, puedes, puedes tener un niño.

—¿Un niño? —suficiente, maliciosa, irónica.

—Sí, un niño.

—¿No has oído hablar de la píldora, Pat? —esperó a que hiciese un movimiento afirmativo de cabeza—. Se la quito a mamá todas las mañanas.

El crío estaba dormido y hubo que sacarle de la cuna para la ceremonia, lo que le hizo coger un berrinche espantoso y ponerse a chillar más alto que todos juntos, que los que cantaban, que los que reían, que la misma música, lo que obligó a subir el estéreo a todo volumen, lo que acabó de arreglar las cosas, allí no había forma de entender nada, todos hablaban a voces, entre carcajadas, todos estaban altos, era eso, cómico, entrar en un sitio donde todos están altos y tú no, flotaban, se veía a simple vista, y no era cizaña, la cizaña serena, allí debía haber espuela para volar al Empire State, un piso lujoso, con los suelos recubiertos de alfombras chinas, pinturas abstractas en las paredes, muebles de cristal y níquel, menos los sillones, los sillones de cuero, comodísimos, allí no había forma de conocer a nadie, o al revés, se conocía a todo el mundo a la vez, no hacían falta presentaciones, la puerta estaba abierta y entraba y salía gente constantemente, gente de lo más distinto, viejos y jóvenes, negros y blancos, tipos de smoking y hippies, era lo más extraño, aunque no extrañaba nada, todo encajaba, hasta que alguno se metiera en el bolsillo, como la cosa más natural del mundo, cualquier chisme, un cenicero, una cigarrera de plata, y desapareciese, hasta John, solemne, tratando de imponer orden, silencio, desde la chimenea, se había ido a la chimenea; al ver que nadie le hacía caso, la hizo una seña de que se acercara, cogiera al crío, que chillaba como si le fuesen a degollar, pero tanto daba.

—¿DÓNDE ESTÁ LA MADRE? —él, muy serio.

—¿Dónde está la madre?

—¿Dónde está la madre?

—¿Dónde está la madre?

—¿Dónde está la

—¿Dónde está

—¿Dónde

Como un eco. Pero la madre no aparecía.

—¿No te importa hacer de madre?

—No, ¿por qué me va a importar?

—¿QUÉ NOMBRE QUIEREN PONERLE?

—¿Qué nombre quieren ponerle?

—¿Qué nombre quieren ponerle?

—¿Qué nombre quieren

—¿Qué nombre

—¿Qué

Allí nadie sabía nada.

Cómico, una pata que se movía; la habían puesto en la esquina, la mesa era demasiado pequeña para tantos invitados, la primera vez que al cumpleaños de Eve venían mayores, una pata que se movía, que iba, que venía, se pegaba a su rodilla con fuerza, ¿era realmente la pata?, tenía que ser, no podía ser otra cosa, debajo del mantel no había más, la pata de la mesa, sus piernas, las piernas de Mr. Bell, tan serio, aplicado a la tarta de manzana, algunos trozos se le escapaban, como si estuvieran vivos, los perseguía con el tenedor, los ensartaba con furia, con satisfacción.

—Ahora vamos a brindar por la chica más bonita de New Hampshire —el padre de Eve, ya un poco borracho, con la copa de champán en alto, y todos levantándose, alegres, ruidosos.

—¡No! ¡No! ¡Por los papis mejores del mundo! —Eve, besándole en ambas mejillas, tirándoles besos a todos, a ella también, en el extremo de la mesa, que se los devolvía, antes de dejarse caer en la silla, para encontrarse con la pata aguardándola allá abajo, como un gato al acecho que se le clavaba en la rodilla.

El crío dejó de chillar justo cuando acabó la ceremonia, que había sido larga, complicada, confusa, llena de interrupciones, una vez se apagó incluso la luz, menos mal que la música seguía y nadie parecía necesitar luz para ver, las pupilas de todos brillaban como ascuas, me siento rara, tan, tan, tan pasiva, eso es, pasiva, ¿qüién tendrá aquí un pito?, aunque nadie fuma, bueno, fumar, sí, pero tabaco, pero, ¿qué hacen?

Se lo estaban llevando entre varios a la habitación de al lado, a la que no tenía ninguna ventana a la calle, más oscura todavía, él remoloneaba como temeroso de algo, pero los otros no le dejaban alternativa, le tenían cercado y avanzaban en bloque hacia la puerta.

—Una, John, sólo una —el que le empujaba por los hombros, un tipo alto, rubio, con traje de terciopelo negro y camisa blanca en cascada.

—No —tozudo, refunfuñante—, os he dicho que no.

—Pero si es sólo una vez. Tienes que probarla sólo una vez. Aunque sólo sea para poder hablar luego a los críos de ella.

—Os digo que no, no la necesito, no lo necesito.

—¿Te lo prohíbe Él?

—Sí, pero aunque no me lo prohibiera.

La habitación olía a incienso, a sándalo, a aire empantanado, había gente derramada por el suelo y sombras chinescas en las paredes, provocadas por los propios cuerpos al moverse entre los candelabros. Querían arrastrarle hacia el sofá y hablaban persuasivos, ilusionados.

—Nos lo agradecerás, seguro que nos lo agradecerás.

Al final ya no era sólo el padre de Eve, al final, todos estaban eufóricos, cantando «Es una chica excelente», mientras Eve no dejaba vaciarse sus vasos con la botella de champán en la mano, como si le gustase ver a todos borrachos, como si le gustase ver a todos por el suelo, como si le gustase...

Estaban a punto de hacerle sentar, uno se había ido incluso detrás del sofá para contemplar mejor la tomadura, era una tableta naranja, gorda, hendida por sus dos caras, como un escarabajo que avanzase hacia su boca entre dos dedos, cuando hizo un esfuerzo supremo, parecía estar librándose de una cadena, y saltó fuera del círculo, los había cogido tan de sorpresa que no supieron qué hacer, y él ya estaba en la puerta, la recogía allí —Vamos—, sofocado, jadeante, sin despedirse de ninguno de los que les decían adiós.

—A Pat la llevo yo a casa.

—Pero Mr. Bell, si puedo ir sola.

—De ninguna manera, está anocheciendo y podría pasarte cualquier cosa. Esta ciudad ya no es la que era. Hay mucho indeseable.

La despedida fue larga, todos querían besar a Eve, Eve se dejaba besar por todos, aunque con sutiles diferencias, a uno le ofrecía la mejilla, a otro la frente, a otro los labios, a Pat, los labios.

—No te pierdas —se lo dijo sonriente, maliciosa, como ella era, y Pat en las nubes.

—No te preocupes, me lleva Mr. Bell.

—Por eso, por eso —y la besaba.

Ya en la calle, estaba mucho más sereno, incluso trataba de justificarles ante ella, que ni siquiera les había acusado.

70

—No tienes que juzgarles mal, es un bautizo, en los bautizos la gente se extralimita, no debería ser así, pero lo es, siempre ha sido así, habría que cambiar estas costumbres bárbaras —conforme marchaban de nuevo hacia el East Village iba recobrando su calma, su empaque; la noche, aunque sucia, parecía infinitamente sencilla, clara, buena, tal vez por contraste con lo que quedaba atrás, o a lo mejor era sólo lo avanzado de la hora, el que ya casi no había gente por la calle y los que había no se odiaban—. Habría que buscar otras diversiones para la gente, son demasiado pocas, demasiado viejas, las mismas desde siempre, el vino, el amor, la substancia, comer, no hay más, por cierto, ¿has podido comer algo? En los bautizos se suele comer bien. ¿No? Bueno, acuérdate para otra vez, yo tengo un panadero que me da todo el pan que quiero, un hombre que cree en Dios, y un barbero que me corta el pelo gratis, ya ves, oye, ¿y tienes dónde dormir? ¿No?, bueno, vente a mi oficina, no es una oficina, naturalmente, pero no importa, está ahí, en la Bowery.

—¿La Bowery? —lo dijo con extrañeza, pero, sobre todo, con miedo.

—Sí, la Bowery. ¿Tienes miedo a los perdidos? No tienes que tenérselo, no se meten con nadie, si se les deja en paz son la gente más tranquila del mundo, lo único que les interesa es tener algo para beber, beben hasta gasolina con tal de que tenga una gota de alcohol, una pena, con ellos sí que es imposible, lo he intentado todo, pero es imposible, son peores que los chicos en la substancia, ni siquiera te escuchan —se cruzaban ya con los primeros, tumbados en las aceras, al acecho de los coches que se detenían en las luces para pedir la perra al conductor, a él no se la pedían, como si le conocieran, como si supiesen que a él no podían sacarle nada—. Vienen de todo el país, les gusta vivir en la Bowery, a mí también me gusta vivir en la Bowery, te extraña, ¿no?, pero estás todo lo solo que quieras, después de estar todo el día con gente gusta estar solo de noche, todas estas casas están abandonadas, cuando empezaron a llegar los perdidos toda la gente se marchó, ¿ves?, yo ahora vivo solo en esta casa, toda para mí, los cinco pisos, lo que pasa es que no ocupo más que el último.

Subir fue toda una aventura, no había luz —No vale la pena poner bombillas, ¿sabes?, se las llevan todas—, la barandilla a trechos no existía, algunos escalones estaban hundidos, menos mal que él se lo sabía de memoria y se lo iba advirtiendo —Cuidado, échate a la izquierda, junto a la pared, ahora sube dos escalones, aquí, gira, cógete a mi chaqueta, será más fácil—, de todas formas, tropezó unas cuantas veces y llegó arriba sudorosa y groggy como un boxeador al que han atizado de firme.

Arriba se veía algo más, una línea de luz se filtraba bajo la puerta, la ventana no tenía cristal ni el boquete del techo, claraboya, por eso podía leerse el letrero pintado a mano: CAUTION: TO BREAK IN THIS APARTMENT IS DANGEROUS. KEEP AWAY. ELECTRIC SYSTEM. Y debajo, en español: CUIDADO: IRRUMPIR EN ESTE APARTAMENTO ES PELIGROSO. MANTENERSE APARTADO. SISTEMA ELÉCTRICO. Mientras abría las tres o cuatro cerraduras, le explicó: —Me entraban todos los días, no a robar, no podían robar nada, ropa vieja, alguna sartén, pero seguían entrando, hasta que me cansé y puse el sistema, es muy fácil, ¿ves?, el cable de la luz va conectado al pestillo, si se gira sin haber desconectado antes, se recibe un calambre, por eso no hay que cerrar la luz, pero me entraron reparos, mira que si alguien se electrocuta, fui al precinto, había ido un montón de veces a denunciar los robos, bueno, robos no, lo más que se llevaron fue una chaqueta, pero era igual, lo que me molestaba era que entraran sin estar yo aquí, que me anduvieran en mis cosas, el comisario lo comprendió, lo único que me dijo fue que pusiera el letrero

72

también en español, no fuese a ser alguno de esos puertorriqueños que no saben inglés, ¿qué te parece?
Se lo decía por el cuarto, no estaba mal, pero allí no había nada, ni sillas, ni mesas, ni cama, nada, las pocas prendas colgadas de los clavos en las paredes, unas cuantas cacerolas y platos en un rincón y nada más.
—Siento no tener una silla que ofrecerte.
—Es igual, a mí siempre me gustó sentarme en el suelo —se sentó a lo buda.
—Espero que te guste también dormir en el suelo.
—Ningún problema —palpó la madera agrietada, como comprobando su blandura.
—Algún día tendré un gran despacho, un despacho elegante, ya tuve uno, pero entonces me acordaré de éste, estoy seguro de que lo añoraré, convertirán éste en un museo, no yo, la gente, los fieles, vendrán aquí a millones, de todo el mundo, en peregrinación, podrás enorgullecerte de haber dormido en él, aunque no es bueno enorgullecerse, pero a veces resulta imposible no hacerlo. Bueno, ¿has elegido ya dónde dormir?
—Ahá —se echó a lo largo, la cabeza junto a la pared del fondo, el brazo por almohada, sólo se quitó las sandalias.
—Vaya, no has elegido mal, es el mejor sitio, hacia el interior, frente a la ventana, a mí también me gusta que me despierte el sol en los ojos.
Mr. Bell estaba nervioso, como si todo el mundo se fijase en él, y nadie se fijaba.
—Vamos, Pat, que se hace tarde.
Eve tenía aún algo que decirla.
—Que se mejore tu ma. Saludos. A tu pa también.
No habían estado solas ni un minuto y no pudo decirla que todo era mentira, que no estaba enferma, que no habían venido por una bronca de las gordas.
—Bai, Eve.

—Bai, Pat —y ya gritando, se iban—. ¡Cuidado, Mr. Bell, que es mi mejor amiga!

Contestó con un gruñido desde la puerta.

No fue el sol quien la despertó, estaba todavía oscuro, debía haber pasado sólo el primer sueño, muy profundo, no se acordaba de nada, no sentía nada, sólo aquella leve presión, aquel bulto vivaracho sobre los blue-jeans, sobre los muslos, por la cintura, buscando una ranura por donde colarse, discreto y bullicioso al mismo tiempo, supo desde el primer momento lo que era, incluso antes de percatarse de ella misma, sin pánico, sin sorpresa, una mano, su mano, ¿por qué no me sorprendo?, ¿por qué no me mete miedo?, ¿por qué lo hace?, ¿por qué no me lo dijo?, ¿por qué no me lo pidió?, ¿por qué siempre tiene que acabar así?, ¿por qué tienen que mentir?, ¿por qué tienen miedo? ¡Plaff!, lo hizo sin pensar en ello, mecánicamente, el resto del cuerpo seguía inmóvil, sólo la mano se había levantado con la sandalia para descargar con fiereza, como se mata a una cucaracha, la otra huyó como un ratoncito amedrentado. Después, nada, un silencio vacío, como si los dos hubiesen cesado incluso de respirar, de sentir, de pensar, de todo, y, poco a poco, los hipos, los sollozos, la llantina nerviosa, desolada, como la lluvia de abril en los cristales. Fue cuando volvió a dormirse.

Había sido la cosa más natural del mundo, él hablaba más de prisa que de costumbre, aunque eso no era natural —Y bien, Pat, ¿cómo va por la escuela?, ¿mucho trabajo? Estás hecha una mujercita, seguro que tienes ya novio, ¿a que lo tienes?— y dejó caer la mano de la forma más natural del mundo, hasta el punto de que al principio no la notó, no la dio importancia, la notó luego, cuando empezó a apretar, a ella le parecía que apretaba, aunque no, acariciaba, pero hacía doler los huesos de la rodilla como si los estuviera serrando —entonces es esto, los hombres son mucho más tranquilos, Eve lo dice, mucho más seguros, mucho más—, el dolor se había detenido, no, detenido, no, transformado, era algo deslizante bajo la falda, huesudo, lleno de estrías, de durezas, algo vivo, que envuelve, paraliza, como una pesadilla, sintiéndole avanzar sin saber realmente qué es, sin poder hacer nada, ni siquiera mirar, atada por el miedo, hasta el despertar brusco, hasta el frenazo, abrir la portezuela, echar a correr por la vereda, hacia la casa, con luces ya en la planta baja —odio las faldas, ¿por qué tenemos que llevar faldas?, es como ir desnuda, no volveré a llevar faldas, sólo pantalones—, mientras el motor ruge y se aleja.

Debían seguir todavía enfadados porque ella estaba arriba y él en la sala, frente a la tele, con la lata de cerveza en la mano. Sólo giró un segundo la cabeza al oírla entrar, pero no dijo nada. Sentía unas terribles ganas de quitarse aquel vestido, de darse una ducha, de ponerse muda nueva, como si la ropa y ella misma estuviesen sucias.

Esta vez, sí, la despertó el sol en los ojos. Lo primero que vio fue a él, ya en pie, de espaldas, agachado junto al hornillo, tenía un hornillo en la esquina y estaba calentando algo; al desperezarse hizo ruido y se volvió, sin llegar a mirarla a los ojos, sólo un momento, para tornar al hornillo.

—¿Quieres café?

—Ahá —estaba ya en pie, cara a la ventana, el panorama desde allí era confuso, patios traseros, podían ser también garajes, o granjas, ¿por qué no granjas?, era igual, todo desierto, y a lo lejos, el armazón metálico de los puentes, todo envuelto en neblina sucia.

—Ten —le tendía un pocillo humeante de aluminio—. No tiene azúcar, lo siento.

—Es igual —tampoco ella le miraba, seguía recostada en el quicio de la ventana, con la vista perdida en el heterogéneo espectáculo. Debía ser bastante tarde, el sol estaba ya alto y del otro lado llegaban los ladridos de los coches.

—¿Acabaste?

—Ahá —le devolvió el pocillo sin un gesto.

Cerró de un portazo, sin tocar el tirador, después de encender la luz de dentro. Las otras cerraduras, en cambio, las cerró a conciencia, pero ella ya no le vio, le oyó tan sólo, bajaba a saltos la peligrosa escalera, como si la corriese prisa llegar a la calle.

No era ese sol implacable, viril, como un guerrero que golpea con el filo de la espada, era un sol sutil, traidor, que envenenaba el aire hasta hacerlo irrespirable, al acecho tras cada puerta, para coger desprevenidas a sus víctimas, y taparlas boca y narices con un pañuelo humedecido en cloroformo, espeso, dulzón, aumentando de repente la fuerza de la gravedad, haciendo cada movimiento más difícil, poniendo una muralla ante los ojos para que no pudieran ver más allá de dos bloques ni, naturalmente, el cielo, que nadie intentaba buscar. El asfalto se tensaba, se destensaba, como una piel negra, martirizada, maloliente. Sus grietas dejaban escapar vapor recalentado, agónico, la ciudad entera parecía un gigante moribundo.

Después de ducharse se sintió mejor, mucho mejor, se había tirado en la cama después de cerrar con llave la puerta del cuarto, pero de todas formas algo la hurgaba desde un lugar impreciso de su cuerpo, algo que no la dejaba dormir, descansar, pensar, nada, como un hurón tenaz, enervante, obtuso.

Tiró hacia el norte, a buen paso, ensimismada, de cuando en cuando fruncía el ceño, ¿por dónde tiro?, es igual, lo que más me carga es que mintiera, ¿por qué tenía que mentir?, ¿por qué mienten siempre?, ¿porque tienen miedo? Ted tenía razón: no se puede uno fiar de nadie que tenga más de treinta años, pero él también tenía miedo, ¿a qué tienen miedo?, ¿a nosotras?, ¡cómico!, pero si nosotras..., lo que pasa es que somos distintas, ¿por qué seremos tan distintas?, ¿y por qué le dan esa importancia?, sí, hacerlo es importante, de acuerdo, pero de otra manera, no como ellos se la dan, y siempre tienen que acabar en eso, ¿por qué no pueden acabar siquiera una vez de otra manera? Voy a sentarme en este banco, ¿qué es esto? ¡Wau! Union Square, ¡con que ésta es Union Square, eh!, me la había imaginado de otra forma, más, no sé, más elegante, con otra gente, completamente distinta; siempre pasa lo mismo, te imaginas una cosa de una forma y resulta de otra, como con las personas, a las personas incluso después de conocerlas, ¿pero dónde van éstos?, parecen borrachos, parecían borrachos, no, los borrachos quedaban atrás, en la Bowery, éstos iban a su trabajo, a su oficina, a su casa, pero parecían hombres camino del cementerio, del desolladero, con sus propios pies, a dejarse caer, morir, descansar, finalmente, los viejos se detenían cada poco para recuperar fuerzas, los jóvenes no, los jóvenes iban abriéndose paso por las aceras a puñetazos, a empujones, a patadas, con sus carteras, como si les corriese prisa llegar, como si estuvieran ansiando llegar a la muerte, que debe ser tan fría, tan solitaria, tan apacible, lo contrario de Nueva York, de Union Square, pero todos tenían la misma expresión, crispada, impaciente, ya un poco de sombra de barba, el nudo de la corbata flojo, grandes manchas de sudor en los sobacos, por la espalda, el pañuelo en la cara, algunos daban la impresión de que no iban a ser capaces de llegar, de que iban a derrumbarse antes; me vuelvo, me vuelvo a Saint Marks, con mi gente, aunque no tengo..., ¡qué tonta soy! ¡La casa!, eso es, ¡la casa! Karenga tiene que saberlo, si la veo, me acuerdo.

III

—¿Hermanos? ¿Que si podemos ser hermanos? ¡¡No, baby, no!! ¿Cómo podemos ser hermanos? ¿Puedes ser negra? ¿Quieres ser negra? Di, ¿quieres ser negra? No, no, contesta a mi pregunta: ¿quieres ser negra?, negra, nigger, de color; no, de color, no, negra, como yo, negra, ¿sabes lo que es ser negra? ¡No!, tú no sabes lo que es ser negra, tú no sabes nada, tú crees que salir con un negro, tener un amigo negro, acostarte con un negro y ¡zas!, ya eres negra, eres mi hermana, yo soy tu hermano, tan simple como eso, se acabó el problema, ¿crees que se acabó el problema? ¡¡No, baby!!, no se acabó ¿cambió mi piel, mi nariz, mi pelo?, ¿cambió el tuyo?, di, ¿cambió el tuyo? ¡¡No, baby!! ¿Qué quieres? Di, ¿qué quieres?, ¿acostarte conmigo? Okay, baby, okay, pero, ¿quieres más?, ¿quieres quitarme más? Yo no puedo darte más ¡no tengo más!, ¿no lo ves?, nos lo habéis robado todo, todo, ¿sabes que la primera vez que me miré a un espejo grité? Sí, grité, tenía..., debía tener cinco años, no hay muchos espejos en Mississippi, baby, no hay muchos espejos, grité, lloré, ¿soy yo ése?, ¿soy yo como ése?, ¿tan feo, tan memo, tan negro?, ¿por qué?, di, ¿por qué?, ¿a que tú a los cinco años no te encontrabas fea? ¿a que no?, ¿cómo te encontrabas a los cinco años?, preciosa, ¿verdad?, preciosa, tan blanca, tan rubia, ojos tan azules, preciosa, ¿por qué?, ¿por qué blanco es precioso?, ¿puedes decírmelo? No, no puedes decírmelo. Pero lo sientes, ¿no lo sientes? Sí, lo sientes: blanco es precioso, y limpio, y delicado, y puro, y brillante, blanco es brillante, blanco es decente, negro no, negro no es decente, negro es indecente, sucio, oscuro, triste, ¿por qué?, di, ¿por qué?, ¿puedes darme una razón?, ¿una sola?, ¿por qué negro es triste?,

¿porque vosotros lo decís? ¿Por qué, si blanco es muerte?, ¿no lo habías pensado nunca? No, no lo habías pensado, vosotros no pensáis en eso, vosotros no pensáis más que en lo que os conviene, tenéis pervertido el pensamiento, nos habéis pervertido el pensamiento, nos decís que la muerte es negra, ¡mentira!, ¡la muerte es blanca!, ¡y la enfermedad!, ¡todos estáis enfermos, infectados, nos habéis infectado a todos!, ¿por qué tiene que gritar un niño de cinco años?, di, ¿por qué?, ¿por qué nos habéis infectado, envenenado, robado?, ¿por qué nos robáis todo?, ¿por qué nos robáis también el alma?, ¿no os basta el cuerpo, no os basta tenernos como esclavos?, ¿por qué nos robáis la música?, ¿por qué no seguís con vuestro Mozart? ¡Vuestro jodido Mozart, vuestro jodido Platón, vuestro jodido Shakespeare!, ¡racistas, fascistas, cerdos todos!, ¿por qué tengo yo que estudiar a Platón?, di, ¿por qué tengo yo que estudiar a ese hijoputa?, hijoputas todos, esos, esos fueron los mayores hijoputas, ¿por qué tengo que admirar a Platón, al Partenón, a sus estatuas?, di, ¿por sus narices?, ¿por sus narices rectas?, ¿por sus labios?, ¿o porque son blancas?, sí, todas blancas, hasta el culo, blanco, de mármol, como se tiene que ser, como se debe ser, y el que no lo es, lo siento, baby, tú no estás en la lista, mala suerte, a joderse, claro que podemos ser amigos, hermanos, si te portas bien, pero pórtate bien. Hermanos, ¡qué fácil!, para vosotros es muy fácil, todo es muy fácil, venir aquí, palabreemos un poco y okay, todo olvidado, ahora está de moda, es la nueva moda, tener un hermano negro, fumar maleza, iguales, palabreemos un poco, ¿pero no sabes que odio palabrear?, que odio la mierda del inglés, sí, el inglés, no te asombres, tienes muchas cosas de que asombrarte, el inglés, ¿no sabes que cuando hablo inglés me estoy insultando?, ¿no? Tú no sabes nada, baby, vosotros no sabéis nada, no queréis saber nada, pero sí, insultando, lo que oyes, tú me insultas, yo me insulto, Día Negro, Suerte Negra, Estoy Negro, ¿no te habías fijado?, tú no te fijas en nada, yo, sí, yo sí me había fijado, ¿no sabes que en inglés hay sesenta expresiones antinegras, racistas?, las he contado una a una, ¡qué sesenta!, ¡todo el inglés es racista!, y el francés, y el español, y el alemán, y el ruso, todos, todos son racistas, tú eres racista, no lo sabes, pero eres racista, baby, todos los que palabrean inglés son racistas, yo también lo soy, ¿no te había dicho que tuve miedo cuando me miré por primera vez al espejo?, ¡miedo de un negro!

—¡Pat! ¡Pat! —venía aterrado y se coló por la puerta de la cocina como una flecha para venir a enterrar la cara en sus pantalones. Pat estaba llenando un vaso con cola y a poco se lo hace derramar.

—¿Qué te pasa, Ralph? —trataba de separarlo para ver si venía herido, pero el renacuajo se agarraba desesperadamente a ella.

—¡El hombre del saco! —casi no podía entenderle entre los gemidos—. Está fuera, con el saco.

—¿Qué estás diciendo?

Ahora miró hacia arriba, sin soltarse de sus piernas.

—El hombre del saco, es negro y tiene un saco, fuera.

Apartó los visillos para mirar por la ventana. Al volverse, sonreía.

—No es el hombre del saco, Ralph. Es Harries, el nuevo jardinero de los Zundel. ¿Quieres un poco de coke?

Cuando llegó al extremo de la calle, se detuvo pensativa, Calle Seis, dijo Calle Seis, estaba ya en los principios de la Bowery, y tiró hacia abajo, hacia el río. Ahora andaba lentamente, fijándose en las casas, que eran todas iguales, los cinco escalones del zaguán hasta la acera, las escalerillas de incendio, tres o cuatro pisos, rojas todas, cochambrosas, descascarilladas, todas, con maderas en vez de cristales en algunas ventanas. Si no llegan a estar allí sentados, como si no se hubieran movido desde la otra noche, no hubiese sido capaz de localizarla.

—¿Karenga arriba?

Le contestó otra vez el de aspecto puertorriqueño.

—Creo.

—¿Qué piso?

—Segundo. Tercera puerta.

—Gra.

Dentro hacía aún más calor, aunque pareciese imposible, como si fermentasen paredes, suelo, techo, escaleras, que crujían a cada paso —Primero—, barandillas vacilantes, desdentadas, dibujos en las paredes, letreros, nombres —Segundo—, puertas despintadas, incapaces de contener las voces y las radios del interior, menos ésta, la tercera, la última, a oscuras, silenciosa, pintada de amarillo con el grito BLACK IS BEAUTIFUL, así, debajo de la mirilla, donde el nombre, en vez del nombre, groovy, ¿eh?, las letras en negro, macizas, densas, pero, ¿dónde está el timbre?, no hay timbre, tengo que llamar con la mano, ¡tock!, ¡tock!, ¿Karenga?..., más fuerte, no ha debido oírme, ¡¡tock!!, ¡¡tock!!, ¡¿Karenga?! Soy yo, Pat... —la oreja junto a la tabla—, no se oye nada, ¿y si no está?, el de abajo dijo que estaba, ¿dijo que estaba?... ¡Plaf!, ¡plaf!, ahora golpeaba con la palma de la mano. ¡Karenga!, ¿estás ahí?, ¿alguien dentro? —¡plaf!, ¡plaf!, ¡plaf!—, ¿o estará durmiendo? Imposible, ¿por qué imposible? Estará fuera, tendría que preguntar cuando vuelve, ¿para qué?, no uso, no puedo esperar, tengo tiempo, tengo todo el tiempo que quiera, hace calor aquí, pero se está tranquilo, bueno, más tranquilo que en la calle, voy a dormir un poco, estoy todavía cansada, ¿cómo puedo estar tan cansada? BLACK IS BEAUTIFUL, ¡gran!, realmente gran, ¡si Mrs. Bundy lo viera!

—Pat, ¿es verdad que los negros no tienen alma?

Interrumpió la lectura de la revista —estaba tumbada en el sofá— para mirarle con sorpresa. Ralph era un chiquillo guapo, rubio, siempre mal peinado.

—¿Quién te ha dicho eso, Ralph?

—Mrs. Bundy; se lo estaba diciendo a Mrs. Zakocky.

Cogió aire antes de ponerse a explicar.

—Bueno, sabes, Mrs. Bundy es espiritualista, ¿sabes lo que es espiritualista? No, no lo sabes, bueno, una secta, una religión, como nosotros somos presbiterianos, pero diferentes, ellos no creen que los negros tengan alma, nosotros, sí, nosotros creemos que todas las personas tienen alma.

—¿Pero el alma de los negros es también negra?

—¡¿Cómo?! ¿Qué dices? ¿Que si...? ¿A quién le has oído eso? ¿A Mrs. Bundy? No, eso no puedes habérselo oído a nadie, ¡lo que se le ocurre a este crío!

—¡Eh, ¿qué haces ahí? —la daba sin fuerza con el pie—. ¿No sabes otro sitio mejor donde dormir que mi puerta? ¡Eh!... ¡Pero si es Poca Cosa!

—Jai, Karenga.

Casi no había luz, pero se refregaba los ojos como si la poca que llegaba se los hiriese.

—¿Qué estás haciendo tú aquí?

Un brillo de navaja en sus ojos, un masticar incesante, al principio parecía chicle, pero no, era demasiado rápido, la mandíbula triturando, triturándose incesante.

—Te esperaba —al no llegar comentario, prosiguió—. ¿Sabes dónde está Pulga?

Como si le hubiesen pinchado.

—¿Por qué tengo que saber yo dónde está Pulga? —se dispuso a abrir el candado y las dos cerraduras, en la última algo se arrancó o tal vez fuera su impaciencia. Al fin, el chasquido. Parecía haberla olvidado, pero ya dentro se volvió.

—¿Entras o no?

Una habitación cuadrada, dormida, con ventana al fondo, que debía dar a un patio, un cubo de cemento sucio, todo muy simple: el camastro, la mesa, el hornillo de gas, la vieja nevera, todo adosado a las paredes, nada en medio, ni una silla, ni una alfombra, vacío, lo que aumentaba el volumen, el hueco, pero las paredes repletas hasta no dejar ver su color: carteles, slogans, fotos, unas fotos enormes, en blanco y negro, agresivas, Malcom X, Cleaver, Carmichael, Ali.

—Pero Mrs. Bundy, ¿no creíamos también que con los italianos no se podía vivir? Y ya lo han visto: les dimos una oportunidad y han sabido ganársela. Tengo un vecino, Mr. Bufoli, ustedes le conocen, con quien no he tenido ni el menor problema. ¿No estarán los negros ahora como los italianos hace cincuenta años?

Estaban todos en la sala. Una reunión de amigos, sin demasiado protocolo, pero tampoco sin faltar absolutamente. Los hombres de corbata, ellas en traje de sábado, en total ocho o nueve, todos adultos, menos Pat, que ayudaba a su madre a pasar de vez en cuando una bandeja con cosas para picar y a rellenar los vasos.

—¡Pero Mr. Zakocky! —Mrs. Bundy era una señora bajita y enérgica. Nunca había debido ser medianamente guapa—. ¿Cómo se atreve usted a comparar a los negros con los italianos? —parecía indignada—. No hace falta más que ver sus casas. Los italianos son blancos, han tenido una cultura, que degeneró, bueno, pero algo les queda. ¡Por favor! ¡No compare usted!

—Cierra la puerta, ¿quieres?

Estaba tan fascinada por el cuarto que se había quedado inmóvil en el umbral.

—¿Tú vives aquí?

—¡Eh, baby! ¿Qué te pasa? Claro que vivo aquí. ¿Quién va a vivir, el alcalde Lindsay?

—No, no, nadie, ¿cómico, eh? —se había ido al centro para sentarse en su postura favorita, las piernas cruzadas, el tronco erguido—. Es tan, tan real, sabes, tan nuevo, todo es tan nuevo y tan real; groovy, ¿entiendes?

Él había sacado un libro del pequeño estante sobre la mesa,

pero volvió a meterlo sin ojearlo siquiera, se notaba que
tenía que estar haciendo algo continuamente. Y desha-
ciendo.

—¿Qué es real? ¿Qué es nuevo? ¿Qué es groovy?

—Las vibraciones —sonreía.

—¿Qué vibraciones? —él, en cambio, no estaba para sonrisas.

—Las de este cuarto, me gustan las vibraciones de este
cuarto, de tu cuarto.

—¿Estás realmente clara? —se había puesto a pasear de
un extremo a otro, pero para hablar se detenía—. ¿Dónde
has estado? ¿Durmiendo? Te dejamos durmiendo y te encuentro durmiendo. Pareces la bella durmiente del East
Village, ¿no sabes más que dormir?

—¿Cómico, verdad?

Reanudó la marcha.

—No lo encuentro nada cómico, venir a Nueva York para
dormir, porque has venido a Nueva York, ¿verdad?, ¿de
dónde dijiste que has venido?

—New Hampshire.

—New Hampshire, sí, ahora me acuerdo. ¿Qué has venido
a hacer aquí?, ¿vienes por tu cizaña, no?, cuando te diga
lo que hice con tu cizaña te vas a reír, baby, reír, esto sí
que es cómico, lo que tú quieres es reírte, ¿verdad?, has
venido a reírte, a divertirte, es tan bonito venir a divertirse a Nueva York, al Village, una semana, un mes, unas
vacaciones, adiós, pa, adiós, ma, me voy con el pueblo, una
semana, un mes, las vacaciones, no pánico, os llamaré si
pasa algo, estaré de vuelta en octubre, para el college, es
tan irreal allá abajo, tan groovy, unos cuantos pitos de marijuana, no miedo, tal vez me acueste con un negro, no
pánico, llevo las píldoras, coleccionar experiencias, además, no lo sabrá nadie, ¿quién va a saberlo?, en octubre estaré de vuelta, seguro, bai, pa, bai, ma, tan simple
como eso.

—Pero, Mrs. Bundy, ¿cómo puede decir usted que la integración es pecado?

—Pues lo digo, está en la Biblia. ¿No leen ustedes la Biblia? Hoy no se lee bastante la Biblia, ésa es la causa de todos nuestros males. ¿Recuerdan el capítulo de Noé? No el del Diluvio, después, cuando plantó viñas y quedó, bueno, ya sabes, él no sabía que el vino produce esos efectos. En fin, sus hijos le arroparon cuando se quedó desnudo, el pobre hombre debía tener bastante calor. Pero Cam no, Cam se rió de él, y Noé le maldijo, le maldijo para siempre —para la cita puso voz de ultratumba—: «Te maldigo a ti y a tus descendientes, que serán siervos de los descendientes de Sem y Jafet», ésas fueron sus palabras. ¿Y saben ustedes dónde se fue Cam? ¿No lo saben, verdad? Deberían saberlo: se fue a África. Los negros descienden de él. Está en la Biblia para todo el que quiera leerlo. Y muy claro.

La perorata había producido su impacto y todos se miraban confusos. Menos mal que Pat se puso a rellenar los vasos, una chica naturalísima esta Pat.

Le contemplaba con ojos cada vez más impotentes.

—Karenga —sólo cuando se detuvo preguntó—, Karenga, ¿tienes algo contra mí?

—¿Yo? —llevaba una camiseta gris, de manga corta, con un enorme puño negro en el pecho, que ahora tapaba la mano—. ¿Estás hablando de mí?

El temor huyó de sus ojos como un pájaro y ahora volvía a sonreír.

—Entonces, ¿podemos ser hermanos?

—¿Hermanos? ¡¿Que si podemos ser hermanos?! ¡No, baby, no! ¿Cómo podemos...?

—Pero Mrs. Bundy —Mr. Zakocky trataba de apoyar sus argumentos con una sonrisa. Era el liberal del grupo y tenía que demostrarlo—. La Biblia dice también que todos somos hermanos.

85

La había alcanzado en un punto débil, porque perdió agresividad y hasta sonrió coquetamente para responder.

—Bueno, lo dice en sentido figurado. Ya saben que la Biblia habla muchas veces en sentido figurado.

—¿Qué puedo hacer yo, Karenga? —angustiada—. Yo no puedo hacer nada.

Al contrario de antes, habló muy corto, muy lento.

—Tú no puedes hacer nada.

—Pero quiero hacer algo.

—¿Acostarte conmigo? —pero no había reproche en la voz, sólo amargura—. ¿Quieres pagar miles de años de humillaciones acostándote conmigo? No, no, lo has dicho, no puedes hacer nada, yo no puedo hacer nada, nadie puede hacer nada.

—Pero... —al ver que aguardaba, prosiguió—, pero, ¿cómo dice entonces Pulga que es tu hermano?

—¿Lo dice?

—Sí.

La luz se descomponía al cruzar la única ventana del cuarto. Una luz gris, apizarrada, negruzca.

—Bueno, sabes, Pulga empieza a desguazarse. Buen pedazo, pero desguazado. Ácido.

—¿Realmente?

—Seguro. ¿No lo notaste?

—No.

—Pero sí. Ácido mata. ¿Lo sabías?

—¿A quién preocupa?

—¿Estás en ácido?

—¿Quién, yo? No, todavía no.

—¿Por qué dices todavía?

—No sé.

La miraba con curiosidad, seguía sentada en el suelo, el bolso sobre las rodillas.

—¿Sabes lo que hice con tu cizaña?

—No.

—Pastas.

—¿Qué?

—Pastas, baby, pastas, galletas, pasteles, lo que quieras, en el horno, en este horno —apuntaba al fogón, en un extremo del cuarto—. ¿Quieres probarlas?

—Ahá.

—Las vas a probar, el pueblo no sabe comer hierba, sabe fumarla, pero no comerla, la come cruda, la mastica, la mejor forma para quedar averiado, ¿me sigues?, tienes que cocinarla, huevos, harina, almendras, vainilla y demás, no muchos saben cocinar cizaña, un poco mucho, un poco poco y finish, lo averías, tú, la hierba, todo, hay que ser buen cocinero, hay que entender de cocina, ¿tú entiendes de cocina?, ¿por qué no entiendes de cocina? Ya sé: es un trabajo de negros. Okay, es un trabajo de negros, pero me gusta, soy un negro, ¿sabes?

—Yo no llego a decir tanto, Mrs. Bundy —hasta entonces, como dueño de la casa, se había creído obligado a no intervenir, pero ahora lo hacía al haber llegado la conversación a un punto muerto—. Somos iguales, está en la Constitución. Para mí, la Constitución es como la Biblia. Somos iguales. Pero distintos, eso sí, también distintos. La Constitución reconoce las diferencias individuales, nosotros no somos un país comunista.

Ella le esperaba como un bateador seguro de que va a devolver la pelota.

—Pero si me está dando la razón, Dan. Dios nos hizo distintos. Por algo sería. Y es pecado destruir lo que Dios hizo.

Le contemplaba confusa su renovado ir de un lado a otro del cuarto, las manos en los bolsillos traseros de los bluejeans, varias veces estuvo a punto de interrumpirle, pero le dejó, se limitó a tragar saliva, a tragar palabras. Hasta que se detuvo a mitad del trayecto, la mirada en ascua, como la de un caballo al que tascan el freno.

—¿De veras quieres probarlas?

—Sí, Karenga.

—Lo pronuncias mal. Ka-rén-ga, no Ká-renga, ¿difícil, eh? Difícil para los pálidos, es kisuaheli, ¿sabes qué es kisuaheli?, ¿no, verdad?, pues una lengua africana, la mayor lengua del oeste africano, ¡mi lengua! —abrió los brazos—, ¡así no tengo que corromper el inglés!, ahora sois vosotros los que corrompéis el kisuaheli, venga, pronúncialo, ki-suaheli, ¿no fácil, eh?, más gutural, kisuaheli, ¿pero de verdad quieres probar tus pastas?, las tengo aquí, en la nevera, el único sitio donde no entran las ratas, ¿puedes imaginarte una rata alta?, ¿cómico, no?, una rata que se pasee tranquilamente por la Park Avenue entre la Cincuenta y Siete y la Sesenta, donde están los gatos gordos, ¿te lo imaginas?, la gente apartándose, los porteros con gorra cerrando las puertas. ¡Largo de aquí! ¿Qué haces tú aquí? ¡A Harlem! ¡Que la detengan los cerdos! Y ella sin enterarse de nada, está alta. No, no me gustan las ratas en órbita, no me gustan las ratas, no me gusta nada, baby, nada, ¿qué haces ahí, sentada?, ¿qué querías?, ¿las pastas? ¡Toma!, toma tus pastas, tus tiñosas pastas, ¿por qué me miras así?, no, no me comí tus pastas, no fueron tus pastas, fue una espuela, sabes, nada fuerte, un acelerón, de vez en cuando es bueno, ayuda si estás bajo, te iza rápidamente, tragarte una tableta y, ¡zas! —los dedos chasquearon—, como esto, ya está, sólo que unas veces naufragas, estás alto, pero naufragas, un mal viaje, ¿cómico, no?, con la cizaña no pasa, la cizaña no te derrocha, pero tienes que esperar demasiado, una hora, dos, depende de la digestión, ¿haces rápido la digestión?, yo, no, yo, lento, muy lento, ¿pero quieres tus pastas o no?, debí tomarme una pasta, están en la nevera, sí, ahí, donde los vegetales, la cizaña es vegetal, ¿brillante, no?, es lo bueno de la espuela, te hace brillante, aunque naufragues, tú siempre brillante.

—¿Que el Tribunal Supremo ha ordenado la integración, Mr. Zakocky? ¿Y desde cuándo el Tribunal Supremo tiene más que decir que la Ley del Señor?

Fue algo tonto, se le ocurrió de repente y en realidad no quería decirlo, no había abierto la boca en toda la noche, pero cuando quiso darse cuenta, ya lo estaba diciendo.

—Pero si la integración es un pecado, ¿por qué se tienen criadas, chóferes y jardineros negros?

Les sorprendió más por haber hablado que por lo que había dicho, alguno ni la había entendido, cogido de sorpresa. Mrs. Bundy, sí, Mrs. Bundy la había entendido, a ella era difícil pillarla con la guardia baja.

—Pat —su voz era mucho más dulce al dirigirse a ella, más paciente, como se habla a un niño—, por integración nosotros entendemos algo más próximo, más, ¿cómo voy a decirte?, más íntimo, eso es, más íntimo, no sé si me entiendes ahora, pero cuando seas mayor ya me entenderás. Lo de prestar servicios no tiene nada que ver con la integración, al fin y al cabo es una obra de caridad dar trabajo a esa pobre gente que, si no, estarían todavía comiéndose unos a otros, ¿verdad?, se dirigía ya a los demás.

—Come una, sólo una, y no te preocupes si no sientes nada —la tendía una caja de cartón blanco, con círculo de plástico en la tapa, había contenido un roscón, conservaba restos pegajosos en el fondo. Las pastas eran secas, ásperas, duras, de color tabaco—. No miedo, baby, una hora, dos, depende de tu digestión, y, ¡zas!, la zambullida, de un momento a otro, tan simple como eso.

Cogió una de las de arriba, debía haber como una docena, y se la llevó a la boca con gesto mecánico. La contemplaba con sonrisa cínica, y hasta que no mordió no devolvió la caja a su sitio.

Fue la puerta de la nevera, al cerrarse, la que trajo la noche, antes no se notaba, al llevarse con ella toda la luz.

—No, así, ¿necesitas luz para comer? Come. ¿Tienes miedo a la oscuridad?

Se movía por ella seguro como un gato, elástico como un gato, preciso como un gato, sin detenerse un solo momento. Como un gato. O como una pantera.

—¿Qué día es hoy? ¿El nueve? El nueve era la party de Andy, ¿quieres ir a una party?, vamos a una party, ¿qué hacemos aquí?, ¿acabaste, no?, ¿qué te parece?, ¿no mal, verdad? ¿Otra? No, no, una te llega. Te llega y te sobra, venga, vamos, él ya se iba.

—Ahá —le sonrió como pidiéndole disculpas, como la sonreían a ella sus padres, pareció no verlo mientras cerraba la puerta.

El brinco a la altura del estómago la hizo echar mano a él, para detenerlo, quería salir. ¡Pero si no he comido nada en dos días!, ¿dos días?, no he comido nada desde... ¡uaa!, qué dolor más raro, y qué ruido.

—¿Vienes o no?

Su cabeza estaba a punto de desaparecer por el foso de la escalera. Ella se había quedado en el rellano, apoyada a la barandilla, frente al retrete comunal, para todo el piso, la única puerta sin candado, de la que emanaba un olor empalagoso, nauseabundo.

—Sí, sí.

Le encontró abajo, bromeando con los otros, que parecían no haberse movido.

—Jai.

Se volvieron.

—Jai.

La oscuridad no conseguía disolver tantos despojos, pero los arropaba, hasta que un coche, que llegaba dando tumbos entre baches, los descubría con sus faros, pingajos, latas, papeles, perros, escombros, todos despojos, hasta los coches, alineados a un lado y otro de la calle, hasta las personas, vestidas con piel de harapos.

—Bai.

—Bai.

Tenía el coche aparcado en doble fila, un chevy viejo modelo desvencijado, pero aún con empaque.

—¿Dónde es?

Estaba tratando de hacerle arrancar.

—Queens.

El rugido llegó después de innumerables carraspeos.

Tenía que ir con infinito cuidado para sortear los coches mal aparcados, que a veces dejaban el sitio justo para pasar, y los peatones que cruzaban a su antojo.

—Ahora me acuerdo... —se llevó la mano a la boca.

No quitó los ojos de delante para contestar.

—¿De qué te acuerdas?

—Tengo los trastos en el terminal. En una cajonera.

La miró sólo un segundo.

—¿Qué quieres hacer cargada de trastos por Nueva York?

—Quería sólo echar la perra.

No contestó. Las calles seguían siendo desfiladeros de olores y ruidos baratos. Poco a poco, sin embargo, iban haciéndose más anchas, y los olores, dejando paso a aquel calor húmedo, pegajoso, que envaraba y adormecía al mismo tiempo. Al enfilar la avenida, el tráfico se hizo más fluido y comenzó una caza de luces verdes, atrapadas por los pelos.

—Ven pronto, que si tardas me voy.

—Okay.

Pero tuvo que esperar a que pasase la riada de coches, se habían detenido en la otra banda, y casi pelearse para conseguir el cruce por una de las puertas que batían sin cesar.

Frío, como si fuese otro mundo. Es otro mundo, se está fresco aquí. ¡Uff!, ¡gran!, ¿tengo un real?, ¡este bolso! No, no tengo, me los gasté todos, tengo que cambiar, se va a ir, debe ser cosa mala cosa un mal viaje, si supiera qué hacer, nada, no puede hacerse nada, ¿o puede hacerse?, seguro que puede hacerse, ¿pero qué? En New Hampshire no sabemos nada.

—¡Eh!, ¿cuánto el pistacho?, ¿treinta y cinco? Okay, tenga, pero déme en la vuelta lo menos una moneda de real, la necesito, sabe, gracias.

las nueve y cuarto, hoy vengo antes, tengo que acordarme, las nueve mejor, es más fácil, ¿estará Pulga por aquí? ¡Pulga!, ¡me había olvidado de él!

—Yo no niego que haya que tratarlos dignamente. Lo que rechazo es que nos mezclemos. Eso me parece monstruoso, antinatural, debería estar prohibido.

—¡Pero Mrs. Bundy! ¿Y si se quieren?

Aquello la escandalizó aún más.

—¡Pues más razón todavía! Ese amor no puede ser normal.

—¿Quieres? —le ofrecía la bolsa de pistacho. Ella estaba ya masticando algo. Negó con la cabeza tras echar una ojeada, su mandíbula seguía el furioso ir y venir. Las luces rojas le ponían nervioso y salió en estampida, con ruido de motor picado y gran humareda. En la Tercera Avenida el tráfico se esponjó y pudo ir haciendo regates a base de frenazos y acelerones. La curva fue ceñida, chirriante, y el bandazo la echó sobre él. Levantó los ojos como temerosa de haberlo molestado, pero le vio absorto en el tráfico.

—Pat, ¿no te gustaría tener un novio negro?

Se irguió como si la hubiesen arreado un alfileretazo. Pero Eve continuaba impasible, inmóvil, como si no hubiese dicho nada, como si hubiese dicho hola, cómo estás, hasta mañana, una frase de pura fórmula, estaban tumbadas en el césped del jardín, en bikini, tomando el sol joven de mayo, que picaba, que cosquilleaba como un regimiento de hormigas.

—¿Un negro?

—Sí, un negro —desde abajo, sin levantarse, sin mirarla—. Di, ¿te gustaría?

Pat se lo pensó, Eve era siempre capaz de desconcertarla.

—¿Por qué lo preguntas?

—Por nada. Pero, ¿por qué va a estarnos prohibido salir con negros? No me refiero a los negros de aquí, los de aquí no valen para nada, pero, ¿viste ayer en TV los campeonatos de atletismo? Sí, boba, en California, tenías que haberlos visto, parecían otros negros.

Pat, ya repuesta, sonreía.

—¿Ya te has cansado de los mayores?

Eve, ahora sí, se levantó para darla un cachete, de broma, para quedar seria inmediatamente. Parecía hablar consigo misma. O a lo mejor consideraba a Pat tan inofensiva como si no existiese.

—Los mayores son más cómodos, mucho más cómodos, lo más cómodo que hay, pero también cansan, conviene cambiar, de vez en cuando conviene cambiar.

—Hablando de mayores —se había puesto en pie para enfundarse unos blue-jeans viejísimos—, me voy, tengo que ayudar a ma a preparar la party de esta noche —interrumpió un momento la operación para preguntar—: Eve, ¿tú lo harías con un negro?

Eve era una estatua de carne restallante tirada en la hierba.

—Sí, pero sólo una vez.

Al puente se subía por una rampa lo bastante holgada para dejar paso a dos coches. Era un armazón grisáceo, ceniciento, un enorme esqueleto de hierro, todo costillas y tendones, que vibraba extrañamente. Pero la vista era hermosa, tan hermosa como si Nueva York hubiese desaparecido y puesto en su lugar un escenario de luces y de planos, de torres y de prismas, millones de rectángulos iluminados, encaramándose, superponiéndose, incrustándose unos en otros, limpios, altivos, con el río ancho, negro, a sus pies.

La rampa de descenso se lo llevó, pero todavía volvió a aparecer fugazmente, como un trasatlántico iluminado que se aleja, antes de enfilar la enorme calle, sin fin, sucesión de gasolineras, todas iguales, todas distintas, banderitas, gigantescos anuncios, el elevado que cruza estrepitoso por medio, bamboleante, amenazando caerse sobre las cabezas, sobre los coches, porque todo el mundo va en coche, el peatón huye, ya no existe, sólo coches, manadas de coches por esta calle inmensa, una, dos, tres, cuatro calzadas a cada banda, con árboles raquíticos, carcomidos por la envidia, en los paseos laterales, baches enormes que hacen crujir las ballestas, más gasolineras, como oasis iluminados en el desierto de asfalto, bloques sombríos, pero la construcción se achata, pierde altura, aunque aquí vuelve a alzarse, cae de nuevo, se ensombrece, puentes, por encima, por debajo, otras gasolineras, un giro rápido, la calle lateral muda, desierta, unas farolas perdidas entre los árboles, que las arrebatan la luz, nuevos giros, a la derecha, a la izquierda, no se puede ir tan rápido, parece que subimos, ése debe ser un bosque, ¿cómo va a ser un bosque?, pero parecía un bosque, las casas enterradas en sus jardines, un bloque de sombras roto por la claridad de las ventanas.

—Conoces el barrio.

—Ahá.

El nombre de las calles está demasiado alto para poder leerlo.

—¿Has vivido aquí?

—¿Quién, yo? —la primera carcajada—. ¿Yo? No, baby, no, yo vivo en Harlem, ¿no has notado que vivo en Harlem?

—No.

—En Harlem, Avenida Lenox, Calle 134.

—¿Tus viejos todavía allí?

—Ella. Él no conozco —parecía más sosegado, aunque tam-

94

bién pudiera ser la calma que les envolvía, algo completamente distinto a Manhattan.

—Te gustará Andy.

—¿Quién?

—Andy, el tipo donde vamos.

—¿Vive aquí? —no podía disimular su extrañeza.

—Yeha. Padre comprado por un partido, no sé cuál, para la Asamblea de Albany, candidato negro, ya sabes, necesitan candidatos negros, nos necesitan, ¡hijoputas!, ¡jodemadres!, no él, él se aprovecha, tres coches, cinco o seis hijos, todos en college, le conocí en el college.

Ahora era sorpresa, también admiración.

—¡Tú en el college!

—¿Qué pasa? ¿No puedo ir yo al college? —volvía a conducir aceleradamente—. Pero finish. Lo dejé. ¿Qué tengo yo que hacer en vuestros colleges?

—Pues me dicen que en Nueva York se ven cada vez más parejas mixtas. Lo decía Time la otra semana. Entre las chicas de Nueva York está de moda salir con negros.

No la convencía.

—Eso, Mr. Zanecki, lo vengo oyendo desde hace cuarenta años. ¿Sabe lo que le digo?: que son rumores que esparcen los propios negros para ver si las blancas picamos.

—Aquí es.

Estaba más iluminada que las demás o tal vez fuese la animación que esparcía. Abundaba el espacio para aparcar, pero no allí exactamente, donde los vehículos se concentraban, y tuvo que dejar el suyo en el extremo de la calle. Olía extraño, o no olía, sí, era eso, ¡no olía!, aunque el calor seguía pesando sobre la piel, taponando los poros, pero todo era más ligero, más suave, más vacío, sobre todo más vacío, poder andar sin tropezarse a cada paso con alguien.

—¡Hey! ¡Esto es bueno!

Les saludaba, brazos en alto, desde la puerta, que se había

abierto del todo. Era una figura pequeña, nerviosa, recortada en el rectángulo de luz.

—¡Karenga! ¿Eres tú, viejo gato? ¿Tú? Dime que eres tú.

Venía hacia ellos como si bailase, con ritmo de danza, por la vereda de cemento que atravesaba el césped hasta la calle. Era menudo, delgado, vivísimo, se agarró a la cintura de Karenga como un niño a un mayor.

—¿Tú?, ¿tú? —necesitaba palparlo para creerlo.

Karenga también era otro.

—¿Cómo te va, pigmeo? ¿Todo bien? Puedo verlo. ¿Todavía en Columbia?, ¿cuándo te cansas? Tú no te cansas.

Era una efusión distinta, una corriente secreta, hermética para el que no estuviese en el misterio.

—¿Quién es?

Había detenido los abrazos para contemplarla. Pero la sonreía con una boca abierta que le llenaba la cara. Fue ella quien contestó:

—Pat, soy Pat.

—Jai, Pat, bonito que hayas venido —pero al momento la olvidó—. Ka, ¿sabes quién ha venido? —le dejó el tiempo justo para que no pudiese contestar—. Dominic, ¿recuerdas?, sí, hombre, Dom, tienes que recordar. Se marcha, se marcha la semana que viene.

—¿A su país?

—¿A dónde va a ser?

—Vamos —Karenga les empujaba a cada uno con un brazo—. Todos tendríamos que volver.

No hubo tiempo de contestar, de pensar sobre lo que había dicho, estaban ya dentro, blanco de todas las miradas.

—¿Recordáis a Karenga? ¡Claro que le recordáis! Ésta es Pat. Pat, Alice, Basil, Sarah, Thomas —hacía las presentaciones de lejos, con rápidos movimientos de manos, sin abandonar por un instante la sonrisa.

Estaban en la cocina, los mayores sentados en torno a la mesa, que era grande, pero casi no podía contener el avío, pollos asados, costillas de cerdo chamuscadas, jamón, panes, quesos, trozos de mantequilla, tartas de albaricoque todavía en su bandeja de aluminio.

—¿Algo? —la mujer.

El resto la había olvidado, enzarzados de nuevo en las conversaciones, un zumbido de colmena llenaba el cuarto, roto de forma irregular pero constante por el choque sordo de la puerta de la nevera al cerrarse. Trató de coger un muslo de pollo, pero se lo traía entero y tuvo que contentarse con una costilla, sabía a humo salado, qué sed, la coca devolvió a la boca una dulzura exagerada y mordió de nuevo con gusto, comer es fantástico, hace mucho que no me daba cuenta de lo fantástico que es comer, hace mucho que no tenía hambre, hace mucho que no decía fantástico, cómico, y antes, siempre —Pat, ¿pero es que no sabes otra palabra? Fantástico, fantástico, ¿es eso lo que aprendes en el colegio?—, luego, nada, nunca, y ahora todo es fantástico, todo vuelve a ser fantástico, es ahora cuando todo es fantástico, o no, terrorífico, es igual.

—Karenga, tengo que hablar contigo.

—Bien, Mr. Jackson. —No comía. Tenso. No podía decirse si a la defensiva o dispuesto a saltar.

—¿Has pensado en lo que te dije?

—Le estoy dando vueltas.

—El puesto sigue vacante. Pero tienes que decírmelo pronto. Hay muchos que lo piden.

—Ya hablaremos. Pero otro día, ¿eh, Mr. Jackson?

—Pronto. La mejor oportunidad en la Agencia de Oportunidades es la del director, no te creas que todos los chicos de Harlem son tontos.

Desapareció, dejándola entre los dos viejos. Había tanta gente en la cocina que era difícil moverse. Él debía ser bajo, no tan bajo como su hijo, pero delgado como él,

aunque de rasgos más finos, pelo corto, blanco, unos cara-
colitos minúsculos, graciosos, como los de un niño, sobre
el cráneo negro, podía verlo desde arriba, las junturas de
los huesos, el cauce de las venas.

—Come, hija.

Le ofrecía la bandeja de costillas, la que tenía en la mano
era ya un hueso roído que no sabía dónde dejar, al final
encontró una bolsa en el suelo.

—Gracias.

Debía abultar lo menos tres veces su marido, pero parecía
más ligera que él, él se limitaba a observar la escena con
ojillos complacientes, aprobadores, mientras fumaba embo-
quillados en oro, ella estaba alerta a todo, sus brazos rolli-
zos se alargaban inverosímilmente hasta un vaso o una
servilleta de papel.

El tráfico era por la puerta de la derecha, la que llevaba
al jardín, pero antes de llegar estaba la escalerilla del sótano, por donde salía una humareda de música. Bajó apo-
yándose a un lado y otro de la pared, de ladrillo, y no vio
nada, tropezó con alguien que la llevó, entre risas, hasta el
sillón, para abandonarla.

La única luz entraba por el boquete, aunque luego había
las del constante encender de cerillas, con dos caras aplica-
das a la llama, ansiosas, unidas por las puntas de los cigarrillos, que se convertían luego en estrellas rojas. Conforme
los ojos se acostumbraban a la oscuridad, las sombras se
iban definiendo, convirtiendo en volúmenes, sillones, bancos, tipos, un pequeño bar al fondo, bueno bar, un mostrador improvisado con cajas de cerveza cubiertas por un
mantel, lo atendía una de las hermanas, todas parecían
iguales, delgadas, menudas, chillonas, inquietas, sólo los
ojos, los ojos enormes, llenándoles la cara triangular, chupada en las mejillas. Vendía licores, sí, no servía, vendía,
lo hacía entre risas, gritos —¡Andy, más hielo! ¡Sarah,
naranjadas! ¡Tom!, ¿dónde diablo está el vodka?—, en-

98

tremezclados con besos espectaculares, que daba, que la daban, que se daban en aquella especie de remolino en torno al bar; había también blancos, pero la mayoría eran negros, a los blancos se les notaba cohibidos, pero disimulaban con amplias sonrisas, con exagerada afectuosidad:

—Sírveme un scotch y un beso, ¿cuánto es? —Un millón de dólares. —¿Puedo pagar con cheque?—. Y reían, todos reían.

TRAGO

UN DÓLAR

El cartel estaba pintado a brochazos púrpura, como unos labios abiertos en la pared negra.

—A mí, la verdad, ellas no me repugnan —había bebido demasiado, o tal vez era que, acostumbrado a la cerveza, no aguantaba el whisky—. Bien lavadas, bien arregladas... ¡Hay alguna que tiene un tipo!

—¡Dan! ¡Por favor! No te olvides que estoy yo aquí.

Puso cara de circunstancias.

—¡Mujer! Si estaba bromeando.

—Bromeando o no, hay cosas que no deben decirse delante de la esposa. Es de mal gusto. Y no te olvides que tu hija está también aquí.

Pat, después de su intervención, se limitaba a escuchar y a llenar vasos.

No la hizo caso. Decididamente, empezaba a estar borracho, se volvió a su compañera de sofá.

—¿Y a ustedes qué les parecen ellos, Mrs. Zanecki? ¿Les repugnan?

Destacaba del grupo y no era por la estatura, aunque debía andar por el metro noventa. Un tipo flexible, cimbreante, y tampoco era el traje oscuro, la camisa blanca, la corbata azul, tan extraños allí. Era el aire negligente con que apoyaba el hombro en el puntal de la escalera, una viga cuadrada, sin pintar, y la forma cómo escuchaba, cómo hablaba, sin abandonar nunca la sonrisa, amable e irónica al mismo tiempo, todo él tan articulado, tan relajado, y a su alrededor los demás tan tensos. Les escuchaba sólo a ráfagas, sus palabras eran sólo acordes dentro de la música, las pisadas, los rumores, a veces alguna voz salía desprendida por encima del conjunto, pero eran casi siempre exclamaciones que también podían ser de la canción. Aunque tampoco hacía falta escuchar, explicar, todo se entendía, la postura, los gestos, incluso los rasgos eran otros, más suaves, menos torturados, a pesar de ser todos negros, pero allí había una diferencia, una gran diferencia, podía sentirse, palparse, aunque era difícil de expresar, ¿la cabeza?, no, la cabeza no, demasiado pequeña para aquel cuerpo tan alto, una cabeza redonda, de pelo corto, en caracolillos, tupido, aunque ya con entradas, los ojos alerta, la nariz corta, ancha, los labios, gruesos, casi la cabeza de un niño, la cabeza de un niño blanco con piel negra, una piel tensa, sin arrugas, posiblemente sin barba, como seda. Karenga dejó el círculo abruptamente, después de haber dicho algo, gritado algo tan alto que resultó confuso, que no hizo perder al otro la sonrisa, y se fue al mostrador, las manos en los bolsillos traseros, para fundirse allí con el montón que aguardaba el trago, riendo, chillando, pero él no pagaba.

Alguien llegó a arrastrarla a bailar, la cogió de una mano, simplemente, y tiró de ella, se encontró de improviso sola, frente a alguien que percibía sólo en escorzos, que se descoyuntaba a la menor inflexión de la música, para recomponerse al instante, vibrante como un instrumento ultrasensible. Sintió que las piernas, los brazos, la cintura, no la obedecían, o que la obedecían siempre demasiado tarde, eran demasiado pesados, macizos, los miembros de un elefante, como ese elefante sudoroso, ¡qué poros más grandes!, que a su lado pisoteaba concienzudo, desgarbado, agitando ridículamente los brazos en alto, un elefante blanco, gordo, sudoroso, sin coordinación en los movimientos, forzados todos, ridículos todos, hasta la sonrisa, una sonrisa de falsa confianza, no me miréis, hago lo que puedo, lo que sé, mirad a ésta, a mi sombra, qué ágil, qué natural, no me miréis a mí, mirad a mi sombra, aunque no es mi sombra, yo soy su sombra, una sombra blanca, pesada, gorda, sudorosa, que trata de alcanzarla. Lo dejó —Perdón—, y volvió a sentarse, no debió haberla oído, seguía bailando solo, se está bien sentada, incluso en la silla, aquí no me atrevería a sentarme en el suelo, ¿qué me pasa?, me siento tan, tan, tan normal, eso es, normal, ¿por qué somos siempre tan distintos?, ¿por qué somos siempre distintos?, ¿por qué somos otro según dónde estamos, con quién hablamos, según lo que llevamos, según la hora del día, según?, y todos nosotros, todos yos, muchos yos, uno para cada ocasión, qué tonterías estoy pensando, esta noche me da por pensar, qué raro, debe ser lo que me dijo Karenga, ¿será posible que no haya remedio?, y yo creía, sí, fue lo que me dijo Ka, no puedo dejar de pensar en ello, aunque no piense, aunque crea que no pienso, en realidad siempre estoy pensando, cómico, aunque piense en otras cosas, es como lo otro, aunque no sirva de nada pensar, por eso me gusta la hierba, dejas de pensar.

—¿Pensando?

Se había sentado a su lado, discreto, amable, sonriendo un poco irónico, como le había visto de lejos, miró inconscientemente hacia donde había estado el grupo, ahora disuelto, sólo quedaban dos, discutiendo todavía, en torno al puntal.

—Jai —fue lo único que se le ocurrió.

—Este no es el mejor sitio para pensar.

—Pero no puedo dejarlo, ya sabe.

—En ese caso, espero siquiera que los pensamientos no sean demasiado profundos.

—¿Profundos?, debe estar pensando que soy tonta.

—Bueno —parecía disculparse—, a veces lo más profundo es lo más superficial, lo que menos nos afecta, mientras que lo más simple, un buenos días que nos dan de mal humor, puede afectarnos profundamente, ¿no cree?

Hablaba tan claro, tan seguro, tan ordenado, que no le entendía. Había algo en sus palabras que se le escapaba, o tal vez fuese aquel ligero arrastrar de erres que sonaba a afectación, pero no a la inglesa, balbuceante, sino medida, exacta, hasta el límite preciso, y cesaba.

—¿Amigo de Karenga? —se lo soltó a boca de jarro. Él se repuso en seguida del viraje.

—Compañeros de Columbia. ¿Le conoce? Un chico brillante, muy brillante. Lástima que haya nacido en América. Y lo malo es que es americano hasta el tuétano, tan ambicioso, tan impaciente, tan poco relajado. Una verdadera lástima, ya digo. En África, hubiese llegado por lo menos a ministro.

No, no eran las palabras, era la coherencia de la frase, su llevarla al lógico desenlace, sin dejarla perderse por el camino. Era eso.

—¿No eres americano?

—¿Yo? —por primera vez el gesto tuvo algo de teatral—. ¿Yo? No, iba a decir gracias a Dios. Perdona. No, no soy americano. Soy de Gabón.

—¿Gabón?

—No sabes dónde está Gabón, ¿verdad? No te preocupes. En el fondo, es una suerte que no nos hayan descubierto los americanos.

Tardó en contestar. Se la notaba el esfuerzo por mantener una conversación eslabonada, sin recurrir a las frases hechas, tan cómodas.

—No te gusta América, ¿verdad? A mí tampoco.

—¡Pero sí me gusta! Es curioso. O más que me gusta, me fascina. Pero me fascina como un espectáculo de circo, como espectador de primera fila de un espectáculo apasionante, y al que algunas veces llega un zarpazo. Pero nada más. Y desde luego, no querría estar en la pista. Ni como domador ni como fiera. Sobre todo como fiera.

La sonreía.

—¿Mucho tiempo aquí?

Miró al techo oscuro como si necesitase hacer cuentas.

—Tres años. Exactamente tres años y cinco meses. Ya está bien. América es peligrosa. No, no por lo que te imaginas. América puede terminar gustándote, o mejor que gustándote, te puedes acostumbrar a ella, aunque no te guste. América es un vicio, una droga, como te aficiones a ella estás perdido, no puedes dejarla, te has hecho un adicto, aunque te humille, aunque te destroce. Hay que andarse con cuidado con América. Y con las americanas.

Lo último fue, a todas luces, una concesión. Aunque ella no lo entendiera.

—¿Con las americanas?

—No, no, era una broma. Buenas chicas, un poco inestables, inseguras, como todo el mundo aquí, pero mucho mejor que ellos. No, las americanas no son peligrosas más que para ellas mismas y, en último caso, para sus maridos.

—¿No te casarías con una americana, verdad? No tengas reparo en decírmelo, yo no pienso casarme nunca.

—¡Brava chica! La verdad es que nunca me había hecho esa pregunta. ¿Casarme con una americana? Nunca se me había ocurrido —bajó la voz hasta dejarla en tono confidencial—. Voy a decirte algo que posiblemente te haga reír: soy el chico más guapo de mi aldea. Las chicas se peleaban por mí, bueno, eso fue hace ya bastante tiempo, antes de ir a estudiar a París, antes de venir aquí. Espero que no hayan cambiado de gustos. Por fortuna, no tenemos televisión.

—El cuerpo todavía, Mr. Holdum. El cuerpo puede pasar, hay que reconocer que tienen menos grasa que ustedes, los blancos —y ya a todos los de la reunión—. ¿Se han fijado cómo se les marcan los músculos en cada movimiento que hacen? En el pecho, en la espalda, en los brazos, en los muslos; parecen todos atletas. ¡Pero la cara! ¡Esos labios! ¡Esas narices! ¡Horribles! Me moriría de miedo si los viese cerca de mí. O de asco. No sé como hay mujeres...

Ni siquiera terminó la frase. Mrs. Bundy tenía siempre a mano una cita bíblica.

—Hay de todo en la vida del Señor.

—No, no me hace reír.

—¿Perdón?

—Que no me hacer reír lo de las chicas de tu aldea. Que se pelearan.

—Merci.

Se lo dijo en francés, sin dejar de sonreír, y fue entonces, mientras sonreía, inesperadamente, lo tenía olvidado por completo, cuando llegó, como una zambullida, Ka lo había dicho, como sumergirse, hasta el fondo, volver como una flecha a la superficie y seguir subiendo, subiendo, subiendo, como una flecha, ligera, como una flecha, sintiendo cortar el aire, como una, cada vez más fino, flecha, más tenue, como, y ver todas las cosas allá abajo, no de frente, abajo, una al lado de otra, el bar, los vasos, la mesa, las sillas, las cabezas, pero no pequeñitas, no disminuidas, como se ven desde un avión, sino de tamaño natural, incluso mayores, con todo detalle, pero desde arriba, sin vértigo, sin peso, sin nada.

—¿Bailamos?

naturalmente, ¿hay algo más lógico que bailar, más normal que bailar, más real que bailar?, sentir el impacto de la música en el estómago, retumbar en la cabeza, llegar a los brazos, desatada, resuelta, extendida, desasida, desplegada, desbandada, alta, libre, al fin, li-bre, de todo, de todos, de mí misma, de mis brazos, de mis dedos, de mis uñas, de mis piernas, de mis pies, de mi vientre, de mi tronco, de mi cabeza, de mis ojos, qué bien, ya no tengo nada.

está loca, como todas las americanas. Y parecía una chiquilla bastante normal, en este país uno no puede fiarse de las apariencias, pero baila bien la condenada.

está borracha; no, drogada, a lo mejor las dos cosas. No se puede bailar normal de esa manera. Pero está madura, madura del todo, del coche a la cama, directa, sin problemas, pero tengo que enterarme de con quién vino, no con el largo que está bailando, él llegó antes, estaba aquí cuando llegué, ella acaba de venir, vino con otro, cuidado que estos morenos son de abrigo, tan ilógicos, tan irracionales, toda la noche sin hacer caso a su paloma y luego, cuando estás más seguro, ¡cataclás!, cuidado, todo el cuidado es poco.

—¿Te diviertes, Poca Cosa? —Ka seguía en el bar.

—Sí, sí, sí.

—No sabía que eras tan buena bailarina.

baila, baile, blanco, blanco, no, blanco, no, blando, blando, blan-do, blan-do, blan

blan

blan

blan

—¿Qué dices?

—Nada, blan, blan.

—¿No estás cansada? —su pareja.

—No, no, blan.

se lo preguntaré a Andy, él tiene que saberlo, buen chico, no es su amiga, ni una amiga de sus hermanas, menudas miraditas la echan, si la pudieran fulminar, la fulminaban, también son inconscientes estas crías blancas, venirse a meter aquí, en el fondo, porque los morenos son más tranquilos, si fuera una party de blancos ya la había armado, con lo que se trasiega en el bar, ¡joder con la hermanita!, a dólar el trago, y sirve bazofia, todo de lo más barato, pero aquí hay que pagar y callarse, el largo se está cansando, ¿de dónde habrá caído? No la había visto antes por aquí, tengo que preguntar a Andy.

—Espera un momento, la música se ha parado.

—¿Ha parado la música?

—Parece que no puedes pararte.

—Parece, ¿qué?

—Venga, que ya empieza otra vez. Karenga, ¿no te animas a bailar?

Se lo preguntó al quedar en una de las vueltas frente a él, que les miraba despectivo. Ni siquiera contestó.

¿qué busca?, ¿hacer un número?, y luego dicen que los negros somos exhibicionistas, ¡ellos son los exhibicionistas!, ¿o será la pasta?, dijo que nunca las había comido, a veces se dispara uno demasiado, sobre todo al principio, no debí dársela, ¡y a mí se me está pasando!, debí traerme una, necesito un pito, ¿quién tendrá aquí un pito?

ya está bien, llevamos lo menos doce piezas sin parar, ésta se ha olvidado hasta de que está bailando, por eso sigue, se ha olvidado de todo, bai, es lo bueno del baile moderno, que no se necesita pareja, bai, ni se enteró.

groovy, bailar es groovy, todo es grooovy.

¡la ha dejado!, el largo la dejó, ésa cansa al más guapo, no hay forma de hacerla parar, como un trompo, lo curioso es que no parece muy sensual, cualquiera de las negritas es más sensual, o lo pretende, ésas sólo quieren un buen gato con una buena cuenta corriente, menudas son, mira aquélla como me está enseñando los muslones, ¡y se sube la falda cuando la miro!, ésa sabe más que la madre que la parió, ahora que donde esté una blanca que se quiten todas las negras, y no es que uno sea racista, de racista, nada, ¿cómo iba entonces a estar aquí?, claro que de vez en cuando se cogen buenos planes, y al congresista hay que cuidarlo, ¡mira que si me dan ese contrato municipal!,

pero ya estoy harto de negras. Oye, Andy, gran fiesta.
A propósito, ¿quién es esa loca? Sí, la que baila como un
trompo, la que bailaba con tu amigo de África, aunque
aquí somos todos amigos, ¿no?

—No sé. Bill, no sé. Voy a preguntarlo.

vivo

viva

vida

vivi-endo

vi-ento

voy

soy

soy

soy

sooooyyyy

SOOOOYYYY

—Karenga, ¿vas a venir el próximo semestre?

—Ya sabes que no, Andy. Finish.

—Pero, ¿por qué?

—¿Quién lo sabe? ¿A quién le importa?

—A propósito, ¿qué le pasa a la gata que has traído?
Karenga respondía a cada pregunta como a un desafío.

—¿Por qué?

—Por nada. Me lo están preguntando.

—¿Quién? ¿El pálido ese que no le quita el ojo de encima?

—No te sulfures, Ka, es un contratista amigo del viejo.
Lo que tienes que preocuparte es de ella.

—¿Qué le pasa?

—Que está alta, ¿no la ves?, petrificada, completamente
petrificada.

—¿Y...?

—Nada, quería decírtelo. Ya sabes que el viejo no quiere
aquí petrificados. Yo, cuando quiero fumarme un pito, me
voy fuera.

en-ton-ces
a-ho-ra
lu-e-go
a-ho-ra
a-hora, ahora, ahora, ahora, aaahora, hooora, ra, ra, ra, ra, aaaa

¡menos mal que pregunté!, el tipo tiene una cara de vinagre impresionante, éste saca la navaja a la primera de cambio, o la pistola, vete a saber, y es de los radicales, el puñito cerrado en la camiseta, a todos estos los ponía yo a picar piedra y verían cómo se les bajaban los humos, ¡cómo mira a todo el mundo!, como si se lo fuera a comer, ¿cómo habrá ido la polla a parar a sus manos?, ¡mira que si es una de esas a las que sólo les gustan los negros!, ahora que mejor que les gusten los negros que los franceses, ¡la cabrona!, ¿dónde estará?, en París, ¿dónde va a estar?, lo mejor es no acordarse, como se descuide el moreno, se la birlo, son muy pasivos, lo que me falta es una oportunidad, ¡pero cuidado!, me tiene enfilado, ha debido darse cuenta.

la tiene echada el ojo, se cree que no le veo, le vi desde el principio, cerdo, tiene cara de cerdo, piel de cerdo, boca de cerdo, se cree que no le veo, la que no se entera es ella, ella está errática.

—¿Sigues bailando, Poca Cosa?

—¿Cómo?

—Que bailas muy bien.

—¿Quién?

creo que podría acercarme, aquí todo el mundo se mezcla, pero con cuidado, eso sí, sin perderle de vista.

¡me tiene miedo!, mágico, no se atreve a mirar para aquí, se huele, el fétido, puede olerse, el miedo.

Bailaba balbuceando palabras sin sentido.

hambre, ham, ham, ham, bre, bre, bre.

¡tiene hambre!

—Oye, mira...............
¿qué está diciendo?, ¿quién es éste?, ¡qué poros tan gran·
des!
—...Maxwells te gustará, seguro.
—¿Cómo?
—¡Maxwells! —tenía que gritar—, la mejor cocina de
Nueva York. Te gustará
—Sí, sí, sí.
—¿Vamos?
—¿Por qué? BRE, BRE, BRE, ¿bonito, verdad? E, E, E,
e, e, e, e.
—¿Entonces vamos?
—¿A bailar?
ahora dice que a bailar.
—Sí, hay música también, groovy orquesta.
—Bailamos, bai-la-mos.
—¿Me oyes? ¡Groovy orquesta!, el hijoperra no nos quita
el ojo de encima.
—Sí, sí, groovy.
¡que se quede con ella!, ¡que se vayan!, ¡que nos dejen
solos!, ¿por qué tienen que venir pálidos a nuestras fies-
tas?, no se puede estar relajado, con ellos es imposible
relajar.
¡ha debido irse a mear!
—Venga. ¡Venga!
—¿Qué?
—¡Que vengas! Dame la mano, ¡la mano!
—¿Por qué?
—Bai, bai, bai, bai, bai, bai, bai, bai, bai, bai, bai, bai, bai.

IV

—¿Pero, qué haces?

Tenía el cuarto inundado de maletas, maletines, bolsas de viaje, abiertas, desperdigadas por los lugares más inverosímiles. El resto era una tienda de retales, como un tenderete de prendas de ocasión, metidas en bolsas de plástico. O sin meter. Le miró, se había quedado en el quicio de la puerta, sonriéndola ingenua, amable, asombradamente, para continuar su tarea sin contestar, ignorándole.

—No me irás a decir que te vas.

Ella vaciló entre tirarle el secador del pelo que tenía en la mano o meterlo en la maleta abierta sobre la cama.

—¿Cómo lo has adivinado? —todavía empuñándolo.

Él pareció tomárselo con filosofía. Hizo sitio en una silla y se sentó. La silla estaba tapizada en seda rosa, como todo el cuarto, un cuarto coqueto, con muebles de madera barnizada en blanco, casi un cuarto de niña, ahora inundado de chismes de mujer. Había sacado un cigarrillo y se disponía a encenderlo. Vestía un traje ojo de perdiz demasiado ceñido, que le marcaba los michelines. Un tipo de piel rosácea y poros como agujeros de viruela.

—Así, tan sencillamente. Te vas. ¿Se puede saber a dónde?

Ahora ya estaba en jarras. Una mujer no sin atractivos, pero en la que la edad empezaba a hacer estragos. Y un poco histérica por lo que en aquel momento podía verse.

—Sí, se puede saber: no a un hotel a esperar que llegues jurándome que fue la última vez, que no volverá a ocurrir, que soy una tonta, que cómo pude dudar de ti. Me voy a Europa. ¿Has oído bien? E-u-ro-pa. De vacaciones. O para siempre. ¿A ti qué te importa? ¿Es que te he importado alguna vez? Estoy harta, ¿entiendes? Harta de ti, de tus mentiras, de tus secretarias, de tus disculpas, de todo. ¡Harta!

Echaba los brazos al cielo desolado. Ahora no parecía un americano.

—¡Pero mujer! ¿Otra vez? —una mirada pícara—. ¿Descubriste lo de Anne? Fue eso, ¿verdad?, descubriste lo de Anne. ¡Si no es nada! Te juro que no es nada. Vino al despacho a decirme que su marido la había dejado, que necesitaba más sueldo para sacar adelante a los dos críos, porque el sinvergüenza la deja dos críos y nadie sabe dónde está, desapareció, ¡buf!, como si se lo hubiera tragado la tierra. La policía está completamente a oscuras, creen que se ha largado del país. La saqué a cenar, eso fue todo, te lo juro, la pobre estaba deshecha, se comprende, ¿verdad que se comprende?, a ti te hubiera pasado lo mismo, pero te juro que entre nosotros no hay nada, por la memoria de mi madre, ya sabes lo que quería a mi madre, que en el cielo esté. Si quieres, no la vuelvo a ver; mañana mismo la despido. Ésa no vuelve a poner los pies en la oficina. ¿Estás satisfecha?

Ahora se lo miraba con compasión teñida de desprecio. Y movía la cabeza lentamente a un lado y otro conforme hablaba.

—No sabía quién era Anne. No sabía ni que existiese. No me importa. Estoy harta, eso es todo, ¿no lo entiendes? ¡Harta! De aguantarte, de verte, de esperar toda la tarde para que telefonees diciendo que no puedes venir a cenar porque hay un asunto urgente en la oficina. ¿Crees que no sé lo que pasa en la oficina? ¿Te has olvidado de que me pasé los primeros quince años del matrimonio ayudándote, trabajando como una burra en la oficina, en casa, con los clientes?, ¿para qué?, ¿para que te vayas con el primer pingo que te sonríe? ¡Imbécil! Seguro que te crees porque le gustas. ¡Payaso, eso es lo que eres, un payaso! ¿Y que yo iba a hacer siempre la vista gorda, verdad? Pues no —se había venido hacia él—: Tengo treinta y ocho años y quiero vivir. ¿Te extraña? ¿Por qué te extraña? Tú tienes cuarenta y cuatro y también quieres vivir. ¿O no quieres vivir? ¡Claro que quieres vivir! Tengo treinta y ocho años y me voy. ¿Entiendes? Me voy a Europa. A Francia. Los hombres son allí de otra manera. ¿No lo sabías? Tienes muchas, muchísimas cosas que aprender. Aunque creas que lo sabes todo, que puedes engañar a todo el mundo. No, no puedes.

Había perdido su aire desocupado del principio. Los enormes poros de su cara empezaban a manar innumerables gotitas de sudor.

—¿Sabré de ti?

Estaba de nuevo empaquetando. Parecía casi alegre.

—¡Seguro! Por mi abogado.

Chal de seda, camisa azul eléctrico, pantalón a rayas, de campana, no lo veo, pero estoy segura, de campana, y botines, no zapatos, botines, de hebilla, una hebilla muy grande, como la del cinto, tampoco la veo, la tapa el mantel rojo, ¿qué hace aquí este mantel rojo, estas servilletas, estos vasos, esa cara, sobre todo esa cara, carnosa, esos ojos, mirándome, esa nariz, oliéndome, esos labios húmedos, todo él húmedo, qué poros tan grandes.

—¿Quién eres tú?

—¿Yo? ¿Quién voy a ser, pichón? Bill.

—¿Bill?

—Sí, Bill, ¿qué te pasa, Pat?

Primero recorrió con curiosidad, con atención, los paneles de madera oscura, el techo polícromo, las columnas labradas, los adornos exóticos, las plumas de pavo real, la barra, las mesas, la gente, tan distinta, tan igual, bigotazos opulentos, barbas airosas, chalecos bizarros, espaldas desnudas, brazos cubiertos de arandelas, todo un mundo hermético, repetido hasta el infinito, filtrado por la luz difusa de los faroles de gas, todo vagamente conocido, lleno de lejanas resonancias, incluso aquellos dos tipos tan graciosos, de espaldas a la barra, que la guiñaban el ojo, ¿dónde los he visto?

—¿Se acalló el gusanillo o quieres más?

Ella, extrañada, ante el inmenso plato, vacío, no podía saberse lo que había contenido, ante la fuente de ensalada, vacía, ante el cestillo de pan, vacío.

—¿Yo me he comido todo esto?

—Sí. ¡Menuda gazuza, chiquilla! —quería ser festivo, pero era un tipo tenso, como todos.

se aleja, cómico; no, cómico no, se aleja sin remedio, y yo me quedo, raro quedarse aquí abajo, sentada, sentirte, arriba también sientes, pero es distinto, ¿a quién guiñan el ojo aquellos dos?, ¿a mí? Cómico.

—¿Qué hora es?

El Poros llevaba un reloj de astronauta y su gesto al mirarlo fue el de general en jefe al dar la orden de avance a sus tropas.

—Las dos.

—¿De la mañana o de la tarde?

Se escandalizó. O más bien hizo que se escandalizaba.

—¡De la mañana! ¿De cuándo iban a ser? Oye, ¿qué te pasa? —no se me irá a poner mala después de todo el follón para birlársela, ¡cómo debe estar el elemento!, ¡que se joda, para eso es negro!, por si acaso no voy a ir en una temporada por casa del congresista.

—Oye, Pat —estaba de nuevo inspeccionando la sala, algo debía hacerla gracia—, ¿has fumado hierba?

Aburrida.

—No.

—¿No? Mira, no me mientas que...

Levantaba el dedo, pero el papel de confesor le sentaba como un tiro.

—Claro que no. La he comido. Naturalísima.

Quedó con el dedo en alto, hasta que reaccionó.

—¿¡Comido!? ¡¡Joder!! ¡Pues sí que abre el apetito!

—No pasa nada, Pat, estáte segura, nada —estaban metidos en el laboratorio de química, entre probetas y microscopios, fuera se oía el rumor de gente joven en un patio.

Ella seguía recelosa.

—¿No? Mira Ted que...

—Te lo juro —Ted era un chico moreno, menudo, de ademanes intensos.

—Entonces no vale la pena, si no pasa nada...

—Eso sí, la vale. ¿Es que tienes miedo?

—¿Miedo? No, no tengo miedo, pero, exactamente, ¿qué se siente?

—Pues como si..., es muy difícil de explicar. Lo mejor es que pruebes.

—¿Pero no marea como el alcohol, y luego se siente una mal?

—Nada de eso, te sientes fina, primero y después, eso es, fina. El otro día, sabes, el viejo armó el escándalo en casa, ya sabes, como está sin trabajo. Bueno, me fumé uno y ni me enteré. Tenía aspecto latino, pero hablaba inglés sin acento.

—Imposible.

—Te lo juro.

—¿Y si luego lo huelen en casa? Ma me olió cuando fumé el primer cigarrillo.

—Es distinto. Todos en la clase lo fumamos y a ninguno se lo han notado.

—¿Hace mucho que comes hierba? —había echado el cuerpo hacia adelante, el codo apoyado en la mesa, la mano gordezuela, con tres o cuatro anillos, en la barbilla—. ¿Cómo la comes? ¿Cruda? ¿En ensalada? ¿A qué sabe? Yo, sabes, fumé un par de veces un pito y, chica, nada. A mí, la droga, nada, tiempo perdido, ni enterarme. A mí lo único que me pone de cabeza sois vosotras, las mujeres, así. «Soy un macho viril, sexual, un poco perverso»,

114

¿no es eso lo que dice el libro de la doc?, y que lo noten, que lo sientan, tienen que sentirlo, así es como se funden, nada de pamplinas, directo al grano, a mí no me van las pamplinas, las pamplinas para los franceses, ¿dónde estará la hija de la gran puta?, seguro que metida en la cama de un francés, ésa fue a ponerse las botas.

—Lo que usted tiene, señor Morsello, es un caso típico de doble personalidad, complicado con un complejo edipal secundario —al oírlo, se incorporó a medias en el sofá y tragó saliva. Sobre la piel rosácea, sus poros se dilataban hasta obligarle a buscar el pañuelo. Ella seguía aséptica, profesional, esterilizada, sin un pelo en desorden, sin una mota en la bata blanca, tras aquellas grandes gafas, contemplándole como a un animal raro, como a un curioso microbio surgido de repente en la patina de su microscopio—. Usted no conoció a su madre, le educaron sus hermanas mayores muy duramente. Su padre apenas estaba en casa, cuando volvía del trabajo les hablaba el italiano, que usted apenas entendía. De ahí surge el conflicto de personalidad, ¿verdad que ha tenido de pequeño, de adolescente, conflictos de personalidad? Usted no sabía realmente a dónde pertenecía, a la calle o a la casa, ¿verdad?, ¿a que se avergonzó alguna vez en la escuela de ser italiano? —pues tiene razón, tiene una voz de pito, pero tiene razón. Y de piernas no está nada mal—. Por otra parte, usted quería saber qué era una madre, veía a sus amigos protegidos por sus madres, mimados por sus madres, y comenzó a buscar inconscientemente una madre. En cada mujer creía ver a su madre. Cuando conoció a su esposa, creyó por fin encontrarla, pero luego, cuando descubrió que no era realmente su madre, cuando vio que era una egoísta que sólo pensaba en sí misma, reanudó la búsqueda, esperando encontrarla en otra. Un caso no raro, pero tampoco corriente. Lo que lo perturba es ir unido a la doble personalidad de que antes hablábamos.

Parecía afectado de verdad. Ya no miraba las dos piernas que emergían generosamente por debajo de la mesa negra, con bordes niquelados. La miraba a los ojos. Con miedo.

—¿Puede...?, ¿puede ser grave?

—Si no se corta a tiempo, puede serlo. Usted se encuentra en el primer estadio de la crisis. Ansiedad, angustia. Son los síntomas clásicos. Si lo dejamos prosperar, puede convertirse en desequilibrio serio. No voy a decir esquizofrenia o paranoia, pero sí desequilibrio serio.

—Pero puede curarse, ¿verdad? —la hacía señales afirmativas de cabeza.

—Necesitaremos bastantes sesiones. ¿Qué día de la semana tiene libre, señor Morsello? —pronunciaba Morsiel-lo.

—El martes. No, mejor, el miércoles.

Hizo un garabato en el abultado calendario, una de las contadas cosas que había sobre la mesa, funcional, desnuda, como todo el cuarto.

—Bien, entonces el miércoles. Concrete la hora con mi secretaria.

Estaba ya de pie. Parecía bastante aliviado, casi volvía a ser el pinta de antes.

—¿Podré..., podré seguir saliendo con palomas, con chicas quise decir?

Por primera vez, una sonrisa. Profesional, eso sí.

—Naturalmente. Lo que usted necesita es encauzar su eromanía.

Volvió la alarma a galope.

—¿Mi qué?

—Su eromanía. El instinto que le lleva a buscar siempre mujeres nuevas.

Ahora, el que sonreía era él.

—¡Ah, bueno! Creí que era algo malo.

Volvía a ser la maestra de voz de pito con la regla en la mano.

—Puede serlo. Ya se lo he dicho, señor Morsello, usted

necesita una cura urgente de seguridad, de refuerzo de personalidad. ¿A que tiene problemas con su ego? ¿A que sufre cuando una mujer le rechaza?

—¡Hombre…!

—¿Lo ve? Voy a darle un libro para que aprenda a aproximarse a las mujeres como un hombre. En ciertos aspectos, es usted todavía un adolescente. Léalo con atención y notará en seguida el cambio, aunque su caso es crónico. Luego, en las sesiones de sofá, reforzaremos el tratamiento.

Estaba ya en la puerta.

—Entonces, ¿qué es lo que tengo que hacer ahora?

—Lo primero, ver a su abogado. ¿No me ha dicho que su mujer ha pedido el divorcio? Resuelva ese asunto cuanto antes.

la vuelta es mucho más rápida, ¡qué impresión más rara deja la vuelta!, ¡qué cansancio!, un cansancio agradable, también es agradable volver, volver a ver todas las cosas desde fuera, desde lejos, descansar, otro descansar, en el fondo es tan cósmico bajar como subir, mucho más sereno, pero, ¿he bajado realmente?, una cree que no está alta y todavía lo está, o al revés, nunca se sabe, ¿qué dice?, no hay forma de entenderle, cómico, un tipo cómico, ¿cómo habrá venido a parar aquí?, no le recuerdo, ¿qué decía?, ¿que a él no le hace efecto?, ¿cómo no le va a hacer efecto?, siempre hace efecto, claro que al principio no te enteras.

—Pues tú, no siento nada.

—Chupa otra vez, Pat —Ted la animaba con las manos—. Más hondo, así, y contén el humo todo lo que puedas, aunque te quemes.

—¡Cag! ¡Cag! —tuvo que apoyarse en una mesa, a poco más vuelca una probeta.

—Te atragantaste.

—Estaba muy caliente.

—¿No sientes nada todavía?

—No.

—Extraño, tendrías que sentir. ¿De qué te ríes?

—De esa peca junto a tu ojo derecho, nunca me había fijado. Ted: tienes una peca junto al ojo derecho, ¡qué gracioso!

No la hizo caso.

—¿Otra chupada?

—Bueno, pero te aseguro que no siento nada.

Se estaba bien en aquella esquina del restaurante, recostados en sus sillas, protegidos por las rejas doradas entre las dos secciones, por el laberinto de mesas, por los masivos camareros, contemplando de lejos el amontonamiento de la barra, las chicas delante, en los escasos taburetes, escuchando, como en un confesionario, a los que esperaban en fila, quedándose con el que les hacía más gracia, tenían también que servir de enlace con los de detrás, pasando las copas que les daban en el mostrador —¿De quién es este gin-tonic? ¡Vodka on the rocks! ¡Cuidado que llueve!—, en lucha a muerte entre ellos, entre elías también entre ellas la agarrada se las traía, aunque más silenciosa, más sutil, pero bastaba que una hubiese conseguido parásito para que las demás trataran de quitárselo. Pero lo más fascinante, lo que pretendía ser más fascinante, era la forma de beber, de pagar mejor dicho, de ellos, naturalmente, ellas pagaban rápidas, en un descuido, sin dejar ver el interior del bolso, ellos, no, ellos dejaban el billete —diez, veinte dólares— sobre la barra ya en el momento de pedir, era la costumbre, como diciendo: ¿Veis? ¿Me veis bien? Yo soy un tipo que tiene diez, veinte pavos, y no sólo los tiene, sino que los deja, los abandona sobre la barra, voy a bebérmelos, a fundírmelos, en bebida de machos, como voy a fundirme a una de estas muñecas, o a dos, es igual, las que se me antojen; y el camarero, el único no impresionado por aquel alarde, iba cobrándose del montón hasta dejar sólo unas perras, que el otro despreciaba. Los he fundido, ¿lo habéis visto?, ¿habéis visto lo macho que soy? Como las miradas, también las miradas eran especiales, de lado, caída un poco la cabeza hacia atrás, bajando imperceptiblemente los párpados, como mirando a un enano desde arriba, como en el cine, ¿cómo en el cine?, bueno, como en los anuncios de televisión, el anuncio de una bebida, sólo humedecer los labios, ¡exquisito!, realmente exquisito, como el fumar, así, profundamente, intensamente, virilmente, con ganas, sacando el tuétano al cigarrillo, y dejar la mirada perderse entre el humo.

—Vamos, ya entran del recreo —el chico miraba al patio por una esquina de la ventana, pero se volvió a tiempo—. ¡No tires la colilla!, de hierba no se tira nada —la envolvió en papel de estaño, para meterla en el bolsillo de la camisa.

Ella le observaba, atenta, risueña, lejana.

—¿Qué tal, Pat?

—No sé, Ted, no sé.

Era más pequeño que ella, se veía claramente, al salir.

—Es lo bueno, Pat, que no sabes.

Seguía fascinada por los mecheros de gas, las plumas de pavo real, las brújulas de navegante, los globos cautivos, los chirimbolos, las máscaras, las caras, cientos de caras, sin cuerpo, los cuerpos fundidos en un cuerpo gigantesco, común, por debajo de los hombros, del que emergían las caras de todas clases, lánguidas, ansiosas, pálidas, bronceadas, suaves, brutales, aunque quienes parecían hacerle más gracia eran Stan Laurel y Oliver Hardy, con barba, con zamarras de cuero y debajo, ¡nada!, ¡gran!, absolutamente nada, los dos ofreciéndola de lejos sus copas, haciéndola guiños, ¡qué gracia!, ¿pero qué quieren decirme?, cómico, no hay forma de entenderles.

—Bueno, ¿nos vamos, pichón? —antes de que pudiera contestar ya estaba buscando a alguien con la mirada, a quien hizo una seña.

El camarero llegó indolente, casi despectivo, e hizo las cuentas como un señor feudal podía contabilizar a sus siervos. Era joven, moreno, de melena muy cuidada, hasta los hombros, y debían sobrarle palomas a manadas, se las miraba como hormigas. A ellos, ni siquiera los miraba. No le dio las gracias por la propina.

La respuesta llegó como el trueno, mucho después del relámpago.

—Sí, vamos a bailar.

—¡¿A bailar?! —el Poros tenía que apoyarse en la mesa.

—¿No habíamos venido a bailar?

Estaba realmente cabreado.

—Al principio, cariño, pero luego preferiste cenar. Además, ¿sabes la hora que es?

—Sí, las dos.

—¿Y quieres irte a bailar a las dos?

—¿Qué tienen de malo las dos? Hora groovy para ir a bailar. ¿Tú no quieres venir?

—¿Pero no te has hinchado de bailar en casa de Andy?

—¿En casa de quién?

La cogió del brazo con brusquedad.

—De nadie. Vamos a bailar.

ya me parecía a mí demasiado fácil, al final siempre tienen que salir atravesadas, pero hay que ir, si no, se va con esos dos, la han estado haciendo señales toda la noche, fue un error traerla aquí, está lleno de ligones profesionales, pues van listos, a mí no me la pegan unos pipiolos, ¡estaría bueno!, ahora que otros veinte pavos no me cuesta, voy a llevarla donde Mario, allí no hay miedo.

—Conozco un sitio en el Bronx que no está nada mal.

—Okay.

Había menos gente que al llegar, sólo las inmediaciones de la barra parecían repletas, lo demás presentaba claros, aunque la animación no había cedido. Stan Laurel y Oliver

Hardy se habían deslizado hasta las inmediaciones de la puerta. Les oyó mientras el otro se despedía del manager, un tipo alto, de pelo rubio, muy cuidado, como todo el avío, con un aire altivo, distante, casi una mueca.

—¿Te vas con el abuelo?

—Ahá.

—Quédate con nosotros.

—No.

—¿Por qué?

—Vamos a bailar.

—También nosotros podíamos ir a bailar.

—No; estoy con él.

—Mira que la carne de viejo se digiere muy mal.

Fue cuando se la llevó cogida del codo. Como a una hoja que arrastra el vendaval.

—Bai.

—Bai.

Bai, que os zurzán, ésta se quedaba, ¡vaya si se quedaba!, también es mala suerte, cuando uno tenía dieciocho años lo que gustaba a las mujeres era el tipo maduro, de cuarenta; ahora, lo que les gusta son los imberbes, y la doc decía que tengo espíritu de adolescente, ¡ya podía tenerlo todo!

—¿Pero te has fijado en los tipos raros que trae a casa?

Hizo un gesto vago con la cabeza. Ella prosiguió a borbotones, estaban en la sala de la planta baja, donde la tele.

—Ella dice que son amigos, ¿pero cómo van a ser amigos si llegan a media noche y no se van a dormir? Te digo que no me gusta nada, absolutamente nada, habría que hacer algo.

—¿Qué?

—Sí, qué —lanzó un suspiro—. Los jóvenes hoy son tan raros, no hay quién les entienda. Fíjate en Pat, una chica tan sencilla, tan natural y, de repente, en unos meses, qué meses, semanas, parece que está amargada de la vida.

—Será la edad.

Eran dos monólogos que nunca se tocaban.

—Lo que no me gustan son las amistades. Si dejara de salir con esos caracteres, ¿sabes cómo se llaman ellos mismos? Esperpentos, sí, esperpentos, se lo he oído. Y no se avergüenzan. Si al menos no los trajera a casa, si los viera sólo fuera. ¿Qué estarán pensando los vecinos?

Cruzó una pausa desalentada, que ella ahuyentó, aunque sin demasiado ánimo.

—Lo que es a estudiar no vienen. Ayer, daban unas voces que tuve que subir a decirles que hablaran más bajo. Estaba ese bajo, moreno, que parece latino, pero es hijo del griego pintor, sí, hombre, el de la barba; tenías que haberles oído, se oía en toda la casa, que si el establishment, que si Vietnam, que si el genocidio, parecían comunistas. Creí que discutían, pero no, estaban tan tranquilos sentados en el suelo, fumando, oyéndole, al de la barba me refiero, tenías que haber visto la mirada que me echaron, y sólo iba a decirles que no gritasen tanto, que hablaran más bajo. Pat fue la más enfadada. ¿Qué haces tú aquí?, me soltó, como si ésta no fuera la casa de uno, es el colmo.

—¿Estaba Eve? —él no la había hecho demasiado caso, absorto en la pantalla.

—¿Qué Eve?

—La hija de los Bush.

—No sé, ¿cómo voy a saberlo si parecen todos iguales? Ni siquiera se distinguen ellos de ellas. ¿Por qué lo preguntas?

—Por nada —se levantó a cambiar de canal.

Los grupos estaban allí, incluso más numerosos que antes, al entrar, hablándose de acera a acera, calibrando con mirada experta a las palomas y a los coches que pasaban, era una competición secreta de camisas de fantasía, de pantalones arco iris, de bronceados, en la que ellas no entraban, ellas quedaban en segunda fila ante aquel derroche de pelambreras y colorines. De vez en cuando, alguno se permitía, como por obligación, decirlas algo: —¿Qué hace una chica tan guapa en un sitio tan feo como éste? ¿Por qué no me apuntas el número de tu teléfono en el hombro? Me lo haría tatuar. ¿No nos hemos visto en Estocolmo?, si eran rubias. ¿No nos hemos visto en Roma?, si eran morenas—. Ellas se esponjaban, apretaban el paso, pero se esponjaban. Y la mayoría volvía a pasar. Pero ligue había poco.

Se les hizo paso con respetuoso cachondeo. Uno de ellos le conocía.

—¡Eh, Bill! —Cada vez más agresivo—. ¿Dónde las buscas ahora? ¿A la salida de los colegios?

Rieron todos, incluidos ellos.

Había refrescado, muy poco, pero había refrescado. O tal vez fuese la ausencia de tantas cosas, de los camiones, de los hombres con grandes bolsas, de los niños a la carrera, de las viejas llevando a mear al perro. BILL MORSELLO. FOREST PARK, en letras de acero niquelado sobre el portaequipajes del carro, tres o cuatro metros de chapa crema, líneas afiladas, agresivas, asientos mullidos, negros; destacaba a lo lejos, era un descapotable.

—¿Tú? —apuntaba a la chapita.

—Sí, pero no vayas a creer, americano cien por cien, del Bronx —estaba ya al volante y la abría la portezuela desde dentro, adiós, me olvidé de abrirle desde fuera, menos mal que sigue medio atontada, porque si no, «A las mujeres les gustan los hombres galantes», ¿pero no dice también que les gustan los tíos duros?, ¡joder, el libro dice tantas cosas!, se hace uno un lío—. ¿Qué te parece, cambio el apellido? Primero había pensado dejarlo en Morel, pero ahora pienso que Mohr estaría mejor, podría decir que soy italiano del norte, casi austríaco, ¿tu familia de dónde viene? ¿De Noruega? ¡Fiuuu! Serás la mar de fría, pichón, la mar de fría, lo que me ha recetado el médico exactamente, lo que me ha recetado —se reía de su propio chiste.

—Era un olor extraño, Dan, muy raro, no sé.

Seguía absorto en la pantalla, pero el partido se interrumpió para un anuncio, los Yankees iban ganando por 13 a 6.

—Sería ese maldito incienso que usan.

—No, te digo que no; el incienso lo conozco. Era más dulce, más penetrante.

—¿Más penetrante? ¡Pero si algunas veces parece que estamos en la iglesia!

Los jugadores reaparecieron. La imagen en color era perfecta. Echó el cuerpo hacia adelante, con los codos en las rodillas, pero ella no parecía dispuesta a darle tregua.

—No, no era incienso. Ni tampoco ese tabaco negro que ahora les da por fumar y huele tan mal. Aunque estaban fumando, les vi esconder los cigarrillos, alguno lo escondió, pero se lo vi, Dan, ¿me estás escuchando?

Se había vuelto hacia ella.

—No querrás decir que Pat fuma... ¿cómo se llama?, marijuana, ¿no?

—No, pero allí había un olor especial. Y no era incienso.

—Una cosa es vestirse como gitanos y otra tomar drogas.

—Tienes razón —como arrepentida—. Perdona, en los últimos tiempos estoy muy nerviosa, no sé qué me pasa.

Volvió a caer el silencio cortado por los gritos de los hinchas y las voces de los entrenadores, que se tiraban de los pelos en el foso cada vez que sus muchachos perdían unos metros. Pero ahora el intranquilo era él.

—¿Y no les dijiste nada?

—¿Qué iba a decirles? Si quieres que te diga la verdad, me meten miedo, eso es, miedo, empezando por tu hija.

El motor arrancó como una caricia. Mágico sentir deslizarse la calle bajo las ruedas, ver deslizarse árboles, farolas, bloques, como unas diapositivas que pasan demasiado de prisa, sin dar tiempo a recrearse en los detalles, dejando sólo la impresión, oyendo los gritos que llegan de otros coches, también descapotables, también hambrientos de algo, atestados de gentes que hacen el signo V, que tiran besos, que ponen las manos en forma de bocina para que la voz llegue, para que no se pierda por el camino, pero se pierde, se queda atrás, tirada en la calle, con los inmensos montones de cajas vacías, con los cubos atestados de basura, con algún televisor de pantalla rota.

—¿A ti qué te parece?

—¿Qué?

—El apellido, ¿lo cambio o no?

—¿Es importante?

—¿Que si es importante? ¡Vaya si lo es! ¿Has oído hablar de Ray? ¿No? ¿Pero de dónde vienes tú? Es igual. Empezó con un puesto de castañas en la Quinta Avenida y, ¿sabes lo que tiene hoy? —se volvió para mirarla o para recalcar lo que iba a decir—. ¡Una cadena de supermercados! En el Bronx y en Brooklyn.

—¿Y qué tiene eso que ver con el apellido?

—¡Claro que tiene que ver! ¿No lo cazas? Se llamaba Ratacanoséqué, griego, ¿sabes? Si llega a seguir llamándose así, nada, ni unos ultramarinos, ¿te lo imaginas haciendo un pedido y deletreando r como Roma, a como América, n como Newark, etcétera?, ¿te lo imaginas? Pues Ray y, ¡zas!, como la espuma. Ahora quiere quedarse en Rahf.

—¿Rahf?

—Sí, Rahf o Raehf, no sé bien, dice que Ray estaba bien para cuando tenía que discutir con los suministradores y demás, pero ahora que se viste de pingüino para ir al Lincoln Center y ha empezado a coleccionar pop art o cómo se llame a pagar dos mil pavos por unas latas viejas, tiene que buscarse otro nombre. Con Ray no va a ninguna par-

te. ¿Te imaginas al gobernador, bueno, con el gobernador no se trata, él dice que se trata, pero no, es igual, ¿te
imaginas a cualquiera de esos peces gordos, el intendente
del museo ese de la Cincuenta y Tres o a su costilla en
una party: «Hei, Ray, tengo que decirte algo»?, ¿te lo
imaginas? ¡Ni hablar! Ray estaba bien en el Bronx, en
Brookyln, pero no en la Alta East Side, vive en East End
Avenue esquina Ochenta y Ocho, podíamos haber pasado,
nos quedaba de camino, un sitio terrorífico, le cuesta un
riñón, pero terrorífico, con el río enfrente, ella se empeñó,
«Ya estoy harta de vivir fuera de Nueva York», ¡como si
el resto no fuera Nueva York!, tú me entiendes, cuando
se os mete una cosa en la cabeza, ahora, quien tiene que
viajar al Bronx y a Brooklyn todas las mañanas es él, ¿tú
conoces el Bronx?
Cómico. La calle desierta, dos hileras de coches, dormidos, ni una sola luz en las ventanas, como un barrio obre-
ro, un barrio de gentes que deben levantarse a las siete,
pero dentro, abarrotado, no el bullicio de allá abajo, eso
no, pero también lleno, otro lleno, otra cosa, otros tipos, el
Poros también era distinto, mucho más seguro, más señor,
parecía otro, ahora ya no le importaba que la mirasen, que
la codiciasen, estaba seguro, era su propiedad indiscutible,
allí nadie se atrevía a disputársela.
—¡Bill! ¡Cuánto tiempo! ¡Al fin te acuerdas de los amigos! Claro —la voz tomó un giro de doloroso reproche—,
desde que te marchaste a vivir a Queens...
No le veía, mejor dicho, le veía, pero era imposible distinguir sus facciones, toda la luz venía de unas velas puestas aquí y allá, en el mostrador, sobre cada mesa, en muchas las habían apagado, velas metidas en cuencos de
cristal rojo, que expandían un resplandor sangriento. Era
un tipo bajo, grueso, vestido con corbata, chaqueta y
demás, posiblemente el único vestido así en todo el local,
que se prolongaba al fondo por diversas estancias, como

si aquello hubiese sido una vivienda en la que derribaron el primer tabique para hacer el bar, dejando el resto como estaba. Cada cual iba a su aire, pero las camisas, los pantalones, las camisetas no tenían la extravagancia de allá abajo, aquel toque de pijotería, aquello era más sólido, más fenómeno.

—Ya sabes que si me marché a Queens fue por necesidad. Yo sigo siendo del Bronx —como ofendido.

El gordo exudaba campechanía.

—¡Pero si era una broma, Bill, una broma! —le daba palmadas afectuosas en la espalda—. ¿Qué quieres? —la miraba de reojo, hasta entonces para él no existía—. ¿Una mesa? ¿Habéis cenado ya? Sí, claro, teníais que haber cenado a estas horas. Voy a ponerte una mesa en la sala del fondo —y aquí un guiño tan rápido como un parpadeo. Se movía rápido el gordo.

—Un mes, ¿me oyes? ¡Un mes! Y si no llego a cruzarme con Miss Lorenz, ni nos enteramos. Les había llevado una carta diciendo que dejaba la escuela, ¡una carta firmada por ti!, ¿me entiendes?, ¡firmada por ti!, ¡¡falsificada, naturalmente!!

La mujer estaba a dos dedos de la histeria, era lo que debía mantener a él tan calmo. O el miedo. Se lo había soltado en cuanto cruzó la puerta al llegar de la oficina, sin darle tiempo ni a quitarse la chaqueta.

—¿Dónde está?

—Arriba, encerrada en su cuarto. No quiere abrir a nadie.

—Pero... ¿qué dice?

—¿Que qué dice? Que no quiere seguir estudiando.

—Pero te habrá dado al menos la razón.

—No; que no la gusta, que no quiere ser como tú o como yo. Así, tan simple.

Había dicho la sala del fondo, pero no era una sala, era una habitación pequeña en la que cabían media docena de mesas metidas con calzador, cuando se levantaba uno tenía que empujar al de al lado, pero parecía la habitación de los elegidos, allí todos miraban como señores, el gordo venía cada poco a ver si estaban satisfechos, y a la plebe sólo se le permitía asomar la cabeza fugazmente, contemplar las sillas donde tal vez un día podrían sentarse. A veces, un par de despistados entraban, pero el silencio les echaba pronto adonde la masa, adonde todos se confundían, adonde no había mesas y la gente se sentaba en el suelo, alguna chica en el regazo de un chico sentado, todos con un vaso en la mano, sin vaso no se permitía a nadie.

—¿Te gusta? —orgulloso, como si fuera su obra.

—Ahá.

debía haberla traído aquí desde el principio, un error, dos horas y veinte pavos perdidos, me está bien por querer mezclarme otra vez con los anglos, en el fondo, donde uno está mejor es con los suyos, a quien tengo que traer aquí es a la doc, seguro que la impresionaba, aunque a ésa no la impresiona ni su padre.

—Oye, ¿vives con tus padres?

—¿Qué dice, señor Morsello? —se puso rojo como un niño al que pescan metiendo mano en el pastel, pero la mudez de ella no dejaba escape.

—¿Que si —tragó saliva—, que si vive con sus padres?

Ella descargó la atmósfera con una sonrisa profesional.

—No. Vivo con mi perro, si tanto le interesa, señor Morsello. Pero aquí a quien estamos tratando de curar es a usted, no a mí.

—¿Cómo?

—Que si vives con tus padres.

—Sí.

perfecto, por la mañana la largo, o a lo mejor esta misma noche, depende de cómo se porte, ¡ahí, va!, ¡las tres y media!, tengo que darme prisa.

—¿Bailamos?

—Ahá.

es lo que me gusta de bailar, la tranquilidad, el alivio, el alivio de todas las presiones, irse quitando los brazos, las piernas, la cabeza, sobre todo la cabeza, y quedarse en nada, en la vibración, eso es, en la vibración, me gustan las vibraciones, no hay como las vibraciones de la mú...

—Mario, ¿no puedes poner una música más lenta?

Mario terminó de servir a la pareja de guardias que había entrado y vino con trotecito simpático hasta la consola.

—Naturalmente, Bill.

Alguna chica protestaba, pero en seguida se rindió a la lánguida melodía, a los brazos que la abarcaban por la cintura, a la cabeza que venía a hundírsele entre el pelo, tenía una cabeza enorme, ahora lo veía, una cabeza inmensa, volcada sobre su hombro, desmoronada sobre su hombro, que empezaba a disolver con saliva, sudor, susurros, todo su cuerpo eran bultos sudorosos, agobiantes, los apartó de un manotazo y respiró.

—¿Qué te pasa? —medio asombrado, medio cabreado.

—Nada, bajar no es tan grande, volver no es tan grande, encontrarse con todo de vuelta, lo real es aquéllo, necesitaría un pito, necesito un pito, ¿quién tiene aquí un pito?

—¡Ted! ¡Ted! ¡Finalmente! ¿Dónde has estado? Te he estado buscando toda la mañana, toda la tarde, ¿dónde, dime, dónde? —estaba crispada, a punto de ponerse a gritar o a pegarle, y no hacía falta preguntarlo, se veía a la legua, en la caña, el avío, en los peces en ristra, colgados del cinto. Pero ella a lo mejor no lo veía, definitivamente, no lo veía.

—¿Qué pasa? ¿Pasa algo? —la echaba un brazo sobre los hombros, como para protegerla, aunque era más pequeño que ella, más insignificante pese a lá barba de guerrillero y a la fiereza de la mirada. Estaban en un descampado entre su casa, él vivía ya en los alrededores, poco más allá empezaban las barracas de los negros.

—Necesito un pito, ¿tienes un pito? —no se le iba el nerviosismo, al revés, ahora temblaba como si tuviese fiebre, tal vez tuviese fiebre.

—Okay, okay, tranquila, no te disipes, claro que tengo un pito, ¿no voy a tenerlo? —buscaba algo en el fondo del bolsillo, un papel de estaño que desenvolvió con devoción—. No, no, déjame que te lo encienda, tú no podrías, pero, ¿qué pasa? ¿Se han enterado de que no van a clase?

Ella apretaba con los labios, con los dedos, el cigarro, como si fuese la tabla de salvación para un náufrago, no quería contestar, no quería ver, no quería oír, sólo aspirar, largo, profundo, cerrando todas las aberturas del cuerpo, para que el humo no escapase, para que todo en ella se disolviese en humo.

—¿Se han enterado, verdad?

Parecía otra, había sido sólo una chupada, pero parecía ya otra, hasta sonreía, lejanamente, pero sonreía.

—No, no —miró a lo lejos—. El mierda que..., pero no vale la pena, definitivamente no vale la pena, ¿cuántos has pescado? ¿Seis? ¡Wau! Seis, bonito número, seis...

La abrazó más a lo tradicional, echándola de vez en cuando miradas furtivas, no me saldrá ésta rana ahora, ¡la mato!, a lo mejor fui demasiado de prisa, ¡pero si llevamos juntos toda la noche!, lo que necesita es un poco de alcohol, se ha quedado muy plana, alcohol es la mejor medicina a pesar de lo que dice el libro de la doc, ¿con quién se acostará?, porque estoy seguro que tiene un maromo, una soltera de treinta y cinco, o es tortillera o tiene un maromo, a lo mejor un negrazo, o un europeo, a ésas les gustan las perversidades, tendría que intentar, por lo menos intentar, por intentar nada se pierde, ¡que me está cobrando veinticinco pavos por consulta!

—¿Sabes lo que te digo? A esa hija tuya lo que la convendría era un reformatorio.

Hasta entonces la había estado escuchando como si no la oyera, pero ahora echó a un lado el periódico.

—¿Un reformatorio? ¿Estás loca?

—¿Loca? ¿Yo? ¡La que está loca es ella! ¡Y tú! ¿De qué habláis cuando te metes en su cuarto horas y horas? ¡Y conmigo ni una palabra! ¡Ni ella ni tú! Sois iguales. ¡Sí! Un reformatorio, ¿te extraña?

No la hacía caso, marchaba hacia el piso de arriba después de haber recogido el periódico.

Había vuelto ya tambaleante a la mesa, y no había bebido, acariciaba la copa panzuda como si fuese un vientre de mujer y, antes de beber, semicerraba los ojos para aspirar el aroma como si fuese un perfume caro.

—Pruébalo, es italiano, mucho mejor que el francés, la gente no lo sabe porque es idiota y prefiere pagar el triple por el nombre.

A ella, la copa de coñac parecía tenerla completamente sin cuidado. Estaba apática, ensimismada. Al revés que él, que se embalaba por momentos.

—¿Ves a Mario? No hubiera podido levantar esto sin mí. Vino un día y me dijo, Bill, tengo una idea, una idea sensacional: ¿por qué tienen los críos del Bronx que marchar a Manhattan a divertirse? Dime, ¿por qué?, ¿por qué no se divierten aquí? Pues muy sencillo: porque no pueden, porque no tienen dónde divertirse, ¿me sigues? Si tuvieran un tugurio aquí, no se marcharían a Manhattan. La cosa es tan simple como eso. Un tugurio aquí sería una mina de oro, los críos tienen dinero, les sobra dinero, no es como en nuestros tiempos, y no hace falta mucho, un local, ya sabes, aquí sobran locales, unas mesas, unas sillas, una consola de discos, porque de orquesta nada, y venga a embolsar pasta, en diez, qué en diez, en cinco años, millonarios, necesito ocho grandes, ya he echado las cuentas, sólo ocho grandes, y te monto esa mina de oro. Naturalmente, yo no se los di, pero le puse en contacto con quien podía dárselos y, ya ves, lleno, todos los días, hasta empiezan a venir de Queens, tendrá que ampliar, ya se lo he dicho, pero tiene miedo a los líos de la orquesta, a la orquesta la tiene miedo, aunque así tampoco, así van a empezarle a llegar puertorriqueños, ya vienen algunos, y entonces sí que se acabó, si vienen los puertorriqueños, adiós, pero, ¿no te gusta? —apuntaba a su copa, intacta; la suya, en cambio, estaba vacía y apuró la última gota. Irradiaba optimismo, confianza, al plantarla sobre la mesa. Ella, hastío.

—Yo pertenezco a la generación del alcohol, para mí, como el alcohol no hay para poner a tono, ¿qué coño encontráis en las drogas?, ¿te conté que una vez probé marijuana? Como si nada, como si me hubiera fumado un Kent, sin enterarme. Oye, Mario, querido, ¿quieres traerme otra copa? —se la mostraba en alto, vacía, como un trofeo.

necesito un pito, ¿cómo se podrá conseguir aquí un pito?

Se habían sentado a la mesa en silencio. Los pequeños debían tener hambre porque atacaron con furia las patatas fritas en torno a la carne. Él, sin embargo, tuvo un gesto mudo hacia la silla vacía, a su lado. La mujer explicó sin que se lo preguntasen.

—Telefoneó diciendo que no vendría a dormir, que se quedaba en casa de unos amigos.

—¿Dijo quiénes?

—No, ¿lo dice alguna vez?

Los niños reanudaron la pitanza.

—¿Quieres que te cuente cómo engañé a Ray? No es fácil engañar a Ray, fue con un contrato de distribución, tengo firma de distribución, sabes, una flota, cuarenta o cincuenta furgonetas, no lo sé ya bien, he perdido la

cuenta, uno no es un pez gordo, pero casi, y algún día...;
distribuimos ya a toda el área metropolitana y el año que
viene pienso expandir a Nueva Jersey, como te decía, Ray
me propuso..., pero Mario, ¡Mario!, ¡carísimo!, ¡tráeme
otro viático!, ¿quieres?
Mario estaba siempre al quite. Le dejó marchar antes de
hacer la pregunta, fría, crítica.
—Tú estás casado, ¿verdad?
lo único que me pondría bien sería un pito.
—¿Yo? —la mano en el pecho, como ofendido, para
explotar luego en carcajada que se atraganta, busca el
apoyo de la mesa que se tambalea bajo las palmadas—.
¡Ja! ¡Ja! ¡Ja! ¿Sabes de lo que me río? ¡Del libro!
¡Del jodido libro de la doc! ¿Tú no sabes quién es la
doc, verdad? Una tipa muy fina, muy seria, muy estrecha,
yo creo que las traga dobladas, esas tipas estrechas luego
las tragan dobladas, ¿no crees?, ¿qué te estaba diciendo?
Ah, sí, el libro, ¿sabes lo que dice?: que no hay miedo, que es mentira eso de que las mujeres sabéis siempre
lo que estamos pensando, que lo de la intuición femenina
es una fábula, y ya ves —la apuntaba con el dedo, como
con una pistola—, vas tú y, ¡pang!, ¡pang!, derecha, tengo
que contárselo a la doc, se va a reír, aunque ésa no se ríe
de nada, sólo cuando coge los cuartos, ésa se las traga
dobladas, ¿me entiendes?, dobladas, ¿cómo coño has sabido que estoy casado?, ¿se me nota?, se me nota, ¿verdad?, ¿en qué se me nota?, no me mientas. ¡Pues no estoy
casado! ¡Divorciado! ¡Libre como un pájaro! Voy a
divorciarme, ¿sabes lo único que me jode?, ¿lo sabes?,
que fuera ella la que me dejó, si hubiera sido yo sería otra
cosa, no me importaría, pero la hijaperra me cogió la delan-
tera, así, de un día para otro, sin avisar, me voy a París,
¿me dejas beber de tu copa? ¡Uufff!, sin avisar, ¿cómo
pudo hacerme a mí eso?, ¿cómo pudo hacérmelo cuando
iba a recibir el nuevo coche?, es lo que menos entiendo,

¿lo entiendes tú?, a las mujeres no hay quién os entienda, anda, vamos, ¿quieres que te cuente cómo fue?, voy a contártelo en el camino, ya es tarde, pero no lo vas a entender, no lo entiende nadie.

Al levantarse se le cayó la silla. Mario le ayudó a levantarla, a incorporarse del todo, bebió de un trago la copa que le traía.

—¿Cuánto es? Bueno, me mandas la cuenta, eso es, me la mandas, Mario, amigo, ¡gran amigo! —le sostenían entre los dos como a un inválido.

—¡Te lo decía! ¡Te lo venía diciendo, pero no querías oírme!, nunca quieres oírme, no querías ver, cerrabas los ojos, como siempre, es lo más cómodo.

Le había salido al encuentro en el garaje, debía haberle oído llegar desde la cocina. Él trataba de conservar los nervios. .

—Si tú lo veías, ¿por qué no hiciste nada?

—¿Qué podía hacer?

Estaban tan tensos que parecía iban a echarse en cualquier momento uno contra el otro. La mujer insistía en meterle el papel por los ojos.

—¿Lo ves? ¿Lo ves?, convertida en una criminal. Posesión ilegal de marijuana, y no querías oírme, nunca has querido oírme, ¿lo ves?, ¿o tampoco lo ves ahora?

—Déjate de reproches, no es momento de reproches, lo que conviene es saber qué hacer. ¿Cuánto piden de fianza?

—Cuarenta dólares.

—No es mucho. Claro que como ella no tiene que ganarlos...

—Lo mejor sería no pagarlos. A ver si la policía la mete en camino.

—Pero hay que sacarla. ¿Qué dirían los conocidos? Tu hija en la cárcel.

—No te preocupes, Bill. Y cuidado.

—Me la mandas, Mario, me la mandas, esta noche tengo qué hacer, ¿verdad, pichón?, ¿verdad que tenemos qué hacer? —intentó abrazarla, en realidad se apoyaba en ella para llegar hasta el coche.

Sonreía nervioso, incómodo en la silla, desvencijada, todo el cuarto olía a polvo, a rancio, la comisaría era un edificio viejo, ya habían votado los fondos para levantar uno nuevo, pero la obra se retrasaba y a éste nadie le hacía caso. Como a él, en un rincón, sonriendo, fumando, cruzando las piernas alternativamente. Mr. Tower, detrás de la mesa, escribía. Habían ido juntos a la escuela.

Se oyó el chasquido de una cerradura, para abrirse una de las puertas del fondo. Nada en los ojos de Pat, que entró primera, ni alegría, ni rabia, ni cansancio, nada absolutamente, podía verlo de reojo, no la miraba de frente. Evans la empujó desde detrás, como si necesitase ser empujada para salir.

—Aquí está su buena pieza, Mr. Holdum —quería ser festivo pero el silencio de los otros le congeló el regocijo y se puso a lo suyo.

—Pat, firma aquí que te devolvemos tus cosas, y usted, Mr. Holdum, tenga el recibo de la fianza.

Lo hicieron en silencio. Como el recorrer los diez pasos hasta el coche, lo había aparcado allí mismo, entre los carros patrulla. Le costó tres veces girar la llave hasta conseguir arrancar. Ella parecía no darse cuenta. O no importarle.

como a un perro, eso es, como a un perro al que se echa un hueso, ¿por qué?, ¿por qué tiene que ser así?, ¿por qué no puede ser normal? Ven, voy, unidos, tranquilos como con Pulga, me voy a tirar, es tan fácil, abrir la portezuela, echarse fuera, qué importa la velocidad, encontrar algo duro, algo que no se hunda, que no se aplaste, que no sude, que no tenga cinco dedos, que no se sienta como un trapo húmedo en la rodilla, tirarse, pero no, tampoco,

135

hemos estado juntos toda la noche, me invitó, no voy a dejarle ahora, ¿juntos?, nunca me ha gustado esta luz gris, qué horrible es todo bajo esta luz gris, parece que se están desintegrando, los puentes, los árboles, la carretera, todo, como si les hubiesen chupado la carne, la sangre, como si se hubiesen quedado en los huesos, sí, como echar un hueso a un perro, también mueve echar un hueso a un perro, si no pesara tanto, ¡cuánto puede pesar una mano!, sobre todo cuando empieza a apretar, produciendo ese dolor especialísimo, que no es dolor, que sube al estómago, que estruja la garganta, no deja pasar el aire, inmoviliza, algo torpe, mudo, ciego, que avanza, se detiene, explora, vuelve a avanzar, a detenerse, los insectos, las arañas, los topos, los ratones, los pulpos deben avanzar así, sin que podamos hacer nada, sin que podamos movernos, menos mal que llevo pantalones, si llevara falda no podría resistirlo, no puedo resistirlo.

—Es lo que menos entiendo, ¿lo cazas?, que se marchara cuando iba a recibir el coche, ¿tú lo entiendes?, ¡largado a Europa cuando iba a entregarme el nuevo modelo!, lo habíamos elegido juntos, ella fue la que eligió el color, crema, dijo, ya hemos tenido todos los colores menos el crema; a mí, la verdad, no me gustaba, hubiera preferido el rojo, pero ya habíamos tenido tres rojos, y dije, bueno; ya ves para qué, para que se largase a Europa la semana antes de que me lo entregaran, ¿lo entiendes?, no, no lo entiendes, no lo entiende nadie, ¡a Europa!, ¿has visto qué coches más ridículos, qué tíos más ridículos, con su besar la mano, con los tenedores y demás? Porque tú no has visto todavía este coche, lo has visto, pero no lo has visto, ya verás, vamos a meternos en este parking, esto lo encargué yo, algo especial, una sorpresa, ya verás, todo automático, verás, especial, se aprieta este botón y ¡ves!, ¿lo ves?, ¿qué te parece?, todo el asiento para atrás, como una cama, mejor que una cama, pero, ¿qué te pasa?, no voy a matarte pichón, estáte quieta, quieta te he dicho, ya ves, mejor que una cama, y aquí, al aire libre, estilo americano, ¿tú no me serás de ésas que prefieren lo europeo, eh?, trae la mano, ésta es carne cien por cien americana, ¡quieta te he dicho!, ¡mira que...! ¡Queé! ¡Me las vas a...! ¡Ah, sí!, ¿con que patadas? ¡Vas a ver! No, tú no te me vas ahora. ¡¡Au!! ¡Cabrona! ¿Qué te habías...? ¡Aaagg! ¡Plaf! ¿Con quién creías que estabas tratando? ¡Plaf! ¡Plaf! A ver si ahora... ¡¡Ay!! ¡Qué!, ¡clack! Pero es... ¡es sangre!, me está sangrando, ¡la hijaperra!, cómo me ha dejado la cara, espero que no deje señal, qué uñas, es sangre, ¿dónde se habrá metido?, ¡que se pudra!, ésa se pudre ahí toda la noche, ¡la zorra!, si ya me parecía a mí una zorra, ahora, ¡qué bofetadas más bonitas la he plantado!

V

La tierra, pues era tierra, ¿cómo podía haber ido la tierra a la boca?, sabía amarga, pero no la escupió, no se atrevió a escupirla, estaba inmóvil, paralizada, un bulto más en aquel conjunto de bultos irreconocibles, fardos abandonados a los que la luz endeble del amanecer había sorbido el color, recordaba como si hubiera ocurrido hace muchos años el ¡clack! de la portezuela, el rápido tirarse, el impacto con el suelo duro, duro, duro, ¡al final!, y el rodar furioso hasta marearse, hasta perder el sentido, hasta el otro golpe, ¡clock!, que resonó en su cabeza y la dejó inmóvil, clavada en el sitio, como el péndulo al que se detiene con la mano, no sentía dolor, no sentía nada —¡qué hermoso es no sentir nada!, quedarse aquí, así, para siempre, como una piedra, como un árbol, entre esta luz quebradiza, sin ver nada, sin oír nada, sin saber siquiera que se vive, debe ser hermoso ser piedra—. El rugido del coche la puso en tensión, pero continuó inmóvil, envarada, los ojos hacia el cielo ceniciento, semicerrados, una mano en el pecho, la otra completamente olvidada a su lado; poco a poco comenzó a sentirse a sí misma, a sentir, tras el oído, los coches eran ráfagas huracanadas que sólo se percibían cuando ya estaban encima y luego se alejaban poco a poco, fue la respiración, tan extraña, como si fuese otra persona la que respirase por ella, y, por último, aquella cosa rara en la cara, en los labios, un sabor extraño que se iba introduciendo por las comisuras, no era tierra, la tierra la tenía dentro de la boca, áspera, llena de grúmulos, era algo vivo, ciego, que avanzaba por la piel, palpándola con mil patitas, la mano subió rápida hasta la mejilla como para matar un insecto, pero no encontró nada, mejor dicho, no tropezó con nada, sólo aquella viscosidad que retrocedió al primer embite y dejó los dedos impregnados de negro, bajo la luz grisácea era negro, o pardo, más bien pardo, pero espeso, pegajoso, los dedos quedaban como después de meterlos en goma, como después de pegar algo complicado, se unían unos a los otros, y los llevó al pantalón para secarlos. Fue al levantarse, antes no, en el suelo estaba okay, cuando sintió el mareo todo empezó a dar vueltas, no, era la cabeza la que daba vueltas, tuvo que sujetársela con la mano libre, que volvió a enfangarse en aquella viscosidad, ahora ya no se la llevó al pantalón, la examinó con todo cuidado, parda, sí, parda, para palparse la cara, las cejas, la frente, ¡ay!, allí donde empezaba el pelo, como una cuchilla esperando los dedos, empezaba a dolerle todo, la cabeza, el carrillo, la mano incluso, no podía respirar bien, intentó sostenerse —menos mal que tengo el árbol al lado, debió ser lo que me paró, no, lo que me paró fue esta piedra—, quedaba allá abajo, en el suelo, que no conseguía ver fijo, subía, bajaba —menos mal que tengo el árbol donde apoyarme, al que abrazar, un árbol tan firme, tan seguro, tan—, cerró los ojos, cuando volvió a abrirlos ya todo estaba seguro, firme, echó a andar, era casi de día —¿es posible que haya estado tanto tiempo con los ojos cerrados, abrazada al árbol?, ya es de día—, ya todo alrededor volvía a recuperar su perfil, su color, el color, el color de sus dedos era rojo, no pardo ni negro, rojo. Para limpiarse la cara sacó los faldones de la blusa bajo el pantalón, que quedaron con estrías rojas, como las camisetas de los jugadores de fútbol. Pero se sintió mejor y, con paso vacilante, marchó hacia la salida del parking.

El tráfico era casi todo de camiones, los turismos pasaban zumbando por la tercera pista, la más izquierda, y aunque viesen su dedo extendido, les era imposible acercarse. Pero es hermoso el autostop, estarse quieta mientras los otros pasan vertiginosos, sin ver, sin saber, sin sentir, estarse horas y horas observando caras crispadas, que no quieren mirar, las manos aferradas al volante, hasta que una sonrisa, siempre hay una sonrisa, formal, impaciente, pícara, basta la primera sonrisa para conocerles, se detiene, no se volatiliza, se clava, el monstruo se detuvo con enorme esfuerzo, resonándole todos los tornillos, era un camión con remolque.

—Venga, no te quedes ahí parada, sube, ¿no sabes que no se puede hacer auto-stop en las autopistas? Como te pesque un coche patrulla vas a ver —el vozarrón le llegaba desde las alturas.

Subir a la cabina era como escalar una torre. En cuanto estuvo dentro, arrancó. Se estaba bien allí, la radio alta, olía a café y a tabaco.

—¡Pero chiquilla! ¿Quién te ha puesto así? —desviaba a rápidos intervalos la mirada de la pista para mirarla. Frente a ellos ya se veía el cielo rosado, a punto de parir.

—No es nada.

—¿Nada? Parece que te han dado con un mazo de base-ball. ¿No quieres que te lleve al hospital? Hay uno cerca.

—No, no, de verdad, no es nada.

Un silencio hasta que no pudo resistir. Era un tipo grueso, allá por los cincuenta, de piel curtida y pelo gris cortado a cepillo.

—¿A dónde vas entonces?

—Al Village.

No pareció agradarle.

—¡Al Village! Esa es vuestra perdición. Como me entere que mi hija va una vez al Village la deslomo —la voz, como la mirada, se dulcificó—. Tienes suerte, voy al muelle 23. Puedo dejarte cerca de Washington Square.

—Fino.

—¿Pero de verdad no quieres que te hagan una cura de urgencia?

—No, no es necesario.

Otra pausa que volvió a romper él. Ahora preguntaba con mucha cautela.

—¿Fue..., fue un conductor?

—Sí.

—Espero que no haya sido uno de los nuestros.

—¿Nuestros?

—Los camioneros.

—No, no, de un turismo.

—¡Hijoperras! No saben conducir y encima se dedican a asaltar chicas. Debían quitarles el carnet a todos. Te digo que si me entero de que mi hija hace autostop la mato.

Aceleró con tanta violencia que tuvo que agarrarse al tablero para no caer sobre el cristal. El turismo que habían adelantado se quedó también como temblando de miedo detrás.

—Pat, ¿crees que podríamos reunirnos en tu casa para el seminario político? Ya sabes, en la de Carol no nos quieren ver más.

Era más bajo que ella, pero iba tan erguido y estaba tan bien proporcionado que no lo parecía. Un chico moreno, de aspecto latino y ojos intensos. Ella le sonrió, se le notaba que no estaba acostumbrada a sonreír.

—Naturalmente, Ted.

—¿No se subirán al techo? Ya sabes cómo son.

Trató inútilmente de arreglarle el pelo mojado sobre la frente, se habían refugiado de la lluvia en la entrada de un cine.

—No te preocupes

Él, de todas formas, no las tenía todas consigo.

—¿Pero el viejo no protestará?, ya sé que es de la Legión de Veteranos y...

Su mirada, de repente, se había vuelto dura.

—¿Protestar? ¿De qué va a protestar? —y en otro rápido giro—. Olvídalo. Venid cuando queráis.

—Mira.

Miró a un par de sitios sin dar con ello.

—¿Dónde?

Ahora ya indicaba con el dedo.

—En la esquina, junto a los tableros.

La otra, que venía siguiendo unos pasos detrás, se les había unido.

Hacía una mañana plomiza, recalentada.

—¿Qué pasa?

Fue la primera, la que lo había visto, quien contestó.

—Los cerdos. Están pegando a alguien. Vamos.

Él parecía mucho más frío.

—Espera.

—¿A qué quieres que espere?, ¿a que la maten? —sus ojos castaños debían haber sido un día dulces. En aquellos momentos centelleaban de indignación. Era una chica alta, cuyo porte militar acentuaba la cazadora de cuero y los pantalones.

—Tenemos cosas más importantes que hacer. No podemos correr riesgos.

La barba rizada, negra, acentuaba la anchura de su cara, como el pelo, que empezaba a escasearle. Un tipo cuadrado, macizo, con camisa a cuadros, pantalón oscuro y botas. Podría pasar muy bien por un leñador si no fuera por la tensión acumulada que trascendía en cada uno de sus movimientos.

Por un momento, la de la cazadora de cuero pareció que iba a contestarle, pero terminó dirigiéndose a la otra, mucho más baja, mucho más fea, una muchachita que compensaba su insignificancia con un perfecto control. Un metro cincuenta, de pelos revueltos, gafas de aro, cara de mosquita muerta, atención y cautela.

—Aquí estamos tres, ¿tú qué dices, Jul?

Jul echó una mirada alrededor. El parque se desperezaba indolente, envuelto en sus propios vahos, despreocupado de los coches que le cercaban como avispas. Era un minúsculo rectángulo de verde en medio del asfalto y construcciones, con una pretenciosa puerta, algo así como un enorme arco de triunfo, que unos bromistas hubiesen plantado allí, en la entrada norte, en noche de juerga. El mastodonte abultaba más que todo el parquecito.

Pareció quedar satisfecha de la inspección.

—Vamos.

La siguieron hasta la esquina más frondosa, la sudoriental, donde había mesas de cemento, con tableros de ajedrez pintados, entre árboles y bancos. Estaba en uno, no se había levantado, la retenía sentada una mano como una argolla a su antebrazo. El otro se dedicaba a interrogar.

—Entonces no quieres decirnos cómo te llamas.

Debía ser alta, las rodillas sobrepasaban la tabla del asiento, y atractiva, pero lo que acaparaba la atención era la moradura que desde el ojo izquierdo se extendía por el carrillo, hinchándoselo, y el pegote de sangre reseca en aquel pelo finísimo.

—¿Se puede saber qué pasa aquí?

Lo dijo con tal furia que los dos se volvieron sorprendidos, casi con susto. A lo mejor esperaban verse encañonados por una pistola. Ver que eran sólo tres, ninguno de ellos aparentemente armado, les devolvió la tranquilidad. El que interrogaba, un tipo mediterráneo, el otro era el irlandés que eligen los caricaturistas para reírse de los policías neoyorkinos, fue quien respondió a su manera.

—Eso no os importa.

Lo soltó como un trallazo.

—Todo lo que pasa al pueblo interesa al pueblo.

—No quiero discutir, venga, largo.

El rubio tenía ya la mano derecha en la porra. La izquierda seguía como soldada al brazo. Ella no se había movido, contemplaba la escena como una espectadora interesada, pero ajena a cuanto ocurría.

—¿Cuál es la acusación?

El tono preciso, casi profesional, de la pequeña pareció inquietarle más que la furia de la otra.

—Estaba durmiendo en el banco.

—Y dormir es un crimen.

—No, pero tenemos que...

No le dejó terminar.

—...sobar a todo quisque.

El guardia se alarmó.

—¡Eh!, ¡eh!, cuidado, que nosotros no hemos puesto la mano encima a ésta, las heridas ya las tenía, ¿no veis que están secas? Precisamente por eso...

—Queríais robarla.

—¡Qué! ¿Estás loca? Queremos sólo nombre y dirección, ¿entiendes? Nombre y dirección. Eso podemos.

Era un parquecito sin pájaros, cómico, con palomas, pero sin pájaros. Y mucha gente, gente que cruzaba en todas direcciones. En realidad era una plaza.

—¿Dónde está la orden de arresto?

Había sido el de la barba. El rubio tenía ya la porra sacada. Su compañero, en cambio, seguía tratando de solucionar el malentendido por vía discusional.

—No necesitamos orden de arresto para preguntar nombre y dirección a un sospechoso. Y si se niega a dárnoslos, podemos llevarle al cuartelillo. Como podemos llevarnos a quienes interfieran la acción de la justicia.

Esto último dicho medio de broma, medio de amenaza. Fue un error, un grave error. Había empezado a acudir gente sin que se dieran cuenta, por lo menos eran ya una docena y seguían llegando más, de la calle, del resto del parque, fue uno de los recién llegados, un negro con camiseta marrón, quien corrigió.

—De la injusticia.

Era lo que necesitaba la de la cazadora para explotar.

—Eso, de la injusticia. ¿Veis lo que está pasando? —se había encaramado de un salto al banco y se dirigía, no

a la pareja ni a ella, sentada a sus pies, se dirigía al resto—. ¿Lo veis? ¿Veis cómo nos tratan? Creen que pueden tratarnos así, creen que pueden sobarnos, matarnos, uno a uno, a todos. ¿Los veis? —una mano apuntando a ella, la otra a los guardias—. ¿Veis cómo la han dejado?
El más rubio estaba a punto de estallar.
—¡Oye, tú...!
Pero su compañero se lo llevó.
—Vamos, Mac.
—Pero...
—Vamos —estaban completamente rodeados de público heterogéneo y hostil, que se resistía a dejarles paso—. Okay, okay, no ha pasado nada, venga, circulen.
Los únicos que circulaban eran ellos. Y una vez fuera del círculo, a buen paso, como si algo urgente les llamase en algún sitio. Mac, de todas formas, seguía protestando.
—No debimos hacerlo.
Su compañero parecía la mismísima filosofía enfundada en un uniforme azul.
—Ya sabes dónde estamos.
—No importa. Hay cosas que...
—Sí importa, ¿quieres que te caigan encima todos los radicales de la universidad? —indicaba los edificios rojizos que bordeaban la parte sur de la plaza.
El otro no se daba por vencido.
—No debimos.
—Como quieras. Pero para cuatro perras que uno gana, no va a jugarse el pellejo. Además, ya sabes la consigna aquí: evitar incidentes.
Eso le calló, aunque su expresión seguía siendo todo menos satisfecha. A sus espaldas, el grupo se disolvía con rapidez, una vez perdida la posibilidad de un bonito espectáculo.
—¿Duele?
La de la chaqueta de cuero examinaba la herida en la cabeza. Se había bajado, ella seguía sentada en el banco.

—No, bueno, un poco.

—Tienes una buena costura.

Se limitó a asentir con la cabeza. Su enfermera hablaba ahora a los otros dos.

—Habría que curarla.

La idea no pareció agradar lo más mínimo al de la barba.

—¿No pretenderás llevarla al taller?

—Precisamente eso.

—Bert, ¿estás loca?

—¿A ti qué te parece?

—Ésta —la señalaba— puede haber sido plantada aquí por los cerdos.

—¿Con la cabeza rota?

—Con la cabeza rota. Tú no los conoces. Tú crees que estás jugando a la guerra. Esto es la guerra de verdad.

No se movía ni una hoja de los árboles. Como si fuesen artificiales.

—No creo que esté plantada.

—No se trata de lo que tú creas o dejes de creer. No podemos correr riesgos.

Como parecía costumbre, apelaron a lentecitas.

—¿Jul?

Parecía esperarlo.

—Sí.

—¿Qué dices?

Era un ratoncito sabio y astuto.

—Sé un medio infalible para descubrir un plantado. Dame un pito.

El de la barba se registraba a regañadientes los bolsillos.

—Es el último que me queda.

Por fin extrajo un cigarrillo delgadísimo, liado a mano, de algún lugar profundo.

—¿Quieres? —se lo ofrecía con sonrisa palaciega.

A ella le bailoteaban los ojos desde que había surgido el nuevo personaje.

146

—Exactamente lo que necesito.

Su alegría, sin embargo, duró poco: exactamente una chupada, la primera. Había sido tan profunda, tan ansiosa, tan convincente, que se lo quitaron. El tipo lo apagó para escamotearlo de nuevo. Ella se había quedado como quien ve visiones.

—Arreando.

La de la cazadora. Les siguió sin chistar. La mañana se desperezaba envuelta en vahos.

Por el parque, que tuvieron que cruzar por completo para salir por la otra esquina, podían ir aún los cuatro en línea, pero en cuanto se metieron por las callejuelas laterales, de aceras estrechas, donde se amontonaban cajas, bolsas y botellas, podía irse sólo en fila india, e incluso a veces, ceder el paso a los que venían en dirección contraria. La de la cazadora tenía que alzar mucho la voz para que la oyeran todos, o a lo mejor era que a ella la gustaba hablar alto.

—¿Os figuráis? Dos cerdos en picadillo. El pueblo estaba dispuesto, ¿visteis al de la camiseta? Esperaba sólo la voz, el pueblo espera sólo la voz, fallamos, debimos dar la voz, una ocasión así no se presenta todos los días.

—Pero, Bert, ¿qué querías? —iba inmediatamente detrás de ella y se volvió para contestarle.

—¿Pero no lo ves?, ¿no lo entiendes? Si está clarísimo. Una palabra y nos los comíamos. Allí mismo. Antes de que pudiese llegar ningún coche patrulla, nos los habíamos comido.

La miraba escéptico, casi zumbón.

—¿Y...?

—¿Te parece poco?

—Sí.

Se había plantado en jarras, sin dejarle pasar.

—Dos cerdos muertos, bien sobados por lo menos, ¿te sigue pareciendo poco?

—Sí, me sigue pareciendo poco, muy poco. Quiero a todos muertos. O desaparecidos.

Reanudaron la marcha.

Cada vez menos gente, algún coche vagabundo, algún camión despistado, pero apenas gente, y ésta, de prisa, desconfiada de los que venían enfrente, a veces cambiaban de acera para no tropezárselos. Si no fuese por aquella luz recalentada, derretida, como plomo líquido, podría pensarse que era de noche.

—A mí dos me parecen mejor que ninguno.

La cogió del brazo.

—Bert, la que no entiendes eres tú, eres una romántica.

Se desprendió.

—¿Y hay algo malo en ser una romántica?

—Pero, ¿qué quieres? ¿Un incidente? Sabes de sobra que si algo no nos interesa ahora es un incidente —y repitió su frase favorita—. No podemos correr riesgos. Tenemos cosas más importantes que hacer.

Parecía abandonado, como todo el bloque, como todo el barrio. Un caserón tétrico, tan sucio que los ladrillos, un día rojos, estaban teñidos de negro. No había luz ni en el portal ni en las escaleras, y tropezó varias veces hasta perder la cuenta de los pisos. La puerta, en cambio, era nueva, una puerta metálica pintada de marrón, con una serie de cerraduras. Tenía las llaves la pequeña y podía palparse la tensión en aquellos momentos. El encontrarse dentro pareció descargarla.

No le dio tiempo a mirar al vestíbulo, Bert se la llevó a la habitación de la izquierda, completamente vacía a excepción del botiquín, muy nuevo, muy limpio, pegado a la pared, con una cruz roja sobre el esmalte blanco. Estaba atestado. Había hasta bisturíes.

—Sostén.

Le dio el frasco después de empapar el algodón en el alcohol.

—Voy a hacerte un poco de daño.

—Okay.

Los otros dos se habían acercado y contemplaban la operación con cierta sorna. Cuando dio el primer grito ahogado, sonrieron. Bert actuaba detallista, un poco pretenciosa, como las personas que aprenden a hacer algo en cursos por correspondencia. Luego, habló con énfasis profesional.

—Es sólo el cuero cabelludo. Tendría que cortarse el pelo para que agarrase bien el esparadrapo, pero no creo que sea necesario.

Ahora era ella la que sonreía.

—Gracias.

—Para el ojo sí que no tengo nada.

El de la barba intervino.

—Creo que un buen bistec es bueno.

Hasta la pequeñita parecía de buen humor.

—Con tal que no sea de cerdo. Te envenenarías.

Rieron.

—¿Qué pasó?

Iban despacio a través de habitaciones vacías, cubiertas de polvo, tan destartaladas como todo el edificio. Ella se limitó a un gesto vago.

—Un tipo. Ya sabéis.

—¿Hip?

—No, no. Macizo.

—Habría que cargárselos a todos.

—Habría que cargárselos a todos —aunque era de noche, no habían encendido la luz, como si les molestase. Hablaba el moreno, el de aspecto latino—. En el fondo, les haríamos un favor. ¿No veis cómo viven?, ¿no veis que no saben vivir? Siempre de mal humor, siempre con miedo, siempre pensando en el despido, en la hipoteca de la casa, en la jodida hipoteca, en el nuevo coche, en nuestro college, ¿cuántas veces le echan a uno en cara lo que cuesta el college?, y siempre: sé el mejor, tienes que ser el mejor,

149

el primero. ¿Hay quién pueda resistirlo, por la mañana, por la tarde...? Hay que mandarlos a la mierda, a la mierda de donde vienen, lo que os decía: en el fondo, les haríamos un favor...

Fue cuando abrió la puerta. Introdujo sólo la cara de perfil. Todos se habían vuelto sorprendidos, indignados, pero sólo Pat habló.

—Ma, ¡qué haces tú aquí! ¿No te he dicho que no me gusta verte en mi habitación?

Se retiró rápidamente. Sin decir palabra. Como con miedo.

—En realidad, ¿de dónde vienes?

—New Hampshire.

—¿New Hampshire? —los tres a la vez, con admiración.

—Ahá. La hinchazón de la cara convertía la sonrisa en mueca.

—¿Hiciste la campaña de McCarthy?

—Seguro.

—Yo hice Chicago.

—¿Cósmico, no?

—Yeha. ¿Veis? —Bert se había vuelto a los otros dos—. ¿Veis cómo tenía razón? —y a ella—. Por cierto, ¿cómo te llamas?

—Pat.

—Yo soy Bert, ésta es Jul y éste, Karl.

—Jai.

—Jai.

—Ven que te enseñemos el resto del taller —ahora ya no había objeciones, incluso parecían orgullosos de enseñárselo a alguien.

La sala grande era una armería. En la pared de la izquierda estaba el bastidor con media docena de rifles, cada uno de su estilo, pero limpios y engrasados, se veía de lejos. A la derecha, una serie de cajas abiertas que mostraban munición de distintos calibres y, en el centro, una gran mesa repleta de herramientas. Había alicates, destornilladores, cortafríos, martillos, a más de muelles, pilas eléctricas y chismes difíciles de clasificar a simple vista. Pero lo que acaparaba la atención eran los cartuchos de dinamita, como olvidados, sobre el tablero, en la caja bajo él. A la gran foto de Fidel, junto a la ventana, le habían metido uno entre los labios a modo de puro. «Muerte o venceremos», era el único rótulo en español, el resto eran ingleses, «Revolución instantánea», «Guerra al imperialismo americano», «Uno, dos, tres Vietnams», «La violencia es el atajo hacia el poder».

Karl, aunque parecía aceptarla, tenía algo que objetar.

—Todo eso de que habláis está muerto, las campañas electorales están muertas, las manifestaciones pacifistas están muertas. Hay que adaptar la estrategia del Vietcong a las condiciones del país más avanzado tecnológicamente.

La pequeña parecía más que nunca una ratita sabia.

—En eso estamos todos de acuerdo, ¿eh, Pat —se había vuelto de improviso hacia ella en espera de su reacción.

—Sí, claro, naturalmente.

Bert parecía ser la de las ideas prácticas. Y, además, no había duda de que la había tomado como protegida.

—Tal vez podría ayudarnos —lo decía como si fuese un honor.

—¿Dónde? ¿Cómo? —y Karl era el de las objeciones.

—En la Central. A ella no la conocen en la Central, porque no te conocen en la Central, ¿verdad?, y podría...

La interrumpió.

—Te he dicho mil veces que en la Central no, es imposible. Ponen un cerdo al lado de cada visitante y no le pierde de vista hasta que vuelve a salir.

—Pero en los lavabos. No va a entrar con ella en los lavabos.

—En el momento que te metes en uno, eres sospechosa

151

y lo registran cuando sales. ¿Crees que son tontos? En la Central es imposible, te lo he dicho.

Siguió una pausa.

—¡Quinientos cerdos por el aire! —lo decía con pasión y nostalgia.

Él se volvió a Jul, que les había estado observando con el detalle que un niño ve pelearse al perro y al gato.

—¿Jul?

—Creo que la Central habrá que dejarla por ahora.

Era la última palabra.

—¿Entonces el Chemical Bank? Está haciendo negocios con los racistas de Sudáfrica. Hace poco les dieron un crédito. ¿Qué sucursal? ¿O por qué no la central de Wall Street? Allí está tu padre, Bert, tal vez le ahuequemos.

Bert soltó las palabras una a una, con cierta solemnidad.

—Y tal vez sus impuestos sirvan para pagar el sueldo al cerdo que me ahueque a mí. A propósito, Karl, te he dicho que no quiero hablar de él.

Debían ser los cartuchos de dinamita lo que traía aquella tensión al ambiente.

—Sabes, Pat —se habían quedado solos en el cuarto, pero ni siquiera se besaban. Al chico bajo, moreno, se le encendían los ojos al hablar—, me gustaría que hubiese una guerra, pero no fuera, ya hemos tenido bastantes, una guerra aquí, dentro de Babilonia. Lo que necesitamos es una guerra, es la única solución, sin guerra no puede cambiar esto, por las buenas no hay nada que hacer. ¿Te acuerdas de la campaña de McCarthy? ¡Y todos creyéndonos que de allí iba a salir la nueva América! Ya lo ves, nada menos que Nixon, ¡Nixon!, aquí no hay forma, aquí lo único es la guerra, otra guerra civil, aunque también si sirve lo que la otra, pero no, ésta no iba a ser como la otra, puedes estar segura, después de ésta no iba a seguir todo igual.

A ella, no había duda, le gustaba escucharle. Y verle.

—¿Entonces el Chemical? ¿Decidido? No hay problema. Lo mejor será dejarla en una papelera. Y avisar, como siempre, diez minutos antes.

—Esos lo van a pensar muy bien antes de dar otro crédito.

Fueron tan inesperados como una gallina suelta en una sala de operaciones —¡Toc!, ¡toc!, ¡toc!—. El humo de los cigarrillos era lo único que se quedó moviendo en la quietud de la habitación.

—¡TOC! ¡TOC!

Se miraban, pero seguían en sus sitios. Ahora se oían ya las respiraciones. Sobre todo la de Bert.

—¡Toc! ¡Toc!... ¡Karl!, ¡Jul!, ¿estáis ahí? —era una voz joven, llena de modulaciones.

Karl contestó tras una pausa.

—¿Quién es?

—¿Quién va a ser? Yo, Manuel.

—¿Estás solo?

—Como un ama de casa de suburbio.

Si pretendía hacer gracia, no lo consiguió. Karl preguntaba con los ojos a Jul. Ésta hizo una señal afirmativa.

—Pero tráelo aquí. Que no vea el taller.

Oyeron las sucesivas aperturas de cerraduras e, inmediatamente, el torrente de palabras.

—¡Karl!, ¡percherón!, ¿qué estabas haciendo para tardar tanto?, ¿el amor con dos mujeres? ¿No sabes que hacer el amor con dos mujeres es malo? ¡Por lo menos tres, aunque lo ideal es cuatro! Así se divierten juntas y te dejan dormir tranquilo.

Estaba ya en la puerta. Alto, delgadísimo, con el pelo rubio hasta los hombros, como el bigote, fino, unas hebras doradas. Pero lo especial eran los ojos. En aquella cara clásica, de nariz perfecta y labios bien dibujados, los ojos ligeramente oblicuos, casi orientales, eran tan extraños que parecía tenerse no una, sino dos personas delante. Una

153

túnica cochambrosa, hasta los pies, y un cayado aún más alto que él, completaban el atuendo.

—¡Bert! ¡Jul! —venía hacia ellos con los brazos abiertos—. ¡Hijas mías!, ¿cómo estáis? —si no vistiese de aquella forma, a lo mejor resultaba más joven que ellas, pero, en efecto, parecía su padre. O su abuelo. Las tenía a cada una bajo un brazo—. ¿Y tú?, ¿quién eres tú, hija mía?

—Pat.

—Bien, Pat. ¿Qué te ha pasado en la cabeza? ¿Quieres que te la bendiga? No voy a quitarte el dolor, eso te lo puede quitar cualquier aspirina, es lo malo, la humanidad no sabe lo que está perdiendo con la desaparición del dolor, en realidad, los auténticos dolores llegan cuando el dolor desaparece, el dolor es una parte de la vida, pero el hombre moderno está acabando con el dolor, lo está anestesiando, desterrando de la vida, y eso puede traerle la muerte, no me refiero a la muerte física, me refiero a la otra, a la que todos sabemos, el mundo está lleno de cadáveres que andan, un cadáver no siente dolor, qué tristeza no sentir nunca dolor, quien no siente dolor no siente nada.

Resultaba difícil saber si hablaba en serio o en broma, su voz rica, llena de inflexiones, subía y bajaba como un pájaro de rama en rama, que, sin saber la causa, nos llena de contento.

—No le hagas caso —pero Bert sonreía y se dejaba acariciar como una gata—. Si haces caso a Manuel estás perdida.

A Manuel no parecía fácil taparle la boca.

—Perdidos estamos de todas formas.

—Manuel —era Jul, que se había desprendido—, ¿cómo supiste que estábamos aquí?

—Sí —en la voz de Karl había una amenaza soterrada. La tensión, disipada por algunos momentos, volvía a galope—, ¿cómo lo supiste?

—Manuel sabe muchas cosas —lo decía con aire falsamente misterioso—, el pueblo cree que Manuel está loco, pero Manuel sabe muchas cosas, muchas más cosas de las que nadie puede suponer.

—¿Por ejemplo?

Manuel tenía, entre otras, la facultad de disolver los más negros nubarrones.

—Por ejemplo, que vosotros estabais aquí.

—¿Nada más?

—¿Os parece poco? En realidad, es todo. En cuanto se sabe dónde está una persona, ya se sabe todo de ella. Lo malo es que si lo sabe Manuel, lo pueden saber otros. No porque Manuel se lo diga, Manuel no dice ciertas cosas y, aunque las diga, nadie le hace caso, Manuel está loco, pero pueden saberlo por otro camino, el Village es pequeño, el Village está lleno de pueblo dispuesto a hacerse perdonar un arresto por drogas a cambio de una información importante, de una información, por ejemplo, es sólo un ejemplo, sobre esos revolucionarios que juegan con bombas, con dinamita, ya sabéis.

Era la mismísima estampa de la inocencia, pero Karl le tenía cogido por el sayón a la altura del pecho.

—¿Qué quieres decir? ¿Nos estás amenazando?

Parecía dolido.

—No, no, por favor, Manuel no amenaza a nadie. ¿Has visto a Manuel alguna vez amenazando a alguien? No, ¿verdad?, Manuel sólo avisa.

—Suéltale —era Jul—. Manuel, ¿se puede hablar cinco minutos serio contigo?

—¡Pero si yo hablo siempre serio! Los que no hablan serio son los demás.

—Déjate de bromas, no estamos para bromas. ¿Quieres decir que nos han localizado?

—Yo diría mejor que os están localizando.

—¿Seguro?

—¿Quién está seguro en esta vida?

—¿Cómo lo sabes?, ¿quién te lo ha dicho?

Cerró los ojos, se encogió de hombros.

—Manuel oye aquí y allá, a éste y al otro, luego se olvida de las caras, a veces ni siquiera ve las caras, las caras siempre mienten, lo que no mienten son las manos; y de lo que no se olvida nunca Manuel es de los amigos.

Hubo un fugaz consejo de miradas. Esta vez habló Bert.

—¿Qué nos recomiendas?

—Si me fuerais a hacer caso, pero no vais a hacerme caso, Manuel está loco, no se hace caso a los locos, que os retiréis de la profesión. Si no, que os evaporéis. —Puso la palma de la mano ante los labios y sopló. Fue un gesto que hizo gracia.

—¿Jubilarnos? —Karl—. Somos todavía jóvenes.

—Por eso precisamente, por eso.

—¿Tú quieres que siga existiendo la injusticia en el mundo, Manuel.

—Manuel sólo quiere que sigan existiendo sus buenos amigos. Y también sus enemigos. Porque, sabéis, también...

—Imposible, eres imposible —Bert se acercó decidida a besarle, pero antes de que pudiera elegir sitio, le ofrecía ya la frente—. Manuel, un día nos contarás tu historia.

—Os aburriría. Mi historia es la de todos vosotros.

—¿La de los cerdos también?

—La de los cerdos también.

—¿Por eso no quieres que no les plantemos bombas? —la más bajita.

—Por eso, porque he oído algo y por otras muchas razones de las que no me acuerdo bien.

—Manuel, ¿por qué no...?

La interrumpió.

—¿Por qué no nos sentamos?

Y se sentó en el suelo. Los demás hicieron otro tanto. Parecían un grupo de budistas disfrazados, dispuestos a ha-

156

cer meditación en aquel cuarto vacío, de paredes desconchadas.

—Entonces, ¿te vas, Ted?

—¿Crees que puedo hacer otra cosa? —como si estuviera
furioso contra ella, como si ella tuviera la culpa—. ¿Crees
que puedo ir a matar niños a Vietnam? ¡Cómo has podido pensar eso, Pat!

—No, no, pero pensé...

—¿Qué pensaste?

—Que habría otra..., otra salida.

—¿Ir a la cárcel? Gracias. Prefiero desertar, prefiero ir a
Canadá.

—Ted.

—Sí.

—Te voy a echar mucho de menos. ¿Sabes?, eres la única
persona con quien hablo.

Aquello le frenó. A lo mejor, tras su facha de guerrillero
estaba asustado por lo que iba a hacer. No tenía más de
diecinueve años. Al darse cuenta, ella trató de animarle.

—No creas, yo también me voy a ir, en cuanto te vayas,
me voy. No tengo nada que hacer aquí.

Ahora era extrañeza, o alarma.

—¿Te vas? ¿A dónde?

tiene miedo, tiene miedo de que le diga que me voy
con él.

—No te preocupes, a Nueva York.

—¿A Nueva York? ¿Qué vas a hacer tú en Nueva
York?

—Manuel —Jul—, ¿por qué no tratas de convencernos
de que no debemos plantar bombas?

—¿Y si os convenzo?

Rió segura.

—No pánico.

—¿Empezamos entonces?

—Empezamos.

—¿No mala sangre luego?

—No mala sangre.

—Bien. Primero: con bombas no se cambia nada. Se destruye, pero no se cambia.

Como si lo esperasen, la sonrisa de los tres fue como si lo estuviesen esperando. Contestó Karl.

—Al revés, Manuel: sólo con bombas se les hace cambiar. Por las buenas, no ceden nada. Muchas palabras, muchas palmadas en el hombro, muchas promesas, pero de ceder, ni un milímetro. Sólo reaccionan cuando encuentran una bomba bajo el culo. Entonces, sí; entonces empiezan a ser razonables.

—O meten en la cárcel a todo el mundo —Manuel parecía más serio, más grave, casi melancólico.

—¿Qué importa que alguno caiga si la revolución triunfa?

—¿En qué folleto lo has leído, Karl? —pero al momento pareció temer haber ido demasiado lejos y rectificó—. A lo mejor tenéis razón, sería terrible que tuvierais razón, pero, ¿qué pretendéis?

Hubo competición, como en las carreras de cien metros, para salir antes. Fue Bert.

—Inspirar a los obreros a la acción revolucionaria.

—Los obreros, hasta ahora, sólo se han hecho más contrarrevolucionarios.

Parecían también esperarlo.

—Eso es precisamente lo que nos obliga a usar la violencia. ¿No lo entiendes, Manuel? Es el único medio. Lo tienen todo: dinero, controles, fuerza, tienen incluso la mayoría, el pueblo, hipnotizado por la sociedad de consumo. Antes, siquiera el pueblo era revolucionario, se daba cuenta de que le explotaban, ahora, no, ahora le explotan, le engañan y encima defiende a sus amos. Así no hay manera, la única manera de despertar a la gente es a bombazos.

Jul debió creer oportuno añadir algo.

—Y aunque los atentados traigan una reacción ultraconservadora, quienes saldremos ganando a la larga seremos nosotros: bajo la intolerancia, los liberales radicalizarán su postura y se pondrán a nuestro lado.

—Y vosotros, naturalmente, para imponer la revolución confiáis en los liberales, como Manuel.

—Contigo no hay forma de discutir.

—Tú lo has dicho, Jul, con Manuel no hay forma de discutir, pero déjame decirte algo en serio, Manuel habla de vez en cuando en serio, muy de vez en cuando, ¿no lo sabías?, pues sí, Manuel se pone algunas veces pesado, normal, serio, no hay que hacerle caso, en fin, ¿qué queréis?, ¿volar Nueva York? Perfectamente, os ayudaré, ¿volar el establishment? Más perfecto todavía. ¿Volar a vuestros padres? La suma de las perfecciones. Pero, ¿queréis convencerles? Trabajo perdido. Los mataréis antes de convencerles, por mucho que peguéis a vuestros padres, nunca os entenderán, os perdonarán, eso sí, pero no os entenderán, los padres os perdonarán todo, lo he leído en algún sitio, no sé dónde, pero entenderos, imposible, ni siquiera os escucharán, tendrán tanta prisa en perdonaros, que no os escucharán, sentirán tanta culpa, que ni siquiera entenderán lo que decís, ¿por qué los padres están llenos de culpa, de vergüenza hacia los hijos? Manuel no lo sabe. ¿Es porque la vida de verdad no vale la pena de ser vivida y se sienten culpables por habérnosla dado, o es por el puritanismo de habernos engendrado con pecado? Manuel no lo sabe, Manuel no sabe nada, sabe sólo que no convenceréis a vuestros padres, los enterraréis tan sólo, y se levantarán de la caja, sólo un momento, para pediros perdón.

—¿Te interrumpo?

Era una pregunta ociosa, se veía que no estaba haciendo nada, echada en el sofá, fumando, pero nada serio, tabaco sólo. Él acercó una silla.

—Y bien, Pat, ¿cómo estás? —respiraba despreocupación, campechanía, fue esto lo que debió ponerla en guardia.

—Si vienes a convencerme de que vuelva al instituto, te advierto que pierdes el tiempo.

—¿Al instituto? No, no, nada de eso. ¿Que no quieres acabar? Allá tú, lo siento, bien sabes que lo siento, pero me he conformado, los jóvenes sois tan..., ¿cómo decirte?, no se puede discutir con vosotros, con una persona mayor se puede discutir, pero con vosotros..., y eso que no soy tan mayor, tan viejo, ¿tú qué dices?, ¿consideras a tu padre un viejo?

Debía andar por los cuarenta y pocos. El pelo rubio, con entradas, los ojos grises, un poco cansados, pero la cara fresca, sin apenas arrugas, como tantos americanos de provincias, una cara anodina, simpática, acostumbrada a sonreír con cada gesto.

—Vengo sólo a charlar contigo, a rajar, ¿no decís rajar? La verdad es que no hay quien os entienda. ¡Vaya expresioncitas! ¿Lo hacéis a propósito para que no os entendamos? Porque la mayoría no os entiende, yo, sí, yo os entiendo, y me hace gracia, a tu madre no le hace gracia, a mí, sí, nosotros también teníamos nuestras expresiones, no vayas a creer, pero no tantas, ni tan extrañas, no inventábamos palabras, simplemente las cambiábamos el sentido, como bárbaro, bárbaro era mi palabra favorita, una película estaba bárbara, o una chica..., lo que no se nos ocurriría nunca es llamarnos esperpentos, ¿por qué os lo llamáis?, eso sí que no lo entiendo, ¡esperpentos!, si me llaman a mí esperpento a los dieciocho, menuda bofetada le suelto al fulano, a vosotros, en cambio, parece que os gusta, pero como te decía...

No era lo que decía, era el ir y venir de las manos, el parpadeo de los ojos, el cruzar nervioso de piernas, primero apoyado sobre la derecha, luego sobre la izquierda, hasta

160

que todo cesó, de repente, sólo los labios se movieron y había angustia en la voz.

—Pat.

—Sí.

—Pat, sabes, ¿sabes que Eve y yo somos amantes? Sí, Eve y yo, amantes, desde el año pasado, no aguanto más, no resisto más, tengo que contárselo a alguien, si no, me vuelvo loco, decírselo a alguien, hablar de ello con alguien, no resisto más, en la oficina, en casa, en la habitación solo, ¿lo comprendes?, ¿verdad que lo comprendes?, ¿verdad que tú nos comprendes?

—No me has convencido, Manuel —era Karl.

—Porque soy vuestro padre —se levantaba apoyado en el largo cayado—. En fin, tengo que irme.

—¿A dónde?

—No lo sé, ¿cómo voy a saberlo si todavía no he llegado?

—Estás realmente loco.

—Eso espero.

Estaba ya junto a la puerta. Iba descalzo, con los pies tan sucios como el sayal.

—Un momento, que te abro —Karl.

Pero no se fue solo; se había levantado y se encaminaba hacia la puerta como movida por un resorte. Bert parecía sentirlo realmente.

—¿Te vas?

—Sí. Gracias.

—Bai, Pat.

—Bai.

—Olvida que nos has conocido.

Era, naturalmente, la pequeñaja.

—¿Qué puedo hacer? ¿Divorciarme de tu madre? Pero Eve no quiere, y, en el fondo, yo tampoco. Ella no quiere que se sepa, si supiera que te lo estoy contando me mataría, no me volvería a ver, por favor, no se lo digas, sigue con ella como hasta ahora, que no note nada, pero a lo mejor lo nota, si no es en ti, en mí, es mucho más lista que tú, que yo, que los dos, que tu madre, ella no se casaría nunca conmigo, para una aventura, dice, un hombre casado. Son los mejores, no hay problemas, con los solteros siempre hay problemas, los casados sois los amantes ideales, pero yo no aguanto, no aguanto más, no puedo dormir, hace meses que no duermo, y eso que desde que me fui a otro cuarto es mejor, antes, en el mismo de tu madre, sintiéndola al lado, me era completamente imposible, su misma respiración no me dejaba dormir, y si me dormía era peor, no hacía más que soñar las cosas más absurdas, más horribles, luego no era capaz de acordarme de ellas cuando me despertaba, porque me despertaba siempre, era mejor estar despierto, tenía miedo de hablar mientras dormía, de descubrirme, ya ves, tenía que decírtelo, tenía que decírselo a alguien, ¿me dejarás venir de vez en cuando a charlar contigo?, ¿a rajar?, ¡hablamos tan poco!

Le alcanzó en las escaleras.

—¿Puedo...?

—Naturalmente, hija, lo podemos todo.

Había que ver la desenvoltura con que se movía, pese al estrecho sayón y al cayado. ¿Era la calle o era el día lo extraordinario? ¿Eran aquellos caserones grises, aquellas calles tan desiertas que habían abandonado hasta los perros, o era que, realmente, las nubes, no la calina, las nubes, habían acudido al fin para chuparse los rayos del sol y dejar el aire caliente, sí, pero esponjoso, como algodón usado, que olía un poco a alcohol?

—¿Sabes lo que me gusta de ti?

—No, hija, yo no sé nada, sólo lo comprendo todo.

Formaban una pareja extraña y, pese a todo, armónica. Él a su aire, ella con su cara macerada.

—Cómo hablas.

—Querrás decir cómo pienso.

—Quiero decir tus palabras.

Bleecker Street estaba en la placa amarilla, ese amarillo intenso, sucio, el color característico de Nueva York, atornillada al poste ante ellos. Todo, gentes, ruidos, el mundo entero comenzaba allí.

—¿Sabes una cosa? Las palabras no empezaron a usarse para hablar sino para pensar. El primero con quien habló el hombre fue con sí mismo, mejor dicho, hasta que no habló con sí mismo no fue hombre.

Pasaban las dos calzadas entre una jauría de vehículos, perseguidores de una pieza invisible. Algunos conductores perdían un segundo para chillarles —¡Que el paso de peatones está allí!—, a otros les bastaba el bocinazo o, simplemente, echarles una ojeada.

—Vamos al Central Park, ¿sabes que en el Central Park hay un zoo? No es como el zoo del Bronx, mucho más pequeño, pero ésa es precisamente su ventaja. Y que no hay guardianes. Estoy tratando de aprender el lenguaje de los monos, mejor dicho, estoy tratando de enseñarles a hablar. Ellos emiten un sonido por cada impresión que reciben, como si apretaran un timbre, tienen millones de sonidos, uno para cada situación, pero no tienen palabras, lo que les falta es la palabra, el sonido que se separa de la situación particular, que vive sin la situación que queda después de pasar la situación. Es lo que estoy tratando de enseñarles —en este momento se volvía hacia ella, parecía abrumado—. ¿Tú crees que tengo aspecto de serpiente?

Las calles volvían a hacerse estrechas, pero eran animadas, alegres; si no fuese tan embebida en lo que la iba contando, se daría cuenta de que era alegría, pero alegría de verdad, no a base de luces y escaparates, como en la Cuarenta y Dos, sino con gente, con niños que jugaban al fútbol, matronas en corro sentadas ante las puertas, hombres en las terrazas de los cafés jugando al dominó sobre mesas de mármol, chicos silbando a cada polla que pasaba. Pero no se dio cuenta.

—Un día, un pequeño mono dio un sonido especial a una cosa, la bautizó para siempre, al volver a verla la llamó del mismo modo, cuando la deseó emitió ese sonido, preguntó con él a los demás, la cosa posiblemente había desaparecido, pero la palabra, pues era una palabra, la primera palabra, quedaba, era la herencia, el comienzo de la herencia que, poco a poco, iría ampliándose, unos le llaman tradición, otros cultura, es igual, ahora ya es igual, lo importante era la palabra, con la palabra se tiene todo, la inmortalidad del pensamiento, del espíritu.

Era como andar entre nubes, sintiéndose embargada por algo muy nuevo, o desprendida, al fin, de algo muy viejo; se la notaba que quería hacer algo por él, cualquier cosa.

—¿Quieres que cojamos el bus? ¿O un taxi? Sí, un taxi, tengo para... —buscó algo en las manos, alrededor, hasta que estalló en risa—. ¡Qué gracia! No me había dado cuenta de que no tengo la bolsa, debió quedar en el coche.

No hizo la pregunta normal —¿Qué coche?—, se limitó a decir:

—No, hija, vamos andando.

—¿Lejos?

—Según. A veces he tardado un día, a veces llego en unos minutos. ¿Sabes una cosa? El hombre está perdiendo la facultad de andar y ni siquiera se da cuenta de que la pierde. Andando es como mejor se piensa, hay una relación directa entre andar y pensar. Pero un hombre que conduce no puede pensar, puede sólo reaccionar a los otros coches, a las luces, a los peatones, es una pieza más de su coche, la pieza central, pero no más que una pieza, algo así como un cerebro electrónico; un hombre que sólo conduce, que no anda, debe perder algo de su capacidad de

164

pensar cada año. Y digo anda, no corre. Correr es la forma primitiva de andar en automóvil.

Era como un andar sobre nubes, como sentirse finalmente libre de la esclavitud del suelo. Algunos se volvían al verles pasar, pero eran los menos.

—R-r-r-r-r-r-i-i-i-i-n-n-n-n-g-g-g-g-g-g.

—¿Hallo?

—¿Pat?

—Sí.

—Soy yo, Eve, ¿me oyes?

—Sí.

—Como llega tu voz de tan lejos, el teléfono debe estar estropeado. Oye, que hace un siglo que no nos vemos. Te he llamado mil veces y nunca te encuentro, ¿no te lo han dicho?

—Ahá.

—¿Por qué no me has llamado?

—Mucho que hacer.

—¿Con tus hippies?

—Sí, no, ya sabes.

—Hija, ¿pero aún no te has aburrido de ellos? Oye, ¿vendrás a mi party el sábado? Es el cumpleaños de pa, estaremos todos como siempre, pero he invitado a dos chicos por cada chica, esta vez no hay miedo.

—No sé, tengo...

—No te admito disculpas. A las siete, pero si quieres venir antes me ayudarás a arreglar un poco las cosas, ma está imposible, ya sabes, y charlaremos, me tienes que contar cómo son los hippies...

—¿Te ha gustado?

Se habían quedado allí, tumbados sobre la hierba, bajo el árbol, sobre un montículo que parecía de juguete, todo el parque parecía de juguete, pese a ser enorme, un juguete enorme de praderas, arboledas y laguitos, entre cúpulas de rascacielos.

—Ahá.

—Pero hoy, Nick estaba distraído, ¿no te has fijado?, o a lo mejor era el tiempo —miró al cielo, un adoquinado de grises que amenazaba desplomarse sobre ellos—. Vamos a tener tormenta.

A ras del suelo, el parque era una algarabía de los vendedores más dispares —helados, globos, salchichas, roscas—, de jóvenes desocupados y de viejos como lagartos.

—¿Crees que Manuel llegará a enseñarle a hablar? —por primera vez, en su voz melodiosa había una nota de duda.

En la de ella no la había.

—Seguro.

—Gracias, pero Manuel no lo está tanto.

—Manuel...

—Sí.

—Manuel, estoy segura de que le enseñarás a hablar, de que harás de Nick un hombre.

—¿Sabes una cosa? —como si temiese desilusionarla—. No descendemos de los monos.

—¿No?

—No. Descendemos de las piedras —buscó a su alrededor, en el suelo, hasta encontrar una piedrecilla, manchada de polvo, que limpió con cuidado—. ¿Sabes que combinando elementos químicos en presencia de energía puede crearse materia orgánica? Lo sabes, ¿verdad?, parece maravilloso, la evolución completa y nosotros en la punta, en la cima, ¿pero quién ha dicho que lo orgánico es mejor que lo inorgánico, que tener vida es mejor que no tenerla, que tener conciencia es mejor que no tenerla, que ser hombre es mejor que ser piedra? ¿Quién lo ha dicho? Nuestra inteligencia, naturalmente; pero no hay que fiarse de ella, ella es parte interesada, ella es la más interesada en engañarnos, hay una evolución, eso es evidente, los aminoácidos se van combinando, complicando, hasta formar la vida,

166

y la vida se complica hasta formar la conciencia, pero, ¿por qué creemos que eso es progreso, ir adelante, avanzar? Por autosuficiencia, porque estamos en el extremo de la cadena, un extremo, ¿qué extremo?, ¿el de arriba o el de abajo? ¿Quién nos dice que no sea un regreso, una degeneración, que lo perfecto sea el otro extremo: lo primario, las piedras, los gases, la nebulosa, la unidad, lo inicial?

—¿Tú crees que me quiere? ¿Tú crees que puede quererme? Son muchos años de diferencia, ¿tiene uno más que tú, verdad? Pero siempre ha parecido mucho mayor, bueno, en algunas cosas, en otras es como una niña —se quedó mirando el humo de su cigarrillo por largo tiempo. No habían encendido la luz y el anochecer se apoderaba del cuarto—. Tú, en cambio, eres tan seria, sí, Pat, eres muy seria, demasiado seria, ¿sabes?, cuando yo tenía tu edad no pensaba en otra cosa que en divertirme, era lo lógico, no me preocupaba la política y todas esas cosas, me preocupaban las palomas, el baile, conseguir un buen empleo, nada más, ¿a qué más?, ¿a qué romperse los cascos contra lo que no puede cambiarse?, está bien que os intereséis en política, en la contaminación, en todas esas cosas, pero, ¿quieres que te diga algo?: los políticos son todos unos sinvergüenzas, todos, los republicanos y los demócratas, en eso estoy con vosotros, yo voto demócrata, pero en el fondo sé que es igual, que no se puede hacer nada, ¿para qué romperse entonces los cascos?, pero dime, ¿crees que me quiere?, ¿o sólo está jugando conmigo? ¿Te ha dicho algo? No, ¿verdad? ¡Sabe disimular tan bien! Tú no le habrás dicho nada, ¿eh?, espero que no le hayas dicho nada, en cuanto se huela algo, cortamos, me lo tiene advertido, y estoy seguro de que hablaba en serio, Eve es así, no se anda de bromas, no corre riesgos, pero ¿cómo trata a los otros chicos?, ¿coquetea con ellos?, ¿sabes si sale con alguno, si tiene un amigo? Nunca me dices nada.

—Hay que devolver la inteligencia a su papel original: un instrumento para nombrar las cosas, para mover cosas sin tocarlas, el mayor músculo del hombre, pero nada más. Sin adorarla. Si empezamos a adorarla, estamos perdidos. Hay que desmitificar la inteligencia. Nos ha traído el progreso, pero nos ha alejado de la vida, de las cosas, de los demás, de nosotros mismos, nos ha dejado solos, nos ha expulsado de la naturaleza, nos ha traído el miedo, todos los miedos, el miedo al dolor, el miedo hacia el otro, que es otro, distinto, el miedo a nosotros, a lo que hacemos, a lo que podemos hacer, el miedo al más allá, ¿por qué el miedo al más allá? Porque la inteligencia no es capaz de alcanzarlo, la inteligencia es un producto del más acá, un producto de nosotros mismos, un espejismo, un producto artificial, como el plástico, como la televisión, su vértigo empieza cuando la empujamos a ir más allá, no puede, no puede avanzar ni retroceder, está llena de miedo, ¿sabes una cosa?: a veces tengo miedo de estar haciendo desgraciado a Nick al enseñarle a hablar, a veces tengo la esperanza de que nunca aprenda a hablar.

—A veces, cuando estamos en la habitación del motel, me olvido completamente de quién soy, de vosotros, de esta casa, de la oficina, de mí mismo, como si fuera otra persona, soy en realidad otra persona, ¿cuántas personas tendremos dentro?, hablo de otra manera, me muevo de otra manera, Eve se ríe de mí, no puedes imaginarte lo guasona que es, bueno, sí que lo sabes, es tu mejor amiga, ¿es tan guasona con vosotras?, seguro, ella es siempre lo mismo, no cambia, disimula sólo, ¡pero cómo disimula!, ¡ya querría yo poder disimular sólo la mitad que ella! Tenías que haberla visto anoche, en el cumpleaños de su padre, por cierto, ¿por qué no viniste?, me preguntó por ti, pero no me miró ni una sola vez más de las normales, te lo aseguro, y cuando miraba, nada en sus ojos, no parecía ella, pero era, ella es así, siempre así, tan controlada, a mí a poco se me cae el vaso, se me doblaban las rodillas, porque en cuanto salgo del motel vuelvo a temblar, vuelvo a ser el mismo, sobre todo en casa, menos mal que te tengo a ti y podemos charlar de vez en cuando, se está bien en tu habitación, si no, no podría resistirlo.

Le estaba acariciando el pelo, se lo peinaba con los dedos, aunque en realidad se lo despeinaba. Eran casi tan paisaje como los arbustos polvorientos, como los bancos de tablas rajadas del parque.

—La vida es tri, cuádruple, quintupledimensional, nuestra inteligencia, tu inteligencia, la inteligencia de Manuel, todas las inteligencias, son sólo bidimensionales. Pueden saber lo que ocurre a su derecha y a su izquierda, pero no lo que ocurre arriba y abajo, ¿cómo exigirle que comprenda lo que ocurre arriba y abajo? Y, sin embargo, se lo exigimos. Pero no puede, puede comprender sólo su plano, su plano de realidad, su plano de vida, también el estómago comprende su plano, otro plano, hasta habla, a su manera, pero habla, lo que nunca ha pretendido el pobre estómago es comprender la vida total, la vida de los pies, de las manos, de los ojos; el cerebro, sí, el cerebro ha intentado entenderlo todo, abarcarlo todo, y como no puede entenderlo se vale de un truco: inventa una vida, inventa una realidad, su realidad, que no es la realidad, y lo curioso es que los hombres, tú, Manuel, esos jóvenes, ese viejo, los viejos también, los viejos son los peores, quieren imponer esa realidad a la realidad, y lo cambian todo, lo confunden todo, lo destruyen todo, es la intolerancia de la inteligencia, de los ideales, el hombre más terrible es el que sólo tiene ideales, nos cambia una realidad por una ilusión, pero, ¿qué estoy haciendo yo con Nick?, lo peor es que uno no puede pararse, es como un afán de destrucción, de autodestrucción, de no saber, de no poder detenernos, lo peor es que no podemos detenernos, ¿sabes una cosa?, el mundo está dando la vuelta, nosotros estamos dando la vuelta, los problemas están dando la vuelta, antes éramos pocos, ahora somos demasiados, antes necesitábamos la técnica, ahora nos sobra, antes la naturaleza era nuestra enemiga, ahora se vuelve nuestra amiga, eso es, la necesitamos, tenemos que regresar a ella, somos ella, estábamos rompiendo el equilibrio —hablaba con angustia—, el problema es el equilibrio, saber hasta dónde hay que regresar, lo que hay que destruir de lo artificial, porque si nos dejan, lo destruimos todo, yo a veces lo destruiría todo, hasta mí mismo, volver a ser planta, volver a ser piedra, volver siquiera a la caverna, ¿no te gustaría volver a la caverna?, pero tampoco, la caverna tampoco es solución, Manuel conoce la caverna, Manuel ha vivido en la caverna, el problema está en encontrar el equilibrio entre lo que hay que destruir y conservar.

—Manuel, ¿por qué no escribes todo eso?

La miró de nuevo sereno como a una niña a la que hay que explicar hasta lo más elemental.

—Porque es imposible, porque es inútil. En el momento que algo queda escrito, deja de ser lo que era. Yo escribo una cosa, y los demás, a mil millas, dentro de un año, mañana mismo, entienden otra. ¿Cómo dejar allí el tono, el ritmo, como meter entre las letras esta tarde, ¿porque es la tarde, verdad?, gris, caliente, que parece que va a explotar, ese viejo que duerme en el banco, tú, yo?, imposible, por cierto —miró al cielo—, me llega la hora de la lectura, ¿vienes o te quedas?

Era la hora punta y en la Cincuenta y Siete los automóviles se disputaban a ladridos y amagos de mordiscos las entradas del puente de Queens. Eran una jauría nerviosa y hambrienta, con sólo un pedazo de carne para todos. En las colas de los autobuses, gordas como pitones, había duelos de miradas.

—Jai, Manuel.

—Jai.

170

La librería estaba en la Tercera, un laberinto de mesas, cordilleras de volúmenes, por donde se adentró con paso seguro. Estaba en el estante del fondo, a la izquierda, junto a los otros libros de ciencia, pero no pudo ver el título, tan rápido fue su movimiento de cogerlo y abrirlo por la página exacta. Había dejado la vara pegada al cuerpo, aprisionada por el sobaco, de forma que podía sostener el libro con una mano y volver las páginas, delicadamente, con la otra. Parecían volar, tan rápida era la lectura. De vez en cuando, alguien al pasar le rozaba sin que se enterase. El local era un continuo ir y venir, con más aspecto de supermercado que de librería. Había hasta espejos retrovisores en los ángulos para control de descuideros. En la otra mitad del fondo estaban los discos.

Lo único que pareció mirar con detenimiento fue el número de la página donde acabó la lectura. Volvió a ponerlo en el estante con el mismo cuidado que antes lo había sacado.

—Vamos, la próxima está en la Madison y, luego, tengo que ir a otra en la Quinta, ¿tú no lees?

—No, sí, bueno, depende —terminó riéndose de sí misma. Era imposible que existiese, tan ligero, tan suave, tan, pero existía, ¡existía realmente!, podía verlo, oírlo, olerlo, palparlo, entonces era verdad, entonces nada había sido en vano, entonces había valido la pena, dejarlo, venir, vivir, ¡había valido la pena nacer, vivir!, sólo por estos segundos, por la Cincuenta y Siete, hacia la Quinta Avenida, entre gente nerviosa, apresurada, pitidos de guardias, rugidos de motores, bajo un cielo a punto de desplomarse, como un techo negro, caminando como en sueños, sin sentir fatiga, con ganas de detener a todo el mundo, de abrazarle, de contarle lo infinitamente feliz que se puede ser en esta vida.

—¿Sabes una cosa? —lo malo de Manuel, o lo bueno, era que a una se le pegaba en seguida su forma de hablar, de andar, de mirar a lo lejos, todo—. No me he acordado de la hierba, no necesito hierba, y, sin embargo, estoy alta, nunca había estado tan alta, ¿cómico, verdad?

La voz de Manuel sonaba por encima del barullo, lo empujaba a segunda fila.

—¿Te extraña? No te extrañe. No te extrañe nada. En realidad, no hay nada extraño. La droga sólo nos devuelve la vida que habíamos perdido, porque estamos perdiendo la vida, ¿no ves a esta gente?, esta gente ya no ve, ya no huele, ya no siente, esta gente se droga, ella no lo sabe, pero necesita drogarse para seguir viviendo; por las mañanas, una píldora para animarse, al mediodía, otra para no engordar, luego, otra para hacer la digestión, por la noche, otra para dormir, no saben lo que es el calor ni el frío, lo han olvidado, han olvidado lo que es el hambre, el placer de comer, de dormir, la felicidad que produce oír dentro de la caverna, caer la lluvia fuera, están olvidando cómo se vive, cómo se siente, necesitaba drogas para saber cómo son las cosas realmente, cómo huelen, cuál es su color, su tacto, para saber que existen, porque las cosas existen, no son invenciones nuestras, existen.

—Yo creo que tampoco las necesito, a las drogas me refiero. Ahora ya no las necesito.

Era patético verles allí, en la esquina de la Madison, grotescos y felices, ajenos a la marea que les pasaba al lado sin rozarles.

—Pat —la llamó Pat, no hija mía—. Adiós.

—¿Adiós?

—Sí, adiós. ¿Sabes una cosa?: la peor de las drogas es otra persona. No, no lo sabías, pero la peor adición es la de una persona, sólo una, hay que ser adicto a todas las personas, a todas las cosas, ¿me entiendes? Sí, me entiendes, ¿verdad que me entiendes? Adiós, Pat.

si supiera llorar, si me hubiesen enseñado a llorar, pero nunca he sabido llorar, nunca he podido llorar, debe ser hermoso llorar, descansado, no hacer otra cosa que llorar, horas, días, años, llorar, llorar hasta que no quede nada dentro.

—Adiós.

No debió oírla, arrastrado por la corriente.

el sable también, y Rocky, Rocky desde el principio, Rock rojo, no, naranja, las patillas, las orejas, el pelo, las manos, todo, todos, mis manos, mis manos también, mis uñas, pero el sable, ¿cómo es posible un sable naranja?, no puede haber un sable naranja, los albos, sí, cuando se estira la piel de un albo, cuando se estira todo, naranja, los sables también, ya no son sables, son, ¿qué son?, Rocky, por favor, qué son, no te marches, no me dejes, ¿por qué te marchas?, no te marches, no te vuelvas, no te vuelvas verde, favor, no quiero verte verde, aunque cierro los ojos sigo viéndote verde, no sirve cerrar los ojos, veo con el cerebro, directamente, no necesito ojos, podría arrancarme los ojos y seguir viendo, ¿me los arranco?, nunca había pensado que pudiera verse sin ojos, nunca había pensado así, tan ancho, todo lo ancho que se quiera, que quiero, no me hace falta pensar, lo veo, veo la MúSiCa, ¿de dónde viene esa mÚsIcA?, ¡y a mí!, ¡me veo a mí!, ¡enfrente!, no, tocarme no, soy una Naranja, una naranja llena de JUgo, si me toco puedo, puede. Así, acércate, pero no me tOques, junto a la llama, vuelve al naranja, no tengas MIEdo, no quema, no tengas miedo al amarillo, tienes que cruzar el amArillo, amarillo, amarillo, no miedo, miedo, miEdo, me da miedo el amarillo, illo, ILLO, illo, illo, I, i, i, i, se esti, se estiii, sólo un hi, se rompe, se rompió, o, O, o, ven a la O, tan caliENte, tan redOnda, me llena la bO, nO, cOmO, una naranja, nO, nO, nO, ven al calOr, deja el frío, qué calOr, ROcky, me ahO, dame a-a-a, eso es, a-a-a.

—¿Cómo vas, Cabeza Rota?

—Bien, bien, bien —el agua que rebosaba, tras beber, su boca, resbalaba por cara, mentón, cuello, para internarse, como una mano, por el pecho.

—¿Más?

—Sí. No. No te va.

—No me voy.

¡se va!, ¡se va!, ¡se fue!

—¡¡¡Rocky!!!

La cabeza, sin tronco, sin manos, sin piernas, la cabeza sola, se volvió, se abalanzó, la cabeza de un reptil, el cuerpo, no, el cuerpo quedó allá atrás, inmóvil, al final del túnel, a oscuras, pero la nariz, los ojos, la lengua, aquí, aquí, sobre mí, saliéndose de las órbitas, de los labios.

—¿Qué quieres? —se había vuelto desde la puerta que aporreaba—. No pánico, voy a devolver la jarra.

—¿Qué ja?, tan le, no pue.

La puerta se abrió, la última puerta del túnel, aunque no era un túnel, era un portal. Se oía una música, pero no venía de allí, venía de un piso de arriba.

—Gracias.

—¿Necesitáis más? —la chica desgreñada de dentro sonreía.

—Creo que no.

—Si necesitáis, pedir. Es lo único que tenemos.

Cerró. Les cegó. Era la única luz, aparte de la difusa, a través de la puerta entornada.

—¿Algo? —se lo preguntaba al negro, encaramado como un saltimbanqui en el pasamanos de la escalera que conducía a los demás pisos.

Hizo un gesto de asco. Un tipo cuadrado, de pelambrera roja y nariz rota. En camiseta.

—Nada. Todo vacío.

—¿Entonces? —el negro era un fideo. Vestía pantalones amarillos y camisa sicodélica.

—Vamos fuera.

—¿Con esto?

Ella, yo, yo, yo, Pat, Pat, Pat, no Pat, pot, pot, pot.

—Pide hierba.

—Que pida lo que quiera. Se desfondó en seguida, no está en uso, si llego a saberlo...

—¿Por qué no nos la tiramos? Ahí, debajo de las escaleras.

Iba ya hacia ella; le detuvo.

—Primero el trabajo.

—Okay, pero luego.

—Luego.

—¿Crees que podrá ayudar?

—Seguro, en cuanto vuelva, volverá pronto.

—¿Y qué hacemos hasta entonces? Podríamos... —volvía a mirar el hueco de la escalera.

—¿Quieres madurar de una vez? Estoy harto de ti, ¿entiendes?, de tus chiquilladas, si no te interesa trabajar conmigo, te largas, ¿entiendes?

—¡Pero Rocky!, ¿realmente enfadado con Alambre? —como un niño travieso y astuto al mismo tiempo.

—Está bien, está bien, pero a ver cuándo empiezas a usar la cabeza. Si tienes otro plan mejor, méntalo.

—Tengo otro plan mejor.

—¿El del bardaja?

Desilusionado por haberle descubierto su sorpresa. Pero aún convencido.

—El del bardaja.

—Olvídalo. Ya sabes que es imposible. ¿Cuántas veces me has hecho ir? Estoy cansado de ir. Están siempre, ¿qué hacen siempre en casa? ¿Quieres que te agarren? —los ojos pequeños, hundidos en la cara enorme, redonda, parecían taladros—. Di, ¿quieres que te agarren?

El negro reía, reía con todo el cuerpo.

—No pueden agarrarme.

—¿No pueden agarrarte, eh?

Negaba con todo el cuerpo.

—No.

—¿Por qué no pueden agarrarte?

—Porque no están en Nueva York.

Aquello ya lo interesaba más.

—¿Quién te lo ha dicho?

—Xandra.

—¿Tu hermana sigue arreglándoles la casa?

—¡Yeah!

La casa. Llena, atestada, lo tienen todo, estéreo, tele, cámaras, joyas, todas las joyas, diamantes, zafiros, las otras, las verdes, ¿cómo se llaman?, es igual, le regala joyas, después de pelearse le regala siempre joyas, me lo ha dicho Xandra, les arregla la casa, dos veces por semana, en el Greenwich, bueno, más allá, en la Barrow Street, fui una vez con ella, hasta la puerta, fácil, sólo una cerradura, la vi al abrirla, la casa es suya, de él, bueno, de ella, del bardaja, es el del pan, creo que abogado, algo así, el otro nada, el otro de color, fue novio de Xandra, en la escuela, ya sabes, luego nada, pero se siguen viendo, fue quien la llevó allí, tenido mucha guerra por ella, no lo sabe, el bardaja no lo sabe, pero se lo huele, no la quiere, no quiere hembras en casa, gatas, perras, ya sabes, pero Bob, se llama Bob, le dijo: «Hacer la comida, bien, pero limpiar, no, yo no limpio, limpia tú si quieres», un mes limpió, al venir de la oficina se ponía una bata y limpiaba, Bob venía a casa: «Ya le queda poco, ya no resiste, una semana, un día, ya puedes venir, mañana, se rindió, ¡el bardaja se rindió!»; tenías que oírles reír, madre les dejaba la habitación, la única cama, volvió, a Xandra me refiero, Bob no volvió, mala suerte, traía siempre algo, caramelos, helados, ya sabes, para los peques, a mí siempre un pavo, dos, ahora pueden hacerlo en su casa, eso sí, con cuidado, el bardaja quiere estar siempre cuando limpia, va por la noche, limpia por la noche, pero va también por el día, el bardaja se presenta algunas veces de día, sin avisar, una vez tuvo que meterse debajo de la cama, es bastante gorda, sabes, no como yo. «Nunca pasé tanto miedo, si me descubre me mata, nos mata, es muy celoso», tenías que haberla visto, volvió cascada. «No vuelvo más, si Bob me quiere, que venga aquí, yo no vuelvo más»; madre convenciéndola: «Por tus hermanitos, por nosotros»; la convenció, el bardaja tiene un revólver, pero la convenció.

—¿Dices un revólver?

—Sí, pero Bob le ha quitado las balas.

—¿Cómo lo sabes?

—Xandra.

—¿Cómo sabes que ńo ha metido otras?

—Bob.

—¿Dices que sólo hay una cerradura?

—La vi.

—Tenemos que ir a echar un vistazo.

—Vamos a echar un vistazo. Pero siempre estaban.

—¿Seguro que esta vez se han ido?

—Seguro.

—Mira que estoy cansado de ir y encontrarles en casa. Están siempre en casa. ¿Qué hacen?

—Al bardaja le gusta tocar el violín. Bob dice que es muy aburrido.

—¿Por qué no le deja?

—¡Por qué no le deja! Eh, baby, ¿crees que es fácil para un negro tener una casa para él y dos carros? Porque tienen dos carros, uno deportivo, inglés, y un caravan, para los viajes, hacen mucho camping; el bardaja, sabes, es muy celoso.

—¿Por dónde entramos?

—¿Entonces vamos? —entusiasmado—. ¡Grande! Por el patio, la casa tiene un patio trasero, un jardín, le llaman un jardín, ¿qué hacemos con esto? —la daba con el pie.

—¿Qué vamos a hacer? Dejarla.

—¿Y cuándo nos la tiramos?

—Sólo piensas en tirarte blancas.

—¿Algo en contra?

—No, por mí puedes tirártelas a todas, a todos, menos a mí, claro. Vamos.

¿no se puede estar quieta?, quieta, quieta, quieta, así, quieta, tranquila, sobre todo tranquila, ¡está viva!, ¡la pared está viva!, ¡se dobla!, ¡se derrite!, ¿se dobla o se derrite?, no sirve, las palabras no sirven, ni se dobla ni se derrite, pero se dobla y se derrite, no las necesito, no necesito las palabras, puedo saberlo directamente, sin decirlo, pensándolo, vién.

—¿Es ésta?

—Sí, vamos por detrás.

—¿No hay otra casa?

—No.

El muro, negro, hosco, liso, sin grietas, revocado de cemento.

—Pon las manos que me suba. Cuidado con los pinchos.

—No miedo, están rotos, los vi el otro día.

La lluvia volvía a caer, pero no torrencial, sino lenta, sofocada.

—¿Estás?

—Un momento, un momento.

—Va a pasar alguien.

—Si tienes miedo, mejor que... ¡ahá!

—¿Hay luz?

—No.

—¿Acabas o no? ¡Que suelto!

—Ya está.

Con una flexión de músculos se encaramó a lo alto del muro. No se levantó, quedó tendido a lo largo de él, negro como él, mientras tendía la mano abajo. Más macizo, menos flexible, le costó una serie de forcejeos. Ya arriba, pegado al cemento, jadeaba. La lluvia había convertido su pelambrera roja en estopa oscura. Por fin sonreía. Como una fiera antes de dar el golpe, pero sonreía. Aunque algo vino a segarle la sonrisa.

—¿Y aquella luz? No decías que...

El negro le paraba con ambas manos.

—No pánico, no pánico, es la de la sala, la dejan siempre encendida cuando salen para pretender que hay alguien. Venga.

La tierra húmeda los recibió con placer, dos golpes sordos que les paralizaron en espera de una respuesta que no llegó, y un correr nervioso hacia la puerta, el patio no tenía más de ocho metros, un cubo de paredes de cemento, habitado por dos árboles, las dos sombras retorcidas eran árboles.

Estaba abierta, la puerta del patio estaba abierta pero aquello, en vez de alegrarles, les alertó. Milímetro a milímetro, fue una labor que pareció estirarse por horas, hasta dejar finalmente paso al cuerpo, el de Alambre; Rocky quiso pasar también pero no era bastante y la bisagra crujió, la bisagra, la puerta, la casa, todo, fue un momento de pánico, los dos quisieron salir al mismo tiempo, tropezaron, sonrieron.

—No miedo —Alambre, pero calladito, con el dedo en los labios, de puntillas, hacia las escaleras, el resplandor de la calle se cuela por la puerta, la mitad superior de cristal enrejado—. No hay nadie.

Le siguió. Fue un trayecto largo, no había nadie, pero cada escalón gemía como si fuese a hundirse y no valía de nada pisar lento, suave, aferrarse a la barandilla, la barandilla también gemía, el descansillo también gemía, menos mal que hasta allí llegaba el resplandor de la luz, cómico, iba y venía, como si fuese una vela, y crujía; no, lo que crujía era la escalera, la maldita escalera, suerte que no hay nadie.

Rocky subió los últimos peldaños sin importarle el ruido para meterse derecho en la sala, había sólo que cruzar el hueco rectangular de la izquierda, sin puerta, allí nada crujía, los zapatos hundiéndose en la alfombra enorme, gruesa, roja, como el fuego de la chimenea.

—¿Pero...?
Se volvió para tropezarse con la cara de Alambre, tan asombrada, asustada como la suya.
—Okay, baby, un movimiento y os hago salchichas.
El negro, un negro enorme, musculado, en camiseta y calzoncillos, tenía en la mano un cuchillo de carnicero. El otro, en bata, rubio, pálido, de bigote romántico, les encañonaba con un revólver de los chatos.
—¿Crees que nos los envían nuestros amigos los polis?
Alambre se volvió al de la camiseta. En sus ojos, como en su voz, había súplica.
—Pero. B...
¡¡Plaf!! El bofetón no le dejó terminar. Estaba ya en el suelo, echando sangre por la boca.
—Y tú, quietecito —le había puesto el cuchillo en el pecho. No hacía falta, Rocky estaba blanco como los escasos trozos de pared que dejaban ver cuadros y tapices.
—¿Es que te conocía, Bob?
La mano en la pistola indicaba nerviosismo. Bob estaba furioso.
—¡Cómo me va a conocer! ¿De qué me va a conocer? ¡Lampiones! ¡Robando en casa decente! ¡Os voy a...!
La maza se descargó ahora sobre Rocky. Menos mal que había tenido la precaución de poner el brazo sobre la cabeza. De todas formas, fue a caer sobre un sillón francés, toda la habitación estaba llena de muebles.
Era la voz la nerviosa ahora.
—No les pegues, ¿no ves que son unos niños?
elástico, ¡finalmente!, la clave es elástico, los colores elásticos, enteros, no mezclados, pero elásticos, las paredes elásticas, el techo elástico, el suelo elástico, yo elástica, lo que me ha costado, el esfuerzo que me ha costado, pero qué descanso, elástico, qué alivio, elástico, ya puedo cerrar los ojos, elástico, ya puedo dejar de pensar, qué alivio poder dejar de pensar, elástico, ya puedo abrir la puerta, elástica,

llueve, elástico, y fluido, ¡finalmente!, la clave es fluido, los colores, fluidos, el agua, fluida, la calle, fluida, la calma, fluida, qué descanso, qué cansancio, fluido, qué alivio, fluido, fluido, fluido.

Tac, tac; tac, tac; tac, tac; el ruido de las pisadas era lo único que se cruzaba entre ellos, había cesado la lluvia pero en cualquier momento podía reanudarse, era una competición entre la tierra y el cielo, uno dejando caer agua y la otra devolviéndosela en forma de vapor.

El largo, al fin, no pudo resistir. Se le notaba que quería ser amable, optimista.

—Pues no hemos salido del todo mal, ¿eh, Rocky?, no llamaron a los cerdos, es lo bueno de los homo, no quieren nada con los cerdos, no quieren que los cerdos les metan el hocico en casa. ¿Sabes lo que contó Bob?, ¿te fijaste que al final me guiñó el ojo?, al principio, el guantazo, pero luego, ¡click!, claro que estuve a punto de vomitarlo, sin querer, seguro que sin querer, seguro que la próxima vez que me vea me suelta cinco pavos, ¿qué te decía?, ah, sí, ¿sabes lo que dijo?: que dos cerdos se les metieron en casa para pedirles tela, poco, diez, pero tacatá, cada mes, el día primero, sin faltar uno, para protección, y el bardaja sacudió, pero sólo una vez, la primera, la siguiente les esperaba con una foto, Bob les había cogido una foto desde detrás de las cortinas, cuando cogían la tela. «Sí, señores, si se presentan por aquí otra vez ya saben dónde irá esta foto.» No volvieron, ¿qué te parece?, ¿listo, verdad?

No se volvió para contestar, en realidad no le contestó.

—¡Imbécil!

Realmente asombrado:

—¿Quién, el bardaja? ¿Te parece imbécil el bardaja? ¿Quién te parece imbécil?

—Tú.

No pareció importarle demasiado, se puso a silbar.

Estaban ante el fuego, pensativos, el negro en el suelo, de

cuando en cuando lo revolvía con el gancho hasta hacerlo chisporrotear, el otro, el de la bata, hundido en el sillón, más atrás, en la penumbra. Tenía las dos manos unidas por las palmas, como si fuera a rezar, pegadas al mentón y a la boca, hasta las narices.

—Bob, ¿por qué le guiñaste el ojo al más joven, al de color, al que preguntó primero? —una pausa, Bob preocupado por el fuego—. No me digas que no le guiñaste el ojo, se lo guiñaste, te vi. Tenía una voz dolida, pero cortante como una navaja de afeitar.

—¿Yo? ¿Que yo...? —pero no se atrevía a mirarle, era un gigantón semidesnudo que acharolaban las llamas cuando, como ahora, las golpeaba con furia.

—Sí, tú, le guiñaste el ojo, ¿crees que puedes engañarme? Nunca podrás engañarme. Te dejo pasar las pequeñas cosas, me hacen gracia. Pero cómplices...

—¿Cómplices? —alarmado—, ¿míos?

—Bob, ¿no me estarás engañando con jovencitos, verdad? —una ceja alzada, la mano en el bolsillo de la bata que traslucía el bulto—. Te puedo perdonar todo, hasta lo de las mujeres, ¿o crees que no sé lo de la sirvienta?, ¿crees que no la siento, que no la huelo? Lo que no te perdonaría nunca es que empezases a engañarme con jovencitos, ¿entiendes?, nunca.

—Sí, tú, imbécil. ¿Cómo se te ocurre que a un tipo así puede destripársele la casa fácilmente?

—Pero si no estaba en casa, ¿no te lo había dicho?, si se habían ido de camping.

—¿Y crees que con esta lluvia se puede hacer camping? El negro se encogió de hombros, más que andaba, bailaba.

—Yo nunca he hecho camping.

—¡Pero Len! —el gigante, con reproche, con dolido reproche—. ¿Otra vez? ¿Quieres hacerme una escena otra vez? Parece que te gustan. Te juro que no conocía a ninguno de los dos lampiones, la primera vez que los divisaba, la primera, ¿cómo tengo que decírtelo?

El otro había sacado el revólver y jugueteaba nervioso con él. Tenía unas manos largas, finas, blancas.

—Nos vamos a ir de vacaciones, sabes, la próxima semana, a una isla del Caribe, a la más desértica, en verano no hay nadie allí.

—¿Volvemos junto a Cabeza Rota?

—¿Dónde vamos a volver?

—¿A tirárnosla? —iba delante, andando de espaldas, frotándose las manos.

—Primero hay que ganarse el pan.

—No piensas más que en el pan.

—Y tú, sólo en tirar.

—Okay, okay, no mala sangre, entre hermanos no mala sangre, primero el pan, luego nos la tiramos, los dos, ¿crees que estará allí?

—¿Dónde va a estar?

—Parecía blandita.

—Sólo la di medio terrón. Medio terrón llega para la primera vez, si le das uno, puede derretirse. El ácido derrite.

El agua negra, derretida, corría ansiosa a lo largo del bordillo en busca de alcantarillas que encontraba cerradas, las esquinas eran embalses sucios, en los que flotaban, como barcos viejos, papeles y mendrugos. Para cruzar había que hundir el pie hasta el tobillo, lo que asustaba a las mujeres, que chillaban como conejos a punto de degollar. Los hombres maldecían cuando un taxi les obsequiaba con una ducha de rodillas para abajo, alguno había vuelto a abrir el paraguas y defender así sus piernas, pero ello no hacía más que dificultar el paso por las aceras.

—Cabeza Rota.

Cabeza, cabeza, cabeza.

—Sí, desde abajo, sonriéndoles indolente, fatigadamente.

184

—Vamos, hay que trabajar.

—¿Trabajar?

—Exactamente, trabajar, ¿o es que querías descolgarte sin trabajo? ¿Qué te parece el ácido? —jovial—. Groovy, ¿eh?, no como la hierba, la hierba para los niños, lo real es el ácido, para espaciarse no hay como el ácido, ¿te levantas o no? Venga, que ahora sale la gente de los teatros, es la mejor hora de embestir.

Les siguió. Parecía un poco borracha. O sonámbula.

—No sabe embestir.

La estaban observando desde la otra acera, lo bastante lejos para no ser notados y lo bastante cerca para no perderse el tamaño de las monedas, si es que la daban alguna. Pero no la daban, la gente la veía venir, con la mano semiextendida, la sonrisa aún deformada por la hinchazón de la mejilla, y se apartaba, se apartaba aunque no hubiera sitio para apartarse, los que venían detrás empujaban ansiosos de salida, y escapaban por los lados, o disimulaban hablando al acompañante —«Menos mal, ha cesado de llover.» «Mira a ver si coges un taxi.» «Eso ya es más difícil»—, ante el teatro, la aglomeración de coches era grande, como la de personas, y se empezaban a oír los primeros gritos, pero la dejaban en medio, aislada, como si tuviera lepra.

—Vamos, a ésta hay que amaestrarla.

—Sí, sí —el negro brincaba en medio de los coches—, pero está buena, ¿eh?

—¡Cabeza Rota!... No tienes que alargar la mano hasta estar encima, ¿entiendes? —se la había llevado a una calle lateral, vacía, casi a oscuras, en contraste con el resto del barrio, con aspecto de carnaval pobre—. No tienen que notar que vas a embestirles, normal, tú te acercas normal, si te lo notan antes, se escurren. Y nada de «por favor», ¿entiendes? «¡Me das un real!», tranquila, normal, como la cosa más normal del mundo, nada de perras, un real, y si es viejo, un pavo, pero que vaya solo, fíjate bien que

vaya solo, si antes te ha mirado, mejor, luego; sí, luego puedes darle todas las gracias que quieras, ¿entendido?
entendido, ¿cómo no lo voy a entender?, si es la cosa más fácil del mundo, primero dar las gracias, no, dar las gracias después, primero acercarse, acercarme, acerca.
Se fue corriendo a la acera del teatro, donde ya apagaban las luces.
—Favor —«no, no, favor, no, ¿qué estoy diciendo?»—. ¡Qué va!, no estoy borracha, feliz, sólo feliz, ¿usted no es feliz? ¿Por qué no es usted feliz?... ¡Claro que podemos ser usted y yo felices!, ¿no somos ya felices? ¿Me da un real? No es para mí, yo no lo necesito, yo no necesito nada, es para mis amigos, aquellos dos, ¿les ve?, no una perra, un real.
El tío huyó que se las pelaba.
—¿Qué has estado hablando tanto tiempo con él? ¿Qué te ha dado?
La agarró las manos, vacías.
—¡Oye! —los dedos, en sus muñecas, eran como tenazas—. ¿Qué te has creído?, ¿que puedo alimentarte gratis?
El negro los apartó amistosamente.
—Déjala, Rocky, está todavía disipada. Mañana, déjala esta noche, vámonos, vámonos al portal.
No le contestó. Tampoco soltó la muñeca. Así recorrieron Saint Marks Place, repleta, chillona, como una pajarera, hasta la Tercera, sin cruzar palabra. Allí vaciló, para tirar finalmente hacia el norte, hacia el pequeño parque triangular, un simple cruce de calles, mal iluminado, donde se detuvo.
—¿Le ves?
Estaba en el banco, leyendo el *Daily News*, curioso que pudiera leer, el farol quedaba bastante lejos.
—¿Le ves? —la presión de la muñeca se hizo mayor.
—Ahá.

—Embístele, pero sin prisa, ¿me entiendes?, sin prisas, con él puedes rajar todo lo que quieras, ¡venga!

La dio un empujón en el hombro.

Era joven, no se veía bien de lejos, tenía la cabeza metida en el periódico, pero de cerca, sí, de cerca se veía que era un chaval, no más de 18, extraño, ¿qué era extraño?, ah, sí, la chaqueta, una chaqueta a cuadros, deportiva, llevaba chaqueta, lo demás era normal.

—Jai.

—Jai.

Seguía con el periódico abierto, un codo sobre el respaldo del banco, pero lo había olvidado, la sonreía.

—Soy Hub —se hizo a un lado—, ¿no quieres sentarte?

—No, lo siento, ¿tienes un real?, ¿me das un real?

—¿Quieres un real?

—Sí, quiero un real.

Movía la cabeza pensativo.

—Tengo sólo 35 centavos, si te doy 25...

Fue tan brusco, tan inesperado que no supo ni gritar, aparte de no haber podido, Rocky le había cogido por detrás aprisionándole con una llave el brazo al respaldo, mientras Alambre, delante, le ponía una navaja o un cuchillo, podía ser ambas cosas, en el cuello y tapaba la escena con el cuerpo.

—Quieto —la voz era dulce, persuasiva—, quieto si no quieres probar esto.

Él no sabía a dónde mirar, la miraba a ella, como un náufrago que no sabe nadar, y lo malo era que ella no podía apartar los ojos, no podía moverse, gritar, hacer nada, la mano morena, en cambio, se movía ágil, saltaba de un bolsillo a otro de la chaqueta, los del pantalón sólo los palpó por fuera, ya tenía todo, unos cuantos papeles, que tiró, y unas monedas.

—¿Acabaste? —Rocky miraba a un lado y otro, sin soltarle, como una fiera acosada.

—Sí, se lo guardaba.

—Venga, correr, largo.

Salieron de estampida.

¿pero qué hacen esos imbéciles?, son unos imbéciles, los dos, ¡imbéciles!, ¡correr hacia abajo, hacia la comisaría!, y los dos juntos, tenía que unirme a dos imbéciles.

—Tú no te muevas, ¡como te muevas!...

Le soltó para darle un empellón que dio con él en el suelo, y emprendió la carrera en dirección opuesta a los otros, hacia el norte, mucho más desértico, en realidad, sin un alma, sólo algún coche zumbando entre charcos, taxis la mayoría, ya libres, corría como un jugador de rugby, la cabeza baja, un ariete, los brazos muy pegados al cuerpo, la zancada corta, potente, una locomotora humana dispuesta a llevarse por delante cuanto encontrase.

—Lo siento, Mrs. Lombard, pero es completamente inútil. No le dé más vueltas, su hijo no sirve para estudiar. Ni sirve, ni quiere —era un curita joven, delgado, con unas gafas enormes, que hablaba con pedante exactitud—. Él, usted, nosotros, estamos perdiendo el tiempo. Le hemos aguantado todos estos años, ejem, por sus especiales circunstancias, sabemos que es usted una madre excelente, que se mata a trabajar para que él sea algo en la vida, pero Rocky hubiera necesitado un padre, un padre duro. En fin, todos hemos intentado, por falta de intentar no quedó, en eso podemos tener la conciencia tranquila —desde algún sitio llegaba al despacho el rumor de la chiquillería—. Pero lo que no podemos es continuar dándole la beca, hay chicos mucho más aplicados deseando hacer los cursos en este instituto, ¿lo comprende, verdad? ¿Por qué no prueba en algún oficio? Ya sé que sin el bachillerato terminado no se obtienen grandes empleos, pero quién sabe dónde está nuestra oportunidad. ¿O qué le parece el ejército? El ejército siempre ha sido una escuela excelente para estos chicos difíciles.

La mujer, modestamente vestida, prematuramente envejecida, sentada en el borde de la silla, le escuchaba sin atreverse a contradecirle, aunque a veces tuvo como intentos
de hacerlo. Luego, cuando habló, lo hizo sólo con un hilo
de voz.

—Él, sabe usted, padre, él dice que quiere ser boxeador.
Que los boxeadores ganan mucho dinero.

Si esperaba una reprimenda, se equivocó.

—¡Hombre! —el padre se había levantado del sillón—,
boxeador, pues no es mala idea.

—Bueno, ya es hora de que me vaya preparando.

El otro arrojó las cartas sobre la mesa con displicencia, casi
con disgusto.

—Esto de jugar así, por jugar, no tiene gracia. Lo que
tiene gracia es jugar dinero.

No le contestó hasta que estuvo de pie. Un tipo grueso,
sanguíneo, calvo en lo alto de la cabeza y pelo blanco por
los lados. Debía andar por los sesenta, pero se conservaba
bien, aunque el corazón podía darle un disgusto el día
menos pensado. Se le notaba en las venas de la cara.

—Si nos jugásemos dinero, Mr. Roth, acabaríamos mal.
¿Cómo iba a ganarle sabiendo que es mi casero? Estoy
bien en esta casa, ya lo sabe, y no me gustaría dejarla,
a mi edad no gusta cambiar. Y tampoco me gustaría perder
siempre.

El otro barajaba de nuevo los naipes como si el juego fuese
a continuar. Tenía unas manos huesudas, como todo el
cuerpo, aunque lo más destacado era el promontorio de la
nariz.

—¡Hombre! Unas veces ganaría uno y otras otro.

—Que le conozco, Mr. Roth, que le conozco, que usted
querría ganar siempre —medio en broma, medio en serio,
amenazándole con el dedo—. Bueno, me voy a preparar
el termo.

Le siguió hasta la cocina, que estaba al final del pasillo.

189

Era una casa profusa, pero mediocremente amueblada. Los sillones, las cortinas, las esteras debían tener lo menos veinticinco años y se les echaba en falta una buena limpieza. O tal vez una mano femenina.

Aflojó la marcha en la Avenida C, que parecía más que nunca un basurero empezando a pudrirse. Se cogió el costado como si algo le doliese allí, y resollaba.

—P-para ser boxeador, lo p-primero hay que tener disciplina, ¿e-entiendes, m-mequetrefe?, d-disciplina. ¡C-cómo quieres ser boxeador si no tienes disciplina? ¿O c-crees que subir al ring es como ir a una party? E-estás equivocado, m-muy equivocado —era un viejo achaparrado, bastante tartaja, metido en un jersey de cuello alto, muy gastado, y pantalón bombacho de franela. Un tipo cascarrabias, de pelo gris muy corto, la cara deformada y la nariz rota por el puente—. T-te he dicho mil veces que media hora de g-gimnasia, m-media de cuerda y m-media de campo a través. L-los guantes después, l-los guantes cuando se tiene suficiente fondo. ¿T-te crees que tienes suficiente fondo? S-si subes al ring tal como estás, n-no duras ni medio asalto, e-el boxeo es una cosa muy s-seria, ¿q-qué te has creído? O-otro día sin aparecer por el g-gimnasio y no te quiero en mi cuadra, ¿e-entendido?

Ya tenía hecho el café y lo echaba en el termo, un termo antidiluviano, cuya rosca tuvo que hacer girar varias veces hasta conseguir que no bailase. El otro le observaba con atención desde la puerta de la cocina.

—¿No se aburre toda la noche allí solo?

—¿Acaso no me aburro en mi habitación? Es todo cuestión de acostumbrarse, Mr. Roth, cuestión de acostumbrarse. Si quiere que le diga la verdad, prefiero la noche; cuando estaba en servicio, siempre cogía los turnos de noche. De vez en cuando, claro, hay un buen cacao, pero en general son más tranquilos, incluso se puede echar un sueñecito en el coche, no largo, claro, sólo una cabezada, pero que-

190

daba uno nuevo, de día es imposible. Una vez me pasé al turno de día, para probar, ya sabe, cuando uno es joven le gusta probar, pero lo dejé pronto, demasiada gente, demasiados coches, y eso que entonces no había ni la décima parte que ahora, pero, para mí, demasiados. ¿Quiere que le diga una cosa?: ni siquiera podría ahora dormir de noche, fueron muchos años, claro que uno no es el que era y allá hacia las dos, pesa, pero para entonces tengo preparada la medicina —enarbolaba el termo, ya cerrado, ya limpio de toda gota—. Con esto y la radio, no hay miedo.
—Pero —no sabía cómo decírselo, era un tipo todo huesos, piel y reticencias—, pero, allí solo, toda la noche, en el almacén, ¿no tiene...?
—¿Miedo? —no era italiano, pero podía serlo. Hablaba con las manos, con el gesto—. ¿Yo? ¿A quién voy a tener miedo? Podían venir a llevarse las máquinas, pero, ¿quién va a venir a llevarse unas máquinas que pesan toneladas? Claro que están las ratas, uno no puede dormirse, le muerden, es terrible la cantidad de ratas que hay en el Bajo Manhattan, dicen que hay muchas en Harlem, no sé, para mí que hay más allá abajo. Pero sólo ratas, ¿de qué voy a tener miedo?
Se había recobrado de la punzada y respiraba hondo, como si quisiera tragarse todo el aire del barrio. «¿Dónde se habrán metido?, salieron hacia abajo, espero que no les hayan echado la mano encima, iban pregonándolo, el sable es un imbécil, pero la chica lo hizo bien, la chica sirve para cebo, en cuanto se le cure la herida, es el cebo ideal, ¿dónde se habrán metido?, esos no paran hasta el transbordador de Staten Island.» Volvía a ir hacia el sur, pero dando un gran rodeo, la noche, finalmente, se había serenado y aparecían las primeras estrellas, vacilantes entre las antenas de televisión de los edificios desdentados, pero como iba atento a no meter el pie en los charcos, algunos eran más bien pozos, no las veía.

—¿Qué me dice, oficial?, ¿que mi hijo está metido en asuntos de drogas? ¡Imposible!, tiene que ser una equivocación, está usted equivocado, Rocky, sabe, puede ser un mal estudiante, pero...

El sargento escuchaba la perorata con paciencia profesional. Su mandíbula rumiaba y la cabeza, de cuando en cuando, hacía un movimiento que igual podía ser afirmativo como negativo, más lo primero que lo segundo.

—... ¿entiende? Tiene que haber una equivocación.

—Mrs. Lombard, serénese, no se excite. Tenemos pruebas. No es ninguna equivocación. Su hijo está metido en asunto de drogas, no fumarse un cigarrillo de marijuana, eso ya no nos interesa, mejor dicho, nos interesa, pero no tenemos hombres para tanto. Lo que quiero decirle es que su hijo no es un simple consumidor, ¿me entiende?, es uno de los marchantes, no de los altos, de los bajos, lo tenemos localizado, hasta ahora se nos ha escapado siempre, no sé cómo se las arregla, pero se huele cuando le vamos a poner la mano encima y está limpio, pero no hay duda, tenemos la declaración de media docena de clientes, son todos alumnos del instituto donde iba.

El otro viejo no se daba por convencido.

—No sé, parece que aquella parte se ha convertido últimamente en una de las más peligrosas.

—¡Quite para allá! Usted lee demasiados periódicos, Mr. Roth; no hay que hacer caso a los periodistas, esos chicos exageran siempre. Hombre, no niego que pasan cosas, siempre pasaron, en mis tiempos también pasaban, ¡vaya si pasaban! ¿Le conté lo del atraco al First National City Bank? Sí, verdad, ya ve, aquello sí que fue peligroso, venían con metralletas, si no llego a meterme tras el coche, me fríen, y menos mal que los coches de antes eran más resistentes que los de ahora, si llega a ser uno de ahora, no estoy aquí contándoselo. Atracos ha habido siempre, lo que pasa es que ahora, con la televisión, se les da mucha más

publicidad, pero, ¿quiere que le diga una cosa? : se atraca
a los peces gordos, a los Bancos y demás, donde hay dinero,
joyas, los tipos no son tontos, ¡qué van a serlo!

La Houston Street, de noche, después del temporal, parecía
la calle de una ciudad bombardeada. Había ramas de árboles, aún frescas, por las aceras y restos de anuncios que
el viento había desgajado. Un coche patrulla le siguió un
par de manzanas pero al ver que no apuraba el paso le
dejó. Estaban en la gasolinera que hace esquina con la Segunda Avenida, riéndose como descosidos, contándose algo
en voz alta, todavía emocionados, al verle de lejos, llegaron
a la carrera.

—¡Jai, Rocky!, ¿todo bien?, ¿terminó todo bien? Buen
golpe —lo decía con orgullo—. Terrorífico, ¿eh?, como
en TV, perfecto —al no encontrar eco, se volvió a ella,
que se había quedado detrás—. ¿Eh, Cabeza? Terrorífico.

La atrajo hacia sí, también excitadísima, casi no podía
hablar de excitación, estaba aún alta, se veía. A Rocky, en
cambio, aquella exhibición no parecía más que molestarle.
Miró a un lado y a otro, cuando se convenció de que estaba
claro alargó la mano.

—¿Cuánto?

—¿Cuánto qué?

—No te hagas el imbécil, ¡el pan!

—¡Ufff! —comenzó a registrarse los bolsillos, al fin lo
encontró al mirarse por segunda vez los del pantalón.

—¿Esto es todo?

—Todo. Treinta y cinco centavos.

Les miró a los dos uno tras otro, con desconfianza, pero
sólo agarró a él por la camisa.

—Mira que si intentas...

El otro se defendía, buscaba apoyo en ella.

—Rocky, ¿estás loco? No tenía más, ¿no lo viste? Pregúntale, pregúntale a ella, ¿verdad?, ¿verdad que no tenía
más? Díselo, nos vinimos aquí derechos, el ente estaba

193

vacío, ¿por qué no le limpiaste la chaqueta?, pudiste limpiársela, la chaqueta estaba bien.

Le soltó de mala gana. Parecía hablar consigo mismo.

—Esto me pasa por imbécil, por juntarme con imbéciles, por limpiar a imbéciles —era su palabra favorita.

Alambre le consolaba.

—Pero, Rocky, ¡si salió bien!, si salió perfecto, ¿verdad, Cabeza Rota, que salió perfecto?

Ella asentía, se habían puesto en marcha poco a poco, como un tren de mercancías.

—Lo estábamos diciendo cuando llegaste. Un golpe perfecto. ¡Pam! ¡Ras! ¿Que el tipo no tenía pan? Bueno, pero el golpe fue perfecto. Más perfecto no podía ser.

Se paró para hablarles. Fueron unas palabras medidas, repensadas. En realidad, fue una orden.

—Se acabaron los jovencitos. Desde ahora, se pela sólo a los mayores, ¿entendido?

Fue el típico encuentro del sábado en el supermercado, con el carrito y la lista de cosas que hacen falta. No se dieron cuenta hasta chocar.

—Mrs. Lombard, ¡qué sorpresa!

—¡Mrs. Karinsky! Una eternidad sin verla. ¿Cómo le va?

Intercambiaban frases como disparadas por una ametralladora cordial. Pero el bache llegó pronto, en cuanto se agotaron los temas del buen aspecto, el tiempo, lo caro que se estaba poniendo todo. Parecía incluso con ganas de irse, pero la otra la retenía con el carro.

—¿Y Rocky? —lo preguntó como por casualidad, pero pudo notarse la tensión instantánea de la otra—. Hace tiempo que no le veo. ¿Está realmente aquí?

El nerviosismo, agitación casi, la hacía hablar a borbotones.

—Se ha ido a California, dice que no puede vivir más que en una comuna, ¿sabe usted?, eso de los hippies, ¿se lo

194

imagina?, que no aguanta la vida en casa, como si alguna vez le hubiese faltado algo en casa. ¡Para eso ha trabajado una toda la vida! Los hijos no traen más que disgustos. Usted no sabe lo que gana no tienen...

Ahora, la que tenía prisa en marcharse era la otra.

—No se preocupe, los chicos hoy son así, cuando se canse volverá.

—De todas formas, creo que ya no está usted para estos trotes, que debería dejarlo.

Tomó la cartera, en una mano, se notaba el bulto del termo en ella, y el paraguas en la otra. Además, se había puesto una gorra.

—¿Y quién le pagaría a usted la pensión? Porque un retiro de policía no da para nada con esta maldita inflación. Vamos, Mr. Roth, usted lo que quería era continuar la partida hasta las tantas; no se preocupe, la seguiremos mañana, eso sí, sin dinero, ¿eh?, nada de dinero, que he visto terminar mal a demasiados por el maldito jugarse los cuartos. Menos mal que no llueve, aunque vamos a pagarlo mañana, cuando todo esto se evapore no va a haber quien respire. Buenas noches, que descanse.

Desde la escalera oyó cómo el otro echaba el cerrojo. Sonrió.

Iba como navegando en medio de aquella corriente, turbia y descompuesta, navegando a vela, no a motor, a vela, algunos se volvían a mirarla —«Lástima de una chica así, loca, esta Nueva York nos va a volver locos a todos»—, y eso que no hablaba, era sólo la expresión, serena, plácida, lo que la hacía extraña, distante, era una cabeza rota, ligeramente violácea, deslizándose por un río caótico de cabezas que huían de algo terrible e inminente.

La primera gota estalló a la altura de la Cincuenta y Uno, detrás de San Patricio, a Manuel ya no se le veía, se había perdido entre la multitud. Fue una pequeña bomba de agua que se estrelló contra el pavimento, una centésima de segundo antes de que un coche la aplastara. Y luego, sin intermedio, como si aquélla hubiese sido sólo la voz de marcha, el aguacero, como una legión bien formada que acomete lanza en ristre desde las alturas, entre el tambor del trueno. Un primer movimiento de pánico, un enjambre de gritos femeninos, un correr desorientado, hasta darse cuenta de que no hay dónde meterse, de que todo es inútil, los escasos portales están ya ocupados y no hay escape, hay que dejarse alancear a pecho descubierto, pues tampoco está mal, el agua es caliente, dulzona, como gaseosa fuera de la nevera, pero se quiere más, algunos se quitan la chaqueta, ellas chillan ahora como en celo, las más desesperadas defienden el pelo con el bolso, con un periódico abierto, pero pronto se ve que también es inútil, el papel se convierte en una oblea pringosa, y lo tiran con asco, «Es igual, mañana me levanto una hora antes y me lo lavo, de todas formas tenía que lavármelo, aunque hubiese preferido esperar al viernes», pero el ritmo de los pasos se ha refrenado, como el de la lluvia, que cae ya sin aquella furia inicial, es ya más monótona, más tranquila, como las caras, que han perdido la ferocidad, el desespero de antes, de repente, nadie parece tener prisa y ella ya no es una extraña en la gran marea, ella es una más, empapada, sonriente, que no sabe por dónde tirar en el cruce con la Cuarenta y Dos. «Sigo por Madison, me gusta la Madison, en realidad, me gustan todas, pero la Madison es especial, la Madison es mi avenida favorita, dijo que la otra librería estaba en la Madison, y la otra en la Quinta, tal vez le vea algún día, de vez en cuando, con verle de vez en cuando me llega, no es necesario verle todos los días, aunque podía verle de lejos todos los días, desde fuera, sin hablarle, verle simplemente, sin que él me viera, y de vez en cuando hablarle, eso no es adicción, ¿por qué tiene que ser adicción verte todos los días?, ¿es adicción?, bueno, en cualquier caso, bueno saber que está en Nueva York, entre los nueve

millones de Nueva York, ¡nueve millones!, más que todo
New Hampshire, como si metieran a todos los de New
Hampshire juntos, me gusta la gente junta, me gusta sen-
tirme acompañada de gente, y la lluvia, ¿por qué odiarán
la lluvia?, ¿qué dijo de la lluvia?, que se estaba tan bien
dentro oyéndola fuera, y fuera, también fuera se está bien,
ya no llueve tanto, o a lo mejor, sí, lo que pasa es que nos
hemos acostumbrado, lo malo es que nos acostumbramos
siempre a todo, o lo bueno, qué gracia, hablo como él, es
imposible no hablar como él, ¿dónde lo habrá aprendido?,
¿o no lo habrá aprendido?, esas cosas no se aprenden.»
Se veían los primeros preparados para el caso, las primeras
gabardinas de plástico, los primeros chanclos, horribles, pero
efectivos, lo único efectivo contra el suelo de Manhattan,
traidor, cubierto de trampas acuáticas, uno creía que allí
cubriría apenas la suela y se hundía hasta el tobillo, en
Union Square habían surgido ya los vendedores de paraguas
en las aceras —«¡Un, un, un dólar! ¡Sólo un dólar!»—,
y la gente los compraba como salchichas —«¿Me durará
hasta casa?» «Según, si no vive en Tejas»—, hasta reían,
no había duda, la lluvia había hecho a Nueva York más
blando, más débil, más indefenso, se había comido alguna
de sus aristas y la gente ya no se enfurecía por el simple
roce del brazo, de la palabra, de la mirada, aceptaba el
destino con resignación, qué le vamos a hacer —«¿Cuánto
retraso dice que lleva el tren de Long Island?» «Hora y
media, lo acaban de dar por radio.» «Entonces no me doy
prisa.» «¿Sabe si la línea de Brooklyn funciona en orden?»
«Creo que ha habido inundaciones en los túneles»—. Hasta
los conductores, cansados de dar bocinazos, se lo tomaban
con filosofía, el tráfico estaba completamente paralizado y
muchos viajeros se bajaban de los taxis que habían conseguido casi a bofetadas, al convencerse de que andando llegarían antes, a más de que la lluvia cesaba, era ya sólo un
polvillo de agua indeciso, tal vez la preparación de la

próxima acometida, las nubes volvían a hincharse en el cielo aunque no se veía bien, era de repente noche y habían encendido las farolas.

Tiró por Broadway, la única avenida que rompía la simetría de aquel trazado de calles perpendiculares, tiradas a escuadra. Broadway las cruzaba en diagonal, como una espada que busca segura las entrañas. La pequeña isla, el edificio rojo, la cómica escultura, el Hotel Valencia, groovy encontrarse otra vez en casa, volver a ver caras conocidas, aunque no se las conozca, es igual, conocidas, todos nos conocemos, en Saint Marks Place todos nos conocemos, todos somos de la misma familia, todos hermanos, aunque ni siquiera sepamos los nombres, qué más da, todos hemos venido aquí en busca de eso, de los hermanos, de la familia, de la verdadera familia, ésta es mi verdadera familia —¡Uaaa!, ¡el qué tengo hambre yo!—. Claro, la pizzería, hay que ver cómo huele la pizza, y cómo sabe, siempre me quemaba la boca, nunca podía resistir, esperar, el queso derretido, el tomate bien jugoso, la pasta curruscante, nunca podía resistir, ¿cuánto?, «25 centavos», yeah, pero si no tengo nada, quedó todo en el bolso, ¡anda!, ¡el saco!, ¿y qué hago?, se abre a las nueve, deben ser ya —«Favor, ¿la hora?» «Ocho y media»—. Me daría tiempo, pero no tengo la llave, se quedó también en el bolso, claro que podría reclamarlo, podría decir lo que tiene dentro, seguro que si lo reclamo, allí tiene que haber una central..., ¿pero y si...? No, no, mejor que no, mejor no correr riesgos, aunque no creo que lo hayan denunciado, les conozco, el tarado es un cobarde, ¿y ella?, ella puede, pero no, no, lo mejor es que no vaya, al fin y al cabo, para lo que me servía, Manuel tiene razón, las cosas sólo sirven de estorbo, aunque lo sentiré por el saco de dormir, el saco de dormir sí que podía servirme.

No se aproximó al mostrador. Al mostrador, que daba a la calle, se aproximaban sólo los clientes. Se quedó merodeando por los alrededores, con dos o tres más, que la miraron desconfiados, midiendo sus fuerzas. El juego era muy simple: muchos de los que compraban no querían el borde, masa sólo, sin queso ni tomate, y lo tiraban a un bidón de plástico puesto en la acera a propósito. Era el momento que aprovechaban los hambrones para abalanzarse sobre el resto y comerlo. Había, de todas formas, un orden, una especie de cola, el que llegaba el último tenía que esperar su turno, a que los de delante se hartasen, cada uno comía tres o cuatro restos, dependía del hambre y del trozo que dejaran, había quien apuraba hasta lo último, otros, en cambio, lo dejaban bien ancho, con tomate y todo.

Era ya la segunda, sólo la quedaba delante un tipo ascético, que llevaba ingeridos cinco trozos, cuando la exclamación la detuvo.

—¡Mira quién está aquí! ¿Qué haces tú aquí?

No se había fijado en ellos, no se fijaba en los clientes, que iban y venían, se fijaba sólo en los hambrones, que se quedaban, que la vigilaban, que se vigilaban mutuamente.

—¿No te acuerdas de mí? ¡Sí, hombre!, la otra noche en el sótano. ¡Hey! ¿Qué te ha pasado en la cabeza? Éste es Alambre —indicaba a un negro como un fideo, de risa contagiosa, que parecía bailar en vez de moverse—. Jai, baby —a punto de descoyuntarse en cada movimiento. Él era todo lo contrario, rechoncho, de pelo ensortijado, rojizo, enormes patillas y nariz rota.

—¡Sí, hombre, el de California! —como si fueran amigos de toda la vida.

—¡Eso es! ¡El de California! Aunque ahora no estoy en California. ¿Ves cómo te acuerdas? ¿Qué haces por aquí, lamponeando?, un momento, eh, Alambre, dale un trozo, y yo le daré otro, lástima, estoy seco, los últimos ochavos, esta lluvia, sabes, la maldita lluvia, con lluvia no hay forma de hacer una perra, ¡pluf! —escupió—, menos mal que ya ha pasado.

Mientras tanto, la observaba como un tratante de caballos observa a una yegua joven, con mirada experta, tasadora, completamenute distinta a la de Alambre, que daba vueltas a su alrededor y ·la hacía extraños guiños con los ojos. Debió quedar satisfecho.

—¿Te vienes?

—¿A dónde?

—Por ahí.

Por ahí eran las callejuelas más abajo de Saint Marks, pasada la Segunda, la Primera Avenida, las continuaciones, tan llenas de cascotes y basuras que, pese a mantenerse el trazado original, ya no parecían perpendiculares, sino torcidas, laberínticas.

—Buena la pizza —ella iba de estupendo humor, se le veía, como el negro, que no hacía más que mirársela, aunque sin atreverse a más. Al otro, en cambio, se le había pasado aquella primera efusión. Llevaba las manos en los bolsillos y pateaba con fuerza las latas que iba encontrándose al paso. Alguna iba a dar contra un coche con ruido de mil demonios.

—¿Entonces no tienes ni cinco?

Ella se disculpó.

—Ni cinco.

—¿Y Pulga, sabes si Pulga tiene?

—No creo, ¿por qué?

—Necesito unos pavos, con diez pavos puedo abrir de nuevo el negocio. ¡Y vaya negocio! ¿No lo has visto? El Village está lleno de imbéciles que vienen a cargarse, se les puede vender cualquier cosa, aunque el negocio bueno sólo funciona a base de garantía, los clientes vienen donde hay garantía, y pagan lo que sea, a los esperpentos no puede engañárseles, les engañas una vez, pero luego no vuelven, oye, tú, deja de moverte, le pones a uno nervioso. Entonces no sabes dónde hacerse con cinco pavos, con cinco pavos bastaban.

Al abrir el puño, su mano dejó ver algo blanco. Era una simple tableta, o mejor, un terrón.

—¿Qué es? —la luz era escasa.

—¡Qué va a ser! Ácido. La única que me queda. Con esto no se puede empezar un negocio, aquí hay todo el negocio que quieras, vamos a tener que pelar a alguien.

—¿Ácido? —excitada, curiosa.

Al fin se fijaba en ella.

—Ácido, sí, ¿es que nunca has probado ácido?

—No.

La miró con cierta sospecha.

—¿En qué estás?

—En hierba, en cizaña quise decir.

La alejó de un manotazo.

—¡Buf! Eso está bien para los párvulos. Tienes que probarlo, no lo vas a creer. Te daré la mitad, vamos a ese portal.

Alambre les seguía sandunguero, incluso había convertido la frase en estribillo de canción.

—Vamos a ese portal, vamos a ese portal.

El pedazo tenía talento para la música.

—Ése.

No hacía falta señalarle. Era la única persona en la callejuela mal iluminada. A los otros dos se les había disipado como por encanto, la excitación. Alambre tragaba saliva.

—Es un viejo, ¿tú crees que tiene...?

Le hizo callar con la mirada, antes de dirigirse a ella, entre los dos, confusa.

—¿Te acuerdas bien de lo que te he dicho? ¡Venga!

No le dio tiempo a reponerse, de un empujón la echó a la luz, estaban refugiados en las sombras espesas de un porche muy metido, con alero.

Al divisarla, relentó un poco el paso, pero luego, cuando la vio avanzar sola, vacilante, reanudó su marcha, que era pausada, regular, la zancada del hombre que ha tenido que andar mucho por obligación.

—¿Tiene... tiene diez centavos?

El espectáculo de una muchacha con un costurón en la cabeza y un ojo morado pidiendo limosna no pareció agradarle lo más mínimo.

—¿Qué haces tú por aquí a estas horas?

La expresión de disculpa no era fingida.

—Ya sabe.

—No, no sé, criatura, ¿no sabes que puede pasarte cualquier cosa? Sois unas insensatas. Vamos a ver, ¿dónde vives? ¡Eh! ¡¡Qué demo...!!

Estaba sorprendido, pero no asustado. Y la apuntaba a ella con gesto de reproche.

—¿Entonces...?

Esta vez, Rocky no le había cogido por detrás, se había quedado a un lado, Alambre estaba al otro, con la cuchilla.

—Ni un movimiento, un movimiento y lo ahuecamos —intentó arrebatarle la cartera.

Pero el tío ya se había repuesto de la sorpresa. Su mano subió como una catapulta y el proyectil negro le dio de lleno en la cara, haciéndole retroceder unos pasos, ciego. Alambre temblaba como una vara, le castañeteaban los dientes y se veía que iba a echar a correr de un momento a otro, en cuanto el miedo le dejase. De un golpe seco en la muñeca le hizo caer la cuchilla para echarle mano al cuello: —¡Conque atracando a la gente, eh sinvergüenzas!— estaba rojo, cabreadísimo, la furia casi no le dejaba hablar—. ¡Vagos! ¡Granujas! —le zarandeaba como a una caña el temporal—. Y tú no te vayas, que también tengo para ti, golfanta.

Fue un error, una serie de errores, mejor dicho, una serie de olvidos fatales, olvidarse del otro, olvidarse de la cuchilla tirada en el suelo, olvidarse de que sólo tenía dos manos, olvidarse de, ¡ahaaa! cuando quiso soltarle, volverse, hacerle frente, defenderse, ya era tarde, demasiado tarde, la tenía en el costado, la había debido entrar debajo justo de las costillas, hacia arriba, porque no encontró resistencia, fue un golpe limpio, dado con la izquierda, ni siquiera sacó la hoja, que quedó incrustada hasta el mango, que le inmovilizó por un momento, eterno, quiso volverse, no llegó a hacerlo, quedó detenido en la mitad, a su altura, todavía la miró con ojos sorprendidos, sin entender nada, unos ojos azules, pequeños, vivísimos, que de repente se tornaron vidriosos, se rompieron en mil fragmentos, como el parabrisas de un coche al astillarse.

El golpe del cuerpo contra el asfalto pareció resonar en toda la calle, quedó en medio de los tres, inmóviles, rebotándose las miradas, clavados al suelo, hasta que el grito, el aullido, los hizo salir cada uno por su lado, como estrías de una bala que choca contra la pared. Hasta doblar la esquina no se dio cuenta de que la que gritaba era ella misma.

VII

—Éste es el cuarto de Joli.

Grande, lleno de perros, pintados en las paredes, los armarios, las sillas, perros de todas clases: daneses, lobos, chi-
nos, perdigueros, lulús, saltando, brincando, haciendo ca-
briolas. Habían entrado de puntillas, como cuando se teme
despertar a un enfermo grave, pero Joli ya estaba despierto. Abrió un ojo, sólo un ojo, entre molesto y aburrido.
¿Qué hace aquí esta pareja?

—¿Cómo estás, Joli?

Un gesto vago para perder todo interés, el párpado vuelve
a cerrarse, entierra la cabecita entre las sábanas y las igno-
ra. Pero Miss Schaefer está ya abriendo la ventana, que
precipita sobre la habitación un torrente de luz difusa,
entreverada —«¡Arriba, holgazán!»—, de broma, naturalmente, y a ella, como disculpándole: —Anoche se acostó
tarde. Estuvo en la party de los Leary.

Sobre la silla, arrugado, el pequeño smoking. En el suelo,
la pajarita.

—¿Quiere colgarlos en el armario? —apunta hacia la
izquierda, donde una puerta corredera deja ver un guardarropa completo. Cuelga el smoking en el minúsculo col-
gador y se queda sin saber qué hacer con la corbata. Sin
saber qué hacer con ella misma.

—Póngala en la cómoda.

Resulta que aquella especie de pirámide escalonada, donde
también sería posible subir y bajar, es una cómoda.

—Bueno te pusiste ayer de helado, ¿eh, golosón? —está
contemplando la camisa plisada al trasluz—. Seguro que
te estropeaste el estómago. ¡A ver si hay que purgarte!

Joli las mira con fastidio. ¿Me dejáis dormir o no?, parecen decir sus ojos hastiados.

—¿Le dejamos dormir, Pat? —no ha perdido la sonrisa distante, ausente.

—No, no, de ninguna manera —Miss Schaefer, en cambio, es la imagen misma de la actividad, de la eficacia—, tiene que estar bañado cuando Mrs. Green le llame —mira el reloj—. ¡Dios mío!, si son ya las ocho y media.

—¡Arriba, jovencito!

Se da la vuelta ostentosamente. ¡Menudo pájaro!

—Hágale cosquillas. Tiene muchas.

Efectivamente, tiene muchas y se encoge como una pelota al avance de los dedos, hasta que no puede resistir más y se tira de la cama. Allí, empieza a desperezarse. Está precioso en su pijama de seda azul con escudo bordado sobre el bolsillo.

—¿Ésa es la puerta del baño? —señala la del fondo, recubierta con un espejo.

—Sí, pero antes tiene que hacer la gimnasia. El manual está sobre la mesilla.

Un libro enorme, todo ilustraciones, apenas texto. Flexión de piernas, inspirar, expirar. Flexión de manos, inspirar, expirar. Flexión de cuello, inspirar, expirar. Saltos, carrera, dos vueltas al cuarto que hay que hacer con él, correr, ¿por qué no sigues?, ¿no te gusta correr? No hay nada mejor que correr.

correr, correr, correr, correr, desaparecer, correr, correr, torcer, caer, correr, correr, correr sin volver, volver a torcer, correr, no volver, sobre todo no volver, no volver a ver, correr, correr, correr, correr sin saber, correr, sólo correr, correr hasta no poder, correr, correr, correr, correr, correr, correr sin ver, correr sin poder, volver a caer, correr, correr, correr, no saber, no conocer, sólo correr, de nuevo caer, correr, caer, correr, caer, caer, caer, no poder, caer.

El espejo la devuelve una figura extraña, lejana, que mete miedo. Aprieta a Joli contra el pecho y aparta los ojos hasta que el movimiento de la puerta se la lleva. Un bañoconcha, coqueto, minúsculo, grifos dorados, que dejan salir un agua tibia, ya perfumada, es toda la habitación la que huele así, pero antes Joli se dirige muy digno a su rincón, ¡la solución es fantástica!, un árbol con tronco, ramas, hojas, todo, todo de plástico, tierra abajo, donde sale el canalillo, la tierra es legítima, auténtica —«De la casa de Long Island»—. En esto Joli es categórico: no acepta tierra de Manhattan. Miss Schaefer también es fantástica al explicar. Tan clara, tan categórica. Los deja solos.

no pensar, dejar de pensar, acabar, acabar de una vez, borrar, olvidar, dormir, sobre todo dormir, y salir, morir, debe ser hermoso morir, no volver, ir sin volver, pasar, no volver a ver, no volver a oír, no volver a ser, dejar de ser, marchar, no notar, acabar, no sentir, no jadear, no respirar, descansar, terminar, terminar, terminar de una vez, dejar atrás, no andar, no hablar, no recordar, no despertar.

Comienza el baño. No fácil. Joli se resiste, le aplica una llave que aprendió con Tim y le inmoviliza. La mira asombrada —«¿Cómo se atreve ésta...?»—, pero cede al momento. La voz de Miss Schaefer llega atemperada por la distancia, las paredes, el ruido del agua al caer.

—¿Qué pasa?

—Jugamos.

—Nada de mimos. A la señora no la gustan los perros malcriados. Les quiere serios.

Se pone seria. Le enjabona, frota, enjuaga, seca, seca.

—¿Le visto?

Había abierto la ventana y devuelto el libro de gimnasia a su sitio. Una alemana ordenada ésta Miss Schaefer.

—No. ¿Está bien seco? Déle un poco con el secador y póngale luego la bata. A la señora no le gusta verle desnudo —mira el reloj en su muñeca—. Debe haberse despertado ya.

despertar, ¿para qué despertar?, mejor no despertar, seguir así, sin ver, sin oír, sin sentir, sobre todo no sentir, cerra-

206

da, encerrada, ¡qué delicia estar encerrada!, sin que nadie te vea, te oiga, te sienta, pero es imposible, ya oigo, no veo, pero oigo, estoy despierta, aunque no quiero, quiero quedarme encerrada, ¿para qué salir?, no quiero salir, ¿qué estaba soñando?, cómico, si abro los ojos me despierto, se me olvida, se me borra, siempre se me borra, no quiero abrir los ojos, no malo ser ciego, siempre para uno, mirar sólo para uno, ¿por qué me gustaba tanto y ahora nada?, ¿por qué soñé con ello?, hacía mucho que no soñaba con ello, primero soñaba casi todos los días, pero luego casi nunca, nunca, ¿por qué lo cogí?, era demasiado fácil, estaba allí, delante de la casa, el tarado había dejado las llaves, aunque entonces aún no era el tarado, ¿dónde estaba el tarado?, dentro, estaba dentro, pero, ¿por qué dejó las llaves?, ¿por qué me lo advirtió?, «Pat, ten cuidado con el coche, he dejado las llaves en el encendido», ¿por qué?, ¿por qué no me dejó tranquila en el jardín?, ¿por qué no me deja nunca tranquila?, ¿por qué no me dejó seguir jugando en el jardín?, lo único que quiero es seguir jugando, seguir siendo pequeña, no saber nada, no entender nada, ¿por qué me vienen siempre con sus cosas? ¡No quiero saber nada de sus cosas!, ¿por qué no me dejan así, con los ojos cerrados, con mis cosas, en el jardín, jugando en el jardín?, ¿por qué dejó el coche allí, con la llave puesta?, ¿no sabía que me gustaban los coches?, ¡claro que lo sabía!, ¿por qué no me gustan ya los coches?, ¿no sabía que no podría resistir?, abrir la puerta, sentarse, correr el asiento hacia delante, de mentira, como todo, para hacer que hacía, para jugar, es todo tan fácil, como cuando me sentaba en sus rodillas y él conducía, y yo conducía, los dos conducíamos, juntos, tan fácil, una curva a la derecha, el volante gira suavemente. «¿Ves?, con sólo tocarlo.» «Ahora a la izquierda.» «Así, no tan de prisa, hay que quitar velocidad en las curvas.» «Vamos a adelantar a ése, ¡uff!, miseria, tiene un modelo 54, una tortuga, ¿te gusta?» Sí, sí, es tan fácil, ha sido todo tan fácil, girar la llave, salir, suavemente, sin notarlo, sin hacer ningún esfuerzo, sólo una leve presión del pie, y las manos, sólo tocar, a la derecha, a la izquierda, adelante, siempre adelante, casas, calles, carros, carteles, cabinas, cabezas, caras, caras, caras, no cuerpos, los cuerpos no se ven, caras, carreteras, campo, ¡¿pero ya estamos aquí?! —BOSTON - NEW YORK—, ¿me meto o no me meto? No hay tiempo para decidir, ya estoy allí, ahí, aquí, en la curva. «Al principio de la curva, levanta siempre el pie del acelerador, en la curva hay que quitar velocidad», no puedo levan, tengo el pie agarra, no qui, el ruido, el golpe no me importa, el ruido, lo que no puedo resistir es el ruido, la plancha al arrugarse, pero, ¿por qué no me pegó?, ¿por qué no me pegaron?, ¿por qué no me dijeron nada?, ¿por qué estaban allí los dos, al lado de la cama, esperando a que abriese los ojos?, los sentía, uno a cada lado, sin hablarse, sentía sus miradas, pero no quería abrir los ojos, no quería verles, ¿por qué no me pegaban de una vez?, ¿por qué al menos no me reñían, para que acabase todo?, ¿por qué estaban allí como si ellos tuviesen toda la culpa, como si la culpa fuese de ellos, sin dejar nada para mí?, ¿por qué?

Estaba poniéndole la bata, no era fácil, cuando sonó el timbre. Era un timbre normal, pero la conmoción fue enorme.

—La señora llama. Quiere ver a Joli. ¿Está listo?

Se lo mostró ya enfundado en su bata gris, de tela escocesa, que hacía juego con su pelo cano. No era joven, lo menos ocho años, pero se conservaba bien, se conservaba estupendamente.

—La última cosa —Miss Schaefer se había detenido en la puerta del cuarto—. No le llame nunca perro delante de la señora.

pero qué gusto también abrir los ojos, dejar atrás el sueño, la noche, la pesadilla, porque era una pesadilla, y ver todo igual, ver que nada se ha movido, que nada ha cambiado, que todo sigue exactamente como ayer, como anteayer, las casas, las calles, los hombres, los barcos, yo, yo tampoco he cambiado, qué alivio, ¿había ayer barcos?, ¡seguro!, ¿cómo no iba a haberlos?, ¡tenía que haberlos!, es bonito ver pasar barcos, se deslizan, no como los coches, tan nerviosos, tan inestables, los barcos andan mucho más tranquilos, como si no tuvieran prisa, como si nadie los persiguiese, a los coches parece que siempre alguien los persigue, no me gustan los coches, los barcos son otra cosa, ¿de qué país será aquél?, no se le ve bien el nombre, pero la bandera, la bandera no es americana, roja, verde, amarilla, quién sabe, de Asia, o de África, me gustaría poder marcharme en él, ¿por qué las mujeres no podemos ser marineras?, debe ser bonito marchar, uno, dos, tres días en un sitio, y marchar, adiós, adiós, seguro que no me ven, es difícil, además, estarán ocupados, tienen que prepararlo todo, sabe Dios a dónde irán, a lo mejor a Noruega, el abuelo era noruego, ¿por qué se vendría? Noruega debe ser un país bonito, tengo que ir algún día, allí viene otro, aquél es más grande, de pasajeros, pero éste no se va, viene, no me gusta venir, me gusta salir, marchar, por lo menos ver marchar, voy a sentarme en aquel otro banco, desde allí podré verlos mejor, está mojado, es igual, todos están mojados, yo estoy mojada, aquella debe de ser la Estatua de la Libertad, curioso, creí que era más alta, tiene que ser más alta, su nariz es tan grande como un hombre, lo vi en una foto, no lo parece, pero lo es, lo que pasa es que no vemos bien, que nos equivocamos, que no vemos, yo veo más con los ojos cerrados que abiertos, pero ahora no quiero cerrarlos, quiero ver muchas cosas, sentarme y ver pasar barcos, pero también hombres, coches, bicicletas, sentarme y no hacer otra cosa que ver pasar.

Pasillos interminables, complicados, de vez en cuando se tropiezan con alguien que las hace paso deferencial y sonríe a Joli. La señora está en la cama, sentada, la colcha, de raso, cubierta de periódicos. Tira el *Wall Street Journal* para reclamar imperiosa, con los dos brazos extendidos, el montoncito de huesos, carne, franela que no hace más que agitarse desde que cruzaron la puerta. Se lo entrega y le cubre de besos, sus gafas, de media lentilla, para leer sólo, adoptan una posición estrambótica hasta perder el equilibrio y caer —¿cuarenta, cincuenta, sesenta, rubia, morena?—, Miss Schaefer y ella son espectadoras olvidadas de aquella conversación sobre la party de anoche, en la que una se pierde pronto entre el laberinto de nombres, ¿personas, perros? «¿Qué te pareció Li? Una facha, ¿verdad? El que estaba precioso era Al, claro que no podía competir con Su Alteza. Lo de Su Alteza fue sensacional, ¿te fijaste en la cara de envidia de Eli? Esto no me lo perdona mientras viva. Lástima que sea verano y esté toda la gente fuera; con Su Alteza...»

Tenía una voz ronca, cascada, que se quebraba de vez en cuando en graznidos.

¿habrá servido a alguien de almohada?, lo parece, está doblado lo menos ocho veces, pero no debe ser agradable dormir con un periódico de almohada, prefiero el brazo, el brazo es más blando, más caliente, más tuyo, ¿había alguien durmiendo en este banco? Posible, no le vi, de noche no se ve nada, de noche no puede hacerse nada, no me gusta la noche, no puedo aguantar la noche, ¿cómo es posible que antes me gustara la noche?, también antes me gustaban los coches, curioso, coche, noche, no me gustan, pero, ¿había alguien durmiendo en el banco?, ¿de cuándo es el periódico?

Le toca ahora el turno a ella, la inspección es a fondo, una señora —¿cuarenta, cincuenta, sesenta años, rubia, morena? — en el cajón de gasas de una cama con baldaquín, que ha encendido un cigarrillo para verla mejor a través del humo. Parece sólo medianamente satisfecha. Pero lo que la entusiasma es su avío.

—¡Los jóvenes hoy sois terroríficos! Me tendrás que decir dónde compraste tus blue-jeans —baja la voz—. Te prometo no decírselo a nadie.

¿dónde compre los blue-jeans? Menos mal que no dura, menos mal que parece también olvidarse, está en un tema más serio. Seria.

—Habrás visto que Joli es un ser —recalcaba lo de ser— muy sensible. ¿Sabrás cuidarle?

—Ahá. En casa era la encargada de cuidar a Tim y...

La detiene con un gesto.

—¡Tim! —escandalizada—. ¿Cómo es posible poner esos nombres a las criaturas? Así salen ellos. ¿Verdad, Joli?

¡Tim!, ¿te figuras?

Joli sabe hacer también gestos de asco.

Anuncios, Anuncios por palabras, Casas, Queens, Brooklyn, Bronx, Gran oportunidad, ¡la de casas que se venden en Nueva York!, Apartamentos Amueblados, Sin amueblar, Coches, «En Nueva York, quien vende coches es el *New York Times*», vaya, esto está bien, haciéndose la propaganda a sí mismo, Equipos médicos, Pianos, Órganos, ¿quién querrá hoy un órgano?, Joyas, Muebles, Aire acondicionado, Se busca ayuda, ¿quién busca ayuda? «¿Te gustan los poodles?», claro que me gustan los poodles, «¿Quieres dedicar tu cariño al más precioso, al más inteligente poodle del mundo? Telefonea a...», un poodle, como Tim, ¿será tan inteligente como Tim? Imposible, ¿por qué tuvo que morir Tim?, ¿por qué...? ¡No! Pero, ¿qué dice? «¿Quieres dedicar tu cariño al más precioso, al más inteligente...?», ¿por qué no? «Telefonear a...», pero no tengo diez centavos, un momento, ¿no nos habíamos repartido los treinta y cinco?, ¿dónde

211

lo puse?, ¡mira que si lo he perdido!, no, está aquí, qué
suerte, ¿suerte...? ¿Dónde hay una cabina?

—¿Le traemos el desayuno, señora?

Miss Schaefer ha vuelto con un manojo de cartas, ya se-
leccionadas. Le entrega el montón más pequeño, quedándose con el resto. Ella se ha puesto de nuevo las gafas.

—Sí, pueden traérnoslo ya.

¿Y ella, qué hace, se va, se queda? Se queda, tampoco se
está mal allí, entre tantas cortinas, entre tantas paredes.
Perdida. Olvidada.

—¿Quieres ponerle la mesita a Joli? Está con la mía, en
el armario de la izquierda.

No son mesitas, son tableros. Coge los dos y le entrega el
mayor para montar el de Joli, que se ha metido en la
cama y espera serio la operación. Resulta fácil porque el
tablero tiene dos patas abatibles para apoyarse a ambos
lados. María llega con las dos bandejas, por completo repletas, una en cada mano, la cofia se le ha torcido un tanto,
sus buenos días tienen ese sabor horrible, caliente, de los
hispanos.

—Buenos días, señora —Señora ya lo dice en español.

—Buenos días, María.

Observa crítica las bandejas, idénticas, sólo una la mitad
de la otra. Cuando se convence de que nada se ha olvidado, empieza, pero antes tiene que reñir a Joli. Cariñosamente, eso sí.

—No, no, la mermelada después, golosón. Primero el jugo
de naranja, que tiene muchas vitaminas.

Sonó dos veces antes de que contestaran, ¿habré llamado
demasiado pronto?

—¿Hallo?

Fue algo angustioso, no le salían las palabras, como si se
hubiese olvidado de hablar durante la noche.

La voz insistía.

—¿Hallo? ¿Quién habla?

Era una voz dura, femenina, con acento; una voz europea, del norte, suiza, alemana, danesa. Al fin.

—Pat, Pat Hulton, llamo por el anuncio.

—¿Por el anuncio? —con alivio—. ¿En el *Times*? Finalmente. Ya creí que no llamaba nadie. ¿De verdad que está interesada?

—Sí, yo...

—Véngase, véngase inmediatamente, Pat. Yo soy Miss Schaefer, la secretaria de Mrs. Green. Las señas son: Quinta Avenida, 11160, le gustará la casa, está frente al Central Park, y Joli, estoy segura, es un encanto, coja un taxi, Quinta Avenida, 11160, no lo olvide.

—Es que...

—¿No irá a echarse atrás?

—No, no; pero, sabe, no tengo dinero.

—¡Ah!, es eso —con alivio—. No se preocupe, ya pagará al taxista el portero, se lo advertiré. Pero no se entretenga, le gustará.

Al salir de la cabina se dio cuenta de los grandes charcos, de las hojas rotas en el suelo, del aire pegajoso, de los primeros rayos de un sol destemplado, calenturiento, de los primeros turistas, en mangas de camisa y con cámara en bandolera, dispuestos a acribillarlo todo, incluida ella, para pedir luego disculpas con una sonrisa.

El teléfono está encima de la mesita, una mesita blanca, con bordes dorados y patas torcidas, como el resto de los muebles, pero es Miss Schaefer quien lo descuelga.

—Mrs. Green —dice tapando el auricular—, Mr. Aitken.

Terminó el sorbo de café antes de cogerlo.

—¿Harold? —su voz había cambiado, ¿cómo es posible que pueda cambiar tanto una voz, hacerse tan imperiosa, acerada? El gesto, no, el gesto no cambia, es siempre el mismo, la piel apenas se mueve en torno a los ojos, junto a los labios—. ¿Has vendido las Poliball como te dije? Deja que bajen a 65 2/3 y vuelve a comprarlas —sus manos, lo terrible eran sus manos, unas manos sarmentosas, como garras, unas manos que no correspondían al resto del cuerpo, tal vez a la voz, pero no al resto del cuerpo, las manos revuelven entre los periódicos, no consiguen alcanzar uno, hace señas a Miss Schaefer para que se lo alargue, se lo alarga—. ¿Has leído lo que dice el *Washington Post*? En el Senado crece la oposición contra el aparato supersónico. Sería conveniente vender todo lo que tengamos de Boeing.

Hasta Joli había interrumpido su desayuno para escucharla.

—¿Que no crees que el presidente y el Congreso consientan que el Senado se los ponga por montera? Es posible, Harold, pero no me fío un pelo de los senadores, conozco demasiado bien a esa pandilla de viejos filántropos con el dinero de los demás, ¿te has olvidado de que estuve casada con uno? Y me fío aún menos de los expertos de Bolsa. Vende, vende todas.

Se lo pasó a Miss Schaefer para que lo colgase y ya era otra, sólo preocupada por lo que Joli comía, hacía, decía, porque también decía cosas, muy pocas, eso sí, pero perfectas, con un gesto, con un ademán, incluso con un sonido, como esas personas que sólo saben media docena de palabras de un idioma pero las sueltan tan seguros que parece lo dominan, ¡fantástico!

La desilusionó, se veía en la forma de mirarla de la cabeza a los pies, la ceja izquierda un poco alzada sobre la montura de las gafas, posiblemente esperaba otra cosa, pero no hizo el menor comentario, se limitó a mover mecánicamente las mejillas y a decir: —¡Ah!, es usted, ¿ha dicho que se llamaba Pat, no?—. La afectuosidad por teléfono había desaparecido, también era cierto que no podía darse mayor contraste, ella con blue-jeans, blusa, sandalias, Miss Schaefer con traje sastre, medias, zapatos de medio tacón y ni un solo pelo fuera de su sitio, lo llevaba recogido atrás, en moño, sólo una cosa tenían en común, las dos eran guapas pero pretendían, cada una a su manera, disimularlo.

—Mrs. Green no está todavía levantada, ¿quiere venir a ver a Joli?

—Sí, claro —se miraba en el gran espejo con marco dorado del recibidor con extrañeza, como si no se reconociera.

—Mrs. Green...

Interrumpió la conversación con Joli, le estaba dando la galleta después de meterla en la leche, para mirarla molesta. Seguían las dos de pie, al extremo de la cama. Pero la alemanita no se arredraba así como así.

—Respecto al pago de Miss Holdum...

Cambió. Ya no era la gata vieja, haciendo arrumacos a su perrito, era la loba de antes al teléfono. Se puso las gafas para mirarla atentamente.

—¿Cuánto quiere ganar, jovencita?

Se encogió de hombros.

—Pero tendrás una idea. ¿No has cuidado antes perros? —por primera vez hablaba de perros.

—No.

—Bueno, si es la primera vez supongo que no pretenderás demasiado. ¿Qué te parece cuarenta a la semana?

—Okay.

La rapidez con que aceptó pareció hacerla arrepentirse de la cifra.

—Pero todo el día, ¿eh?

—Ahá.

—Y el domingo. Total, no da trabajo.

Miss Schaefer volvía a levantar la ceja. Iba ya a protestar cuando ella cedió. Ella no ofrecía resistencia a nada.

—Bueno.

—¿Ha dado ya su paseo, Miss Schaefer?

—No.

—Llamen a Sam, y que lo lleven. Usted quédese. Vamos a despachar la correspondencia. ¿Ha llegado el masajista? En cuanto llegue, que pase, le recibiré mientras dicto. Vamos un poco retrasadas. No se olvide —a ella—, a las doce y media, de vuelta. Y tenga mucho cuidado. Joli es muy sensible.

La despedida fue larga, como antes de un viaje trasatlántico. Mientras cerraba la puerta con la satisfecha pelotita en brazos, la oyó decir:

—Póngame con Su Alteza.

—No quiero verte por aquí, te lo he dicho mil veces.

El otro abría los brazos para explicar.

—Pero si no me ha visto nadie, subí en el ascensor de servicio. Además, ¿quién iba a reconocerme?

—Cualquiera. ¿Crees que la gente es tonta? Todos los tontos creéis que la gente es tonta.

El desprecio era lo más característico de su voz, podía notarlo cualquiera, aunque no entendiese aquel idioma eslavo en que hablaban. Casi le escupía las palabras. Y eran iguales: piel muy blanca, pelo muy negro y abundante, pómulos salientes, algo mongólico, sólo que uno era pequeño, insignificante, barbilampiño, mientras el otro era alto, robusto, imponente. Una mujer le estaba arreglando la barba cuadrada y el bigote a lo Káiser que completaban el espectáculo.

El bajo protestaba.

—Pero aunque encontraran algún parecido, ¿es que no puedes tener un hermano pequeño?, ¿o un pariente?

—Siempre has sido un idiota y te morirás siendo un idiota. El éxito de la operación se basa precisamente en que no haya ningún pariente. Un miembro de la familia real que se ha salvado de la masacre por casualidad, pero uno solo; en el momento que haya más, la fastidiamos.

El otro daba marcha atrás.

—Bueno, bueno, si tú lo dices.

El timbre del teléfono les alarmó. Se encargó de descolgarlo ella, todavía con la tijera en la mano.

—¿Diga? —la tensión de sus labios se disolvió en sonrisa—. Sí, diga Mrs. Green... Un momento, Su Alteza está despachando... No, no, no le molesta, usted nunca molesta, Mrs. Green.

—Entonces, Sam, ¿tú nunca has pensado en rebelarte?

—¿Yo? —la veía a través del espejo retrovisor—. ¡Qué bromas tiene la señorita!

—No son bromas. Sucede que un amigo afro dice que todos los de color se levantarán pronto.

—Los jóvenes hoy son muy impacientes, señorita —Sam conducía sin apenas tocar el volante, entre la baraúnda de coches y camiones que zumbaban por la autopista de Long Island. Muy alto, delgado, de pelo blanco, con bigote, las facciones regulares y abiertas, casi nobles, desentonaba en aquella casa, o no, se necesitaba alguien así, a igual distancia de Mrs. Green, de Miss Schaefer, de María, de ella, de todos. Había querido sentarse delante, a su lado, pero la rechazó suave, aunque enérgicamente—. Pero si por mí... —no la dejó terminar, le indicó a Joli, dormido en su regazo, el elemento se había dormido, o a lo mejor sólo lo fingía—. Es por él. —¡Ah, bueno!—. Se fue al asiento de detrás y ahora, para hablarle, tenía que echar el cuerpo hacia adelante. —Aunque no crea, señorita, también nosotros lo éramos, a nuestra manera, claro, nosotros con lo que soñábamos era con dejar el Sur, con venir al Norte, que cosa más fácil, ¿verdad? Pues ya ve, pocos lo hacían, no era que nos lo prohibieran, eran otras cosas, el miedo, el recelo, ¿qué nos esperaría en el Norte? Se contaban mil cosas del Norte, unas buenas, otras malas, no hablábamos más que del Norte, pero nadie se atrevía a venir. Por fin vino uno, luego otro, y otro, y otro, ahora, ya ve, estamos todos aquí, como antes allí, nada ha cambiado, nada cambia, creemos que cambia, pero no cambia.

Llevaban las ventanillas completamente cerradas, no llegaba el menor ruido, ni siquiera el del propio motor, que era un zumbido distante, el aire acondicionado convertía el interior del coche en una cámara fría, aséptica, un poco lúgubre. Joli, tal vez por la falta de brisa, empezó a ladrar. Ninguno de los dos le hizo caso y se calló.

—No cambia, si no queremos que cambie —hablaba apasionadamente, como si tratara de convencerse a sí misma de algo—. Si queremos que realmente cambie, cambiará.

Sam, esta vez, apartó los ojos de la pista ante ellos para volverse. Era difícil decir si se disculpaba o sonreía.

—No entiende de política, señorita. Tengo un buen puesto, ¿para qué complicarse la vida? El mundo está lleno de cosas que no comprendemos. ¿Por qué unos arriba y otros abajo? Pero siempre ha sido así, siempre será así. ¿Que es mejor estar arriba que abajo? Seguro, seguro, ¿quién no quiere estar arriba?, aunque luego ya ve cómo..., pero, ¿para qué hablar? En mi oficio, señorita, saber callar es tan importante como saber conducir, más importante.

Le salió de repente y pareció sorprenderla a ella misma.

—¿Mrs. Green está casada?

Sam no contestó hasta haber salido de la enorme, elegante curva que les sacaba de la autopista para meterles en una carretera normal, flanqueada de árboles, limpia, solitaria.

—¿La señora? Creo que en este momento, no.

Dejó pasar varios segundos antes de empuñar el aparato. Su voz en inglés era tan exótica, tan imponente como su facha.

—Buenos días, Mrs. Green. Sí, sí, perfectamente, supongo que usted también..., ¿cómo?... Un momento que pregunto a Cristina... —habló a ella, pero el vozarrón se colaba por todos los entresijos del pequeño cuarto—. ¿Tengo libre mañana por la noche? —con la cabeza la hacía señas afirmativas.

—Eeee... —ella, como si estuviera repasando algo—. Sí, Alteza, lo tiene libre.

Volvió a acercar el aparato a los labios.

—No tengo ningún compromiso urgente, Mrs. Green —lo que ahora ella le contaba debía ser largo, prolijo, que él seguía con una exclamación de cuando en cuando. Los otros dos observaban en silencio.

—Uhmm ..., ya ..., sí ..., no, mi coche todavía está en el garaje —hablaba con indignación súbita—, perdone, Mrs. Green, pero tienen ustedes unos mecánicos miserables, los coches son como los caballos, hay que tratarlos con cariño, si no se les trata con cariño, no se arreglan, ¡y aquí no se les trata con cariño! Al revés, parece que están deseando destrozarlos para tener uno nuevo. Es la última vez que llevo mi coche a un taller americano. Quería a ese coche como si fuese alguien de la familia, era parte de la familia, son demasiados años, quedamos demasiado pocos. ¡Y tener que morir así, en el patio trasero de un garaje de Long Island!

El tío hablaba un inglés indecente, pero echaba tanto énfasis a la cosa que era imposible no conmoverse.

—No, no, Mrs. Green, si no me desespero, pero son ya demasiadas cosas las que lleva uno perdidas, demasiadas cosas, todo, y a veces..., ¿pero de qué vale? En fin, ¿entonces pasará su chófer a recogerme mañana a las seis? De acuerdo. Beso su mano.

Sus labios se cerraron y abrieron para emitir un levísimo chasquido. Colgó.

—¿Tú crees que se lo traga?

El pequeño había elegido la única silla del cuarto. Él volvió a ocupar el sillón y se dejaba dar los últimos toques a la barba.

—No; es demasiado lista. Pero sus conocidos, sí. Alguno de sus conocidos está dispuesto a creer que soy el emperador de la China con tal de darse importancia luego.

Empuñó el pequeño espejo de mano para mirarse deteni-
damente. Pareció quedar satisfecho, aunque había un
pero.

—¿A qué hijo de perra se le habrá ocurrido poner las
barbas de moda? Antes, bastaba un buen bigote para que
te tomasen por algo especial. Hoy, hasta el cartero lo lleva
más grande que uno, ¡deberían prohibirlo!

Desde la carretera no se veía, estaba enterrada en la arbo-
leda y había que recorrer su buen cuarto de milla —Camino privado. Prohibido el paso— hasta llegar a ella, una
mansión tan blanca como si acabaran de terminarla, pero
no podía ser; todo, los árboles, las praderas, la misma
línea del edificio traslucía años, aunque estaba nuevo, impecable, sin gastar, sin usar, ella no contaba, había salido
y les esperaba en lo alto de la escalerita del porche, una
negra altísima, de edad indeterminada, vestida con un simple vestido de percal, que les hacía señas y sólo esperaba
que se acercasen para reñir.

—Que hoy me llegas tarde, Sam, que te me has entre-
tenido.

El acento era lento, espeso, cariñoso, de Mississippi o Ala-
bama. Sam no la hizo caso.

—Mi hermana —casi en tono de disculpa.

El coche crujió, por primera vez, al frenar sobre la gravilla
de la plazoleta enarenada frente a la mansión y, nada más
abrir la portezuela, Joli se coló de un salto para correr
hacia el césped, levantar su patita y comenzar luego a dar
volteretas, volviéndose después de cada una en espera de
un aplauso que no llegaba.

—Le gusta —se había quitado la gorra y la chaqueta azul
marino, con botones negros forrados—. Sólo aquí hace
pis —Sam decía hacer pis—. Una vez le llevé al Central
Park y no quiso ni salir del coche.

Pero alguien les metía prisa desde lo alto de la escali-
nata.

—La señora ha llamado. Que no os olvidéis de estar de vuelta a las doce y media.

Sam miró el reloj.

—Tenemos aún tiempo para que nos invites, Emma.

Se echó las manos a la cabeza.

—¡Ya lo sabía! ¡Ya lo sabía! ¿Pero es que no se come en Nueva York? ¿Quién es esta niña?

Contestó ella misma.

—Pat, soy Pat. Me encargo de Joli.

Emma, satisfecha, se dio la vuelta para encaminarse a la puerta.

—Entonces te veré todos los días. Tienes que decirme lo que te gusta para desayunar, porque tú también querrás desayunar, ¿verdad?

Si llega a decirle que no, le da un disgusto. Sam la guiñó el ojo y puso un dedo en los labios indicando silencio.

—Hablando de carteros, ¿quieres bajar a ver si ha llegado el correo? —se lo decía a la mujer, que arreglaba un poco el cuarto mientras ellos dos fumaban unos cigarrillos muy negros, apestosos.

Miró el reloj sobre la cómoda, desvencijada, como todos los muebles. Las once y media.

—No sé si habrá venido. Cada vez llega más tarde.

—Es igual, baja.

Por primera vez, le miró crítica. Era una mujer de media edad, cara huesuda, aunque no desagradable. De joven incluso debió ser atractiva, con aquellos ojos negros, inmensos, pero los años habían ajado prematuramente su piel y pronunciado la osamenta.

—Oye, con nosotros no tienes que hacer el papel de príncipe en el exilio.

Pero se encaminó hacia la puerta. Era un apartamento de una sola habitación, con cama plegable que se convertía en armario.

La cocina era enorme, altísima, tan blanca como el resto

de la casa. Olía a café, a tortas, a sirope. Fuera, se oía ladrar a Joli.

—Pero, ¿no te aburres aquí sola, Emma?

Ella no comía, les llenaba una y otra vez la taza, les hacía tostadas, les acercaba la mantequilla, la mermelada, pero no comía.

—¿Que si me aburro? ¡Qué ocurrencias tiene la niña! ¿Cómo voy a aburrirme? En esta casa siempre hay algo que hacer. Además, Sam viene sus días libres.

—Pero, ¿no tienes miedo?

—¿Miedo? Donde tengo miedo es en Nueva York. No sé cómo podéis vivir en Nueva York. Yo no podría.

Subió seleccionando ya las cartas.

—¿Algún donativo? —se estaba perfumando con el pulverizador. Luego, se dio un toque experto con una borla de polvos, para aumentar la blancura de sus mejillas. Ella seguía rasgando sobres. Le interesaban sólo aquellos dirigidos a Su Alteza Real.

—Por ahora, sólo facturas. Y alguien que quiere venderte un Rolls.

—Vamos a tener que lanzar pronto una emisión —se había puesto a pasear por el estrecho cuarto, sorteando muebles. Iba en pantalón y camisa y dejaba tras sí una estela perfumada.

—¿No es demasiado pronto? —el pequeñito se había quedado en la silla.

—¡Claro que es demasiado pronto! Pero no podemos resistir más. Mañana lanzaré la idea en la cena ésa donde quiere exhibirme.

—¿Qué excusa vas a dar?

—La tengo ya pensada. Los veinticinco años en el exilio. Puedes encargar los títulos con orlas negras —se detuvo—, no, orla es demasiado, ponle luto en una esquina. De caballero y comendador, como siempre.

—¿A cuánto?

—Quinientos y mil. La ceremonia podemos hacerla en el apartamento de la vieja. Hay sitio de sobra. Seguro que aceptará encantada.

—Lo peor es si te pide un título para el perro.

Sólo nombrarlo pareció ponerle de mal humor.

—¡El maldito chucho! No lo aguanto, ¿sabes que ahora le da por lamerme las manos?

El pequeño reía.

—¿Qué vas a hacer si te lo pide?

—¿Qué voy a hacer? Dárselo, naturalmente. Comendador de la Orden de los Canes.

La mujer abría la nevera para sacar pan, leche, unas latas ya abiertas, pero los otros dos seguían ensimismados en la conversación.

—Oye, ¿pues sabes que no sería mala idea esa Orden? A doscientos cincuenta y a quinientos. Los pagan, por los perros los pagan. ¡Con la de perros que hay en Nueva York!

Miss Schaefer les esperaba impaciente.

—Llegan tarde. La señora ha llamado varias veces.

Sam puso cara de circunstancias.

—El tráfico.

Vestirle duró una eternidad. Había que coordinar los movimientos en el cuarto de Joli y en el de la señora. Ambos tenían guardarropas gemelos, desde las capas de visón hasta las joyas, para poder salir haciendo juego, pero el problema era qué ponerse con aquel día tan raro, con calor, sí, pero también podía ponerse a llover, ¿quién se fía del tiempo en Nueva York?, el cielo volvía a cargarse de nubes, ¿qué dice la radio?, lo mejor sería un trajecito de tela de gabardina, aunque también se respira tan mal en ellos, nos ahogaríamos, no sé quién me manda quedarme en Nueva York en verano, es la última vez, en cuanto resuelva lo del solar, me marcho, un crucero, para los veranos no hay como un crucero, todo lo demás está imposible, bueno, ¿qué ha de-

cidido Miss Schaefer?, ¿traje sastre o vestido?, y ¿por qué
no unos pantalones?, esta alemana es inaguantable, si no
fuera porque, quien lo tiene bien es la otra, unos blue-jeans
y una blusa, solucionado, así cualquiera, quién fuera ella.
—¿Y luego a Filadelfia dices? Está a un paso. Convendría
marchar más lejos. En Filadelfia nos pueden pescar.
—¿Pescar? ¿Estás loco? ¿Crees que aunque sepan que es
falso van a descubrirlo ellos mismos? ¿Crees que la mayoría no saben que es falso?
El pequeño no se daba por vencido.
—Pero alguna vez tendríamos que intentar en la Costa
Oeste. Allí hay mucho dinero.
—¿California? No, no. Allí no hay más que hippies y
actores. Allí no hay el más mínimo refinamiento.
Lo grande es que hablaba muy en serio, muy firme, como
si estuviese completamente convencido de ello.
La decisión cayó en un avío exótico, tela de gabardina y
una especie de poncho hasta la cintura. Joli estaba hecho una monada, pero debía apretarle algo porque se negó a
dar un paso. Le habían puesto, además, sombrero negro, de
gaucho, para hacer juego con el de la señora. Pasaba ya
de la una y media cuando se metieron en el ascensor. Bob
charlaba abajo con el portero, tenía el coche aparcado en
doble fila, frente al edificio, y se puso inmediatamente al
volante, tras abrir la portezuela a la señora. Ésta se asomó
por la ventanilla para decirle todavía que si llamaba
Mr. Caleff, su abogado, le dijeran que estaría de vuelta
hacia las tres o, mejor, que la telefonease a Le Loire.
El manager en persona salió a recibirla, mientras dos camareros, chaquetilla de seda azul, se mantenían a discreta
distancia.
—¿Ha llegado ya Mrs. Bilge?
—Sí, está en su mesa.
Le señalaba un rincón discreto, apenas visible. La sala tenía
un aire de conspiración envuelta en la penumbra, con velas

en cada mesa, mozos como fantasmas acarreando viandas y comensales que hablaban con un susurro. Estaba decorada a lo medieval, lanzas, escudos en los muros de piedra, armaduras en los nichos y flores de lis: flores de lis por todas partes.

Se fue hacia la mesita del fondo, Joli había quedado en los brazos solícitos de la encargada del guardarropa.

—Perdón, querida, me he retrasado.

La otra estaba ya en su segundo martini, no le habían retirado el primero, vacío, y el cuarto o quinto cigarrillo. Era una mujer de edad indefinida, pelo rojizo y labios ávidos, con dos esmeraldas como avellanas en las orejas. El resto era opaco, desdibujado, o tal vez fuese aquella luz borrosa.

—No te preocupes.

—Voy a a ver si Joli queda bien instalado, una no puede fiarse. En seguida estoy de vuelta.

La del guardarropa la siguió, dando un discreto rodeo a la sala, hacia una puerta lateral que daba al pasillo. Desde allá hasta el pequeño cuarto sólo había un paso. Dentro, esperaba dispuesta una mesa exactamente igual a la del comedor, sólo que en miniatura. Pero con mantel, servilletas, velas, flor de lis, todo.

—¿Qué tienen hoy? —Mrs. Green le quitaba el sombrerito y aflojaba cinturones.

—Sopa de tropezones de pechuga y costilletas de cordero lechal. De postre, fresas con helado. ¿O prefiere tarta?

—No, no, que engorda. Las costilletas poco pasadas. Si se las asan mucho no las comería.

—No se preocupe, Mrs. Green —el camarero, con una inclinación.

La chica, una puertorriqueña abundante en carnes y mimos, se había vuelto a hacer cargo de él y repitió a su manera:

—No se preocupe, señorita.

El camarero era italiano. O tal vez griego.

Desde la puerta, Mrs. Green se volvió para tirarle un beso.

—Vendré a beber contigo la copa de champán.

Joli la vio marchar sin un gesto de emoción, con aquella mirada apática que le caracterizaba. La sopa ante él no parecía decirle nada. Ni tampoco que el camarero, pasado un tiempo prudencial, se la llevase. Como si lo esperara. Como si estuviesen cumpliendo un rito. El manotazo fue de reglamento. Se encogió y sus ojillos, antes apagados, comenzaron a brillar. De algún sitio había surgido una escudilla con unos huesos donde había muy poco que hacer. Se la puso delante.

—Venga, mamarracho, como no te lo comas todo, te deslomo.

La muchacha parecía un tanto alarmada.

—Un día va a chillar. Un día te descubre, nos descubre, y nos echan.

El otro estaba muy seguro de sí.

—¡Qué coño va a gritar! ¿Sabes lo que te digo? Para mí, el chucho es masoquista.

Para demostrarlo, le largó una patada. Joli no dijo ni pío. En cuanto se recompuso, continuó royendo.

Hizo en seguida buenas migas con Sara, ¿era posible no hacer buenas migas con Sara, la cocinera de carnes abundantes, siempre protestando por algo, lo que tardaban las muchachas en servir, que no hubiesen metido el pan en la nevera, que todo el mundo pusiese sus manazas en la puerta en vez de agarrar el tirador?, y se pasó la tarde en la cocina, tras un intento fallido en la habitación de Miss Schaefer, el único con personalidad en la casa, pero demasiada personalidad, cada cosa en su sitio, cada cosa de acuerdo con las demás, daba recelo tocar algo, parecía que se violaba el orden natural, incluso estar allí, en un sillón tapizado de damasco, tan impecable como si nadie se hubiera sentado en él jamás, oyendo música clásica, a medio tono, mientras Miss Schaefer escribía unas cartas en su pequeño escritorio, incluso eso, el simple estar allí, sin decir nada, parecía romper el orden natural de aquel cuarto, y marchó a la cocina, que parecía la plaza mayor de la casa con dos o tres puertas en distintas direcciones, y gentes que continuamente entraban y salían, pidiendo algo, trayendo algo, a charlar sólo, gentes de todos los pelajes, aunque pronto se las clasificaba: la servidumbre iba correctamente vestida, un poco cómicos, pero correctamente. Los desaliñados, en cambio, pertenecían a la familia o eran huéspedes, que venían por una coca, por agua o, simplemente, por hielo, ¡la de hielo que se consumía en aquella casa! Sara, cuando tenía tiempo, se los clasificaba —«Éste es Robert, del segundo matrimonio de la señora, ésta, Lina, del cuarto»—, todos decían Jai, alguno la miraba con curiosidad, pero ninguno se quedaba demasiado, desapareciendo por alguna puerta. En realidad, eran dos viviendas, el piso entero, una a la derecha y otra a la izquierda, unidas después de haber derribado algún tabique, y todo parecía repetido, las grandes salas, los baños, las cocinas, la segunda se había dedicado a almacén de muebles viejos, bueno, viejos no, sin uso, allí había un sofá prácticamente nuevo, cara a la pared. —Dormiré en éste, dijo nada más verlo—. No, no, niña —Sara era la que decidía todo en el mundo de los bien vestidos—, tú te irás a dormir al cuarto al lado del mío. No quiero festivales de noche—. Aunque luego pareció entrarla cierta aprensión, como si no estuviera segura de su soberanía sobre ella. —Lo mejor es que se lo preguntes a Miss Schaefer—. Se estaba bien allí, entre aquel tráfago de gentes, era como estar en la calle, pero sin estar en la calle, bajo techado, sin coches, ni guardias, ni desconocidos, conociéndose todos, encontrándose a cada paso todos, en los pasillos, en la cocina, cuando llegó la señora la agitación se hizo mayor, venía exhausta, necesitaba descansar, Joli también necesitaba descansar, se dejó meter en la cama sin ofrecer resistencia, con aquel aire indiferente que parecía entusiasmar y desesperar a Mrs. Green. —Ponle el pijama. No te olvides de ponérselo, no le dejes vestido. Vestido no se puede descansar. Yo también voy a echarme dos horas. Miss Schaefer, que nadie me moleste hasta las seis.

La casa bajó de tono incluso en el ala de la servidumbre, que en realidad era una isla, pues más allá continuaban las habitaciones de los huéspedes. Pero a las seis volvió a alborotarse y todo el mundo zumbaba, la señora reclamó a Joli, que se había despertado de mal genio, incluso la tiró un amago de mordisco, no parecía hacerle la menor gracia que le despertasen, como si estuviera en el mejor de los sueños —«No hay excusa, caballerete, aquí cada quisque hace su papel»—, esta vez la señora quería bañarle ella misma, llevaba un salto de cama casi transparente, tan largo como la capa de armiño de un rey, y echó a todos del baño, del dormitorio, para la ceremonia.

Sara la había dicho que le trajese el *News*. —¿Tienes dinero?—. Negó con la cabeza y la cocinera, refunfuñando, sacó de uno de esos monederos de piel negra, abultados, tan cómicos, la perra. —No te olvides, que se os olvida siempre todo, no sé dónde tenéis la cabeza. —No me olvidaré—. Miss Schaefer la dio las últimas instrucciones, parecía que iban a escalar el Himalaya. —Cuidado con los coches. Lo mejor es que no crucen la calle, manténgase en el bloque y, sobre todo, cuidado con meterse en el Central Park, está lleno de criminales y podría pasarles algo—. Al fin les dejó irse, con tristeza, como temiéndose una desgracia.

No había vuelto a llover, pero seguía muy húmedo, tal vez un poco más fresco, con los charcos disminuidos, pero sin desaparecer del todo. Allí las calles estaban más limpias, parecían incluso más anchas, aunque pudiera ser sólo que los cubos de la basura no se amontonaban en las aceras, que éstas no estuviesen inundadas de papeles, latas, bolsas, o que los coches, aun aparcados en doble fila, simétricos, en perfecto orden, tan limpios, sin abolladuras, abultasen menos. Joli hacía su cuarto de milla a buen paso, no hacía falta guiarle, bastaba seguirle, tiró hacia abajo, hacia la Madison, apenas había gente, sólo coches que cruzaban raudos, y contrastaba la iluminación de las avenidas con el tinte sombrío de las calles. Al llegar a la esquina, le desató, a él no parecía importarle, seguía a su lado para apartarse tan sólo, de cuando en cuando, unos metros, a olisquear uno de aquellos arbolitos anémicos que brotaban de los cuadriláteros de tierra en medio del asfalto.

Tuvo que bajar hasta la Lexington, no había ningún quiosco antes —«Curioso, y aquí hay dos, uno en cada esquina»—; volvía el bullicio, la gente por las calles, los vendedores ambulantes, eran sólo dos manzanas, como si se tratase de otra ciudad, de otro mundo, se acercó al primero, había bastante gente, tuvo que esperar, le estaba mirando pero no le veía, pero cuando le tocó el turno no supo qué hacer, qué decir, estaba allí, en primera página, mirándola, más joven, pero era él, no había duda, una foto borrosa, la ampliación había borrado sus facciones, pero era él, él, él, esperándola, mirándola, sin verla, y encima aquellas letras enormes, como bloques negros, aplastándole: HOMBRE, 63 AÑOS, ASESINADO EN EL EAST VILLAGE, debajo otras más pequeñas, negras también, con filo: Tres sospechosos: una muchacha y dos... no pudo seguir leyendo, el hombre debía estar acostumbrado a estas cosas porque no le tomó a mal que no cogiera el periódico que le tendía, que diera la vuelta como una autómata y se echase a andar, se limitó a mover la cabeza, compasivo, y a alargarlo al siguiente, volver, volver, volver cuanto antes, apretó el paso, no volver, no volver a salir, no volveré a salir, me quedaré en casa, encerrada, sólo a Long Island, en el coche, nadie puede verme en el coche, y allí no hay nadie, ¿cómo saben que tres?, nadie nos vio, nadie pudo vernos, ¿nadie nos vio?, debí leer más, debí continuar leyendo, debí comprarlo, ¿qué voy a decir a Sara?, que no lo había, que se había terminado, ¿pero cómo pueden saberlo?, ¿quién nos vio?, a lo mejor no era él, en Nueva York matan a muchos cada día, era él, una muchacha y dos, lo mejor es que suba cuanto antes, iba ya corriendo y fue la correa, al enredársele entre las piernas, la que le hizo frenar, darse cuenta, mirar asustada atrás, delante, a un lado, al otro, no sabía hacia dónde tirar, ahora era ya angustia —«¡Joli! ¡Joli!»— es imposible, estaba aquí. —¿Ha visto usted a un poodle negro, gris?—. El hombre se había apartado al verla acercarse y siguió la marcha rápido, tras negar con la cabeza. Volvió a deshacer el camino, al cruzar la segunda pista de la Park, la que sube, a poco más se la lleva un taxi por delante, tenía ya rojo. En el quiosco no sabían nada, aunque varias personas se interesaron. —¿Dices un poodle gris? Me pareció ver a un perro al venir de casa, entre dos coches, pero no sé si era un poodle—. El comprador apuntaba con la mano. Salió hacia allí disparada. —¡Joli! ¡Joli!—. La gente se apartaba para dejarla pasar, alguno se quedaba mirándola hasta que doblaba la esquina.

Estaba en la Quinta, frente a la mole negra del Central Park. ¿Se habrá metido en el Park?, Sam dijo que no le gustaba, que se negó a salir del coche, no puede haberse metido, ¿y si le pregunto a un guardia? ¡No hay ningún guardia! Nueva York está lleno de guardias y ahora no hay ninguno, ¿y si lo han robado?, hay tipos que se dedican a robar perros, a secuestrar perros, piden luego recompensas, lo leí, no subo, me voy, si no lo encuentro, me voy.

—¡Eh, tú! —el portero le hacía señas desde el otro bloque. Su primer impulso fue huir, pero el otro insistía.

—¡Eh, muchacha! ¿Dónde te has metido? Joli volvió solo.

La emoción no la dejó respirar.

—¡ ¿Qué? !

—Que volvió solo. Esperé, pero al ver que no volvías, lo subí.

Llegó a la carrera y cruzó delante de él hacia el ascensor con tal sonrisa que se diría acababan de darle la mejor noticia del mundo. —Les diré que se me escapó, no, que me desmayé, que me atracaron, cualquier cosa, atracan a mucha gente en Nueva York, me creerán, tienen que creerme.

La abrió María y, ya por su cara, pudo comprender que las cosas no iban tan bien.

—¿Usted?

La orientaron los gritos, llegaban de la gran sala, y aunque de lejos parecía un rumor confuso, luego, al acercarse, se concretaban en la voz de la señora, en todas las modulaciones de la histeria al júbilo.

—¿Tú?, ¿tú? ¿Qué pretendes? —abrazaba a Joli contra su pecho como si quisiera quitárselo—. ¿Cómo te atreves?

Habían encendido la lámpara grande y estaba rodeada de doncellas, criadas, hasta Sam había acudido, aunque se mantenía en segundo plano, Miss Schaefer sostenía un frasquito que igual podían ser sales que una medicina.

—Cuando... —pero no pudo explicar.

—¡Fuera! ¡Fuera! No quiero verte ni un segundo en esta casa, debería llamar a la policía. ¿Cómo puede haber personas tan crueles? No me gustó, no me gustó desde que la vi, ¿verdad que a vosotros tampoco os gustó?

Miraba en torno, en busca de asentimiento, que llegaba tardío —una breve inclinación de cabeza—, impreciso.

—Pero...

Miss Schaefer vino hacia ella decidida, la cogió de un brazo y la sacó de la sala a la fuerza. Ya en el pasillo, la presión se aflojó.

—¿Cómo se te ha ocurrido volver? —parecía que iba a darla una azotaina.

Se encogió de hombros.

—¿Tienes dónde dormir?

—No, ¿por qué?

—Vamos a mi cuarto. Puedes dormir en el sofá, no es muy cómodo, pero siempre mejor que la acera. Mañana veremos qué hacer contigo.

Antes de que se diera cuenta, estaba en aquella habitación limpísima, ordenada, donde ella parecía un insulto. No se atrevió a sentarse en el sillón, lo hizo en la alfombra, mientras oía cerrar la puerta por fuera con llave.

VIII

—Recuerdo que mi primera reacción fue alivio, no remordimiento, alivio, ¡soy normal, soy normal!, me dije, lo dije, en voz alta, no podía contenerme, él se extrañó. «Claro que eres normal, ¿habías dudado que eras normal?», me soltó un poco mosqueado pero, como me estaba riendo, terminó tomándolo a broma, ya sabéis cómo son, se pican en seguida sobre todo en estas situaciones, pero no podía contenerme, tuve que jurarle que no me reía de él, que me reía de mí, lo creyó a medias, no podía comprender que una mujer como yo, con tres hijos y veinte años casada no conociera aún el placer sexual. «Imposible, me estás engañando, quieres hacerme la comedia.» ¡El muy cabezota! Hay que ver lo que me costó convencerle. «Que no, hombre, que no te engaño, ¿qué gano con engañarte?» Así, media hora, pero me vino bien, me vino estupendamente, me había olvidado del remordimiento, tenía miedo de arrepentirme, aunque sabía que un día tenía que pasar, lo sabía desde el primer choque con Melvin, al mes de casarnos, cuando me echó en cara mi frigidez, era lo que me frenaba. Luego voy a arrepentirme, me decía, nada religioso, por mí misma, por autorrespeto. Porque va a ser igual que con Melvin y, de verdad, ¿vale entonces la pena? Mejor seguir así, al menos con la esperanza, y esquivaba todas las proposiciones. Además, el psiquiatra me tenía ya medio convencida de que aceptase el papel femenino, como él lo llamaba, menudo mastuerzo, ¡el papel femenino!, en el fondo, no me resignaba, tenía que haber algo más, porque si no, ¿cómo era posible que se hubiera armado tanto lío? ¿Verdad? ¿No habéis pensado vosotras lo mismo? —miró a las otras en espera de un asentimiento que no llegó—. En fin, fue en una party, una de esas parties aburridas a las que una va por compromiso, para tomarse una copa, decir un par de sandeces y olvidarse de todo. Al principio fue así, no me di cuenta, cuando me di cuenta, estaba charlando con él sobre tonterías, no me acuerdo siquiera quién nos presentó, Melvin se había ido, como siempre, al otro extremo de la sala, era un chico normalísimo, como los hay a cientos, si no me llega a hablar de aquella manera no me hubiese fijado en él, pero hablaba de una forma especial, y escuchaba, fue lo que me hizo fijarme en él, le interesaban mis opiniones, siempre me ha interesado el arte, me dijo que también le interesaba, bueno, luego me confesó que no le interesaba demasiado, que lo que le interesaba era yo, es igual, o no, bueno, en aquel momento parecía interesadísimo, había una exposición de impresionistas en el Metropolitan y quedamos en ir al día siguiente, todo muy normal, como la cosa más normal del mundo, sin las tensiones que una tiene en el trato con hombres, pero eso ya no era normal, y por la noche no se lo dije a Melvin ni yo misma quería hacerme preguntas. Vimos la exposición, por cierto regularcita, nos hartamos de criticar, a lo mejor era que empezábamos a estar nerviosos, y tomamos el lunch en el mismo museo. Fue allí, a mitad de la hamburguesa, mirándole mientras me hablaba de esas señoras con sombrerito y traje floreado de los cuadros, cuando me di cuenta de que iba a acostarme con él, que iba a pedírmelo y que no podría negarme. Fuimos a su apartamento, al subir la escalera tenía miedo, lo reconozco, miedo de que fuese como siempre había sido con Melvin, una rutina, un querer llegar y no poder, un fingimiento a última hora, y, sin embargo, no fue así, la primera sorprendida fui yo, fue todo distinto, desconocido, ¿absurdo, verdad?, descubrir el amor físico a los cuarenta y cuatro, veinte de casada, con tres hijos, dos en el college, pero fue así, algo increíble, por eso no pude contenerme y me eché a reír, pero de alegría, de alivio. «¡Soy normal!, ¡soy normal!», no me cansaba de repetirlo. Lo malo fue que me enamoré de aquel muchacho, era lógico, ¿verdad?, pero él no estaba enamorado de mí, lógico también, ¿no?, y en cuanto vio que trataba de acapararlo, no volví a verle el pelo. —Se llevó a los labios el cigarrillo que se estaba consumiendo entre sus dedos y aspiró larga, profundamente. Era una mujer de pelo negro, veteado de canas que parecían artificiales, una faz armoniosa, relativamente fresca, sin peculiaridades, sólo los ojos, castaños, intensos, a ratos melancólicos. Era la única sentada en una silla, dos ocupaban el sofá, una en cada esquina, y la cuarta el sillón. Pat se había quedado en el suelo, aparte del grupo, junto a la ventana, no formaba parte de él, se veía.

Fue la del sillón, la de las gafas oscuras, pómulos pronunciados y jersey rojo de cuello muy alto, la más exótica de todas, la que dijo algo que era más comentario de contestación.

—Al final, la mujer siempre pierde, sin importar el juego. Él siempre gana.

—Pat... —muy quedo, como si la voz llegase de muy lejos, aunque estaba allí mismo, encima—, Pat —y la mano en el hombro, con presión suave—. Échate en el sofá, estarás mejor —se había quedado dormida en la alfombra, al pie del escritorio, ¿cómo era posible?, ¿qué hora es? —Sí, sí—. ¿Quieres uno de mis camisones? —Negó con la cabeza, iba dando tumbos, con los ojos semicerrados, como si la hiriese la luz que llegaba desde la lamparita sobre la mesilla, y se derrumbó en el sofá para quedar de espaldas a ella, de espaldas a todo.

Miss Schaefer le echó encima una sábana, no se necesitaba más, había apagado el aire acondicionado.

La de la silla, la que habló primero, iba a decir algo, pero una de las del sofá, la más delgada, se adelantó.

—¿Por qué tenemos que perder siempre? Di, ¿por qué? —con rabia—. ¡Porque queremos! Porque nos lo

235

han inculcado —a diferencia de las otras, hablaba con odio—. El hombre es un opresor. Nuestro opresor. No hay nada más ridículo que una mujer asegurando que hay un hombre, su marido, su amante, que la entiende, que nos entiende. ¡No nos entienden! No pueden entendernos. ¿Cómo van a entendernos? Ellos mismos lo reconocen, preguntarles, preguntarles, en eso son todos iguales, la contestación es la misma, no tienen otra contestación: «Las mujeres sois distintas, lo siento, la naturaleza os hizo distintas». Y cuando dicen distintas quieren decir inferiores. Lo peor es que nos lo han hecho creer a nosotras, lo peor es que también nosotras creemos que somos inferiores, ¿que no lo creemos? ¡Reconocerlo!, ¿no hemos prometido hablar con completa sinceridad? Pues reconocerlo: ¿no os habéis sentido alguna vez inferiores? ¡Qué alguna vez! Siempre, siempre —cogió fuerzas, su voz sonaba como la de un fuelle agujereado—. Mi experiencia es peor que la tuya, Louise, mucho peor, al fin y al cabo tu experiencia fue agradable, ¿sabes lo que me pasó a mí?, ¿sabes lo que es encontrarse a solas con un cerdo que se te pone a explicar una maravillosa teoría, su teoría, que el hombre es cazador por naturaleza, desde los tiempos primitivos hasta hoy, hoy también, que a él lo que le gusta es la caza, el placer de la caza, el perseguir la presa, el tenderla trampas, el llevarla a su terreno y, cuando la tiene ya segura, asestarla el golpe de muerte, o mejor, no asestárselo, es más refinado dejarla escapar, porque el placer es el otro, la persecución, la caza? Y tú sin saber qué hacer, qué decir, si irte, si quedarte, si rogarle, si patearle, ahora pienso que era impotente, seguramente lo era y se había inventado todo aquel cuento para fingir —la voz se había ido haciendo cada vez más ronca, más gutural—, en el fondo, todos los hombres lo son. Impotentes en el sentido de incapaces de amar.

Dejó tras sí un silencio como preñado de escupitajos.

—Yo no diría tanto —la de las gafas oscuras—. Somos meros objetos sexuales para ellos, eso sí, todavía no hemos conseguido que nos consideren personas completas. De todas formas, atreverse a negar el amor me parece, por lo menos, arriesgado, ¿no?

Llevaba mucho tiempo despierta, se había despertado antes de que empezaran a filtrarse líneas de luz por los bordes de las cortinas y no volvió a encontrar el sueño, que la había dejado sola, completamente sola —Miss Schaefer era una sombra en el rincón que respiraba rítmicamente—, sin nadie, sin luz siquiera, tendida en el sofá, los ojos fijos en el techo, desaparecido también, con la sábana encima. Si no parpadease de vez en cuando, se diría que estaba muerta.

Era la segunda del sofá, hasta entonces silenciosa. Una cara gruesa, vulgar, como el tipo, la única con falda, las otras llevaban pantalones.

—Todas esas disquisiciones son subjetivas. Para mí, el problema es político, histórico, social —hablaba pesada, metódicamente, como una apisonadora que va arrollando cuanto se encuentra por delante—. Marx lo dijo: «La cuestión femenina es una de las manifestaciones enfermizas de la sociedad capitalista, que la revolución acabará al implantarse» —la beligerante quería intervenir, pero no la dejó—. Lo vi en mi casa, mi madre trabajando el doble que mi padre, se levantaba antes que nadie para preparar el desayuno a todos, nueve hijos, lavaba la ropa de los vecinos, nuestros zapatos no se llevaban nunca al zapatero, los cosía ella misma, sin máquina, con una aguja gruesa y un simple dedal, ¿habéis intentado alguna vez perforar el cuero con una aguja? y, sin embargo, al que allí se respetaba, admiraba, era a él, aunque se gastase medio jornal en la taberna, aunque llegase todos los sábados borracho a casa, aunque nos pegase a nosotros, aunque la pegase a ella, ella era la primera en defenderlo: «¿Qué quieres? Es un hombre, el hombre de la casa», me dijo la primera vez que se lo pregunté, yo era la mayor. Era un hombre y había que disculpárselo todo, cuando mis hermanos empezaron a emborracharse los sábados, igual, eran hombres, eran los que traían el pan a casa, son las estructuras sociales en que vivíamos, pero cuando cambien esas estructu...

Ahora no pudo aguantar; se había levantado desde la otra esquina del sofá y venía hacia ella con el dedo extendido.

—¡No, no! ¡Eso no!, discursos políticos, no: si sigues así, se acabaron las sesiones, ¡estaría bueno!, cuentos a otra parte, los radicales de izquierda son los peores, ¿o quieres poner como ejemplo el manual de guerrillas del Che, donde dice que conviene llevar mujeres para hacer la comida? No dice que para acostarse con ellas, pero como si lo dijera. No me fío de ningún hombre, y de los progresistas, menos, la liberalización tiene que ser algo nuestro, ¡exclusivamente nuestro!, para recuperar nuestra personalidad lo primero que tenemos que hacer es separarnos por completo, ¿entiendes?, ¡por completo? —tenía algo de neutro, con las grandes ojeras, el pelo rubio a lo garçon, con gran flequillo sobre la frente, alta, delgada, vestida completamente de negro. Parecía un paje irritado, un paje que acabara de perder la virginidad.

—¿Llevas mucho tiempo despierta?

Lo primero que había hecho Miss Schaefer fue acallar el despertador, lo único barato en su habitación, y buscarla con la mirada. Estaba sentada en el sofá, la sábana doblada al lado.

—Un poco.

—¿Has podido dormir bien? Cuando llegué anoche estabas como un lirón en la alfombra.

—Sí, muy bien —como si la costase trabajo hablar.

Miss Schaefer se había echado una bata de seda encima para encaminarse al baño. El pelo, espeso, dorado, le caía sobre los hombros, y los ojos, sin gafas, eran aún más azules. Estaba mucho más hermosa que arreglada.

—¿Quieres abrir la ventana?

Daba a un patio interior, todavía dormido, por lo que daba gusto asomarse a él, dejarse bañar en aquella luz difusa, cernida por el humo que allá arriba dejaba escapar el incinerador.

Miss Schaefer estuvo dentro un buen rato y volvió hecha ya la alemanita puntillosa que conocía. Directa al grano.

—¿Tienes a dónde ir?

—¿A dónde ir?

—Sí, una familia, una casa.

Negó con la cabeza.

—Necesitas otro trabajo entonces.

—Sí, pero... —«¿Se lo digo?»

—Pero, ¿qué?

—Estoy..., estoy en dificultades, ¿sabe?

Las cejas denotaron alarma.

—¿Dificultades? ¿No estarás embarazada, verdad?

—No, no.

—Entonces no puede ser muy grave. ¿Qué es?

—Creo..., creo que necesito consejo legal.

—¿Consejo legal? —ahora sí que la miró extrañada—. Ahí no puedo ayudarte. Aunque espera, sí, tenemos también un consultorio legal, ahora me acuerdo, lo discutimos en una de las primeras reuniones. Voy a enviarte a un sitio donde podrán hacer algo, es en la calle Ochenta y Cinco Oeste, pero no vayas antes de las once, espera que te lo anoto.

Se fue hasta el escritorio para apuntar algo en una tarjeta, que le entregó con sonrisa camaraderil.

—A lo mejor nos vemos cualquier día allí. Yo voy todos los sábados a las sesiones de charla. Aligera, ¿sabes? No, no; sal por la puerta principal, nada de la de servicio.

Iban del brazo por el pasillo, alguna criada madrugadora se volvía con ojos de asombro, ya tenía la puerta abierta.

—Un momento, ¿tienes dinero?

Volvió a negar con la cabeza.

—Espera —la dejó sola, fueron unos segundos larguísimos, para volver con un monedero negro, del que sacaba algo.

—Toma.

—No, no. No lo necesito, iré andando.

Era una orden.

—Cógelo. ¿Cómo vas a andar por Nueva York sin un céntimo? —se lo metió en la palma de la mano, que sintió las puntas del papel al cerrársela.

—Gra... gracias.

—¡Estas chiquillas!

El ascensor ya estaba allí y no hubo lugar a despedidas. La bajada fue lenta, interminable, sin cruzar palabra con el operador, haciendo un esfuerzo para no verse en ninguno de los espejos laterales. Cruzó el portal a la carrera y, sin refrenar la marcha, llegó a la Madison. Allí se detuvo sin saber hacia dónde tirar. Antes, desarrugó el papel verde. Eran cinco pavos.

Pero la gruesa no era fácil de convencer. Tenía la testarudez de los dados a la política. Sin embargo, quería ser amable.

—Vamos a ver, Frances, ¿no te das cuenta de que las mujeres somos una clase social explotada? La sociedad capitalista se rige por leyes, costumbres, tabús, religiones, sistemas de educación destinados a que la mujer sea una mano de obra barata, sumisa y abundante. En cierto sentido, las únicas mujeres liberadas son las prostitutas, que al menos venden el placer que dan, el resto lo regalamos, y encima nos hacen trabajar por la simple alimentación y vestido, un pago de siervo, algo que hoy despreciaría cualquier hombre. ¿No estás de acuerdo? Lo que tenemos que hacer es unirnos a las otras minorías oprimidas, a los negros, a los indios, a los pueblos del Tercer Mundo, contra nuestro opresor común, el hombre blanco capitalista. No me irás a negar que en los países socialistas la mujer no tiene más oportunidades.

240

La otra, más calmada, pero no menos escéptica.

—No lo sé, chica, pero allí sólo veo hombres, y no me salgas con la mujer de Mao, que es sólo eso, la mujer de Mao, ¿por qué no es Mao el hombre de ella? No, no me convencen los revolucionarios, ya te lo he dicho, cuando los hombres hacen la revolución es para ellos, siempre lo han hecho, para ellos exclusivamente.

Desayunó en una cafetería de la Tercera, había decidido bajar hacia el Este para hacer tiempo, era demasiado temprano, mientras Manhattan se hinchaba de coches y de gente, las nubes altas habían desaparecido por completo, quedaban las bajas, que tampoco eran muchas, aquella neblina fatigosa, sucia, que irritaba los ojos, oprimía los pulmones, desintegraba los rayos de sol como esquirlas de una bomba. En la Cincuenta y Nueve había una discoteca-librería, donde buscó refugio tras vagabundear por un par de almacenes, frescos, limpios, los dependientes impecables, la sonrisa recién estrenada, alguno se quedaba mirándola con duda, pero al momento se recomponía, la discoteca tenía también aire acondicionado y todas las cabinas estaban libres, en realidad el local entero estaba desierto a excepción del dependiente de la caja, un tipo de cabellos ensortijados, chaleco de cuero y mil chirimbolos, a punto de dormirse sobre el mostrador, debía haberse pasado la noche en vela, fuera lo decía, aquél era un local abierto las veinticuatro horas.

—Pero no voy a ponerme unas botas de soldado y a cortarme el pelo al cero —la de pómulos marcados y gafas oscuras— sólo porque los hombres se porten como unos mastuerzos. Lo siento, Frances, pero me gusta el sex, ¿raro, eh?, no odio a los hombres, aunque alguna vez me gustaría darles de bofetadas. Creo, simplemente, que son víctimas de su papel, otra clase de víctimas que nosotras, pero víctimas también, víctimas de su propia suficiencia, ¿habéis visto algo más ridículo que un hombre que se disculpa por «Hoy no estoy del todo en forma»?, ¿habéis notado los apuros que pasan para demostrarnos en todo momento su masculinidad? Hay que librarles de ello. En el fondo, nos lo agradecerán.

Cogió la última cabina, la del rincón. Se llevaba un álbum de John Rolland, el tipo del mostrador ni se dio cuenta, dormía, seguro.

—Por cierto, Lucy —la pálida, la de la melena a lo paje, no replicó directamente—, que estamos aquí para intercambiar experiencias y tú aún no has contado las tuyas.

—¿No? Perdona —sonrió con tristeza—. No tienen nada de extraordinario. De pequeña era algo así como un genio de las matemáticas. Al principio les hacía gracia a todos, hasta parecían orgullosos de mostrar mis habilidades. Pero un día, estaba ya acabando el bachillerato, mi madre me dijo: «Píntate los labios y vete a buscar un novio, no quiero marisabidillas en casa». Me pinté los labios y me puse a buscar un novio, lo encontré, no es difícil a una chica que sabe cálculo de probabilidades encontrar un chico despistado. Nos casamos, le ayudé a terminar la carrera de Derecho trabajando en una firma de computadoras, todo el mundo se quedaba asombrado al saberlo, ¿Pero tú sabes multiplicar? era el chiste obligado, me daba igual, lo importante era que Jim acabase pronto y yo me pudiera convertir finalmente en un ama de casa, que todo siguiese sus cauces naturales, me decía que todo iba a cambiar entonces, en cuanto él empezase a ganar recuperaría la moral, pero sí, sí, empezó a ganar y nada cambió, dejé la firma, y nada, seguía siendo el muchachito que me pedía permiso para todo, parecía incluso tenerme un poco de miedo, al final me lo confesó: le tenía comida la moral, estaba liado con una chica que le admiraba, una secretaria de su oficina, al menos fue honesto, seguimos siendo amigos, en Navidades intercambiamos felicitaciones y demás, yo volví a mis cerebros electrónicos, al menos ésos no se vuelven atrás.

Había ironía en su voz, pero no amargura.

Cuando se dio cuenta, eran las once, ¡las once!, quién lo diría, y menos mal que aquel tipo estaba aporreando la puerta de la cabina y apuntaba al reloj de su muñeca —¡las once!—, debía llevar allí casi dos horas, salió zumbando, sin hacer caso de las protestas, el local estaba bastante lleno, pero el tipo de los abalorios había desaparecido del mostrador. En la calle, el manotazo brutal de la calina, que la dejó paralizada por unos segundos, aunque en seguida se repuso, no hay tiempo que perder, son veinticinco calles, y está en el Oeste, lo menos tardo una hora, ¿cómo se me pudo pasar así el tiempo?, ¡claro que John Rolland!, él no me gusta, es un macizo, no hay más que verle, ¡pero su follón!, voy a coger un taxi, es lo mejor, si no, no llego.

—Pero si me estáis dando la razón, ¿no me la estáis dando? —la voz ronca quería ser amable, ¿cómo podía tener tan ronca, tan rota, la voz aquella criatura de aspecto adolescente? Con lo único que casaba era con su palidez calavérica, cerúlea, con las profundas ojeras—. Solas, tenemos que hacer la revolución solas, nos da miedo, es lógico, pero es sólo al empezar, porque no estamos acostumbradas a marchar solas y, ¿quién ha dicho que no hay que gozar?, ¿pero es que ellos nos hacen gozar? De cuando en cuando, por casualidad, porque lo único que les interesa es gozar ellos. Lo mío ya lo sabéis, no os descubro nada, para qué vamos a andarnos con rodeos, yo no necesito a los hombres, y cada vez somos más.

Se dirigía particularmente a la de gafas oscuras, pero la que le contestó fue la otra, la gruesa, la única con falda, que había olvidado sus aires doctrinarios para salir con acentos arrabaleros.

—¡No podemos comprometer el movimiento por un puñado de tortilleras! Eso es lo que sois: un puñado de tortilleras; estamos hablando de cosas serias, de hacer un mundo mejor para todos, no para unas cuantas desviadas, es en lo único que pensáis, lo único que vais buscando, acostaros juntas. ¡Venga!, acostaros, pero no comprometáis a las demás, no comprometáis el movimiento, ¿qué haces aquí?, ¿se puede saber qué haces tú aquí?

Pero la otra era de agárrate, su furia era fría y estaba más pálida, si fuese posible, que antes.

—¿Y vosotros? ¡Sí, vosotros! Porque son ellos, tú no pintas nada, ¿qué buscáis? ¡Publicidad! Sólo publicidad. Publicidad y joder a los demás. Revolución para quitar a los que están arriba y poneros en su puesto, para que todo siga igual, la felicidad del pueblo os importa dos carajos.

Se habían levantado para interponerse entre ellas, se acercaban peligrosamente, sólo Pat permanecía al margen, junto a la ventana.

—Vamos, vamos —la mayor, la de las canas, llevándose hacia la silla vacía a la pálida—. Calma, que somos pocas y si encima empezamos a dividirnos, ¿en qué vamos a quedar? —la tenía ya sentada, la otra se había dejado llevar a su esquina del sofá con cierta docilidad—. Tendremos que enfrentarnos con ciertos problemas internos algún día, pero es demasiado pronto, ahora nos necesitamos todas, ya habrá tiempo de sacar las diferencias.

Desde la otra punta, cumplida su misión pacificadora, la de las gafas oscuras no había perdido su tono ligeramente irónico.

—Lo que no necesitamos más es análisis. Ya nos hemos autoanalizado bastante. Llevamos veinte siglos analizándonos. Lo que necesitamos es un programa.

—¿Está hablando la computadora? —la lésbica.

—Si lo quieres, sí. Ya estoy harta de análisis, de papel pasivo. Todo el activismo es masculino, la mujer debe limitarse a ser pasiva, y si no lo es por naturaleza, que se fastidie, que se reprima. En la vida, en el sex, en todo. En eso estamos de acuerdo, ¿no? El sex está organizado para placer del hombre, para su placer exclusivo, no nos han tenido en cuenta para nada, aunque nuestros ritmos sean distintos, nuestras zonas sensibles, distintas, nuestra aproximación y repliegue, distintas, pero ellos no se han enterado ni quieren enterarse, y luego se extrañan de que, en el fondo, la mujer les odie.

Ahora, la de la ironía era la pálida, la ojerosa, una ironía que en su voz sonaba a sarcasmo.

—Creí que tú no odiabas a los hombres.

—Eso queda entre la Séptima y la Octava, ¿no? —el taxista, un tipo tan gordo que apenas podía meter la panza entre el asiento y el volante, no se volvió para hacer la pregunta.

—No sé, es la primera vez que voy.

Era un curiosón.

—¿La primera vez que vas?

—Sí. Es —sacó la tarjeta del bolsillo del pantalón—, es un Club de Mujeres Liberadas, ¿sabe?

Se echó a reír.

—¿Esas locas? Ésas lo que necesitan es un buen mango.

—¿Dije que los odiaba? Pues no, no les odio, reconozco que hubo un tiempo en que estaba resentida, pero ya pasó.

Estaba hablando abstractamente de que en el fondo de toda mujer puede aparecer odio hacia el hombre.

—¿Y tú crees que los hombres no nos odian? —volvía a excitarse—. ¿Crees que no les fastidia el necesitarnos aunque sólo sea como estera? ¿Sabes lo que oí a dos elementos en la biblioteca de Columbia? Dos tipos inteligentes, al menos lo parecían, había salido a fumar un pito al pasillo y no podían oírme, estaba sentada en un hueco de la ventana, ¿sabes lo que decían? : que después de haber hecho mil malabarismos para llevarse una paloma a la cama, al encontrarse que no había forma de cruzar dos palabras interesantes con ella, se daba uno cuenta de que

era maricón mental, ¿te das cuenta? ¡Maricón mental!
Eso son todos, maricones mentales, menos los otros, los
que no tienen vergüenza en decirlo, los de verdad, ¡ojalá
lo fueran todos!, así nos dejarían en paz.

—Es aquí.

—¿Cuánto?

—Esto marca dos diez, pero...

—Quédese con los tres.

—Uuhhmm.

—¿Volvemos a lo mismo? —la de las canas, que ahora
parecía una madre riñendo a sus hijas—. Parece que nos
gusta, parece que la gozamos destrozándonos. ¿Qué? ¿Vamos a la party o no?

La gruesa alzó un dedo como para pedir la palabra, pero
habló antes de que nadie se la concediera.

—Creo que sí, que debemos ir. Es una buena plataforma.

—¿Plataforma para quién? ¿Para..., cómo se llama?
¿Mrs. Delport?, ¿para que salga mañana en las páginas
sociales del *Times*?

—Si sale ella, salimos nosotras.

—Lo que había dicho: hambrientos de publicidad.

—Me refiero al movimiento. Además, van a acudir otras
células. Claro que si tú...

—Yo iría sólo a hacer una sonada, para quemarles la
casa, por ejemplo.

Con aquella mujer no había forma de hablar, parecía decir
la gorda al mover la cabeza, pero la mayor tenía remedio para todo, a lo mejor sus hijas eran así de rebeldes.

—¿Y si empezamos a establecer una república auténticamente femenina, sin copiar la estructura piramidal del
macho, y dejamos a cada una hacer lo que quiera?

Al dar el golpe, la puerta cedió, estaba abierta, lo que
pareció sorprenderla, como la voz.

—Pasa, pasa.

Pero, al verla, la sorprendida fue la otra.

—¿Quién eres tú?

—¿Yo?

Una mujer de aspecto simpático, entre amistoso y maternal, con abundantes canas.

—¿Vienes al mitin? No te había visto antes.

La mesa casi llenaba por completo el recibidor.

—No, me envía Miss Schaefer.

—¿Miss Schaefer?

—Sí —buscó de nuevo la tarjeta, ya arrugada, para entregársela—. Me dijo que aquí podrían darme consejo legal.

—¿Consejo legal? ¿Vas a divorciarte? Pues sí que vais vosotras de prisa.

La hizo reír. De veras. Aquello aligeró el ambiente.

—No, no.

—Si no es para divorciarte, ¿para qué lo quieres?

Vaciló.

—¿Es usted abogado?

—¿Yo? No, no. Tendrás que hablar con Dalia. Hoy no ha venido. ¿Quieres pasar a la discusión? Las otras ya están dentro.

Se encogió de hombros.

—Okay.

La puerta de cristales daba a un cuarto más amplio, que la casi ausencia de muebles hacía enorme. En el sofá había dos mujeres, que la miraron, como la otra, en el sillón, críticas. Se había detenido en el umbral, pero una mano amiga la empujaba por detrás.

—Ésta es, ¿cómo has dicho que te llamas?, ¿o no me lo has dicho?

—Pat —parecía una acusada ante el tribunal, que lo pareció aún más cuando la acompañante explicó—: Nos la envía Miss Schaefer. Necesita consejo legal. Siéntate, Pat.

Eligió el suelo, junto a la ventana, mientras la mujer prefería una de las sillas.

—Espera aquí, tengo el coche en el aparcamiento y ésos son unos pesados. Señalaba el edificio de varias plantas, sin paredes, repleto de vehículos en los diferentes niveles.
—Okay.
La había seguido tomando bajo su protección cuando acabó el mitin —¿Tienes dónde ir a tomar el lunch, Pat? —¿Lunch? Bueno, no. —Vente conmigo, me molesta comer sola. —Okay—. Era más que nunca el tipo maternal, acogedor, que todo lo disculpa, con un último rincón, incompartido, de soledad y tristeza. Fue la que cerró con llave el local. El letrero —Federación de Mujeres Liberadas— parecía completamente nuevo, al revés que la puerta, que necesitaba una buena mano de pintura. Bajaron a pie los tres pisos.
—¿Qué te ha parecido?
—Interesante.
—Y cruel, ¿no te ha parecido cruel? —la había cogido del brazo—. No nos va a ser fácil liberarnos, ninguna liberación es fácil, lo más cómodo sería continuar en la cocina, sin preocuparse de otra cosa que de los niños y los vestidos.
—¿Sí? —se la notaba que no sabía que decir.
—Es una tontería —rió, andaba por los cuarenta y pico, todavía de buen ver, y parecía una madre que bajaba las escaleras hablando de cosas intrascendentes con su hija—. A veces, qué a veces, siempre, lo más cómodo es lo que trae luego más problemas, ¿verdad?
—Ahá.
La escalera era estrecha, como correspondía a una casa antigua, y el portal, minúsculo, con el único adorno de las casillas de correo para la media docena de vecinos. Abrió una con una llave diminuta, para recoger varias cartas, que sólo ojeó antes de echárselas al bolso.
Estaban más bajo que el nivel de la calle, había que subir tres escalones hasta alcanzar la acera, desierta, descuidada,

sucia, donde las pequeñas construcciones alternaban con los bloques gigantescos, todo de un color rojo sucio. —Espera aquí, tengo el coche en el aparcamiento y ésos son unos pesados —la había dicho.

—¿Vas a esperar a la vieja? Vente —el vente, imperativo. Debía haber estado esperando a que se quedase sola, desde lejos, pero no la dio tiempo a pensar, ya había abierto la portezuela del coche deportivo.

—Vamos, ¿qué esperas?

—Es que...

—Ya se lo explicaremos en la party —quiso sonreír pero no pudo, la salió una mueca en su cara pálida, ansiosa, crispada.

El coche pareció dar un salto al arrancar, un Porsche viejo modelo pero con el motor ajustado, la brisa la llevaba el pelo hacia atrás, la traspasaba la piel, arrastraba sus pensamientos, era imposible detenerse, el Central Park, ¿estará...?, ¿cómo se llamaba?, ¿es posible que me haya olvidado?, así no se nota el calor, porque hace calor, pero así no se nota, ésta es la Quinta, mira que si me ve, no, ahora debe estar comiendo en Le Loire, ¿se le habrá pasado?, la Madison, está pasando las luces con rojo, cómo conduce. Conducía rápida, segura, arriesgando hasta el máximo, hasta hacía retroceder a los taxistas, alguno pitaba, lo que la hacía sonreír. Tomó el segundo nivel del puente de Queens y fue allí, con el decorado de rascacielos detrás y el retorcido complejo industrial enfrente, cuando se les plantaron al lado, iban en un Mustang, o tal vez fuera un Camaro, en cualquier caso, un coche de ese tipo, americano, y eran americanos, se veía a la legua, en la forma cómo les hacían gestos, con la pose copiada de los anuncios de la tele.

—¡Mamarrachos! —lo dijo entre dientes, sin mirarles, al tiempo que con la mano les hacía señas de que ahuecasen, que se fueran delante o detrás, era igual, pero que no se quedasen allí, al lado, taponando las dos bandas, que allí no tenían nada que hacer, pero ellos continuaban a su altura, el de la derecha, el que no conducía, había bajado el cristal y decía algo que no alcanzaban a oír porque las vibraciones de las ruedas sobre el enrejado piso del puente producían un ruido ensordecedor. El acelerón fue tan salvaje que la tiró hacia atrás, si no llega a agarrarse instintivamente al asiento se cae, el coche parecía un caballo de carreras.

—Perdona —se lo dijo en la curva, obligada a frenar—, me estaban hartando ésos.

Pero Queens Boulevard estaba muy cargado, algo debía pasar con las luces, que no avanzaban pese a que ella aprovechaba hasta el menor quicio para ganar terreno y, una milla más allá, poco antes de ensancharse la vía, volvían a tenerles al lado, entablándose una auténtica carrera, ahora ya no les cogía desprevenidos y se lo habían tomado a pecho, los demás conductores les evitaban, refrenaban la marcha, les cedían el paso, ella tenía siempre ventaja en la arrancada, más potente, pero luego las luces la hacían detenerse y volvían a estar juntos, los otros más excitados que nunca, discutía con ellos, los insultaba —«¡Fuera, largo!»—, ellos se reían, guiñaban el ojo hasta que, inesperadamente, soltó las dos manos del volante, la abrazó y la dio un beso en los labios. Sí, en los labios, para quedarse mirándolos desafiadoramente —«¡Es mía!»—, y salir zumbando como un bólido, ahora no hicieron el menor esfuerzo por seguirlas, se habían quedado pálidos, estupefactos, atemorizados, no llegó a verles bien, fue sólo un vistazo fugaz, también ella se había quedado pálida, estupefacta, atemorizada, los ojos allá abajo, en el hueco oscuro de los pies.

—¿Por qué te preocupas? ¿Qué puede haberla pasado? Nada. Si la hubiese pasado algo es cuando nos hubieran avisado. Seguro que está en cualquier comuna o divirtiéndose en Nueva York.

—¿Tú crees?

—¿Y no lo crees tú? En el fondo, lo que la tenemos es envidia.

—¿Envidia? —había dejado de acariciar su seno. Un seno redondo, ni demasiado grande ni demasiado pequeño, perfecto.

—Sí, envidia. Es la única que ha sabido hacer. Mandarlo todo al cuerno. Nosotros, en cambio, pendientes de todo. ¿Entiendes?

Había real sorpresa en la voz de él.

—¡Eve! No me digas que me estás saliendo una hippie.

Eve se arreglaba un poco el pelo, el pelo castaño, suave, en ondas, el pelo clavado para aquella cara de anuncio de cosméticos.

—¿Yo? No; pero ya me está cansando que no hables más que de Pat. Si lo sé, no vengo.

Tenían corridas las cortinas del cuarto, que quedaba en apacible penumbra, aunque de fuera llegaba el errático concierto del tráfico por la carretera, con los coches deportivos haciendo de violines y los camiones de trombones. Un motel, seguro.

La casa estaba pegada a la autopista de Long Island, un edificio de apartamentos relativamente moderno, con piscina en la parte trasera y grandes balcones al frente, desde los que se divisaban —era el séptimo, el último— los rascacielos de Manhattan envueltos en una nube sucia, como humo incapaz de elevarse. A los pies, el fluir constante de vehículos por la autopista que, si se cerraba la puerta del balcón, se convertía en rumor lejano, como del mar.

—Come alguna cosa, voy a darme una ducha —le dijo nada más entrar.

Unos muebles estándar, posiblemente alquilados con el apartamento, con el único detalle personal de algunas fotos en marcos distribuidas por la sala. Mujeres todas.

La cocina era la habitación más acogedora, muy blanca,

251

con una gran ventana ocupando todo el lienzo izquierdo. Iba ya a abrir la nevera cuando vio el *News,* doblado encima de la silla, como si alguien lo hubiese estado leyendo durante el desayuno, todavía quedaba la taza de café, sucia, vacía, sobre la mesa. Habían cambiado los titulares, ya no estaba en primera, que se llevaba un incendio en Brooklyn, dos muertos, sino en tercera, pero estaba, por un momento creyó que no estaba, que todo había sido un mal sueño, un mal viaje, pero estaba, en tercera, aunque no pudiese identificarse con ello y lo leyera como se leen los sucesos, como algo ajeno, excitante, extraño, imposible de relacionar con una, con nadie conocido, habían sido tres, dos muchachos y una chica, la chica se acercó primero y los otros dos le atacaron por detrás, les habían visto desde una ventana, una mujer que no podía dormir, que se había ido a la ventana desesperada por el insomnio, como no tenía teléfono no pudo avisar inmediatamente a la policía, entonces allí vivía gente, quién lo iba a decir, si parecían todos almacenes, los había visto perfectamente: «Uno bajo, fuerte, de pelo rizado, el otro alto, negro, muy delgado», a ella no, su descripción era vaga: «El pelo largo, rubia, unos blue-jeans y un jersey, no estoy segura».

—¿No quieres darte una ducha?

Volvía abotonándose la bata, negra también, que la hacía más alta, más pálida.

—¿Cómo?, ¿pero no te has preparado nada?

Tuvo el tiempo justo para doblar el periódico y colocarlo sobre la silla. Pero no dijo nada. La otra se había quedado en la puerta, cruzada de brazos.

—¿Cómo has dicho que te llamas?

—Pat.

—Bien, Pat, ¿tienes miedo de mí? —con un deje irónico.

Ahora no rehuía la mirada.

—No, ¿por qué?

Se acercó, pero sin llegar a tocarla. Sus grandes ojos de loba cansada sonreían.

—Anda, vete a ducharte. Hueles.

La llevó hasta el baño, y, por el camino, la entregó una muda limpia.

—Mientras tanto, prepararé algo.

Durante unos segundos, minutos, se quedó inmóvil, como sin saber qué hacer, en medio del cuarto recubierto de azulejos rosa. Luego, con infinito cuidado, depositó la muda sobre la banqueta y abrió los dos grifos del baño. El agua al caer produjo el rumor de una cascada, que tapó el click de la cerradura cuando dio vuelta a la llave.

Pronto quedó envuelta en una nube esponjosa de vapor y, cuando se metió en el agua, el espejo, había un extraño espejo sobre los grifos, empañado, la devolvió una imagen extraña, deforme, antes de borrarse.

Se está bien así, con el agua hasta el cuello, los brazos extrañamente ajenos, los pies distantes, las manos distantes, todo distante, medio anonadada, amodorrada, hasta que llega el primer escalofrío, el agua, de repente, está fría y una sale con piel de gallina, en busca de la toalla, de las friegas, del aire tibio, debería lavarme el pelo, pero no, me llevaría mucho tiempo, he perdido mucho tiempo en el baño, aunque ahora qué más da, está ya mojado.

Se lo lavó con jabón normal, no quiso abrir ninguno de los frascos, pocos, alineados en la repisa, y se secó con la misma toalla, que ya estaba muy húmeda, el pelo le quedó mojado sobre los hombros, sobre la espalda. La muda era demasiado pequeña, menos mal que daba de sí, pero algunos puntos saltaron, el sostén, de todas formas, era inútil probar, se veía a simple vista que no alcanzaba y vaciló con el suyo en la mano, sobado, los bordes sucios, para meterse finalmente la blusa sin nada debajo.

—¿Mejor?

—Ahá.

—No sé cómo podéis andar hechas unas guarras —pero
quería ser cariñosa—. Anda, come.
Ella ya había comido, estaba en la mesa de la comida fu-
mando un cigarrillo.
—¿No te gusta?
Había visto la expresión de extrañeza al contemplar el
plato: tomates, pepino, lechuga, arroz.
—Es lo más sano, lo único sano. La carne no es sana.
—Ya.
Acercó la banqueta y se puso a comer mecánicamente, sin
mirarla. La otra la contemplaba curiosa, a través de la nube
de humo, como se contempla comer a un animalito.
—¿Qué haces?
—¿Qué?
—¿Que qué haces? Porque supongo que harás algo, ¿o
no haces nada?
—¡Ah! Bueno, tengo que buscarme algo. Cuidaba perros.
—¿Cuidar perros? —como si hablase con otra persona—.
¡Qué degradación! ¡A lo que nos obligan! —ya a ella—.
¿Por qué no te quedas aquí? Hay sitio, necesito a alguien
que cuide la casa.
El rumor lejano de los coches pareció intensificarse de re-
pente, como si se acercara. O tal vez fuese que el silencio
de dentro se había hecho más profundo.
—¿Qué dices?
—Ahá.
—¿Ese ahá es sí o no?
Necesitó todas sus fuerzas.
—Bueno.
—Buena chica —le acarició la mejilla, fue una caricia muy
leve, pero la hizo cerrar los ojos y contener la respiración.
Cuando los abrió, se encontró con los otros enfrente, can-
sados, irónicos.
—¿Quieres café?
Negó con la cabeza.

254

—¿O una copa?

Siguió negando.

—Eres una tontaina —iba a acariciarla otra vez, pero debió pensarlo mejor porque detuvo la mano a medio camino para apoyarla en la mesa y levantarse.

—Anda, recoge y lava eso, que tengo que hacer unas llamadas.

—Eve, ¿qué soy yo para ti?

—¿Ya estás otra vez con esas monsergas?

—Sí, ya estoy otra vez —sonriendo—; dime, ¿qué soy para ti?

Estaba echada de lado, podía ver la línea de su cadera, muslo, pierna, larga, armoniosa, ondulada.

—¿Por qué no te preguntas entonces qué soy yo para ti? Al fin y al cabo, es lo mismo.

Dio una larga chupada al cigarrillo, para aplastarlo en el cenicero sobre la mesilla.

—No creas, me lo he preguntado muchas veces. Técnicamente —quería ser gracioso—, técnicamente eres mi amante. Sin embargo, espero que seas algo más. Eve —ahora hablaba muy serio—, ¿me quieres?

La mirada de ella era aún más fría que sus palabras.

—¿A qué vienen ahora esas tonterías? Desde que llegamos no haces más que decir tonterías.

—No son tonterías.

—Estás hablando como en las películas. Todos los viejos habéis visto demasiadas películas.

—Sí, puede ser. Es igual. Necesito saberlo, ¿me quieres?

—¿De verdad quieres saberlo?

—Sí.

Contestó después de escudriñarle a fondo.

—No, no te quiero. Lo siento. Querías la verdad, ¿no?

La oía a retazos, cuando su voz ronca hacía un esfuerzo por levantar el vuelo en una exclamación o carcajada, y volvía a caer, pesadamente, en un murmullo apenas perceptible desde la cocina. Se estaba bien en la cocina, ante la ventana, viendo el fluir de coches por la autopista, hinchada como una boa a punto de reventar, reventando ya por las salidas, enfrente había una, un hilo, una vena de desangre, para que el resto pudiera seguir algo más cómodo el camino, sólo por poco trecho, doscientos metros más allá había una entrada, ante la que se alineaban veinte, treinta coches en espera de poder meterse en la corriente, parecían los mismos que habían salido, ¿cómico, eh?

—¿Has limpiado ya esto? —no se había dado cuenta de su entrada y la voz la asustó—. Muy bien, anda, vamos, que tenemos una buena tirada hasta allá.

Se había vuelto a poner pantalones y jersey negros, pero otros, éstos sin mangas, dejando ver unos brazos macilentos, de músculos largos, casi fibras.

No cruzaron palabra hasta el coche, que ardía. El sol, en su marcha, lo había cogido de lleno, no había forma de sentarse.

—Espera que ponga unas toallas.

Las sacó del maletero, unas toallas sucias, que ya debían haber servido para esto y para otras muchas cosas.

—¿Mejor?

—Ahá.

Entrar en la autopista les llevó su buen cuarto de hora, lo que la hizo maldecir a gusto, pero en cuanto se vio en medio de la corriente pareció encontrarse a sus anchas y ya no tuvo ojos más que para el volante, para adelantar a éste, aprovechando que el de detrás tardaba en reaccionar, para cambiar de banda en busca de un hueco, para ganar terreno al amparo de los grandes camiones que iban abriendo paso, sólo la faltaba cruzar entre sus ruedas, sitio había. Pero a pesar de todo, el avance era lento, dificultoso, a veces volvían a tener al lado un coche que habían dejado hacía tiempo atrás, el tráfico parecía un acordeón, con rápidas extensiones y angustiosos estrujamientos, y en la

256

bajada de Douglaston —supo que era Douglaston porque tuvo el cartel delante un buen rato: «Douglaston-Port Washington»— se detuvieron por completo, no había forma de moverse, ni hacia adelante ni hacia atrás, ni a la derecha ni a la izquierda, estaban bloqueados y de nada servía que se pusiera de pie sobre el asiento para ver lo que ocurría al frente, ni que tocase la bocina, nadie la secundaba, sólo algunos conductores la sonreían con lástima, alguno con recochineo desde detrás de los cristales bien cerrados para aprovechar hasta el máximo el aire acondicionado, mientras ellas dos se freían en el descapotable. Luego fue un poco mejor, marchaban muy poco a poco, pero marchaban, no era aquel desesperante quedarse parados, y los carteles fueron haciéndose cada vez más frecuentes: Babylon, Mineola, Helmstead, racimos de casas de un piso, de madera, con jardín en torno, parecían todas iguales, pero si una se fijaba bien podía ver que siempre se diferenciaban en algo, en el balcón, en el ángulo del tejado, pero no había demasiado tiempo para fijarse, la velocidad era mayor, volvía a sentirse la brisa, o tal vez fuera que ya era tarde, el sol rozaba las copas de las arboledas que iban dejando a sus espaldas.

—Sólo a esos cabrones se les ocurre organizar una party a dos horas de Nueva York.

Eran las primeras palabras que la dirigía en el camino, la pista la pertenecía ya por completo y conducía rutinariamente, pegada a la derecha, como si aquello no la hiciese gracia, eso sí, a buena velocidad.

La solemne curva y ya la carretera normal, de doble dirección, hubiese sido bonito recorrerla despacio, enterándose de lo que había detrás de los setos, de las barreras de árboles, de los telones de azaleas, pero era imposible a aquella marcha, sólo quedaba un recuerdo fugaz de mundo preparado para recibir a alguien que no llegará jamás.

—Aquí debe ser.

«Camino privado». El letrero, falsamente rústico, estaba hecho a punta de cuchillo en una tabla clavada en una de las gigantescas hayas que servían de pórtico. Un niño surgió como por encanto para entregarles un gráfico con instrucciones.

—El aparcamiento es aquí, el bufete, aquí, el mitin será aquí, en la explanada.

—Gracias, Pulgarcito.

El aparcamiento estaba mediado, lo habían improvisado en la corraleda de caballos y desde las cuadras llegaban los relinchos de los animales, al parecer no acostumbrados al encierro. El lugar más concurrido era la larga mesa de bufete, o, mejor dicho, la barra adjunta, improvisada con tres mesas en ángulo, cubiertas con manteles blancos. Los dos hombres que lo atendían no daban abasto.

A Mrs. Delport la saludaron en el pórtico de la casa, se había quedado en el rellano, sobre los tres escalones, como un director de orquesta atento a cada movimiento de sus músicos, que eran todos, los invitados, los sirvientes, los niños, ¿de dónde diablos habrían salido tantos chiquillos?, que parecían gozarla jugando al escondite entre las piernas de los huéspedes, y si les hacían derramar el vaso, mejor.

—Frances, encantada que hayas venido. Estoy segura que el profesor Squire te entusiasmará. Es un hombre fascinante.

Mrs. Delport era una señora con los sesenta a las espaldas, de buena pechuga y ademanes que se esforzaban inútilmente en ser proletarios. Frances tuvo un gesto escéptico.

—Lo dudo.

—Espera a oírle. Ninguna mujer puede estar en desacuerdo con él. ¿Quién es esta chica? ¿Pertenece al movimiento? Nos conviene ir atrayendo a la juventud.

La vieja no parecía fijarse en nada, pero llevaba cuenta de todo. El gesto de Frances fue ambiguo.

—Más o menos. Bueno, voy a echar un vistazo. Sorel y Jo me han dicho que vendrían.

Pareció agradarla.

—¿Te lo han dicho?

—¿Te ha sorprendido, Dan?

—No, en el fondo me lo esperaba, aunque ya sabes, uno... —ella le premiaba con un beso largo, que bebió ávido, pero algo seguía torturándole—. Eve, escucha: si no me quieres, ¿por qué te acuestas conmigo?

Su salida debió sorprenderla, porque se echó a reír de verdad, con ganas, sincera por primera vez.

—Pues por eso mismo: porque no te quiero, porque no estoy enamorada de ti. Si estuviese enamorada de ti no me acostaría contigo, trataría sólo de cazarte.

Había conseguido animarlo. Cuando acabaron de reír y de besarse, la hizo una confesión.

—¿Sabes?, me pasa algo raro contigo y con Pat me parece que soy el más joven, que vosotras sois las mayores.

Cuando el sol se puso y hubo necesidad de encender la luz del pórtico, a más de los focos que iluminaban la explanada ante la casa desde los distintos ángulos del césped, el lleno era total, aquello parecía una calle de Manhattan en la hora punta, sólo que aquí la gente pedía paso por favor y se disculpaba en los inevitables tropezones, pero la variedad era la misma, la mezcolanza total, desde el vejete calvo con smoking blanco hasta el hippie, que a lo mejor era su hijo, o su nieto, desgreñado, harapiento, aunque eso no era lo grave, lo grave era cuando una abuela llegaba dispuesta a dar el golpe, y lo daba, con pantalón corto y tripa al aire, que quería hacerse perdonar con los medallones de paz colgándole entre los pechos, como un collar ,o peor aún, los hippies de cincuenta años, haciendo virguerías con el pelo de un lado a otro de la chola, camisas rosadas y pantalones de marinero, aunque había más mujeres, se notaba en seguida, y los hombres, por algo especial, andaban a la defensiva, como si tuvieran algo de qué avergonzarse. Frances encontró a Jo, y a Sorel, y a no sé cuántas más, qué alivio, pudo soltarse y moverse a sus anchas de un lado para otro, con el plato en la mano, que había que llevar en alto, como los camareros, entre la multitud, para abrir paso. Muchos se habían ido a las praderas cercanas para tumbarse en ellas y comer allí tranquilamente, allí se lo encontró, se habían cruzado varias veces en el ajetreo de la explanada, despistados ambos, solos ambos, fuera de su ambiente ambos, por lo que al verse de nuevo se sonrieron y fue a sentarse a su lado, él se levantó, la boca llena, limpiándose los labios con una servilleta de papel rojo.

—Jai.

—Jai.

—Divertido, ¿eh?

—¡Yeah!

No se le veía bien, allí apenas había luz, pero debía andar por los veintitantos, una cara vulgar, aunque rara, sin barba, ni bigote, ni patillas, el pelo, aunque tupido, corto, ¡eso era!, no era la cara lo raro, era el pelo corto, todo el mundo lo llevaba largo, aunque no lo tuviese, por los lados, por el cogote, era igual, la cuestión era llevar mucho pelo en algún sitio, pero él no, bien arreglado alrededor de las orejas, de forma que se le viesen, raro, pero también en los gestos, ¿o no?, a lo mejor la rara soy yo, que estoy acostumbrada a tratar sólo esperpentos y no personas normales.

—Soy Pat.

—Yo Michael —con aquella sonrisa parada, deseosa de agradar.

—¿Primera vez aquí?

—Sí, ¿tú?

—También. ¿Sabes exactamente de qué se trata?

—Un mitin feminista. Ya sabes, el movimiento de liberación de las mujeres. Creo que va a hablar un profesor de Yale.

—Ahá.

—¿Tú —la sonrisa de ella le animó a seguir—, tú perteneces al movimiento?

Ella repitió la respuesta oída hacía poco.

—Más o menos. Interesante, ¿verdad?

—Mucho.

Los dos se aplicaron a sus platos de papel.

—Te he dicho que estoy cansada de esa conversación —estaba realmente enfadada—. ¿Qué puede haberla pasado? Nada, no puede haberla pasado nada. ¿Qué te crees?, ¿que es la única chica que se marcha de casa? Hoy se marchan a cientos.

—No es eso lo que me preocupa. Pat, ¿sabes?, estaba tan rara en los últimos tiempos, desde que la dije lo nuestro y...

Se incorporó de un salto para quedar de rodillas en la cama, expectante, como una tigresa a punto de saltar.

—¿Qué dices? ¿Que le has dicho lo nuestro? Me lo habías prometido.

—Eve, no te pongas así, ella lo comprendía, era la única que lo comprendía, no puedes saber lo que es pasarse una semanas sin verte, a veces más, ella en cambio te veía —explicaba con las manos, con el gesto, humilde, complaciente—, era la única con quien podía hablar, no puedes imaginártelo.

Ahora era desprecio, un desprecio infinito. Hablaba despacio.

—Sois todos iguales, idénticos, no hay diferencia, ahora me explico por qué Pat estaba así conmigo, debí imaginármelo, debí imaginarme que no serías capaz, la estúpida fui yo, ¡yo!, ¡qué estúpida he sido!, ¡lo que ha debido pensar de mí! ¡Y yo sin enterarme! —apretaba los pu-

ños, las mandíbulas, los labios—. ¡Estúpida!, ¡estúpido!, ¿a quién más se lo has dicho?, ¡di!, ¡¿a quién?!
Él parecía realmente asustado.
—A nadie, te lo juro, a nadie. Eve, por favor, escucha.
Se había tirado de la cama para encaminarse con paso elástico hacia el sillón donde se amontonaban sus ropas. Antes de empezar a vestirse, se volvió.
—Un día se lo dirás a tu mujer. Seguro. Seguro que se lo dirás. Pero no quiero volver a verte, ¿entendido? Ni una vez más, como lo intentes sólo una vez, te denuncio, digo que me estás persiguiendo, que me molestas continuamente, que no ha pasado nada, pero que no haces más que molestarme. Acuérdate de lo que le pasó a Mr. Tobing.
—¿Quieres más? —indicaba el plato vacío.
—¿Tú quieres?
—Bueno, un poco.
—Entonces yo tomaré también algo —se levantó.
—Deja, que te lo traigo, ¿qué quieres?
—Ya voy yo, aquí somos todos iguales, ¿no?
Sonrieron. En el camino se tropezó con Frances en un grupo de tres, excitadísima, pero no tanto como para no decirla:
—Espérame luego junto al coche. Ya sabes donde está.
No la contestó.
—¿Quién es? —Michael la miraba, en lo que podían sus ojos mansos, crítico.
—Una amiga —pero pareció arrepentirse—, conocida.
El bufete estaba en las últimas, pero aún pudieron llevarse un par de lonchas de roastbeef y ensalada de frutas. Estaban comiendo de nuevo en la pradera —curioso, ni una sola de las parejas se abrazaba ni rodaba por el suelo, aunque la oscuridad era total en los confines, donde empezaba el bosque—, cuando sonó aquel vozarrón que asustó a todos, habían debido ajustar mal el altavoz y salía un trueno.

—Edmund, por favor, regula esto —era la voz de Mrs. Delport, desproporcionada.

—Un momento, querida.

Edmund debía ser su marido, un personaje de cabellera blanca y ojos irónicos, muy azules, que se había pasado la velada procurando mantenerse en segunda fila y que ahora se las entendía con el micrófono montado en lo alto de la vara metálica. Estaban solos en el porche, con un individuo calvo, de gafas, ajeno al problema. Dos golpecitos con el dedo que sonaron ya amortiguados, para cederla rápidamente el puesto. Pero aquello había conseguido ponerla nerviosa e hizo una presentación atropellada, confusa, repitiéndose varias veces y sin conseguir acabar, hasta que se decidió a ello de forma brusca. Los aplausos fueron discretos. El de las gafas era otra cosa. Un tipo impasible, que se sacó las cuartillas del bolsillo y empezó a leer con la monotonía del que lee un edicto que ni le va ni le viene. Había empezado por las consideraciones históricas, la era cuaternaria, los glaciares, el hombre cazador, sostenedor de la familia, la mujer en la cueva, los genes, la agresividad, el hombre pastor, la prole, nuestra era, el hombre conquistador, el territorio conquistado, la mujer conquistada, el rapto de las Sabinas, el hombre explorador, el Nuevo Mundo, la piel desconocida explorada, el hombre explotador, la esclavitud, otras razas, otros pueblos, otro sexo, hablaba lenta, monótonamente, sin inflexiones, sin apasionarse, como si estuviera presentándoles un balance comercial, la memoria de una firma durante el año. El hombre agresivo como consecuencia de su papel en la Historia, la agresividad que le aprisiona, el noventa por ciento de los crímenes violentos cometidos por él, catorce veces más alcohólicos que entre las mujeres, veinte veces más infartos cardíacos, úlceras, asma, suicidio... Fue entonces, en el suicidio, cuando se apagaron las luces, mejor dicho, no se apagaron, simplemente retiraron el foco dirigido hacia el

porche para llevar el haz de luz hacia arriba, hacia el tejado, donde estaba Frances, como una estatua griega, blanca,
inmóvil, desnuda, también las otras estaban desnudas, pero
no inmóviles, habían irrumpido por la puerta de la casa, a
la carrera, atropellando al profesor y a los Delport, gritando, relinchando, entre los huéspedes, que no habían
sido capaces de reaccionar, camino de la piscina, para tirarse al agua entre gritos, chillidos, relinchos, ¿relinchos?, no
podía ser, ¿cómo iba a ser?, pero lo eran, relinchos, cada
vez más cerca, en la explanada, no en la piscina, en la
explanada, entre polvo, entre chillidos, ¡los caballos!,
¡arrea!, ¡habían soltado los caballos!, estaban allí, como
locos, sin saber a dónde dirigirse, ahora todo el mundo
gritaba, corría, huía despavorido para encontrarse de nuevo
en la piscina, pero dentro.

IX

Lo mejor de él era que no sabía besar, ni acariciar, ni abrazar, ni nada, la estrujaba con toda la fuerza de sus brazos flacos, huesudos, hasta no poder más, hasta tener que soltarla en busca de aire, para volver inmediatamente a la carga, ávido, ansioso, infatigable, sin mirarla nunca a los ojos, como si tuviera miedo de verse en ellos, pero sin entregarse jamás, era lo mejor de él, que no sabía besar, ni acariciar, ni abrazar, ni nada, pero volvía siempre a la carga, ávido, ansioso, aunque ya casi no le quedaran fuerzas, como si tuviese que recuperar mucho tiempo perdido.

Aprovechó una de las pausas.

—¿Estás casado?

La pregunta le dejó rígido. Tenso, y rígido. Sólo la mano, como si no pudiera controlarla, como si fuera independiente de él, seguía acariciándola la espalda.

—¿Por qué lo preguntas?

—No sé, te encuentro algo raro. Di, ¿lo estás?

Se tomó su tiempo para contestar.

—No, no lo estoy.

El silencio comenzó a pesar. Hasta que él lo rompió.

—¿De veras me notas algo raro?

—Ahá.

—¿Qué?

Ahora, la que vacilaba era ella.

—No sé, como si escondieras algo, como si tuvieses miedo de algo. No: como si te avergonzaras de algo. ¿De verdad que no lo estás?

Hacía calor en el cuarto. Un calor espeso, humeante, alquitranado, como la noche que lo inundaba desde la ventana, inútilmente abierta.

—No. Pero debí decírtelo.

—¿Decirme qué?

—Todo —la mano ahora también se había detenido, sin atreverse a seguir acariciando la espalda. Hablaba al techo, como si se dirigiese a otra persona o a sí mismo—. Fui sacerdote, ¿sabes?

—¡¿Quieres decir cura?! —la sorpresa fue tal que la hizo estallar en carcajadas—. Perdona —cuando fue capaz de contenerse. Él sonreía embarazosamente.

—Debí decírtelo antes, pero no me atreví. Perdona tú. ¿Te importa?

Se encogió de hombros.

—No, ¿por qué me va a importar?

Le besó en el pecho, como para confundirle. Él se lo agradeció reanudando las caricias. En la sombra, su cara parecía más infantil, más perdida, o tal vez fuese sólo el cuerpo, aquel cuerpo delgado, pálido, todo huesos, el cuerpo de un niño anémico.

—¿Quieres que te cuente cómo fue?

Quiso ser amable, y sin embargo, resultó dura.

—No, eso es algo que no me interesa.

Volvió a caer entre ellos el silencio.

—¿Qué dices? ¿Que quieres irte al seminario? ¿Tú, cura?

—Sí, madre, creo que es mi vocación —se lo decía temblando. La mujer soltó una ristra de imprecaciones. Una mujer gruesa, ajada, de nariz rojiza, envuelta en ese olor inconfundible de quien trabaja en el pescado.

—Más te valiera ponerte a ganar un jornal. Desde que murió el borracho de tu padre tengo que sacaros sola adelante y ahora, cuando tienes edad para echarme una mano, te vas.

Era ya un seminarista de vocecita educada y ademán humilde.

—Lo sé, madre, y procuraré ayudaros en cuanto pueda. Lo que no puedo es traicionar mi vocación.

Dudó entre largarle un guantazo y perdonarle. Al final se decidió por lo segundo.

—Haz lo que quieras. Ya nos arreglaremos sin ti. Pero una cosa quiero decirte —levantando el dedo—: tú no tienes pasta de cura, los curas son de otra manera, el reverendo McDouglas...

Suave, pero firme:

—El reverendo McDouglas es viejo, madre, el mundo...

Tampoco ella le dejó terminar:

—¿Qué coño entiendes tú del mundo? Anda, largo de aquí, a la calle, a jugar como los hombres.

Desde la puerta la oyó hablar consigo misma.

—¡Para esto los querían en la escuela parroquial! ¡Y yo tan contenta! No cambian, son siempre iguales, si no te quitan el dinero te quitan los hijos, mañana mismo saco a los otros...

—¿De verdad no quieres saberlo?

Le miró sorprendida, curiosa, pero no fue por la pregunta, que había sido casi una imploración, sino por él, más tímido, más avergonzado que nunca, subiendo la sábana, aunque no se necesitaba sábana ni nada, sobraba todo, se derretía todo, ellos también, en aquel calor negro y espeso.

—No es que no quiera, no tienes necesidad, eso es.

—¿Pero no te molesta?

—¿Molestarme?, ¿por qué me va a molestar?

Apoyó la mano en la mejilla, como disponiéndose a escuchar.

—Unos salen por hambre de mujer —ahora hablaba sorprendentemente seguro, como si fuese algo que llevara preparando mucho tiempo, algo que se supiese palabra por palabra, letra por letra—, tú no sabes lo que es el hambre de mujer en el seminario, no puedes imaginártelo. ¿Sabes lo que decía Rupert, un compañero?: que un día no tendrían más remedio que dejarnos casar porque los

267

únicos que tendríamos hijos seríamos los curas, que él tendría por lo menos veinte, no puedes figurártelo, pero peor aún es fuera, cuando sales, cuando la tienes ahí, a mano, tan fácil, o al menos parece tan fácil, pero uno tiene que resistirse o, si no, hacer una escapada donde no te conozcan, pero te conocen, te conocen siempre, como tú me conociste, es terrible, una angustia terrible, que te cohibe, la primera vez que fui con una prostituta, en Broadway, no fui capaz, se lo confesé, estuvo muy amable, me escuchó toda la historia, incluso quería animarme luego, pero no fui capaz, aunque salí mucho mejor, mucho más aliviado, volví, pero no estaba, la habían arrestado, me lo dijo otra, una negra, me fui con ella, a ella no la dije nada y todo fue normal, ni siquiera notó que era virgen, pero me estoy perdiendo.

El golpear de cascos, resonaban como si los tuvieran encima, les hizo abrazarse instintivamente, agarrarse, mejor dicho, los brazos, transmitiéndose el susto como una corriente eléctrica, eso la descargó. Fue ella quien tomó la iniciativa.

—Vamos.

Los que estaban en la pradera eran los mejor librados, el follón gordo ocurría en la explanada frente a la casa, un torbellino de gentes que no encontraban otra salida que la piscina, ya llena de gente, de pánico, de chillidos.

Fueron describiendo un gran arco en torno a la casa, cogidos de la mano, hasta que los jadeos les hicieron detenerse. Casi no podían hablar.

—¡Uff! Lo mejor es largarse cuanto antes.

Los primeros ya lo hacían. Sacaban sus coches del corralón del modo más rápido, algunos derribando los postes horizontales que servían de valla, tenían la espalda bloqueada. Ella vaciló, o a lo mejor era la emoción.

—¿O prefieres esperar a tus amigas? —él, complaciente.

—No, no, vamos.

Le pasó otra vez a la carrera.

—Pero me estoy perdiendo, no vayas a creer que salí por las mujeres, hay quien no puede resistirlo, yo sí, podía, con una escapada de cuando en cuando, me llegaba, no fue por eso, te lo aseguro. Otros se van por falta de fe, Limalt, el más brillante de mi clase, ponía siempre en apuros al profesor de Escrituras, conocía mejor el Antiguo Testamento que él, algunos decían que era judío, no sé, el apellido no lo parece, ¿verdad?, salió antes de que nos ordenáramos, unos meses antes, nos reunió y nos lo dijo: «Tengo que confesaros algo, creo que os lo debo, he perdido la fe, así tan simple». Puedes imaginarte la bomba, salió aquella misma noche, creo que está en un college de Pennsylvania enseñando Historia Antigua. Yo no, yo no salí por las mujeres ni por la fe, salí por inútil, por conciencia de inútil, aunque tampoco era un problema de conciencia, no puedes figurarte qué es que vengan a hacerte preguntas que no sabes contestar, que te dejan clavado, otros saben salir de estos apuros, tenemos respuesta para todo, pero, ¡qué respuestas!, ¿qué le dices a la mujer que la pegó el marido?, ¿o a la que se le ha muerto?, como a mi madre, me imaginaba a mi madre en la rectoría, con el coadjutor, un coadjutor joven, como yo, diciéndola que tuviese resignación, que mandase a los niños a la escuela parroquial, que Dios proveerá, es para las cosas concretas para las que no tenemos respuesta, para las otras, para las abstractas, sí, todas las que quieras, pero para la concretas, no, y la vida, esa es otra de las sorpresas al salir del seminario, la vida está llena de cosas concretas.

Tenía un viejo Volkswagen rojo, lleno de abolladuras, al que todavía podían sacársele bien las sesenta millas. Aunque apretó sólo al principio, cuando salieron como por milagro, detrás se formaba un atasco de agárrate, y los gritos quedaron pronto aplastados por el concierto de bocinas, pero luego fue bajando la velocidad, pegándose a la derecha, como si no le corriese ninguna prisa llegar. A aquella hora, la autopista de Long Island parecía una carretera normal, solitaria, casi idílica, y ella había echado el brazo sobre los hombros de él.

—¿No tienes radio?

—No, ¿por qué? —en tono de disculpa.

—Sería bueno música, ¿no?

—Lo siento.

—No te preocupes.

Continuaron la marcha entre arboledas oscuras, pueblos dormidos, en silencio, sin que a ninguno de los dos se le ocurriese hablar de a dónde iban.

—Los sacerdotes antiguos sí que se preocupaban de las cosas concretas, es curioso, la religión no fue siempre así, el principio fue algo mucho más real, mucho más pegado a la vida, aunque los sacerdotes antiguos nos parecen hoy magos, ¿te aburro?

Seguía con la mano en la mejilla.

—No, no, sigue.

—La religión era entonces algo absolutamente necesario, no en la otra vida, en ésta, los hombres se necesitaban, entonces sí que debía agradar ser sacerdote, servir a los demás, ¿sabes que los rabinos han sido los primeros inspectores de sanidad? Los rabinos judíos, sí, con el kosher, ¿qué es el kosher sino el certificado de que los alimentos están en buenas condiciones? Los rabinos mataban al animal, ellos sabían que no estaba enfermo, que no estaba ya muerto y era una garantía, ¿no?, la única garantía, y luego, ¿quién se podía dedicar a cuidar enfermos, a dar albergue, a copiar libros?, los señores, desde luego, no, los señores bastante tenían con andar a trastazos, y la gente con ganarse el pan; tenían que hacerlo los sacerdotes, gente consagrada a Dios, bueno, a Dios, a todos los hombres, con la idea del más allá arreglaban el más acá, ¿curioso, eh? ¿De verdad que no te aburro?

—Que no, hombre, que no. ¿Cuándo se te ocurrió todo esto?

—¿Cuándo? No sé, estas cosas no te vienen así como así, de un momento para otro, primero es algo que ves, pero no comprendes, no encaja, luego, poco a poco, te vas dando cuenta de que sí, de que encaja, el que no encaja eres tú, toda tu construcción, tú mismo, tu forma de ser, no sirves, ¿estuviste aquí cuando lo de Stuyvesand? No, es verdad, dijiste que no eres de Nueva York, yo sí, acababa de salir, mi parroquia no cogía exactamente la zona, pero me fui a verlo, quería verlo, estaba al lado, ¿por qué la gente quemaba las tiendas?, bueno, eso era fácil, para llevarse un televisor, un estéreo, pero, ¿por qué quemaba entonces sus propias casas?, ¿por qué cortaba las mangas de los bomberos que venían a apagar el incendio? ¡Algo increíble!, ¿te lo puedes imaginar?, ¡cortando las mangas del agua que iba a apagar sus casas!, ¿que tenga resignación?, ¡pero si ellos lo que querían era que no se apagase el incendio!

Vivía en Brooklyn-Este —«Es el centro de Brooklyn, bueno, un poco hacia el Este, pero no Este todavía», le había dicho mientras daba vueltas en busca de un hueco donde aparcar—, en un apartamento de una sola habitación, con un nicho a la entrada donde estaba el hornillo y la nevera, pero pudo verlo sólo a medias; gracias al resplandor que llegaba por la ventana abierta de par en par y a que sus ojos estaban acostumbrados a la oscuridad —«No, no enciendas la luz»—, él pareció aliviado y los dos cuerpos, que eran dos bultos, se buscaron ávidos, como atraídos por una fuerza natural, irresistible, olvidados de todo, con ganas de olvidar todo, consciente sólo de aquella alegría expectante, incontenible, codiciosa, que les desbordaba, les ataba, desataba, salía, entraba por cada poro de la piel, haciéndoles olvidar todo lo que no fuera ellos mismos. Lo mejor de él era que no sabía besar, ni acariciar, ni abrazar, ni nada.

—Y luego el lío de Brownsville. Los judíos contra los negros, los padres contra los maestros, los radicales contra los liberales, allí no había forma de entenderse, ¿qué partido tomar?, y el párroco: «Déjalos, no te metas en medio, ya se arreglarán, todo se arregla, siempre fue así, con lo que tenemos que tener cuidado es con que no nos quiten la subvención para la escuela parroquial».

—Vamos a ver, George, ¿por qué quieres ser sacerdote? Tu madre vino ayer a verme y está que se la llevan los demonios, que Dios me perdone.

El muchacho tenía los ojos fijos en el suelo. Había tanta timidez como cabezonería en su actitud.

—¿No quieres contestarme?

—Reverendo McDouglas, yo... —no supo seguir.

El reverendo era un hombrón allá por los sesenta, con una hermosa mata de pelo blanco y manos de descargador de muelle.

—Ya sé que te gusta ayudar a misa y algunas veces te he visto poner la casulla en la sacristía —el crío se puso rojo—. Pero no creas que ser sacerdote es eso; eso es sólo lo que se ve. Como el besarte la mano y el saludarte todo el mundo, aunque cada vez lo hacen menos. La vida de sacerdote exige muchos sacrificios.

—A mí me gusta sacrificarme por los demás, padre —con un hilo de voz.

El reverendo se lo miró preocupado.

—Es precisamente lo que no me gusta de ti, sabes, que hables de esa manera.

—Ahora que me lo preguntas me doy cuenta de que sí, de que hubo un momento preciso, fue después de un bautismo, al hacer la inscripción, estábamos todos en la sacristía, la familia, los padrinos, el crío, que al fin había dejado de chillar, cuando me cayó encima como un rayo, casi no pude seguir escribiendo, en un tiempo, me dije, este papel era trascendente, la fe de vida, el nombre, la fecha de nacimiento, el nombre de los padres, de los testigos, todo, sin este papel una persona no existía, ahora es distinto, hay un registro civil, hay docenas de inscripciones, oficiales todas, más seguras todas, ¿cómo competir con ellas?, con las computadoras, las huellas dactilares, el carnet de identidad, fue una sensación de inutilidad, de superfluo, de anacrónico, como cuando me quedaba fuera, en el pórtico, en lo alto de la escalera, viendo pasar a la gente apresurada por la calle, la mayoría sin mirarme siquiera, ignorándome, desde allí era imposible, había que bajar a la calle, andar por la calle, compartir los problemas comunes, pero eso era imposible desde allá arriba, desde las instituciones, que te ataban, no te dejaban, por eso me hice asistente social, otros sacerdotes, cuando los dejan, se hacen profesores, maestros, es lo que más nos va, pero preferí la asistencia social, ya sabes, ayudar a la gente a resolver sus pequeños problemas, ¿pequeños?, algo de agárrate, no sabes bien, al principio me mareaba, no podía, como los estudiantes de medicina los primeros días de quirófano; hoy, no, hoy me gusta y todo, no podría ya vivir sin ello, algo auténtico, real.

—Pero —la primera vez que le interrumpía, parecía de verdad envuelta—, pero, ¿no crees que la iglesia podría hacer algo más? De acuerdo, cantar los salmos los domingos no llega, pero, ¿por qué hay que salirse de la iglesia?, no entiendo nada de eso, pero allí hay comunidad, ¿me entiendes?, era lo único que me gustaba, el resto, no, pero todos juntos, tranquilos, y la música, gran, ¿te extraña?, me gustaba la música de órgano, es tan, ¿cómo decirte?, tan unida, ya me entiendes, un poco como la moderna, toda junta, en bloque, te hace vibrar. Y las vibraciones allí dentro, lo que dicen, lo que dicen también es gran, ¿por qué entonces...?, ¿por qué no resulta?, ¿por qué no buscar la calma allí?, eso es lo que busca el pueblo, ¿no?, ¿no es eso lo que busca el pueblo?, ¿no es ese el verdadero problema?, bueno, aparte de esos que tú dices. También hay los materiales, de acuerdo, pero los otros son los peores, la ansiedad, ¿cómo quitar la ansiedad? Di, ¿cómo quitarla?, ¿no crees que la iglesia podría hacer algo para quitar la ansiedad?

La había escuchado con interés, al final con verdadera pasión, bebiendo cada palabra, pero luego, cuando tuvo que contestar, volvió a ser el tipo inseguro, huidizo de siempre.

—A lo mejor tienes razón, a lo mejor es así, a lo mejor no debía haberlo dejado.

A ella también parecía haberle quedado una gran duda.

—George.

—¿Qué?

—¿Crees que Jesús lo perdona todo?, ¿quiero decir que no condena a nadie, no importa lo que haya hecho?

La mano se detuvo en el ir y venir por su espalda, volvía a acariciarle la espalda, y en la voz había alarma.

—¿Perteneces al Movimiento de Jesús?

—No, pero tengo una amiga que pertenece, Dorothy, estaba en la droga pero lo dejó de un día al otro. Con Jesús no necesito droga, me decía, Jesús te pone alta, es la respuesta a todas las preguntas, él no pregunta a nadie, no condena a nadie, lo perdona todo, ¿tú qué crees?, tú tienes que saberlo.

—¿Por qué tengo yo que saberlo? —de broma, pero al ver la expresión hostil de su cara se apresuró a corregir—. Sí, creo que lo perdona todo, ¿por qué no va a perdonarlo? Los que no perdonamos somos los hombres.

—¿Pero crees que Jesús es la respuesta? —con ansia, otra ansia, un desespero que él, abstraído en el techo, no notó.

—¿Qué respuesta?

—Pero Dorothy...

—¿Te refieres a tu amiga?, ¿a la del Movimiento de Jesús? No sé, lo estudié de cerca algunas semanas, incluso

274

estuve tentado de meterme, pero, ¿sabes?, al final me di cuenta de que todos eran chicos un poco anormales, no lo digo por las drogas, lo de las drogas es hoy normal, eran las familias, todos tenían problemas con las familias, aunque tampoco eso es raro, lo raro era que todos tenían una cosa u otra con el padre, o se les había muerto o era muy débil, cualquier cosa, pero siempre algo, ¿curioso, eh?, me pareció que buscaban en Jesús la figura del padre, de un padre ideal, claro, el padre que no habían tenido, pero no me hagas mucho caso, ya sabes, los curas desconfiamos siempre de los movimientos al margen de la Iglesia, ya ves, es algo que se me ha quedado, uno no puede quitárselo de encima fácilmente. ¿No tienes sed? A mí se me ha quedado la boca seca de tanto hablar.

Debía llevar despierto mucho tiempo; a lo mejor ni siquiera había cogido el sueño, recordaba haberle dejado así tras el buenas noches de ritual, seco, árido, antes de cerrar la luz, pero entonces no le dio importancia, era siempre así, ¿para qué preguntar: algo va mal?, no valía la pena oír lo de siempre. Nada, ¿qué va a ir mal?, pero ahora sí, le dio importancia, ¿qué pasa por la noche que todo coge más importancia?, ¿o es ya la madrugada?, no, no puede ser, aún no se ve la menor claridad y en el verano amanece muy pronto, debo haber despertado después del primer sueño, me despertó él, con su silencio, con su inmovilidad, no parecía siquiera respirar.

—¿Algo va mal? —cuando quiso detenerse ya lo había soltado.

Llegó desde muy lejos, como si estuviera a miles de millas, para acercarse a la carrera.

—Sí —sin volverse, todavía inmóvil, ni siquiera los labios se habían movido.

—¿Pat?

Ahora, sí, volvió la cabeza.

—¿Qué va a ser?

—¿Crees que la habrá pasado algo?

Un río de silencio, espeso, negro, entre los dos, uniéndoles y separándoles al mismo tiempo. Casi era mejor cuando Tom no estaba y él se iba a su habitación.

—No sé.

—No crees... —se decidió—, ¿no crees que ella está mejor preparada para la vida que nosotros?

—¿Cómo puedes decir eso? Es todavía una niña —pero no había reproche en su voz.

—No puede haberla pasado nada, nada —lo decía ansiosa de convencerle, de convencerse.

—No, no he querido decir que los jóvenes no tengáis razón, la tenéis, el mundo será como vosotros decís, tiene que serlo, pero, ¿cuándo?, la cuestión es cuándo, ¿mañana, el año que viene, dentro de mil años?, la idea ya está ahí, pero, ¿cómo realizarla?, no es sólo querer algo y, ¡zas!, ya está, o al revés, no quererlo y, ¡puf!, desapareció, hay que desmontar mucho, hay que montar mucho, vosotros mismos, ¿sois todo nuevo? Te lo digo por mí, ya ves, creí que era completamente nuevo y cada vez me encuentro más restos del seminario —aquello la hizo sonreír, pero él siguió—. Posiblemente veis a Jesús mejor que nadie, mejor que los sacerdotes, Jesús debió ser así, un revolucionario, un underground, pero ya ves, ni él pudo, tuvo que dejarse matar, su revolución vino luego, ¿vino?, a lo mejor no ha venido todavía, a lo mejor los primeros que le han entendido de verdad son los hippies.

—O'Leary, te he mandado llamar para un asunto grave.

De pie, ante la imponente mesa, con una palidez que la sotanilla hacía aún más patente, parecía un chiquillo cogido en falta.

—Si se refiere, padre, a la Sagrada Teología, le aseguro...

El otro le detuvo con gesto grave, majestuoso.

—No son tus estudios, George, sino tu madre.

La alarma terminó de dejarle indefenso.

—¿Qué le pasa a mi madre?

—¿No lo sabías? Ingresó en el hospital anteayer.

—¿En el hospital? ¿Me permitirán ir a verla? Ya sé que los exámenes están cerca, pero...

Fue la calma de monseñor en su sillón la que le hizo frenarse. Entre los dos se arrastró un silencio gimebundo.

—No es necesario. Tu madre murió anoche. Acaban de comunicármelo. No tienes que preocuparte por tus hermanos, han sido aceptados en dos de nuestras instituciones. Tú, ahora, lo que tienes es que preocuparte de ser el buen sacerdote que ella hubiese querido.

Le llevó con el brazo sobre los hombros, era mucho más alto, más ancho que él, hasta la puerta. Allí se volvió para decir algo, pero no supo o no pudo y se echó a andar, a correr casi, por el pasillo desierto.

—Lo que quería decirte es que todo parece de una forma aquí —se ponía la mano en la frente— y resulta de otra en la realidad. Ya ves, lo verdaderamente espiritual era lo que decía mi madre, que me quedase con ellos ganando un jornal, pero no, yo empeñado en que era lo otro, a lo mejor lo que quería era escapar, a lo mejor lo que he hecho siempre es escapar, quién sabe, a lo mejor no hubiese muerto, o sí, ¿cómo voy a saberlo?, lo malo es que nunca podré saberlo, ahora ya es tarde, ya está hecho.

—Pero, ¿en qué he fallado? —se había incorporado hasta sentarse en la cama, el hombre seguía echado, inmóvil—. ¿No puedes ayudarme, Dan, por favor? Porque algo ha fallado. Me lo pregunto mil veces sin dar con ello. No la gustaba nada de lo que a mí me gustaba a su edad, ni siquiera los chicos guapos y ricos, fíjate con qué fachas salía, cuanto más fachosos, parecían gustarle más, como para humillarnos, como si tuviera algo contra nosotros, ¿no te dabas cuenta? Y no la ilusionaba nada, ni los vestidos, ni los bailes de fin de curso, ni los picnics, ¿cómo pudo salir tan rara? Te lo juro, no la entendía, aunque fuera mi hija, no sé tú, pero yo no era capaz de entenderla, entiendo mejor a sus hermanos, al menos ellos son hombres, ¿y tú?, ¿de qué hablabais cuando os encerrabais en su cuarto? Al principio tenía esperanza de que la convencieras, pero nada, cada vez más rara y rebelde, a veces... —era la oscuridad, el anonimato, lo que la permitía hablar—, a veces, sabes, pensé si no estaría mal de la cabeza.

Él continuaba absorto en sus pensamientos, la oía, pero el diálogo más intenso parecía ser el interior. Hasta que la cortó. Para decírselo se había vuelto.

—Voy a ir a buscarla, ¿sabes?

Tardó unos segundos en reaccionar.

—Iré contigo.

—No, tú tienes que quedarte aquí con los otros. Telefonea mañana al despacho diciendo que no voy a ir en uno o dos días.

—¿Y qué les digo?

—La verdad. Que he ido a buscar a Pat.

Una pausa larga, aunque más segura. Ella había buscado su mano, encontrándola abandonada entre los pliegues de la sábana. Una mano fría, extraña, que ni aun apretándola reaccionaba.

—¿Dónde vas a buscarla?

—En Nueva York, en el Village. La oí hablar muchas veces de él.

Les despertó la sirena de una fábrica, tenía que ser una fábrica, el puerto quedaba lejos, se lo había dicho: «Éste es el centro de Brooklyn, bueno, un poco el Este, pero no el Este todavía, ya sabes que el Este de Brooklyn es lo peor de Nueva York, peor aun que Harlem». «¿Peor?» «Me refiero a peligroso, las distintas razas, ¿sabes?, al menos en Harlem hay sólo negros, aquí hay negros puertorriqueños, judíos, italianos, cada uno tiene su calle, su barrio. Don Lucio, el párroco, decía que era como estar en misión en África, en medio de tribus siempre en guerra.»

—¿Has dormido bien?

—Ahá —desperezándose.

—Estuvimos hablando hasta tan tarde que si no llega a sonar la sirena no me despierto.

Por el rectángulo de la ventana entraba un día turbio, amenazador, ya fatigado pese a la hora.

—¿Quieres darte una ducha?

—¿Pero tienes ducha?

—Claro —lo decía con orgullo—, la monté yo mismo.

Era una simple cortina de plástico sujeta a un aro a la altura de la cebolla. El agua discurría por un plano inclinado del suelo hasta el sumidero del rincón.

—En el seminario me llamaban el fontanero.

—Okay, fontanero —se metió dentro, estaba desnuda.

—Cierra, si no vas a poner todo perdido.

—¿Tú no vienes?

A pesar del repiqueteo del agua contra el plástico, le sintió vacilar.

—No, lo haré luego. Voy a ir preparando el desayuno.

El agua estaba tibia, recalentada, incluso olía un poco, como si llevase mucho tiempo en la cañería. Pero pronto el aroma del café se llevó todos los demás olores. Aquello la hizo apresurarse.

—¿Sabes escribir a máquina?

Estaban con la mesa por medio, las tazas ya vacías, los tarros de mermelada abiertos, habían hecho un desayuno escueto, sin huevos ni jamón.

—No, ¿es necesario?

—Necesario, no, pero ayudaría. Y español, ¿sabes español?

El gesto fue volátil.

—Dos años en la escuela, pero ya sabes lo que se aprende en la escuela. ¿Por qué español?

—Si supieses español seguro que te colocarían. En el Centro, ¿sabes?, se habla ya más español que inglés, por los puertorriqueños que vienen, bueno, les llaman puertorriqueños pero también hay centroamericanos, sudamericanos, de todo.

—Entonces..., ¿entonces no crees que hay chance?

—No, no; no he dicho eso, trabajo hay de sobra, cada día más, lo que pasa es que nos han rebajado el presupuesto, hablan incluso de reducir personal, pero no creo que se atrevan, les hemos amenazado con huelga, una chance sí que hay, aunque sea provisional, ya te digo, el director me conoce, si dependiera de él, seguro, en cualquier caso —de nuevo la vacilación—, en cualquier caso puedes quedarte a dormir aquí, vamos, si quieres, hasta que encuentres algo.

—Gra. Pero a ver si lo encontramos en el Centro, ¿eh?

—Seguro.

—¿Cuándo nos vamos?

—Ahora mismo. Ya teníamos que estar allí.

La calle era más ancha que las de Manhattan, pero el abandono era el mismo, o mayor, con los edificios abandonados, en ruinas, como muelas picadas en una dentadura sucia. Se veía también menos gente, sólo bandas de críos en actitud beligerante.

—¿No vamos en coche?

—No, ¿sabes?, lo compré con Randall, un amigo, trabaja en un periódico underground, en Manhattan, un día lo usa uno y otro, otro. Además, no hace falta, está ahí mismo.

Estaba a seis o siete bloques, los suficientes para darse cuenta de que Brooklyn debió ser un barrio hermoso, de amplios bulevares, alamedas suntuosas y mansiones llenas de carácter —Europa debía ser así—, pero hoy estaba dejado de la mano de Dios, sólo los árboles conservaban su prestancia, el resto parecía una ciudad abandonada por sus ocupantes originales, ocupada por un ejército extranjero, enemigo, sin el menor cariño por nada, a trechos incluso

parecía haber sufrido los efectos de un bombardeo, había
más edificios en ruinas que intactos y los cascotes cubrían
las aceras.

En los alrededores del Centro la animación era mayor.
Una mujer vino hacia ellos con toda la velocidad que la
permitía la falda larga, cochambrosa, y el niño en brazos.

—¡Mr. O'Leary!, ¡Mr. O'Leary! —le cogía de la manga—. Mr. O'Leary —le sonreía untuosa—, tiene usted que
hacer algo por mí, por nosotros —le adelantaba al crío.

—Dentro, dentro —él trataba, nervioso, de desprenderse.

—Dentro hay demasiada gente, vine a las ocho, pero ya
estaba lleno, tiene que hacer algo.

Él parecía obsesionado.

—Dentro —ni la miraba siquiera—, dentro, aquí no tengo
los papeles.

Ahora, la voz de la mujer era quejica.

—Entonces, siquiera una ayuda para tirar hasta mañana.

Sacó algo del bolsillo y se lo dio para escapar escaleras
arriba.

—Todos los días —le dijo ya a salvo— hace lo mismo.

Dentro era una gran sala, podía haber sido un gimnasio,
con la mitad posterior ocupada por grandes mesas simé-
tricamente dispuestas, y la anterior por bancos. Reinaba
un zumbido de colmena o, mejor, de redil, con mil ovejas
balando en diferentes tonos, aunque lo que predominaba
era el balido agudo de los niños, corriendo unos tras otros,
rodando por el suelo, llorando sin que nadie les hiciese
caso, ellas discutían a gritos o aguardaban a la expectativa
junto a la baranda de madera que dividía la sala, listas a
colarse por la portezuela de batientes en cuanto un tipo
de uniforme se descuidaba. No se descuidaba, debía saberse
su oficio porque no dejaba que ante cada mesa hubiera
más de una persona. Hizo ademán de detenerla.

—No, Steven, viene conmigo.

No habían acabado de sentarse cuando ya la tenían allí,

muy baja, morena, con esos apacibles rasgos de los indios, ahora desfigurados por el miedo.

—Ve, señor, ve —se lo decía en español, mientras le llenaba la mesa de papeles.

Él los examinaba por encima, no debió entenderlos porque se volvió hacia ella, educado, pero firme.

—Residencia.

—¿Cómo?

Lo repitió lentamente:

—El permiso de residencia.

Pareció que la agitaba un vendaval, se levantó.

—¡Niño! —miraba en torno—. ¡Jesús! ¡Jesusito! Dios mío, este niño siempre jugando, no sabe otra cosa que jugar, ustedes perdonarán —Jesús era un crío de unos siete años, con toda la arrogancia del golfillo de barrio—. Anda, di a estos señores cómo vinimos, que pagamos el billete, que nos dejaron entrar.

El niño lo tradujo, hablaba con un acento de Brooklyn avasallador.

—Dile a tu madre que necesito vuestro permiso de residencia. Sin el permiso de residencia no puedo incluiros en el seguro de paro.

La madre explicó algo tan prolijo que ni Jesús fue capaz de traducirlo.

—Dice que vinimos bien.

—¿De dónde vinisteis?

Eso lo sabía el chaval sin preguntar.

—De Nicaragua.

—Dile que me deje ver el pasaporte.

Lo tenía en el fondo del bolso. Tardó en encontrarlo y se lo entregó con un miedo infinito. Él le dio toda clase de vueltas antes de devolvérselo.

—Visado de turismo. De verdad, señora, no puedo hacer nada, tienen que ser residentes.

Tuvo que venir el guardia de la portezuela a llevárselos,

a llevársela, Jesús ya estaba fuera, pegándose con los demás.

La siguiente fue una negra monumental, ciento veinte kilos de mujer gimiendo, amenazando, se le habían llevado al hijo aquella mañana.

—Pero, señora, ese es un asunto de la policía, tiene que ir a la policía, nosotros no nos encargamos de esos asuntos.

Le miró como si fuera tonto.

—¡Pero si se lo ha llevado la jodida policía! ¿Cómo quiere que vaya a reclamárselo? Ya es el segundo hijo que se me llevan, ¿por qué no dejan a mis chicos tranquilos? Usted está aquí para ayudar al pueblo, ¿no?, ¿no está aquí para ayudar al pueblo?, ¿entonces qué hace ahí todo el día?, ¿calentar la silla con el culo? —de repente, se puso como sentimental—. Se lo llevaron con las esposas puestas, ¡mi Glenn!, como si fuese un criminal, ¡mi Glenn no es un criminal! ¿Entiende? ¡Mi Glenn no es un criminal!

Le hablaba como si fuera él quien se lo hubiese llevado.

—¿Cuántos años tiene?

—¿Quién, Glenn? Quince.

—Entonces irá a un juzgado juvenil. ¿Sabe el cargo?

—¿Qué quiere decir con cargo?

—De lo que le acusan.

De nuevo la explosión.

—¡Decían que drogas! Por vender drogas. No lo creo, mi Glenn no es un criminal, a su hermano pequeño no le deja tomar drogas, ¿me entiende?, y aunque las haya vendido, eso no es un crimen, todos lo hacen, hasta los cerdos, él pagaba siempre a los cerdos, todo estaba en orden, él cumplía, los que no cumplen son ellos, ¿por qué le detienen?, no hay justicia, en este país no hay justicia, y usted ahí sin hacer nada, ¿le pagan para no hacer nada?, ¿para qué le pagan?

Después de varias llamadas telefónicas —cada mesa tenía un teléfono— consiguió localizarle.

—Está en el juzgado ya.

—¿En el juzgado? ¿Qué juzgado?

—¿Cuál va a ser? El de Brooklyn, naturalmente. Estará ante el juez hacia el mediodía.

Se levantó a toda prisa. Para su volumen, tenía una agilidad sorprendente.

—¡No se olvide de llevar el dinero para la fianza!

Le contestó con un manotazo de desprecio.

La niña tenía trece años y, además, no representaba más: menuda, escuálida, incluso a través del moreno de su piel se notaba la palidez de la anemia. Su madre parecía más robusta, una mujer de treinta años que hablaba con la rapidez y contundencia de una ametralladora. Su inglés era muy simple, pero preciso, telegráfico casi, lleno de colorido, o tal vez fuera ese acento raro que le dan los puertorriqueños.

—Fue ese sinvergüenza del segundo, debía estar en la cárcel, pero como va todavía a la escuela no lo meten, ahora que se lo he dicho mil veces al guardia, ése es un mal elemento, un ladrón, sí, señor, un ladrón, lo vi yo misma, desde la ventana, llevarse la radio de un coche, pero como si le contase un cuento, ésos sólo saben extender la mano, fue él, me lo confesó ella misma, ¿verdad, niña? —un golpe en el hombro—, ¡abre la boca!, ¿es que te has quedado muda?

Él trataba de poner un poco de calma, de orden.

—Pero, vamos a ver, ¿está segura de que fue una violación?

Buena la hizo.

—¡Claro que estoy segura! ¿Qué se cree?, ¿que mi hija se va con un negro?

—Yo no digo nada, señora, pero estas cosas hay que probarlas. Vamos a ver, niña, ¿te amenazó?, ¿te engañó?

Movía la cabeza afirmativamente. Otro manotazo.

—Habla al señor.

—Sí.

—¿Qué te dijo?

—Me dijo que no iba a pasar nada.

Los cuatro tirándose la mirada, Pat también, como una pelota, sin saber qué hacer ni qué decir. La madre:

—¿No lo ve?

—Bueno, señora, esto no es cosa mía, necesita hacer la denuncia, necesita un certificado médico de que ha sido violada, quién sabe, a lo mejor ni siquiera está embarazada.

—¡Claro que está embarazada! ¿Por qué se cree que he venido aquí? Me di cuenta en cuanto no la llegó el período.

Él parecía más confuso que nunca.

—Entonces —miró a Pat, sentada a su lado, que no podía ayudarle—, entonces no entiendo, ¿quiere conservar el niño o quiere un aborto? Ya sabe que ahora tenemos en Nueva York una ley muy liberal para el aborto, sobre todo en estos casos de violación, pero eso no lo tratamos aquí, tendrá que ir a una clínica, ¿quiere que le dé direcciones?

Ella parecía harta de tantas vueltas.

—Lo que quiero es que me diga cuánto recibiría de asistencia social si tuviera el crío.

Había salido muy temprano, antes de salir el sol, y llegó a Nueva York hacia el mediodía. Un viaje rápido por la Massachusets Turnpike y la Wilbur Cross Parkway, con las paradas justas para llenar el tanque. Todo había ido perfecto hasta llegar a Nueva York. El lío de los puentes —¿cuál cojo?— le desorientó y acabó entrando por Queens cuando podía haberlo hecho mucho más directo por el Bronx. Pero aún fue peor cuando quiso preguntar direcciones.

—¿El Village? —le dijo el primer peatón, un viejo que paseaba el perro que se dignó contestarle—. ¿A cuál se refiere, al Greenwich o al East?

—¿Pero hay dos?

—Claro que hay dos —como si fuera la cosa más natural del mundo—. Lo mejor es que tire hacia abajo y allí pregunte; coja el River Drive, ¿sabe cómo llegar al River Drive? ¿No? ¡Pero hombre!

Se habían ido a tomar el lunch a una cafetería de enfrente.

—¿Te gusta? No me refiero a la hamburguesa, sino al trabajo.

Desde que habían salido, Pat parecía tan excitada que no era capaz ni de expresarlo.

—Cósmico, esto sí que es estar realmente envuelta.

—No sé —volvía a ser aquel individuo lleno de dudas—, ¿sabes?, a veces tengo la impresión de que no estamos aquí realmente para ayudar, de que nos han puesto aquí para que digamos no al pueblo sin que se note demasiado.

Ella dio dos o tres mordiscos a la hamburguesa antes de contestar.

—En cualquier caso, es el pueblo real, no el abstracto de que hablábamos los amigos del movimiento.

—Pues no, Mr. Hultom, no la he visto nunca —el inspector movía la cabeza ante la foto que tenía en la mano, se había echado hacia atrás para verla con cierta perspectiva—, no recuerdo haberla visto, claro que parecen todas iguales, se visten, se peinan todas igual, como si lo hicieran a propósito. Pero mejor será que vaya al East y pregunte a mi colega de allí. El precinto está en la Calle Nueve. A lo mejor ellos pueden decirle algo, aunque no le doy muchas esperanzas, llegan docenas de críos cada día, ¿sabe?, de todo el país, se ha corrido la voz y acuden como moscas, pero allí, no aquí, éste es el Village comercial, para turistas, allí es donde está la acción, como ellos dicen, ¿por qué no se da una vuelta? Es pequeño, Saint Marks Place, que no es una plaza, es una calle, y las dos o tres laterales. Si está en Nueva York, tiene que andar rondando por allí.

—¿Qué tenemos que hacer por la tarde?

Rio, no fuerte, pero rio.

—¿De qué te ríes?

Estaban fumando un cigarrillo después del café.

—De que dices tenemos, como si ya estuvieras dentro.

Ahora era ella la que sonreía.

—¿Lista?

—Ahá.

—Entonces, andando. Por la tarde son visitas.

Comió una hamburguesa indecente y cara en una cafetería de la Segunda. El espectáculo, sin embargo, le tenía fascinado: chicos y chicas, era difícil distinguirlos, en los atuendos más estrafalarios, aunque con algo común, en grupos en las esquinas, vagabundeando por las aceras, sentados en las escalerillas de las casas, pidiendo limosna, entrando y saliendo de las heladerías, bares, discotecas, tiendas de cintos, de cadenas, de medallas, de carteles, de literatura underground, como si fuese su mundo, su América, otro mundo al que él no pertenecía.

Por la tarde eran visitas a «su» distrito, un barrio alejado, tuvieron que coger el metro, ya en las proximidades de la semilaguna que forma el Océano en su pulso con la costa sur de Long Island. Casitas minúsculas, modestas, de madera todas, con un raquítico jardín delante —allí no había forma de hacer crecer la hierba, era casi todo arena— y un patio detrás, siempre con ropa tendida, como grandes capas blancas en las que el viento no se cansaba de embestir.

Los críos eran la causa del conflicto. El viejo matrimonio irlandés se quejaba no sólo del ruido —«Al ruido nos hemos acostumbrado, peor son los aviones que enfilan aquí para aterrizar en Kennedy»—, sino también del estropicio —«Ya ven, me han vuelto a tirar una sábana al suelo. Y anteayer nos rompieron un cristal jugando al baseball. Son salvajes y lo peor es que los padres no los frenan, al revés, les consienten todo.»—. El fin de semana se había presentado su yerno, que trabajaba en Nueva Jersey, y al primer crío que agarró —no lo esperaba, estaban acostumbrados a que el viejo se contentase con insultarles— le sacudió una que le dejó el carrillo como si tuviera un flemón. El apocalipsis. Los cubanos, pues eran cubanos, se presentaron a la media hora, todos, padre, madre, tío, abuelo, hijos, con palos y cuchillos, otros irlandeses no quisieron perdérselo y menos mal que llegó la policía. De todas formas, hubo tres heridos, por fortuna sólo uno de pronóstico reservado, los otros dos, leves. Magulladuras, en cambio, todas las que se quisieran.— Vaya allí —le había dicho el director del Centro— y vea si puede hacer algo.

«¿Pero qué?», se lo preguntaba a él mismo, en el metro, semivacío. Ella parecía más animosa.

—Algo se podrá hacer, ¿no?

El tono de él era todo menos optimista.

—Espero.

Al principio pareció que era peor, que su venida iba a reanudar las hostilidades, pero pronto se vio que no, que, no estando los hombres en casa, el asunto no era tan grave, las mujeres se despachaban insultándose, amenazándose, cada una en su tono, las cubanas a voz en grito, la irlandesa por lo bajo, lo que la hacía más temible.

Estuvieron primero en casa de los viejos.

—Ya ve, nosotros que nos habíamos comprado esta casa por la tranquilidad, para gozar de los últimos años. Él —apuntaba a su marido— trabajó siempre en el subterráneo, no de conductor, haciendo túneles, ¿sabe?, bajo el río, siempre hay túneles que hacer en Nueva York, yo, en un bar, el bar de un amigo, posiblemente le conozcan, en la Tercera, entre la Noventa y Tres y la Noventa y Cuatro, me encargaba de la limpieza, pero a veces también servía, cuando había demasiada parroquia, el día de San Patricio, por ejemplo, el día de San Patricio, siempre.

—Pero, vamos a ver, ¿no han intentado ganarse a esos chicos? ¿Por qué no les invitan cualquier tarde a tomar un pastel? —quería ser simpático—. Estoy seguro de que usted sabe hacer unos pasteles de cereza estupendos. ¿A que sí?

—¿A esos salvajes? ¿En mi casa? ¡Está usted loco! ¿Se imagina cómo me pondrían esto? ¿Por qué tengo yo que meter a unos salvajes en casa? Esta es mi casa, ¿sabe?, mi casa, ganada con nuestro sudor, cuarenta años de trabajo, él, yo, los dos; nos destrozan todo y encima tengo que invitarles a comer pastel de cereza, ¿es esto todo lo que se le ocurre?, ¿para eso le han enviado aquí? ¡Podía haberse ahorrado el viaje, jovencito!, ¿me entiende?, ahorrado el viaje.

Pat debió creerse en la obligación de echarle una mano.

—¿Y una valla?

Fue tan inesperada su intervención, no había abierto la boca desde que entraron, que los tres se volvieron sorprendidos hacia ella.

—¿Qué dice?

—Una valla, si pusieran una valla alrededor del jardín, del patio, así los chicos no...

El viejo la miraba con compasión mientras movía la cabeza.

—¿Pero qué asistentes sociales sois vosotros? ¿No sabéis que no se pueden levantar vallas, que están prohibidas por una ordenanza municipal? Dicen que disturban el paisaje.

Al fin encontró un teléfono que funcionaba, en un bar, donde todos se volvieron cuando entró. Pidió la conferencia con pago en la otra parte y se la dieron inmediatamente.

La voz que contestó traslucía tanta emoción que la dio pena romperla.

—No, por ahora nada, pero tal vez esta noche, es cuando se reúnen estos críos. Si no la encuentro, me volveré mañana. Me dicen que no me preocupe, que no puede haberla pasado nada, si no, lo hubieran sabido. ¿Por ahí todo bien?... Sí, sí, yo perfectamente, el viaje sin problemas, pero tendrías que ver esto, ¡increíble! Bueno, adiós, te volveré a llamar esta noche desde el hotel.

Al salir se dio cuenta de que era un bar de maricas.

Con los cubanos fue distinto aunque, a la postre, igual. Lo primero que había hecho la mujer fue servirle café. Y encararse, naturalmente, con un enemigo invisible. Eso lo había hecho desde que cruzaron la puerta.

—¿Pero qué se creen esos vejestorios?, ¿es que no han sido niños?, ¿es que no han tenido niños? Son cosas de niños, los niños tienen que jugar, correr, saltar, claro que de vez en cuando rompen algo, también nos lo rompen a nosotros —la casa era una buena muestra, no había una cosa intacta— y ¿protestamos? ¿Qué?, ¿les gusta el café?, ¿no es demasiado negro? A nosotros nos gusta bien negro, no sé cómo a ustedes les gusta esa agua de castañas que beben, y eso que éste no es auténtico, en Cuba tuestan el grano más, hasta que queda como el carbón, ¿saben?, pero lo que les decía: ¿de qué se quejan?, ¿de que los niños juegan?, ¿es que hay una ley que prohíba jugar a los niños?, ¡diga!, ¡diga!, ¿es que hay una ley que prohíba jugar a los niños?, yo no conozco todas las leyes de los Estados Unidos, pero estoy segura de que no la hay, éste es un país libre, ¿no?, éste no es un país comunista, ¿por qué va a prohibirse jugar a los niños?

No había forma de meter una palabra ni de canto.

—Lo que pasa es que no saben vivir. Ahí donde los tiene, deben tener más cuartos que Rockefeller y no gastan un chavo, lo que les digo, ni un chavo, ni servilletas de papel usan, siempre las viejas, las de paño, que pueden lavarse luego, por eso está siempre lavando, a mano, ni lavadora tiene, los niños le tiran alguna vez los trapos, lo extraño sería que no se los tirasen, ¿no? En lo único que gastan es en emborracharse, tendrían que verles los fines de semana, como cubas, en cuanto vemos llegar a la familia lo sabemos, trompa segura, no para matar la sed, como nosotros, hasta que no pueden más, hasta que revientan, se van al patio y, ¡zas!, espatarrados, allí se quedan toda la noche, eso sí que debería estar prohibido, eso sí que es mal ejemplo para los niños, ¿no creen?, ¿otra tacita?

Al final, cuando se marchaban, perdida ya toda esperanza de meter baza, se habían convertido en sus confidentes.

—Oigan, ustedes que son del gobierno —una sonrisa que hasta quería ser coqueta. Era una mujer de, uno diría, cuarenta, pero también podían ser treinta; bajita, metida en carnes, los rasgos de la cara, en cambio, finos—. ¿Es verdad que nos van a levantar aquí casas de apartamentos para negros y puertorriqueños? ¿No, verdad? ¡No me irán a meter morenos cerca! Miren que ésos lo arruinan todo, que los conozco de allá —apuntaba hacia donde debía estar el mar—, que donde caen son como la langosta, no dejan nada, no tengo nada contra ellos, pero los negros, lejos, cuanto más lejos, mejor, estaría bueno ahora que salimos del Barrio, ¿lo conocen?, está lleno de morenos, dicen que son puertorriqueños, pero son morenos, por eso nos vinimos, aquí es más tranquilo, tengo a los dos hombres trabajando para pagar la casa, ¿sabe?, a mi marido y a mi hermano, nos faltan todavía catorce años, pero si Dios quiere, y nos da salud, la pagamos; pero no negros, no nos envíen negros porque...

Como si fueran ellos los responsables, como si dependiera exclusivamente de ellos.

Por la noche era aún más fascinante. El día parecía ser el enemigo de los críos, la noche, en cambio, su aliada, estaban en su elemento, aunque pasaba algo extraño con ellos, con la inmensa mayoría de ellos, como si estuvieran excitados y serenos a la vez, atraían y metían miedo al mismo tiempo, en grupos, o sentados en las aceras, no cabían en las escalerillas, apenas sin hablar, activos y pasivos, indiferentes a todo, pero viviéndolo todo con una intensidad que transparentaba el brillo mate de sus ojos.

En torno a la entrada del Electric Circus —un edificio pintado de azul con grandes banderolas, también azules, en la fachada—, se congregaba una multitud heterogénea, como frente al Fillmore East, mucho más iluminado, varias veces creyó verla, de espaldas, pero después resultaba ser otra chica, una chica que decía «Jai» al volver la cabeza, él la había tocado el hombro y sonreía ante su embarazo —«Perdón»—, para seguir hablando con los de su grupo, allí todos pertenecían a un grupo, todos se conocían, como si siempre hubiesen vivido allí, nacido allí, a miles de millas del Empire State, que elevaba su cúpula fatuamente iluminada por encima de los edificios, sin que nadie se tomase la molestia de mirarle.

—Ahora tenemos que preocuparnos de lo nuestro, ya es hora, ¿no? Nos hemos pasado el día arreglando asuntos a los demás. Bueno, arreglando...

Estaban de nuevo en el sub, que por allí no lo era, era un elevado que se movía a paso de carreta, produciendo un ruido de mil demonios, como si fuera soltando planchas, tornillos, cristales incluso.

—¿Sabes lo que voy a hacer? Voy a telefonearle, si no, no le cojo en la oficina, son ya las cinco y cuarto, hemos perdido demasiado tiempo con la cubana, ¡qué mujer! Si esperamos a llegar al Centro, no le pillamos.

—Ya.

Estaba extrañamente silenciosa, si él no estuviese tan excitado lo notaría, pero había perdido aquella animación que la embargó todo el día, en el Centro, durante la tarde, en las dos casas, aunque apenas habló, pero se la notaba, cualquiera podía haberlo notado, como ahora la concentración, el abatimiento, como si de repente hubiera perdido el interés por todo, sólo él no se daba cuenta, recapitulando las visitas y haciendo planes. Había habido un corte claro, nítido, como de cuchilla, en la estación, tuvieron que esperar bastante a que el tren apareciese, mientras hacían tiempo paseando por el andén, el hombre también esperaba, pero sentado en el banco, leyendo el *Post,* aunque no leía aquello, leía la otra página, la contraria, tenía el periódico doblado, con las fotos hacia fuera, hacia el andén, por donde ellos paseaban, aunque tampoco eran fotos, por una millonésima de segundo creyó que eran fotos, tan exactas parecían, pero a la millonésima siguiente se dio cuenta de que no, de que era un dibujo, uno de esos dibujos escuetos, con sólo lo fundamental, el pelo, los ojos, la nariz, la boca, la línea de la cara, que tantas veces había visto sin importarle, preguntándose sólo: ¿se parecerá de verdad a ellos?, y sí, se parecían, eran iguales, se parecían incluso más que las fotos, eran clavados, exactos, el pelo, los ojos, la nariz, la boca, la línea de la cara, estaban allí, los dos, Rocky y Alambre, uno al lado del otro, bajo los titulares SE BUSCAN.

—Le voy a llamar desde la primera cabina, en cuanto bajemos, desde la misma estación, ¿qué te parece?

Contestó con un movimiento indeterminado de cabeza, sin mirarle.

—¿Qué?, ¿la ha encontrado?

Se derrumbó en la silla para sacar el pañuelo y pasárselo por la cara. Parecía extenuado, pero no del todo descontento.

—Tenía razón, es muy difícil, su colega del Greenwich me dijo que era fácil, ¡ni hablar!, son sólo tres calles, pero todo un mundo, ¡y qué mundo! Ahora que los críos no parecen pasarlo mal.

El inspector hizo un gesto de duda.

—Es por fuera, Mr. Hultom, lo que se ve por fuera. Por

dentro hay mucha miseria, mucha tragedia. Hace algunos veranos, sí, esto era una delicia, pero de un tiempo a esta parte no ha hecho más que ir para abajo, se han metido muchos elementos turbios entre los hippies, hippies auténticos, se lo aseguro, van quedando pocos, verá a muchos de pelo largo y demás, pero cuidado con ellos, la mayoría son delincuentes, los hippies han huido, a las comunas, a sus casas, esto, ya le digo, no es lo que era, ¡qué va a ser! —lo decía con nostalgia.

—Pero, ¿por qué? —él también parecía sentirlo un poco.

—¿Por qué? —el comisario se refregó la mejilla sudada con la mano—. Hay mil explicaciones, la más simple: ¡es tan fácil disfrazarse de hippy!, el pelo largo, la ropa desastrada, una semana sin lavarse, y ya está, ya se es un hippy, hay muchos criminales que han elegido ese disfraz, les es más cómodo robar así, hasta llevan la flor en la mano, claro que también han cambiado los críos, primero venían los hijos de buena familia a vivir hermanados con la naturaleza, como decían, hartos de consumo, pero pronto empezaron a llegar puertorriqueños, negros, qué sé yo, completamente distintos, el ser hippy para ellos era una subida social, en el fondo nunca han sido hippies, nunca han entendido la filosofía hippy, a lo que aspiraban era a codearse con los otros y, si era posible, acostarse con alguna chica despistada de las que por aquí caía; luego está la droga, por la droga los críos son capaces de cualquier cosa, robar, matar…, ya le digo, esto no es lo que era ni lo volverá a ser nunca. No quiero asustarle, naturalmente, algunos vienen aquí una semana, un mes, un verano y vuelven a casa como nuevos, tal vez su hija…

El inspector era un hombre de su edad, rubio, bastante calvo, a lo mejor tenía también una hija como Pat, llena de problemas.

—Eso espero. Bueno —se levantó—, venía a darle las gracias por todo y a dejarle la foto por si puede ayudarles a localizarla. Si la encuentran, no dejen de llamarme inmediatamente. Ya saben mi teléfono. Y díganle que, por nosotros, todo olvidado.

—No se preocupe, Mr. Hultom —echó todavía una mirada a la foto, pequeña, de carnet, antes de dejarla, junto a la tarjeta, sobre la mesa—, en cuanto sepamos algo le llamamos.

—Una última cosa, ¿podría recomendarme un hotel por aquí cerca que esté bien de precio?

El inspector volvió a refregarse la barbilla sombreada por la barba. Debía haber entrado hacía bastantes horas de turno.

—¿Por aquí cerca? No sé qué decirle, esto después de ciertas horas se vuelve peligroso. Le aconsejo que vaya más arriba, allá por la Cuarenta, el Pickwick Arms está bien y no resulta muy caro. Espere que vea en el listín la dirección exacta.

—¿Peligroso? —no parecía creerlo.

—Está en la Cincuenta y Uno, entre Segunda y Tercera —cerró el enorme libro—. Peligroso, sí señor, aunque no lo parezca.

Le acompañó hasta la puerta. Ante ella, tuvieron que dejar paso a dos guardias que traían a empujones a un muchacho bajo, fuerte, de pelo rojizo, rizado, abundante, con señales de sangre en la cara, como si se hubiera resistido al arresto.

Volvió radiante, había tardado bastante tiempo, lo menos quince minutos, le veía sentado en la cabina a través de la puerta de cristales en fuelle, manotear, explicar, escuchar, echar nuevas monedas, de cuando en cuando la hacía señas con la mano, Pat se había quedado fuera, en la estación, muchos de los que pasaban se la quedaban mirando, alguno incluso había intentado ligar.

—¡Yupiii! —parecía un niño después de haber ganado un premio—. ¡Lo conseguimos! Puedes empezar mañana, no como asistenta, como ayudante, como auxiliar, ¡qué suerte hemos tenido! —no parecía creerlo él mismo—, tres chicas están enfermas, te aceptan sólo sobre una base provisional, pero ya sabes lo que son estas cosas, el caso es meterse, luego, ya no hay forma de echarte. Mañana mismo lo hacemos, ahora está cerrado, ¿tienes tarjeta de seguro social? ¿No? ¿No has trabajado nunca? ¡Vaya! Bueno, eso es fácil, se pide el número y se acabó, das mi dirección y a la semana te lo mandan por correo, como la policía, lo mismo, así que...

Debió ser el tono de ella lo que le frenó en seco.

—¿Qué hay que hacer con la policía?

Era él quien parecía el culpable.

—Nada, lo normal, puro trámite, como vas a ser empleada de la ciudad, porque vas a ser empleada de la ciudad, ¿sabes?

Ella quería saber otra cosa.

—Pero, ¿qué tiene que darme la policía?

—No sé, el okay supongo, no te preocupes, conozco al inspector, he trabajado muchas veces con él, tú también tendrás que trabajar, en este trabajo, ya lo has visto, hay que estar siempre en contacto con la policía. Y menos mal porque, si no, no sabrías cómo salir de algunos líos.

Era una muchacha nueva, recelosa, desconfiada, la que tenía delante, sólo que él seguía sin notarlo.

—Tengo que recoger mis cosas.

—¿Tus cosas?

—Sí, las dejé en la Terminal de Autobuses. Un saco.

Ahora sí que empezaba a darse cuenta de que algo iba mal. De todas formas, no quiso dar importancia a la cosa.

—Pues venga, vamos por él. ¿Por qué no lo dijiste antes? Pudimos ir directos. ¿Dices la Terminal de Autobuses?, ¿el de la Octava? El tren en que veníamos nos llevaba.

—No. Voy a ir sola.

Había tal convencimiento en su voz, mate por completo,

que eliminó de entrada cualquier intento suyo de protesta.

—Bueno, como quieras —desorientado—. ¿Sabrás volver?

—Claro.

—¿Quieres que te espere aquí?

—No, no. Vete a casa.

—¿Sabes la dirección?

No sólo se la repitió sino que se la apuntó en un papel.

—Es muy fácil, según sales de la estación, tira a la izquierda dos bloques y, luego, uno a la derecha. Pero, ¿de veras no quieres que vaya contigo? Randall debe estar ya de vuelta y podíamos ir en coche. ¿Pesa mucho el saco?

Ella ya se desprendía.

—No, no pesa casi nada.

Ni siquiera se despidió, iba hacia las escaleras de prisa, sin volver la cabeza.

—Hasta luego.

Pero sonaba sin convencimiento.

¿preguntar?, ¿a quién?, ¿para qué?, ¿para que le den a una siempre las mismas respuestas, que no son respuestas?, nadie responde, nadie sabe responder, tú preguntas una cosa y te responden otra completamente distinta, como si no te entendieran, ¿para qué?, ¿para qué pedir ayuda?, ya estoy harta —«Esta chica es una rebelde, mal hecho, vas por el mal camino, eso no se hace»—, ¡ya sé que no se hace!, pero no saben decir otra cosa, estoy harta, harta, harta, ¿por qué nadie dice: «¿Qué te pasa, por qué te estás destruyendo?», porque me estoy destruyendo, de acuerdo, me estoy destruyendo, pero no hace falta que me lo digan, que me lo repitan a todas horas, me estoy destruyendo, pero, ¿por qué no dicen: «Realmente me preocupa lo que haces, Pat, ¿por qué lo haces?», ¿por qué, por qué no me lo preguntan?, pero nunca, nunca me lo han preguntado, nunca se han preocupado, acordado, acercado, siempre han venido a reprocharme algo, a pedirme algo, la gente sólo viene a pedir, ¿por qué la gente no hace más que pedir?, estoy harta, harta de dar, de oírles, harta de todo, de todos, de mí, también estoy harta de mí, también yo me pido, ¿por qué tengo yo que pedirme?, ¿con qué derecho?, ¿qué derecho tengo yo a pedirme?, ¡no tengo ningún derecho!, ninguno, nada, ojalá no tuviera nada, nadie, son mis enemigos, siempre han sido mis enemigos, siempre me han herido, siempre hiriéndome, tengo derecho a defenderme, todo el mundo tiene derecho a defenderse, es normal, si te hieren, hieres, es lo normal, ¿no dicen ellos que el que da primero da dos veces?, ¿no lo dicen?, ¡yo no di primero!, y encima dicen que hay que pagar, ¿a quién?, ¿a quién tengo que pagar?, ¿a él?, él está muerto, muerto como un lobo, no, como un lobo, no, pero muerto, lo siento, yo no puedo hacer más, ¿lo siento de verdad?, ¿realmente?, ¿como se siente un dolor?, no, un dolor puede sentirse, la muerte no, la muerte no se siente, lo siento, pero la muerte no se siente, intenta una sentir, pero no siente, no puede, tan simple como eso, todo es muy simple, lo que pasa es que lo complicamos demasiado, ¿soy un monstruo?, ¿soy de verdad un monstruo y no me doy cuenta?, tendría que sentirlo, pero no me mueve, además, ¿qué es la muerte?, simplemente, mañana no vendrá, eso es, tan simple, no vendrá, no volverá a casa, como yo, yo tampoco volveré, como si estuviera muerta, ¿estoy muerta?, sería hermoso estar muerta y no darse cuenta, pasar sin darse cuenta, salir sin darse cuenta, salir, tengo que salir aquí, Houston Street, es la estación que queda más cerca del Village, del Greenwich, no del East, aunque también del East, pero en la otra parte, no aquí, al menos es lo que dice el plano, aunque luego los planos no corresponden, te dicen una cosa y resulta otra, como las personas, es igual, debe estar cerca —«¿Me permite?»—, ¿por qué hay gentes que se quedan siempre en las portezuelas?, las portezuelas son para entrar y salir, no para quedarse ahí, firmes, fijos, sin moverse, sin dejar pasar, parece que les gusta, o a lo mejor es que tienen miedo, será eso, quieren estar cerca de las salidas por si pasa algo, como en los aviones, Mr. Zundel decía que él siempre buscaba el asiento al lado de las salidas de escape, todo el mundo tiene miedo, ¿por qué tenemos miedo?, ¡yo no tengo miedo!, «Piensa que los demás tienen siempre más miedo que tú», Ted lo decía, verdad, ¿verdad?, ¿por dónde tiro?, hacia arriba, el Village tiene que quedar hacia arriba, verdad, pero él se fue a Canadá, él también tenía miedo, lo peor es cuando no se tiene miedo a los demás, yo no tengo miedo a los demás, lo peor es cuando se tiene miedo a una misma, ¿por qué tenemos que tenernos miedo a nosotros mismos?, ¿es que hay varias personas dentro de nosotros?, ¡claro que las hay!, un día eres una, y otro, otra, tú crees que eres la misma, pero no lo eres, y no se entienden, no te entiendes, lo peor es que no te entiendes, necesito un pito, con un pito se entiende todo, o no te importa entenderlo, pero esto no se tapa con un pito, lo otro sí, pero esto no, lo tendré siempre, siempre, siempre, esto debe ser el Greenwich, la parte de abajo, aunque aquí hay mucha gente, ¡la cantidad de gente!, me gusta la gente, antes no me gustaba la gente, pero ahora me gusta, cuanta más gente mejor, mezclarse con la gente, meterse entre la gente, si lo sé sigo en el sub, iba a Harlem, no estoy segura, el plano no se entendía bien, allí sí que debe ser imposible encontrar a nadie, si uno se esconde en Harlem no le encuentran nunca, lo leí una vez, pero se refería a los negros, sólo a los negros, allí sólo hay negros, si se mete un blanco lo localizan en seguida, aquí no, aquí hay de todo, negros, blancos, de todo, aquí sí que debe ser imposible encontrar a nadie, localizar a nadie, por mucho que le busquen, además, ¿cómo van a encontrarme?, la mujer no me vio, a ellos sí, pero a mí no me vio, estaba de espaldas, «Pelo largo y blue-jeans», ¡todas llevamos pelo largo y blue-jeans!, tendrían que detenernos a todas, aquí estoy segura, entre mi gente, porque es mi gente, aquí no puede pasarme nada, pero, ¿por qué hay tantos cerdos?, está lleno de cerdos, tendría que ahuecar de la calle, sobre todo de noche, de noche sí que es peligroso, no puedo quedarme a dormir en la calle, podría haber una redada, sería estúpido caer en una redada, como aquellos ladrones de la película que detienen por haberse olvidado de encender las luces del coche, estúpido, eso sólo pasa en las películas, tengo que buscarme un agujero, cualquiera, aquí tiene que haber mil agujeros donde meterse.

—Quítate la blusa.

Se la quitó con absoluta normalidad, sin vergüenza ni lascivia, como si estuviese sola en el cuarto.

—¿Es todo eso auténtico?

El individuo tras la mesa no parecía creer que aquellos dos espléndidos frutos fueran del todo naturales.

—¿Qué quiere decir con auténtico?

—Si te has dado alguna inyección de silicón —el gesto de extrañeza de Pat fue suficiente—. Ya veo que no, además, los expertos lo vemos, es el imbécil del público quien no lo ve. Ponte la blusa, que me da grima.

Era un fulano de mirada oblicua, allá por los treinta, bien trajeado, el pelo negro, ni demasiado largo ni demasiado corto, con un palillo en un extremo de la boca a modo de cigarrillo. Sólo se le notaba que era marica en el suave lacado de las uñas y el aún más sutil perfume que exhalaba. Luego, tanto en la voz como en los gestos, era brutal.

—¿Has servido alguna vez en un bar?

Negó con la cabeza.

—Es igual, eso se aprende en seguida. Tienes que anotar las órdenes, pasarlas al bar o a la cocina y llevar a la mesa lo que te den. Y ojo, porque si alguno se te escapa sin pagar, va a tu cargo. Sólo a los polis no les cobras, ¿entendido?

El despacho era sucio, pobretón, en realidad no era un despacho sino una simple habitación interior con una mesa.

—Ahá.

—Cobrarás un dólar por noche, simbólico, ¿sabes?, no puedo pagar más, pero ganarás en propinas todo lo que quieras, pregúntaselo a las otras, alguna gana más que yo; si no te conviene, finish, el Village está lleno y sobrado de cabras ansiando pescar un puesto como éste. ¿Okay?

—¿Okay? —entonces, ¿a qué el letrero: «Se necesita camarera. Buen pago»? Pero, ¿para qué discutir?

Le señalaba la puerta.

—Dile a Olga que te dé una falda, no vas a servir en pantalones. ¡Ah!, otra cosa, de tratos aquí dentro, nada; cuando termines puedes hacer lo que te dé la gana, pero aquí dentro, a servir solamente, ¿entendido? Y de dejarte tocar, nada —debió parecerle necesaria una leve corrección, el tono era otro, más confidencial—. Bueno, con los clientes de la casa puedes ser más amable. Ya los conocerás.

Olga también quedó entusiasmada con sus pechos. No paró hasta tocárselos.

—¡Magnific!, ¡magnific! —hablaba con falso acento francés, o a lo mejor no, también podía ser canadiense—. ¿De dónde has sacado estos pechos, chiquilla? Las americanas no tenéis pechos, habéis conseguido no tener pechos, y los pechos son una cosa muy importante para una mujer, es en lo que más se fijan los hombres, más que en las piernas, ¡y qué duros! —seguía manoseándoselos, aunque con suavidad—, no debes dejar que te los toquen, los pechos son muy delicados, en seguida se echan a perder, tendrías que haber visto los míos, no eran tan grandes como los tuyos, pero así, redondos, altos, tendrías que haberlos visto.

Resultaba difícil imaginarse a aquella elementa, morena, de cara caballuna llena de afeites, con unos pechos redondos y bien puestos. Ahora, lo único que podía exhibir bajo la blusa camisera era la forma estándar de un sostén almohadillado.

—Vamos a ver qué falda te viene bien. Menos mal que no eres tan ancha de caderas, porque si no..., pruébate ésta de Lu, tenía tu misma estatura, incluso un poco más alta, la pobre está en el hospital, un borracho, un indecente borracho, con una botella rota, por suerte, no aquí, fuera, al salir, tienes que tener mucho cuidado al salir, está lleno de borrachos y gentuza, las drogas no hacen nada, las drogas hacen bien a la gente, el alcohol es lo terrible, deberían prohibirlo, claro que si lo prohibieran, ¿de qué íbamos a vivir, verdad?

Se había sentado en una silla, tras encender el cigarrillo, para gozar del espectáculo. Hablaba, hablaba, hablaba, lo de las drogas debía haberlo dicho por ella misma, ¿en qué estaría?, en hierba, no, la hierba no sube tanto, ni el ácido, seguro que una espuela.

—Lo que te decía, como si la hubieran hecho para ti, te queda incluso mejor que a Lu, y ahora los zapatos, ¿qué número calzas?, ¿el ocho?, ¡menudos pies tenéis las crías ahora!, ni que fuerais jugadores de fútbol, aquí hay un ocho, está un poco suelta la hebilla, ten cuidado, ¿qué te pasa?, ¿no sabes andar con tacón alto?, no te preocupes, en seguida te acostumbrarás, en cuanto te acostumbres no querrás más los bajos, es culpa de esos sinvergüenzas de fabricantes, ahora les da por hacer bajos todos los tacones, con lo sexy que era el tacón alto, hacen la pierna mucho más esbelta, ¿no crees que hacen la pierna mucho más esbelta? ¡Hija, cómo has crecido!, ¡pareces un gigante!

Parecía un gigante impotente, semidesnuda, vacilando sobre aquellos zapatos demasiado grandes, demasiado altos, de tacón agudísimo, con sólo la pequeña falda plisada, que alcanzaba justo hasta el comienzo del muslo. El negro de la falda acentuaba aún más la blancura lechosa de la piel. La otra seguía obsesionada por las dos protuberancias.

—¿Quieres que te dé un consejo? Cuando sirvas, no te inclines demasiado sobre la mesa, sirve desde arriba, es más incómodo, pero te ahorrarás muchos berrinches. Los sinvergüenzas no son capaces de aguantarse, casi todos alargan la mano. A Mag, ya la conocerás, un salvaje la dio incluso un mordisco.

El individuo estaba en la puerta del guardarropa.

—¿Qué? ¿Cómo va eso?

Olga se volvió nerviosa, asustada, debía tenerle mucho miedo.

—¡Livy! ¿Qué te parece? ¿Verdad que está preciosa? ¿Te has fijado qué pechos? Esta chiquilla puede hacer carrera, ¿verdad que puede hacerla?

Él la hizo callar con un gesto.

—No digas tonterías. Venga, que se ponga a servir, ya han llegado los primeros clientes. Y vigílamela.

Esperó el tiempo prudencial para saber que no las oía.

—No fue siempre así, no vayas a creer, antes era distinto, cuando le conocí era distinto, tenía entonces dieciséis años, un chico guapo, te lo aseguro, guapo de verdad, y con corazón, si no, no le habría dejado hacerse cargo de la casa, luego empezó a salir con esos caracteres y cambió, es otro, aunque en el fondo, ¿sabes?, en el fondo no es malo.

Gracias a que la oscuridad le hacía parecer algo mayor, porque el local era minúsculo y tan abarrotado de mesas que no se veía modo de andar entre ellas. La mayoría, de momento, desocupadas, como las chicas, cruzadas de brazos, junto a la especie de ventanal sin cristales que daba a la cocina. Dentro, el chef negro le daba con ánimo a la máquina de picar carne. Ni siquiera las miraba, como si estuviera harto de ellas. La presentación fue escueta.

—Soy Pat.

—Jai.

Cada una fue desgranando su nombre. Curioso, lo primero que miraban eran también los pechos, como si hubiese una secreta competición. Los mayores eran los de Dora, una jamaicana con dos balones de rugby por delante. Parecía satisfecha de que no le hubiese quitado el primer puesto.

—Voy a ponerla en la barra conmigo hasta que coja el hábito de servir. Es la primera vez, ¿sabéis? —Olga, en tono de disculpa.

Pero había sus protestas.

—Hoy me tocaba a mí —una muchacha de nariz ganchuda y pelo muy negro, el cuerpo suave y agresivo al mismo tiempo, como los pechos, hacia arriba—. ¿Por qué tengo que dejárselo?

—Mujer, es sólo media hora, la primera, mientras se acostumbra. Además, los buenos clientes vienen después.

Aceptó refunfuñando.

—A mí no me ayudó nadie.

Resultaba que en la barra se sacaba más. Además, el trabajo era más fácil, casi todos pedían un scotch, aunque alguno se decidía por la ginebra y sólo contados por la cerveza. Tanto daba, el trago costaba dos pavos, cualquiera que fuese. A uno que se atrevió a pedir vodka le miraron como si fuera un espía. Tipos por encima de los cuarenta, fuertes, en mangas de camisa, que fumaban de continuo y seguían intensamente el ir y venir de los balones. Pero tampoco faltaba el provinciano, de chaqueta y corbata, que no se atrevía a mirar de frente y lo hacía de lado, aprovechando cualquier distracción de ella, que servía a otro, que cobraba, como si estuviese prohibido mirar. Si iban dos, se daban codazos de cuando en cuando y sonreían. Casi nadie hablaba, como si se necesitasen todas las energías para mirar, aunque los ojos, a fuerza de alcohol, se hacían cada vez más vidriosos.

Livy lo controlaba todo desde la mesa al lado del piano, medio oculto por él, un magnífico puesto de observación. No necesitaba dar órdenes, una simple mirada, todo lo más un gesto, y ya estaba Olga temblando mientras recogía el dinero que había estado un minuto de más sobre la barra o una chica camino de una mesa a rellenar los vasos vacíos.

—¿Son de verdad? —el tipo alargó la mano, pero el mostrador era más ancho de lo que parecía, y ella más ágil. Se quedó de pie en la banqueta, con sonrisa maligna, los dedos aún extendidos en garra—. ¿Por qué te vas, palomita?

No le hizo caso. Pero un momento después ya estaba pidiendo que le sirvieran otro scotch, quiso servírselo Olga, pero la echó a cajas destempladas.

—Fuera de aquí, camella, pago para la otra, ¿no?, ¿qué coño haces tú aquí? Esto es topless, ¿no te has enterado?

Olga era la única que conservaba, por fortuna, la blusa. Le hizo un gesto resignado, vencido, con la cabeza, al dejarla el sitio.

Había puesto un billete de veinte dólares al lado del vaso y esta vez, mientras lo llenaba, no hizo ademán de atraparla, se contentaba con mirarla, un gesto que quería ser guasón. Cobró los dos pavos, devolviendo el resto.

—Para ti.

—¿Todo?

—Sí.

—¿No cree que es demasiado?

—¿Tú que crees?

—Que lo es. Con lo usual, dos reales, un pavo, llega.

El tipo se había cruzado de brazos, unos brazos anchos, velludos, cubiertos de tatuajes, podía ser, es igual, cualquier cosa, como un juez.

—¿No quieres el dinero?

Ella no le seguía en el mal tono.

—Como dije, un pavo llega, ¿lo cojo?

—Conque no quieres el dinero, ¿eh?, conque no te interesa el dinero —de repente, la explosión—: ¡Comunista! ¡Este país está lleno de ratas comunistas! ¡Todos sois unas ratas comunistas! —volvía a levantarse, intentaba agarrarla.

Sintió el jadeo de Olga al lado.

—¡Estás loca!, ¡coge la manteca!

La cogió por ella.

Minutos después, la pasaban a las mesas. En el fondo era mejor, sin tener que estar atrapada en aquella especie de callejón sin posible escapatoria, con la barrera de ojos delante, como bocas de armas que disparaban proyectiles invisibles; allí se tomaba nota de lo que querían, se la llevaba a Ben, se esperaba a que lo preparase, y en paz, era mucho mejor, sin comparación posible, mucho más relajado, incluso una podía pensar, aunque maldita la falta que hacía pensar, pero se podía, la que quisiera podía hacerlo, al ir, al venir, al quedarse junto al boquete rectangular en espera de los platos sintiendo el humazo que despedía la parrilla, Ben, dentro, maldecía, le lloraban los ojos, también podía ser la cebolla, usaba mucha cebolla, una loncha grande con cada hamburguesa y, luego, picada en medio de la carne, no había casi más que hamburguesas, aunque la carta estaba llena de nombres exóticos —Carne lechal, Luna llena, Hartazgo de hambriento—, todo venía a ser hamburguesas de distintos tamaños, de distintas formas, Ben se la daba con una especie de paleta sobre la misma plancha que le servía de parrilla. Era un negro alto, delgado, de bigote cano y gorro de cocinero muy sucio, como la chaquetilla. Dentro debía hacer un calor de infierno, no había ventilación, era un cuartito interior amañado como cocina, y de aire acondicionado ni hablar, sólo un ventilador que no hacía otra cosa que remover el aire cargado de humo, de olor a especias y a carne achicharrada. Pero se estaba mejor en aquellas inmediaciones que en ningún otro sitio. Las chicas, como instintivamente, se venían siempre allí, aunque no tuvieran orden que servir, simplemente se reunían y esperaban, un poco como apartadas de la sala, como espectadoras, mientras la sala no tenía ojos más que para ellas.

Se había llenado sin darse cuenta, la oscuridad ayudaba a ello, y el que todo el mundo hablase en susurro, a veces llegaba un grupo de la calle, ya bastante cargado, envalentonado, hablando o riendo en tono algo más alto que el normal, que allí parecía escandaloso, pero bastaba la mirada que les dirigían los de dentro, como si interrumpiesen, como si aquello fuera una iglesia, para que bajasen en seguida el volumen, aquí se viene sólo a ver, a mirar, por eso lo único que se veían eran las caras, y en las caras, los ojos, muy dilatadas las pupilas, la boca de una sanguijuela ansiosa de incrustarse, como una ventosa, en la piel blanca, abombada, que tenía delante, que se acercaba, se alejaba, indiferente a la silenciosa tempestad que desencadenaba, las chicas se habían reducido a eso, a dos globos cautivos, blancos, esponjosos, que iban y venían llevados por alguien distinto, algunas, como los tenían tan grandes, parecían llevarlos en una bandeja invisible, a ella no se la veía, y si se la veía, no interesaba, había perdido todo interés, todo encanto, no importaba que fuera alta o baja, rubia o morena, guapa o fea, lo único que importaba eran aquellas dos esferas gemelas, ingrávidas, dormidas, que se paseaban por el salón acaparándolo todo, incluso la poca luz que había.

El pianista no, el pianista no las hacía caso, como Ben, como Rile, el portero. Llegó, se fue derecho al piano y empezó a tocar sin anunciarse, sin importarle nada ni nadie, un tipo bajo, de pelo negro muy largo, al que no había podido ver la cara, le daba la espalda, podía una imaginárselo ya mayor, de rasgos finos, con corbatín negro, de lazo, como en la tele, pero resultó un chico de rasgos muy marcados, nariz muy grande, labios anchos, húmedos, la primera vez que se volvió no fue para mirarlas, ni por los aplausos, allí nadie aplaudía, incluso alguno no parecía del todo satisfecho con que tocase, como si le distrayera de algo muy importante, pero como tocaba tan suave, tan lento, tan bajo, en seguida debieron olvidarle. Miraba a Rile el portero, con su capote de almirante —el calor que debía pasar— y una gorra que se quitaba cuando la propina era apropiada, sonriente, servicial, era el merchante, seguro, no sólo vendía a los de dentro, sino que a veces llegaba también alguno de fuera, un tipo huidizo que se le aproximaba sin apenas mirarle, cruzaban dos palabras y, luego, un rápido intercambio de manos, allá abajo, mientras seguían hablando, el tipo desaparecía al momento, no era un mirón, los mirones se reconocían en seguida, tipos mucho más estables, se quedaban junto a la puerta, se las miraban bien, relamiéndose, hasta que Rile les echaba, incluso a empujones, pero no protestaban, lo último que se veía de ellos era la cabeza echada hacia atrás, los ojos, como si quisieran quedarse.

La segunda invasión llegó hacia las doce y nadie se la esperaba, nadie, Rile tuvo un primer ademán de detenerles pero luego se echó a un lado, como todo el mundo, preocupado por que no le arrollasen, era una auténtica invasión, dos invasiones, los críos delante, chillando como conejos, metiéndose donde podían, bajo las mesas, tras la barra, en la cocina, pese a las protestas de Ben, que no entendía nada, que debía creer que iban a robarle los bifes, se puso a meterlos a toda prisa en la nevera, él no podía ver a los otros, a los que seguían, tipos también de pelo largo, pero completamente distintos, fuertes, musculosos, casi todos rubios, con cazadoras de cuero, muñequeras, grandes cintos, botas de cowboy repujadas, aunque lo que más destacaba, lo que tenía a todo el mundo fascinado, eran las cadenas en sus manos, por un momento, la sala se iluminó por el centelleo de las cadenas enarboladas, mientras perseguían a los críos, los sacaban de debajo de las mesas, les golpeaban a placer, aunque algunos se defendían a patadas, a mordiscos, como podían, había chicos y chicas, hippies todos, aquello parecía excitar a los otros, que se llamaban entre sí a grandes voces —«¡Mars! ¡Atila! ¡Atlas!— cuando habían atrapado una pieza, que no podía escapar entre aquel círculo de piernas envueltas en cuero, al final se habían concentrado en dos o tres cautivos, el resto pudo huir.

—¿Qué pasa? —Pat se había ido con todas, hasta formar un racimo de carne temblorosa.

—No pasa nada —Olga, y ya a ellos—: Venga, muchachos, una copa, la casa invita.

Ocuparon la barra de punta a punta, los dos o tres parroquianos que no habían tenido la precaución de apartarse, salieron a manotazos.

—¿No decías que invitaba la casa?

—Un momento, un momento, ¿tengo que serviros, no?

—¿A eso llamas tú servir? —indicaba el vaso puesto ante él—. Nosotros somos hombres, no parrulos, trae un vaso de hombre, o mejor, trae la botella. —Se la arrancó de la mano. Olga buscó apoyo con la mirada, pero Livy no podía ofrecérselo, estaba hablando con el que parecía el jefe, un tipo de casi dos metros, con espléndida cabellera rizada y bigote rubio, sin camisa, sólo la cazadora sobre el pecho desnudo. Del cuello, enredándosele en el vello, le colgaba una Cruz de Hierro. Livy había perdido su aire despectivo, sonreía al tipo, le escuchaba con atención, pero no sacaba la mano del bolsillo izquierdo, como si la tuviera allí presa a algo. Al final sacó algo, pero con la otra, con la derecha, el gigante desarrugó el papel, un billete de veinte dólares, no debió parecerle demasiado, hizo un gesto de duda, de desprecio casi, pero acabó embolsándoselo y dijo a los otros: «Vamos, chicos». Le obedecieron sin rechistar, aunque se llevaron dos botellas.

Livy estaba de uñas, en cuanto les vio trasponer cogió un látigo invisible y se puso a golpear a todos, a las chicas para que llenasen los vasos aún no del todo vacíos, a los clientes para que bebieran más de prisa, al pianista para que aporreara con más ahínco el cacharro, pero sobre todo a Olga, a Olga, sin razón, como si la odiase.

ahora me fumaría un pito, lo que me conviene es un pito, necesito un pito, tengo que conseguir un pito, si no consigo un pito, no resisto, Rile tiene que tener un pito, tiene que

vendérmelo. —Rile, necesito un pito, ¿cuánto?—. Rile se quita la gorra, se rasca la cabeza, la mira, mira dónde esta Livy, qué suerte, se ha metido en la cocina, dice no con la cabeza —«Ya sabes, lo tengo prohibido a vosotras en horas de trabajo, después.» «No, ahora, si no me lo das ahora, me largo.» «Okay, okay, cómo sois, un día me buscáis la ruina, es medio pavo, pero que no te vea, fúmatelo en el retrete», le dio un dólar, no tenía cambio, y en el momento que lo tuvo en la mano se sintió mucho más segura, mucho más serena, hay que ver lo que es la hierba, no hay como la hierba para estas ocasiones —«Rachel, ¿quieres atender mis mesas un minuto?, en seguida vuelvo.» «Seguro.» Los servicios estaban al otro lado de la barra, frente a la cocina, una puerta común para hombres y mujeres aunque después, en el corto pasillo, se separaban a un lado y a otro; el suyo, porque era exclusivamente suyo, allí no venían mujeres y las que venían, con sus maridos, a ver cómo era aquello, no iban al water, no se atrevían a ir al water, el suyo era una habitación miserable, húmeda, con lavabo, espejo y dos cabinas, menos mal que nos ponen cerillas en los bolsillos de la falda para dar fuego a los clientes porque me había olvidado, siempre me olvido de las cerillas —«¿¡Qué haces tú aquí!? ¡Fuera, largo! El water de los hombres está enfrente»—, al principio creyó que era un emboscado, le había dicho que se emboscaban en su servicio y que a una chica la habían violado allí dentro, que tenía que mirar bien antes de meterse, pero estaba todavía diciéndole algo cuando se dio cuenta de que no, de que no podía ser, de que era uno de los críos, la hacía señas angustiosas de que se callase o al menos de que no hablase tan alto, con las manos, con los labios, con los ojos llenos de miedo, la sangre se le había secado sobre la frente, debía tener la brecha entre la pelambrera y un hilillo rojo se le deslizaba hasta la ceja izquierda.
Cerró la puerta tras ella.

—No pánico. Se han ido.

—¿Todos?

—Todos. ¿Estás herido?

—No, no.

No debía haberse dado cuenta de lo de su cabeza. Un crío delgado, pálido, todo huesos, de su edad, diecisiete, pero ella parecía mucho mayor, una mujer que lo ha visto todo, que lo ha hecho todo, con las tetas al aire, arrinconándole contra la enorme taza de porcelana.

—¿Quieres usarlo? —la apuntaba dubitativamente.

—No, he venido a otra cosa —sacó el pito y las cerillas, la primera chupada fue a fondo, cerrando los ojos, reteniendo todo lo posible el aire, cuando regresó era otra.

—¿Quieres?

Se lo aceptó por compromiso, por educación.

—¿Sabes?, estoy en el gustillo y ninguna otra sustancia tiene ya sabor.

Temblaba y ya no era de miedo, se le veía una tensión interior, enfermiza, incontenible.

—¿No tienes?

—¿Qué, gustillo?

—Sí —con terrible esperanza.

—No, pero creo que Rile.

—¿Quién es Rile?

—Nuestro hombre de la puerta.

—Ah —con desencanto.

Cada vez iba mejor, cada chupada era como subir un escalón, desde el que se veían las cosas con más claridad, con más calma.

—¿No tienes para comprarlo?

Negó con la cabeza.

—Ten —sacó un puñado de dólares del bolsillo de su falda, ella misma se quedó asombrada, había ido metiendo las propinas sin preocuparse de contar.

—Cinco bastan.

—Okay, toma, cinco —volvió a meter los otros—. Ahora conviene que te largues.

—Pero, ¿cómo?

—Lo mejor es que salgas tranquilamente.

—Tienes razón. Bueno, gracias —pasó a su lado procurando no rozarla; ya con la mano en la manilla, se volvió—: ¿cómo te llamas?

—Pat.

—Yo Ro. Gracias, Pat.

—¿Ro de Robert?

—No, de Roland, pero es muy largo.

—Okay, Ro, ten cuidado.

—Lo mismo para ti, Pat.

Cerró la puerta con infinita precaución y le oyó manejar la otra, la del pasillo, de igual forma.

Para terminar el pito se sentó en la taza. Parecía feliz.

—A ver, repítelo todo otra vez.

El tipo ni siquiera levantó la cabeza para contestar, una cabeza enorme, que la pelambrera rojiza, rizada, hacía aún más grande. Miraba hacia el suelo, procurando que aquella luz potente no le diera en los ojos.

—¿Cuántas veces quieren oírlo? La conocí en un party, se llama Pat y es del norte, de New Hampshire, creo, no sé más.

El que estaba en mangas de camisa se llevó al otro a un lado. Junto a la puerta había un policía de uniforme.

—Creo que no le sacamos más esta noche.

El otro miró el reloj.

—Las tres; yo tampoco lo creo. Mañana seguiremos. ¿Sabes si han echado mano al cómplice?

—Andan detrás de él. Ha debido irse con su familia, vive en Brooklyn.

Volvieron al cono de luz.

—Venga, buena pieza.

Al volver, el local estaba más acogedor, menos gente, de

la cocina no salía ya aquel olor a carne chamuscada, Ben se había sentado en una banqueta, como triste, era uno de esos hombres que sólo la gozan cuando están en acción. El consumo de bebidas, en cambio, no había disminuido, al revés, parecía mayor, la mayoría de los clientes estaban borrachos, no querían reconocerlo pero lo estaban, incluso no las miraban tanto, enzarzados en largas, monótonas confusas discusiones, y ya no esperaban con ansia que les llenasen el vaso por la proximidad de los pechos, los pechos ahora eran la excusa, si se los miraban, sonreían, pero por compromiso, lo importante era el alcohol.

—¿Tienes dónde dormir? —Olga, en la barra, extraña, feliz, lejana, también había ido a los lavabos, con una cajita que sacó de detrás de una botella en la estantería.

—Sí —lo dijo sin pensarlo, como una reacción instantánea.

Algunas chicas se sentaban a las mesas, la atmósfera era mucho más relajada y hasta Livy, con dos individuos que habían llegado mientras ella estaba dentro, parecía mucho menos tenso, menos alerta, más amistoso incluso, aunque no perdiera de ojo cuanto pasaba en el local.

A las tres cerraron, quedaban media docena de clientes dentro y cuatro chicas de las veteranas se prestaron a acompañarles. Las demás se fueron al vestuario; antes de nada, contar el dinero, lo hacían de espalda a las otras, para guardarse el rollo verdoso en los lugares más inverosímiles. Tanto el vestirse como la marcha fue apresurada, con monosílabos haciendo de despedida, qué gusto sentir otra vez los blue, qué cómodos, las zapatillas de tenis, la blusa, qué desahogo, nunca me lo hubiera podido figurar, bueno, pues no estuvo tan mal, diecisiete pavos, qué forma de ganar pan, claro que lo mejor fue el pito, si no es por el pito no aguanto, el pito fue groovy, groovy, groovy, ¿qué fue groovy?, vaya, es igual, todo es igual, lo mejor es que todo es igual, igual, igual. «Bai, Rachel, te veo mañana»,

¡qué mañana!, hoy, hoy es mañana, ¡qué idea!, hoy es mañana, ¿es hoy mañana? Claro que hoy es mañana, ¿qué va a ser?, mañana, mañana, ma

—¡Eh! ¡Largo! ¡No quiero...! ¿Pero tú otra vez? ¿Qué haces tú aquí?

Le había tocado en el brazo, desde detrás, y de ahí su reacción, al darse la vuelta con el puño levantado. Ahora era toda sorpresa, el otro disculpa.

—¿Qué estás haciendo aquí?

—Quería..., quería darte las gracias otra vez.

—Pero, ¿por qué? Yo encantada, Ro, ¿dijiste que te llamabas Ro, verdad?

—Sí.

—Bueno.

Ni uno ni otro sabían qué hacer. De cuando en cuando pasaba un grupo en retirada, hablando más alto que lo normal.

—¿Acabaste?

—Sí.

—¿Directa a casa?

—¿A casa?

—Sí, a casa.

—No tengo casa.

Como si le hubiese dicho la cosa más natural del mundo, como si hubiese escuchado la cosa más natural del mundo.

—¿Quieres venir a nuestra comuna?

—¿Comuna?

—Ahá.

—Okay, vamos.

No se cogieron de la mano, ni del brazo, ni hablaban siquiera, una sonrisa era lo único que intercambiaban de trecho en trecho. Las calles se hacían más oscuras, más solitarias, más lóbregas. Iban hacia el sur, hacia la zona de los grandes almacenes portuarios.

315

—Por aquí.

Indicaba un callejón sin iluminar, en medio de un bloque, que conducía a lo desconocido. Antes de llegar al portalón del fondo oyeron los ladridos nerviosos y amenazadores del perro.

—Soy yo, Sir, soy yo, ¿no me has reconocido?, yo y una amiga —y a ella—: Déjame pasar delante, no tengas miedo, no hace nada, a los amigos no les hace nada.

Empujó la pesada puerta de madera, que no daba a ningún portal, sino a un patio interior. Sir les esperaba inmediatamente detrás y se desprendió en seguida de sus caricias para venir a olerla desde todos los ángulos. Se agachó hasta tener su cabeza afilada frente a los ojos. Era un perro lobo de raza, tal vez ya un poco mayor, no se veía bien, pero en plenas facultades todavía, a Ro parecía gustarle aquel entendimiento.

—¿Ves, Sir, ves como es una amiga? Lo tenemos que dejar suelto por los mots, ¿sabes?

Se había puesto en pie.

—Ah, sí, quería preguntártelo, ¿por qué os pegan?

Ro se encogió resignadamente de hombros.

—No sé, les gusta, supongo.

—No razón.

—Para ellos, sí. Se divierten cascando hippies. La mayoría son veteranos de Nam, quieren seguir aquí la guerra, ¿sabes? Entran, roban, se llevan a las chicas, pero lo que más les gusta es cascarnos. Bueno, aparte de limpiar sus motos, las motos son para ellos lo principal. ¿Vamos?

Indicaba la construcción del fondo, lo que debió ser un día cochera o casa de criados, todos aquellos edificios eran muy antiguos.

—¿No llamáis a los cerdos?

—¿Los cerdos? Esos, encantados de que nos zurren. Son iguales.

—¡Vergüenza!

Él era mucho más filósofo. Iban por el patio, con Sir al lado.

—No uso ponerse así. En el Village cada vez es más difícil vivir, si no fuera porque en las comunas de fuera no hay gustillo, me iría a una, pero allí sólo hay hierba, y sin gustillo no puedo vivir, ya lo intenté, pero no puedo, ya sabes.

—¿Lo conseguiste?

—Seguro —se palpó delicadamente el bolsillo de la camisa.

La casa estaba a oscuras —«No tenemos luz, ¿sabes?»—, pero él se la conocía tan bien que no había ni necesidad de encender las velas colocadas en los lugares estratégicos, eso sí, tuvo que cogerla de la mano para llevarla —«Cuidado, aquí hay una escalera, ahora a la derecha, ese es el dormitorio»—, ninguna puerta, era una casa sin puertas, qué gusto, una casa sin puertas —«Esta es la cocina»—, la habitación más exterior, dos ventanas por las que entraba el oscuro resplandor de la noche para acostarse en la negrura de los rincones.

—Mágico.

—¿Qué?

—Todo.

Pero él estaba buscando algo en la alacena y no la hacía caso, algo que no encontraba y le ponía nervioso.

—Dame la vela.

—¿Qué vela?

—Esa, ¿no la ves?, detrás de ti.

—¿Cómo voy a verla si está detrás de mí?

Bajaba, bajaba. Estoy bajando, pero lentamente, suavemente, bajar en paracaídas debe ser así.

—¿Quieres cerillas?

—Naturalmente.

Le encendió la vela, él estaba tan nervioso que no hubiese podido encenderla.

—Espero que nadie se la haya llevado.

—¿Qué?

—¿Qué va a ser? ¡La jeringuilla! A veces se la llevan, y la jeringuilla es de todos, ¿comprendes?, de todos. El encontrarla, estaba dentro de una caja de galletas vacía, le tranquilizó.

—Pero la goma no está, es igual, la goma no es necesaria.

Se sacó el cinto. Había dejado la jeringuilla junto al hornillo, un hornillo de petróleo, de los de bomba, ella no sabía lo que era.

—¿Qué es esto?

—Un hornillo, ¿no lo ves?

—¡Ah! —pero debía seguir en blanco.

No corría ni una pizca de brisa, pero sus cuerpos, su cuerpo, ella estaba quieta, al ir y venir, se llevaba el resplandor de la vela como si se tratase de un vendaval, la llama del hornillo dio más fijeza a las cosas. Remangarse la camisa, ella le contemplaba fascinada. —¿Qué es eso?, ¿suicidio? —apuntaba la enorme cicatriz en la articulación del brazo—. No, no —como disculpándose—, una vez, al principio, estaba todavía en casa, ¿sabes?, no tenía jeringuilla y me hice un corte con una cuchilla para meterlo con una pipeta, la pipeta del colirio que tenía mi madre en el baño, ¿quieres darme una cuchara?, están en ese cajón, no de las pequeñas, de las soperas, gracias.

Sacó la bolsita de plástico del bolsillo de la camisa y vertió cuidadosamente la mitad del polvillo blanco en el cuenco, guardándose el resto —«Para mañana, ¿sabes?, el despertar es lo que más encoge»—, puso una pizca de agua y lo acercó a la llama, poco después empezaba a burbujear, se convertía en espuma que, aspirada por el émbolo de la jeringa, era casi humo blanquecino.

—Así es mejor, sabes, líquida se aprovecha más, se mezcla mejor.

El cinto en torno al brazo, a la altura del bícep, que casi no existe, un tirón fuerte, para quedar sujeta la correa por los dientes, crispados, la vena hinchándose pero, como si supiera lo que va a pasar, huye, se oculta, como una lagartija perseguida, hasta quedar clavada, inmóvil, mientras engorda, se dilata, chupa la suave corriente, que ya es roja, que ya es suya, que ya es él, una caricia que se extiende por todo el cuerpo, un alivio, un descargo, un descanso.

—Un día tienes que probar esto, no hay como esto.

No le había mirado directamente durante toda la operación, hipnotizada por el minúsculo duelo de la vena y la aguja, y ahora, al levantar los ojos para encontrárselo sudoroso, jadeante, feliz, no pareció reconocerle.

—¿No te quitas el cinto?

El cinto pendía, olvidado, inservible, aún del brazo.

—Es igual, ¿vamos?

—¿A dónde?

—Es igual, fuera, ¿no crees que hace una noche maravillosa?

—Sí, pero estoy cansada. Trabajé toda la noche.

—Oh, sí, claro, perdona, trabajaste toda la noche, es verdad, toda la noche, ¿te molesta si me voy fuera?, fuera, ya sabes.

—No, no, ¿por qué me va a molestar?

—Gracias, Pat, de verdad, eres dulce, no es que quiera ser dulce contigo, pero de verdad, lo eres, realmente, tendrías que probar, no quiero influirte, pero, de verdad, tendrías que probarlo, no hay nada, si algún día, llámame, de verdad, quiero hacerte un favor, ¿de verdad no quieres venir al patio?

—De verdad.

—Ven, te llevo al dormitorio.

—¿No apagas la vela?

—¿La vela? No, no, déjala, las velas están para arder, ¿no?

La llevaba de la mano por el pasillo a oscuras, pero esta vez la que parecía conducir era ella, pese a ir detrás, él se bamboleaba incierto, deteniéndose cada poco para respirar, para coger fuerzas, para volverse a sonreírla, como si se tratara de una larga, difícil travesía.

—Es aquí —el hueco ante el que había pasado antes. Como la ventana del fondo no tenía cortinas, ni visillos, ni nada, sólo algunos cristales, no todos, la claridad era algo mayor que en el pasillo y se podían precisar los bultos cuadrados de los colchones en el suelo, alguno con otro bulto arrugado encima.

—¿Cuál es el tuyo?

—¿Mi colchón? —tuvo que hacer una gran esfuerzo para sonreír—. Aquí no hay mío ni tuyo, todo es de todos, ya sabes, coge el que quieras, adiós, buenas noches, descansa.

La dio un beso en la mejilla antes de ponerse en camino hacia la escalera, parecía borracho, no, borracho no, un niño que estuviese aprendiendo a andar.

—¿Qué se lo cuente otra vez? ¿Cuántas veces tengo que repetirlo?

La comisaría era un follón a aquella hora del cambio de guardia. Se juntaban dos retenes, el de la mañana y el de la tarde, aunque era fácil distinguir a los que entraban de los que salían en la barba ya crecida, las camisas sudorosas y el brillo fatigado de los ojos de éstos. Uno de los nuevos, un hombre rubio, bastante calvo, que no atendía directamente al interrogatorio, vino desde detrás de su mesa.

—Un momento, ¿dices que se llama Pat y es de New Hampshire? —el muchacho esta vez levantó la cabeza un tanto sorprendido.

—Sí.

—¿Tal vez es ésta? Fíjate bien en la foto antes de contestar.

Era una foto pequeña, tamaño carnet, que había sacado de una carpeta.

—Sí, es ella —asombrado—. ¿Cómo...?

Pero ya habían perdido todo interés por él.

—La tenemos, avisa a los coches patrulla. Y no estaría mal avisar también a la prensa.

La despertó el ladrido de un perro. Es curioso, un perro, parece Tim, pero no puede ser Tim, Tim está muerto, pero lo parece, ¡mira que si yo estoy muerta!, otra vez, otra vez con eso, no estoy muerta, ¿ves?, puedo abrir los ojos.

—Jai.

Se volvieron.

—Jai.

Se volvieron todos menos Ro, que seguía durmiendo en el colchón más próximo al suyo, como un ovillo, las mochilas casi tocando la cara.

Sir se había acercado a olisquearla, le echó un brazo por el cuello, pero se le escabulló.

—Vine anoche, con Ro.

—No necesitas explicar nada, soy Al.

Alto, de barba castaña, ya no joven, había levantado la mano abierta, vertical, hasta la altura de los ojos, con dos dedos extendidos, para saludarla. Se parece a Manuel, ¿se llamará Manuel?, no, ha dicho que se llama Al, pero se parece, aunque sea más alto, más, ¿cómo decirlo?, más sofisticado, bueno, exactamente no es así, Manuel parecía más llano, más del pueblo, como si hubiese salido del pueblo, como si fuese el pueblo.

—¿Dormiste bien?

—Muy bien.

Tenía la misma sonrisa, el mismo gesto afable, la misma suavidad de movimientos, ella no, ella la miraba con recelo, como si la fuera a robar algo, le estaba peinando.

—Ésta es Line.

—Jai, Line.

El «Jai» de Line fue hosco.

—¿Qué hora es?

Pareció sorprenderles.

—No sé, ¿te preocupas de la hora?

—Bueno, aproximadamente, quiero decir, ¿es la mañana o la tarde?

Miró a la ventana por la que entraban oblicuamente unos rayos de sol extenuados.

—Creo que por la tarde, debe ser los comienzos de la tarde, ¿no, Line?

Line, cuando él la miraba, era otra persona, parecía vivir en espera de que la mirase, de que la mandase algo, de que la dijera algo, una muchacha morena, más bien fea y algo masculina, en el tipo, en los ademanes, al contrario de él, ¡eso, eso era!, femenino, más femenino que Manuel, pero no femenino como los homo, de otra forma, refinado, eso es, refinado.

—Lo siento, pero no podemos ofrecerte nada.

—No importa —se levantó.

Él todavía necesitaba exponer su excusa.

—Dave se llevó anoche todo lo que quedaba, marchó a una comuna de Connecticut, ¿sabes?

—¿Connecticut?, ¿hay comunas en Connecticut?

podría ir a Connecticut.

—Sólo en verano, el invierno es muy duro. En invierno vuelven, aunque no sé si volverán este invierno.

—¿Vosotros no vais?

—¿Nosotros? No, no, yo quiero ver el final, ¿sabes?, estoy aquí desde el principio y quiero ver el final. Porque el movimiento se muere, ¿sabes, Pat?, se muere, a lo mejor ya está muerto, sólo que no nos hemos dado cuenta.

Estaba en la cocina preparando el lunch y el teléfono sonó tres veces antes de que llegase a descolgarlo.

—¿Hallo?, ¿eres tú, Dan?

Le contestó una voz masculina.

—¿Mrs. Hultom?

Cambió el tono.

—Sí, al aparato.

—Aquí el inspector Forster, de Nueva York. Su marido no ha llegado aún, ¿verdad?

—¿Le ha pasado algo?

—No, no; llamé al hotel y me dijeron que había salido muy temprano. Ya me figuraba que no habría llegado, pero quise probar. Dígale que le llamaré más tarde.

—¿Es..., es algo de Pat?

—Sí. Se lo comunicaré a él. Gracias, Mrs. Hultom.

—Un momento, inspector, ¿la han encontrado?

—No, exactamente; identificado sólo, ya se lo explicaré a él. Gracias, Mrs. Hultom.

Colgó irremediablemente.

—Pero entonces, ¿es que no tenéis pan?, ¿no coméis porque no tenéis pan? ¡Haberlo dicho! Yo tengo pan.

—¿Tú tienes pan?

—Yo tengo pan.

Se sacó del bolsillo el rollo de billetes. Como todos eran de uno, parecían más.

—¡Wau! —Line, que por primera vez la miraba sin odio.

También Al había perdido algo de su calma celeste.

—¿Pero cómo es posible que tengas tanto pan, Pat? ¿Lo has robado? No tengo nada contra el robo, ¿eh?

—¿Robado? No, no, lo gané, trabajo, ¿sabéis?

—¿Trabajas? —los dos a la vez.

—Bueno, no sé si es trabajar exactamente, topless, ya sabéis, los bolos al aire, allí conocí a Ro, se había metido en el water, menudo susto me dio, ¿no estabais vosotros en el grupo que perseguían los mots?

—Nosotros escapamos hacia Washington Square, allí no pueden entrar con las motos, subir, me refiero, a los árboles.

—Ya. Bueno, ¿creéis que podemos usar esto?
Sopesaba los billetes como si fueran doblones.
—Creo que sí, ¿tú, Line?
—Segurísimo.
—Entonces...
Al, pese a su aire sobrenatural, tenía los pies en el suelo.
—Creo que lo más urgente es comprar comida para Sir,
¿verdad, Sir? —Sir se había unido al grupo como si supiese
que algo importante iba a pasar—. Te tenemos hambriento,
pobre animal. Os acompaño a comprar. Y luego desper-
taremos a Ro, vale la pena despertarle.
Apenas le despertaron regruñó, se fue como una fiera a la
cocina, donde se le oyó manipular, para volver a los pocos
minutos completamente distinto, amable, servicial, como
él era, apenas tenía hambre, comió como hacía la mayoría
de las cosas, por compromiso, dejado, de cuando en cuando
se llevaba algo a la boca, sonriéndoles, sonriéndola, se
notaba, de todas formas, que estaba orgulloso de haberla
traído. Fue cuando entró la fierecilla, se fue derecha a él,
como si los otros no estuvieran, no existieran, ni Sir, ni los
montoncitos de embutidos, galletas, queso, sobre el papel
encerado en el suelo, se fue derecha a él, parecía que iba
a pegarle, le pegaba.
—¡Tú!, ¡tú!, ¡tú tienes!, ¡tú estás cargado!, ¡no me
digas que no estás cargado!, ¡no lo niegues! —casi una
niña, pero sucia, harapienta, desgreñada como una vieja.
Ro se defendía.
—Tenía, Small, tenía, pero ya no tengo, era sólo media
porción, ¿verdad?, ¿verdad que era sólo media porción? —se volvía a Pat en busca de confirmación. A Pat,
que no sabía responder.
Al contemplaba la escena como un espectador curioso,
como un espectador que había logrado compenetrarse con
la obra. Pero no decía nada. Manuel hubiese intervenido.
La explicación la había puesto furiosa.

—¡Todo!, ¡te lo disparaste todo! ¡Perro! ¿Dónde está la bolsa? A lo mejor ha quedado algo en la bolsa. ¿La quemaste? ¡Perro! ¡Cerdo! —le pegaba puñetazos en la cabeza, patadas en los costados, él seguía sentado, protegiéndose con los brazos en alto—. ¡Ven! —ahora le arrastraba hacia la cocina.

Allí continuaron por algún tiempo los gritos, los insultos, las disculpas, con ruido de cosas que se caen, como al buscar algo apresuradamente. Y luego, de improviso, el silencio, un silencio que era alivio.

—¿Qué...?

Al parecía ahora un profesor que está más allá del bien y del mal.

—Se está inyectando su sangre. Cree que así tendrá algo de substancia.

Volvió Ro, Small se había ido directa por el pasillo a la puerta, cabizbajo, bamboleante, no volvió a sentarse con ellos, se tumbó en la colchoneta, pero no dormía, los ojos clavados en el techo, parecía de todas formas feliz.

Los tres siguieron la comida en silencio, sentados en corro, los montoncitos en medio, cada uno iba cogiendo lo que le parecía, se habían hartado, Sir también, dormía en su rincón, el más fresco del cuarto, se habían cepillado los diecisiete pavos íntegros.

«No pánico, esta noche haré más», había dicho ella cuando les vio vacilar en el supermercado.

Al cultivaba hierba en una esquina del patio, la más soleada, y dentro, en grandes macetas repartidas por todas partes, especialmente en las ventanas que daban al mediodía. Había conseguido una hierba excelente en calidad, no tan fuerte como el Acapulco Gold, pero de efectos más amables, no distorsionaba tanto, la coordinación era mayor, pero una estaba alta, más alta que nunca.

—El movimiento se muere, pero tal vez tenga que morir para resucitar, todos morimos para resucitar, está en el

Libro, ¿no lees el Libro?, en el Libro está todo, morimos pero resucitaremos, todos juntos, todos al mismo tiempo, el movimiento también, ¿qué me preguntabas?, ¿que por qué se muere el movimiento?, no lo sé, mejor dicho, sí lo sé: porque nos morimos, yo me muero, tú te mueres, él se muere, ella se muere, ellos se mueren, todos se mueren, lo único cierto es eso, que nos morimos, no es por la droga, no es el problema de la droga, el problema de la droga, en el fondo, no es la droga, el problema eres tú, yo, él, ella, ellos, ese es el problema, ¿entiendes?, todos tenemos un problema y decimos: es la droga, pero no es la droga, la droga es sólo lo de fuera, lo que se ve, dentro hay otra cosa, la real cosa, yo, por ejemplo, tengo que hacer algo grande, bello, una obra de arte, pero no lo hago, ahora sé que no voy a hacerla, que no puedo hacerla, pero con la droga hago lo que quiero, lo que no puedo hacer; en realidad, no lo hago, pero como si lo hiciese, aquí, aquí —se señalaba la cabeza con el índice como el cañón de una pistola—, aquí lo hago, y como si lo hiciera, ¿entiendes?, y luego está el mundo, lleno de aristas, de filos, ¡no nos han enseñado que el mundo tiene filo!, ¡no queremos un mundo con filo!, y la droga quita el filo, ¿por qué se muere el movimiento?, ¡qué pregunta!, ¿por qué te mueres tú?, di, ¿por qué te mueres?, ¿te has preguntado alguna vez por qué te mueres?, ¿a que no te lo has preguntado? Nadie se lo pregunta. En Europa, sí, pero aquí, no, aquí sólo te preguntan: ¿por qué vives?, ¿para qué vives?, eso es muy fácil: vivimos porque vivimos, vivimos para vivir, pero lo otro, lo otro es lo difícil, ¿por qué mueres?, eso nadie quiere preguntárselo, preguntárselo, eso está prohibido, al que se muere le maquillan para que parezca vivo, le ponen el mejor traje y se le da una fiesta de despedida, con champán y todo, como si se fuera de viaje, un viaje largo, alrededor del mundo; pero morirse, nadie, en América nadie se muere, ya ves, ni el movimiento, ninguno de nosotros dice que el movimiento se muere, y, sin embargo, se muere, Pat, se muere sin remedio —¿Entonces no fue tan grave?, ¿entonces todos tenemos que morir?, él también tenía que morir, yo no le maté, nosotros no le matamos, tenía que morir, irremediablemente—, y lo peor no es eso, que se muera, lo peor es que se muera así, entre violencia, ¿recuerdas cómo nos llamaban al principio?, los chicos de las flores, flores, amor, libertad, yo te quiero, tú me quieres, todos nos queremos, yo estaba aquí, estoy aquí desde el principio, hace cuatro, cinco, seis años, y parece tan lejos, parece que han pasado siglos, ¿quién se preocupa ya de las flores, del amor?, dime, ¿quién se preocupa?, nadie, nadie tiene tiempo, hay que conseguir la substancia, un trabajo de veinticuatro horas, veinticuatro horas para conseguir la substancia, y mañana empezar otra vez, y el día después de mañana, y el otro, y el otro, ¿quién tiene tiempo para las flores, para el amor?, verdad, Line, ¿quién tiene tiempo?, ¿quién puede dedicarse al movimiento, pensar en el movimiento, que se muere, que se hunde, en violencia, en sangre?, una pena, una verdadera pena, o no, o a lo mejor tiene que ser así, la muerte es así, violencia, sangre, destrucción, no queremos verlo, porque tenemos que resucitar, esta época no es la nuestra, nos adelantamos, unos pocos nos adelantamos, por eso tenemos que morir, por eso nos matan, nos matamos, pero resucitaremos, resucitaremos en nuestra era, la era hippy, la era de las flores, del amor, de la paz, pero ahora tenemos que morir, somos los adelantados, los profetas, sólo hemos sembrado y ahora tenemos que morir, tenemos que morir para resucitar, lo que pasa es que somos americanos y no queremos reconocerlo, los hippies, Pat, Line, los hippies somos americanos, no queremos serlo pero lo somos, queremos una muerte limpia, sin sangre, hermosa, una muerte que no sea muerte.

Les dejó cuando la luz agonizaba. Line acariciándole, él

todavía en la larga perorata sobre la muerte. Ro hizo un esfuerzo para ir con ella.

—Te acompaño.

—No hace falta.

—Pero te iré a buscar cuando salgas.

—Okay.

Sir, sí, Sir vino con ella hasta la puerta del corralón.

El Village estaba más vivo que nunca o tal vez se lo pareció después de la conversación, y se perdió a propósito entre la multitud que iba y venía sin saber bien a dónde ir, se metió en las discotecas, se probó chismes en las boutiques —esto lo compro mañana, y esto—, contempló asombrada la nueva clínica antivenérea, se quedó parada viendo cómo un pintor callejero terminaba el retrato de una chica extranjera y vio jugar al baloncesto en el pequeño rectángulo que da a la Sexta Avenida.

Como llevaba toda la mañana espiando detrás de los visillos, en cuanto apareció el coche frente a la casa salió a abrirle.

—Dan.

Venía de muy buen humor.

—¡Hallo!, ¿cómo estás?, ¿y los chicos? ¿Quieres creer que no os traigo nada? Perdona, pero tendrías que ver aquello, no tiene nada que ver con el Nueva York que conocimos, aquello no tiene que ver con nada, algo increíble, la próxima vez tienes que venir, ¡me parece que nos hemos perdido algo con haber nacido tan pronto!

—Dan.

El tono ya le indicó que había pasado algo.

—¿Qué pasa?

—Ha telefoneado el inspector Forster.

—¿El inspector Forster? ¿Qué ha dicho? —ansioso.

—Quería hablar contigo.

—¿Pero no ha dicho nada?

—Que han localizado a Pat.

—¿Localizado? —la angustia se disolvió en amplia sonrisa—. ¿Ves?, ¿ves como no podía pasarla nada? Trabaja bien la policía de Nueva York, me gustó, no el tipo de nuestros sheriffs rurales, mucho más humanos, ¿sabes?, vamos adentro, ¿te dejó algún número de teléfono para que llamara?

—No, dijo que ya te llamaría él más tarde.

—Estos policías se creen que todos tienen sus nervios. En fin, voy a darme una ducha, si llama, avísame, ¿no te dijo dónde la habían localizado? A lo mejor era alguna de aquellas que vi, te lo aseguro, parecían todas iguales.

Ella seguía cerrada, silenciosa, como si algo la impidiera compartir su optimismo.

Cuando se dio cuenta, era tarde, muy tarde, y llegó a la carrera, sofocada, Rile le abrió la puerta con reproche en los ojos, nadie la dijo nada, Olga, en la barra, se limitó a echarle una mirada de reojo, mientras las otras chicas, como si no la vieran, como si no lo notasen, Livy, sí, vino desde su observatorio, se metió tras ella en el vestuario.

—Si llegas tarde otra vez, ya no vengas —fue lo único, pero tampoco hacía falta más.

Había, como ayer, poca gente, toda en la barra, pero en las mesas aún no había comenzado el jaleo y se unió al grupo junto a la cocina. Ben, dentro, se aburría, la carne ya preparada. «Parece que llevo aquí mucho tiempo, que he estado aquí siempre, ¿quién es esa chica?» «Nueva», se lo dijo Rachel. Podía ser ella, insegura sobre los altos tacones, consciente de improviso de aquellas dos protuberancias en el pecho, que la estorbaban para todo, especialmente para manejarse con la bandeja, pero no era ella, era de Ohio, había llegado el día antes y se asombraba de todo, Nueva York la tenía fascinada, una muchacha trigueña, alta, de pechos no muy grandes, pero bien modelados, con unas tremendas ganas de vivir, incluso se consideraba con suerte.

Como se había sentado junto al teléfono después de ducharse, en bata, no tuvo más que descolgarlo.

—¿Sí? ¿Es usted? Diga, inspector.

—¿Me ha reconocido por la voz? Tiene buen oído, Mr. Hultom.

—Gracias. Mi mujer me dijo que han localizado a Pat, ¿está bien?

La mujer había venido a toda prisa desde el piso de arriba.

—Mr. Hultom, por favor, escuche bien lo que voy a decirle, y no se excite, sobre todo, no se excite: tenemos motivos para creer que Pat está complicada en un crimen.

Al principio, pareció no comprenderle. Cuando reaccionó, lo hizo teatral.

—¿Un crimen? ¿Está usted loco, inspector? ¿Pat complicada en un crimen? ¿Oyes lo que dice, Agatha? ¡Esto es absurdo! ¿Cómo va a estar Pat complicada en un crimen? Pat es una chica algo rara, pero nada más, están equivocados, tiene que haber una equivocación, ¿verdad Agatha, que tiene que haber una equivocación?

Pero la voz al otro lado seguía implacable, compasiva pero implacable.

—No hay equivocación, Mr. Hultom. La foto que nos dejó ha sido identificada por uno de los que intervinieron, él ya ha confesado y los otros datos coinciden. Convendría que viniese por si le necesitamos, por si le necesita ella, mejor dicho.

Se había desinflado completamente, era un hombre sin fuerzas para rebatir, para sostener la tensión de su piel, para respirar incluso, que ahora le costaba infinito trabajo.

—¿Cuándo..., cuándo cree que la detendrán?

—En cualquier momento.

El local se había ido llenando poco a poco, pero daba igual, en cuanto se dominaba la rutina, todo daba igual, que hubiera muchos o pocos, además, como no miraban a los ojos, como no subían de un nivel determinado, podía una como flotar sobre el ambiente, vivir sobre él, pensar sobre él. Hasta que Livy se acercó. —¿Qué quiere éste ahora?—. Pero no, no quería reñirla.

—¿Por qué no eres un poco más amable con Mr. Howard? —extrañamente cordial.

—¿Quién es Mr. Howard? —a ella, en cambio, la voz le salió brusca.

—¿Ves como ni siquiera te has fijado? Y estás sirviendo su mesa. Aquél, el de la esquina, es un buen cliente de la casa. Nunca falta cuando llega en viaje de negocios a Nueva York. Si te pide sentarte con él, siéntate.

Se lo pidió inmediatamente y lo hizo, sin demasiadas ganas. Un señor coloradote, próximo a los sesenta, con un inconfundible acento del sur, junto a otro tipo más joven —¿su representante en Nueva York?— con la cabeza triangular de las serpientes. El mayor dominaba todas las reglas e inició el juego de la más clásica manera.

—¿Qué tomas? ¿Cómo has dicho que te llamas?

—No se lo he dicho, pero me llamo Pat.

No se lo tomó a mal.

—¿Qué tomas, Pat?

—Coca.

Esto sí que ya no estaba en el programa, ¿por qué tenía que desconcertarles tanto la coca?

—Muy bien, coca —se había recompuesto en parte—. No, no hace falta que sirvas, esta noche eres mi invitada, que nos sirva otra chica.

Les sirvió Dora, hecha un caramelo a punto de derretirse, sus pezones apuntando indiscriminadamente a unos y otros, hasta rozar, era tan difícil moverse en aquel pequeño espacio, las orejas de Mr. Howard, que sonrió agradecido.

El primer trago fue en silencio. Un gesto, y el acompañante se apresuró a desaparecer.

—Bien, Pat.

—Bien.

—Soy un hombre de negocios.

—Ahá.

—Cuando quiero algo, lo compro.

—Ahá.

—¿Cuál es tu precio?

—¿Mi precio?

—Sí, tu precio. No me digas que no tienes precio. Todo tiene su precio.

—Ahá.

—¿Entonces?

Empezaba a interesarse por aquel hombre de piel curtida, colorada, que bebía su whisky con parsimonia frente a ella.

—¿De veras quiere hacerlo conmigo?

—Sí.

—No vale la pena.

—Eso tengo que decidirlo yo.

—¿Usted?

—Yo.

—Como quiera. Pero estoy enferma, ¿sabe? —se le había ocurrido de repente, ¡es fantástico! A Mr. Howard se le habían ido los colores.

—¿Cómo?

—Venérea, ¿sabe?

—¿Estás en tus cabales, chiquilla?

Ahora era ella la que llevaba el juego, todo el juego.

—Pero no tenga miedo —bajaba la voz, de modo casi misterioso—, estoy en tratamiento en la nueva clínica, ¿la conoce?

—No, no —apuró el resto del whisky.

Allí no quedaba nada por hablar. O sí.

—Tengo que pedirle un favor.

—¿Qué? —receloso.

—¿No dirá nada al jefe? Me echaría, ¿sabe?

—¿De verdad estás en tratamiento?

—Seguro; puede preguntar en la clínica.

—Bueno, bueno, anda, vete, no le diré nada, y... gracias —sin mirarla.

Minutos después tenía a Dora sentada a su mesa.

El lance la había alegrado, servía, por primera vez, sonriente y algunos parroquianos lo notaron, lo que acabó de excitarles, no estaban acostumbrados a sonrisas, allí se servían pechos, sólo pechos, no ojos, ni labios, ni sonrisas, pechos solamente, ella, en cambio, sonreía, sin discriminar, independientemente de las propinas. En cuanto sirva a éstos, me fumo el pito, es el tercero de hoy, pero lo necesito, si no, no aguanto toda la noche, estos momentos de antes son casi mejores, cuando sabes que está ahí, a mano, seguro, sin que pueda escaparse. Rile...

Pero la llamó Olga.

—¿Qué quieres?

—Ven.

Se la llevó hasta el vestuario y cerró la puerta tras ella. Cuando se dio la vuelta era una mujerzuela asustada, una bestezuela acorralada.

—¿Eres de New Hampshire?

Realmente la sorprendió.

—¿A qué viene eso ahora?

—¿Eres de New Hampshire o no?

—Sí, pero...

—Y te llamas Patricia Hultom, ¿no?

Tragó saliva.

—¿Quién...?

Pero no hacía falta preguntar más, le enseñaba un periódico, el *Post,* que no había visto aunque debía haber traído con ella, doblado, dos veces doblado, hasta enmarcar el recuadro de su foto, de mi foto para el carnet del instituto, ¿qué hace aquí mi foto para el carnet del instituto?, ¿cómo ha llegado?, ¿cómo es esto posible?, pero no había tiempo para hacer tantas preguntas, ni una sola, Olga la empujaba.

—Tienes que irte, cuanto antes, ahora mismo, si él la ve, llama a la bofia —decía bofia, como la vieja generación—, no quiere problemas.

—Sí, sí.

Se vistió como una autómata, bajo la mirada compasiva de Olga, más vieja que nunca. Sólo cuando había terminado, mientras la acompañaba hasta la puerta trasera, le preguntó:

—¿Estás realmente envuelta?

¿a qué mentir?

—Sí.

—¡Dios mío!

—¡Pero esto no es justo!, ¿por qué tiene que pasarnos a nosotros?, ¿qué hemos hecho nosotros para que todas las desgracias nos caigan encima?

Ahora era ella la nerviosa, la crispada, la que se rebelaba contra el destino, él parecía resignado. Estaban en el dormitorio, llenando una maleta grande, puesta sobre la cama.

—Pero, ¿cuántos días vas a estar?

—Mujer, ¿cómo voy a saberlo?

—Debería ir contigo, me voy contigo, esta vez me voy contigo.

—No, no, tienes que quedarte con los otros, ahora es cuando más te necesitan.

—¿Y a ti? ¿Es que a ti no te necesitan?

No contestó. Tenía casi llena la maleta.

—¿Quieres dejarme sola otra vez? ¿Quieres escaparte otra vez?

—Agatha, ¡por favor!

Había tanta súplica en la voz que la mujer se apaciguó. Se resignó, mejor dicho.

—¿Cuántas camisas quieres?

¿pero qué pasa en esta ciudad?, ¿es que no hace nunca frío en esta ciudad?, ¿es que no nieva nunca?, ¿por qué siempre este calor?, aunque llueva siempre hace calor, entonces llovía, no, había llovido, pero entonces no llovía, ¿cómo pueden aguantarlo?, dicen que en invierno hace frío, no lo creo, no puedo creerlo, aquí nunca puede hacer frío, Nueva York tiene siempre que ser así, calor, mucho calor, mucha gente, es la gente la que trae el calor, ahora lo comprendo, es la gente, este calor es distinto, el calor que da la gente, tanta gente, de día, de noche, hace tanto calor de día como de noche, ¿por qué tiene que estar tan lleno de día como de noche?, tan repleto, siempre sobra gente, ¿por qué sale tanta gente de noche?, ¿qué hacen, qué buscan? Porque buscan algo, todos buscamos algo, todos buscando algo, yo también; no, yo no busco nada, yo ya no busco nada, ¿para qué buscar?, estoy harta de buscar, cansada de buscar, cansada de todo, ¡qué cansancio!, hacía mucho tiempo que no sentía este cansancio, bonito estar cansada, saber que una va a descansar, finalmente, pararse, ¿qué me puede pasar? Nada, nunca pasa nada, y aunque pase, ¿por qué no voy a la comisaría?, lo más fácil sería ir a la comisaría, decir a los cerdos: sí, yo soy, yo fui, y acabar, acabar de una vez, descansar de una vez, estoy segura de que entonces podré descansar, pero ¿por qué sigo andando?, ¿por qué seguimos andando?, es tan fácil andar, un pie después de otro, andar es más fácil que quedarse parado, mucho más fácil, lo más fácil de todo es andar.

—¿Necesitas transporte?

El coche se había detenido a su lado, en el bordillo de la acera. Un descapotable rojo con un tipo rubio, de tez broncead y dientes como los de un anuncio de dentífrico.

—Seguro.

Se coló dentro.

—¿A dónde vas? —el tipo metía ya la marcha, llevaba guantes de conductor deportivo, de esos de agujeros.

—A ningún sitio.

Debió hacerle gracia porque rió divertido.

—Okay, yo también voy a ningún sitio.

Arrancó como un bólido, como si tuviera mucha prisa.